eye
守望者

——

到
灯
塔
去

Le Roman Comique

PAUL SCARRON

滑稽小说

［法］保罗·斯卡龙 著 范盼 译

南京大学出版社

中国翻译协会"2019'傅雷'青年翻译人才发展计划"项目——翻译实践：保罗·斯卡龙的《滑稽小说》（Traduction du *Roman comique*① de Paul Scarron）——最终成果

---

① 在 1651 年、1657 年出版的原版《滑稽小说》（上下卷）中，书名里的"小说"（roman）这个词可以写作 romant，后者用法更为古老。这种具有古风意味的拼写方式，与"comique"组合时，更具矛盾修饰之感。comique 一词来源于 comédie，可以指戏剧的或喜剧的，后者原是用来指称喜剧、戏剧，现代法语中仅保留了喜剧的含义，戏剧则多用 théâtre 一词。戏剧演员的这种"vie comique"，则被斯卡龙用来形容小说人物的辗转生活，莫里哀在 1658 年回到巴黎之前，也经历了一段类似的漂泊生活。在同时期的人看来，"comique"更多指的是"戏剧的"，它与"roman"是绝不可能同时出现的两个词，"滑稽小说"的称法在当时引起了不小的争议，不难看出这是作者有意为之的。1982 年中国大百科全书出版社出版的《中国大百科全书·外国文学》中，翻译家齐香将 *Le Roman Comique* 这本书的标题译为"滑稽小说"。其中"comique"这个词，除了指"戏剧的""喜剧（式）的""滑稽的"，还暗含了一种与"idéal"（理想的、完美的）截然不同的审美。相较于英雄史诗、骑士小说、宫廷爱情，《滑稽小说》这种审美更加贴近现实。

译者絮语

作为一名语言文学研究者，中国文学的接受问题时常困扰着我，尤其是在巴黎参加各种文化艺术展及文学沙龙的时候，总忍不住思索如何更好地推广中国文学。多年海外生活，使得身份问题（身份及归属）、探寻自我（自我与他者的关系）、去领域化现象（全球化背景下的去领域化与再领域化）不可避免地成为我所关注的重要内容。身份寻找，需要回溯到历史中去，尤其是要追溯对"何以为人"这个问题的反思，需要一种对过去（个人的与集体的）的回顾性审视。从这个意义上来说，探究在 19 世纪现实主义文学流派形成之前，这种"现实主义"最初的形成因素及其与政治、经济、文化背景之间的关系，不仅是尝试从新的角度解读先前的文学传统，更是对当下社会事件、社会形势及重要社会问题的观照。因此，在这种"时间配合"（concordance des temps，法国一档著名文化节目的名称）下，一些有关地缘政治或全球时事的问题（如我们的世界正在经历的疫情问题），让我反复思索文学在我们的"城邦"（cité）、社会、"人类命运共同体"中的角色、价值、作用和地位。作家何能？继"上帝死了"（尼采语）、"作者死了"（罗兰·巴尔特语）、"文学死了"（雷蒙德·杜梅探究的问题）之后，"小说死了"①，此时，作者的位置为何？书、作家、知识分子、文学研究者，在当下社会扮演着怎样的角色？文学作品的价值在哪里？层层叠叠、此起彼落的风格流派，法国文学究竟有何内在吸引力？其小说创作的源泉在哪里？作品是如何发生的？形式与内容的割裂愈演愈烈的后现代，是否要将这种对立延伸至风格差异中？差异、比较，能够实现理解与接受吗？性情迥异、趣味不一的读者，能有耐心听作者娓娓道来吗？古今之争、雅俗之辨、美与丑的审判，在我们的文学传统里也从未消逝过。审视他者，也是为了更好地呈现自身。小说这一体裁之所以能够在法国文坛长期占据首要地位，不仅仅是以其自由性、多元性、创新性，更在于它的容纳、求异、反抗，甚至是反英雄、反传统、反小说的特征。在斯卡龙所处的时代，《滑稽小说》便是这样一种拒绝英雄主义、力求贴近读者与现实的戏剧小说。

　　细看我们的文学"市场"，眼花缭乱之余，禁不住怀疑它们的价值。消遣？以消费为主旨的快餐文学与罗南·德·卡朗（Ronan de Calan）定义的纯文学或特奥菲尔·戈蒂埃（Théophile Gautier）倡导的"为艺术而艺术"相去甚远，更迥异于埃德加·爱伦·坡（Edgar Allan Poe）在《诗的原则》（"The Poetic Principle"）中提到的"一首诗，只是诗，仅此而已"。文学，为了文化启蒙吗？语言是民族文化的重要基础，而文本语言却又与"语言"有所不同。布鲁诺·布朗克曼②在《不可确定叙事》（*Les Récits indécidables*）中指出，"对于萨特、贝克特、纪德或布朗肖来说，语

---

① 指的是虚构文学的危机，即虚构文学与电影、历史、艺术、音乐、意识形态等的交融。

② 布鲁诺·布朗克曼（Bruno Blanckeman），法国现当代文学评论家、当代文学史家、小说理论家，于2010年提出有别于"介入文学"的新文学理论批评的概念——"关涉文学"，并对自我虚构、极简文学、不可确定叙事等深有研究。

言模式直接造成了文学创造的危机"。为了大众教育抑或文明化工具？不全然是，斯卡龙的《滑稽小说》就意不在此。扩大见识见闻？确实，阅读开阔视野。正如 2008 年诺贝尔文学奖得主、热爱旅行的作家勒·克莱齐奥在《沙漠》(*Le Désert*)或《流浪的星星》(*L'Étoile errante*)中向我们呈现的，作品让我们能够在不同国家、不同文明，甚至在不同时空世界中穿梭。文学亦为战场？作家可以选择如萨特或鲁迅那样，在政治运动或社会事件中通过"介入文学"进行斗争或抵抗，而这种"介入"，并不等同于揭露事实。而让·埃什诺兹(Jean Echenoz)、安妮·埃尔诺(Annie Ernaux)、西尔维·吉尔曼(Sylvie Germain)、艾尔维·吉贝尔(Hervé Guibert)等"关涉作家"(écrivains impliqués)的介入既不强调时事形势，也不在于解决即刻的、最新的问题。在布朗克曼看来，这种"关涉文学"(littérature impliquée)是"一种通过结合历史、文学及文化记忆，并观照那些复又出现的事件、形势、问题，从而赋予文学以全新生命力的构想"。文学，视之为对过去的见证？对于帕特里克·莫迪亚诺(Patrick Modiano)和乔治·佩雷克(George Perec)来说，这种过去不仅是个体的记忆，更是历史印记。文学，为了颂扬英雄伟绩？现代性常常通过对正统教条及绝对权威的反抗与抗争，向我们证明它强大的生命力：自达达主义、超现实主义与存在主义之后，层出不穷的新形式先锋派接踵而至，从新小说到反文化(la contre-culture)、原样派(Tel Quel)、后现代范式(paradigme postmoderne)、自我虚构(autofiction)、跨人物叙事(récit transpersonnel)、极简文学(minimalistes)、关涉文学、不可确定文学(l'indécidable)……碎片化、断裂式叙事、脱节错位的词句在否定整体性及古代英雄主义的同时，将传统风化，在绵延不绝的文学浪潮中如昙花般闪现,不留痕迹。文学,作为道德载体? 这是文艺批评领域继形式主义和结构主义之后的伦理学理论的研究范畴。意志表象? 这种理论批评方法与对中国古代文人产生过重要影响的"文以载道""诗以道志"思想存有异曲同工之处。尽管文学的价值(内在的与外在的)随着时间的推移不断变化,对文本价值的概括也在时代变迁中流变,从一个作家到另一个作家,各种不同的解读层见叠出,每一个文学流派都在提出各自主张的出发点,成千累万的理论学说在过去、在将来源源不断地被创立。那些经历了岁月洗礼和时光淘沙后留存、沉淀下来的作品,其功利性功能以外的价值,更值得咀嚼、回味。

由此,我们不得不反思,什么是经典? 历史长河滚滚向前,有些作家、作品曾红极一时,有些被遗忘、被忽略,在某个特定的时刻,反而重又掀起一股潮流。如是,想要讨论一本书,则不得不既从当下的眼光来看,又到过去人的生活体验里去摸索,更要找寻在这些时间线里,都发生了怎样细微却又微妙的变化以及这其中的原因为何。倘若我们简单地以文学史中的论断,来断定一本书的伟大与否,以某种僵化的、既定的、模式化的标准,来衡量一本书的文学价值,无疑会损伤我们作为读者或论者的品鉴能力,还会限制评价视野的拓展。同样,斯卡龙作为一位从事诗歌、戏剧、韵文、小说等多种体裁创作的作家,也时时在思考写作活动本身的空间与价值。求新,便是他这本"风格之书"的重要目的之一。然而,斯卡龙的这种"新",却不是完美的。他并不是一位雨果式的写作天才,更不是一位巴尔扎克式的现实主义巨匠,甚至于在他的时代,写作并不是崇高而又宏伟的志向,在贵族或宫廷的奢华迷幻里,不会有人说:"我要成为作家"。熟稔西班牙语的他,阅读了大量比利牛斯山另一边这个国家的小说、故事、诗文,然后将之化为己有,汲取、翻译、改编、创作,一点点地拾掇起来,精雕细琢,形成自己的滑稽讽刺之国,供人在茶余饭后闲话。因文中大量的对现实人物、地点、事件的改写,斯卡龙的这本《滑稽小说》,在某种程度上,有着影射小说(roman à clef)的影子。这种将身边人物搬进作品里充当角色的做法,颇受读者偏爱,不少作家①纷纷效仿。针对读者的种种猜测,历史学家亨利・查登(Henri Chardon,1834—1906)详细考察了《滑稽小说》中的人物形象与现实生活中真人真事之间的关联,并出版了《无名的斯卡龙及〈滑稽小说〉中的人物类型》②一书。

《滑稽小说》作为一本非典型性的经典之作③,与《克莱芙王妃》(La Princesse de Clèves)、《市民小说》(Le Roman bourgeois,又译《布尔乔亚小说》)、《费朗西荣的滑稽故事》(Histoire comique de Francion)一起被誉为法国 17 世纪文学(小说类)四大名著(Les Quatre chefs-d'œuvre du genre au XVIIᵉ siècle)。它是法国滑稽讽刺文学的范本,也是法国高校现当代文学专业必读经典作品之一,被法国文学界誉为必读古典作品之一,被列为 2020 年法国教师资格会考(文学方向)必读书目。自 1651 年《滑稽小说》第一卷首次印刷(第二卷于 1657 年出版)至今,已有共计 90 余个版本(法国国家图书馆的数据),其中不乏部分改编、续写本。1737 年,意大利演员们在巴黎勃艮第府剧场上演此剧。1775 年,《滑稽小

① 如特里斯当・勒尔米特(Tristan L'Hermite,1601—1655)、玛德琳・德・斯居戴里(Madeleine de Scudéry,1607—1701)。

② Henri Chardon, *Scarron inconnu et les types des personnages du Roman comique*, Paris: Honoré Champion, 1903 - 1904.

③ 1958 年,安托万・亚当将斯卡龙的《滑稽小说》编入了伽利玛出版社七星文库经典系列的《十七世纪小说家》(*Romanciers du XVIIᵉ siècle*)。

说》被爱尔兰诗人兼作家奥利弗·戈德史密斯(Oliver Goldsmith，1728—1774)翻译成英文出版(*The Comic Romance of Monsieur Scarron*)，后又被陆续翻译成西班牙语(*La Novela cómica*)、意大利语(*Romanzo buffo*)、德语(*Die Komödianten*)、荷兰语(*Komischer roman*)、日语(『滑稽旅役者物語』)①等，甚至同一个语种就有多个译本。20 世纪，包括加尼耶经典文丛出版社、伽利玛出版社、弗拉马里翁出版社、法国美文出版社等在内的多家著名出版社纷纷推出不同版本的《滑稽小说》。此外，历代法国文人学者对其反复分析、研究、评注，评论性专著达数百本。目前国内尚无《滑稽小说》的译本，更无对这种写作风格的系统研究。

滑稽讽刺并不单是戏仿(parodie)，"在文学批评领域，它首先被视作一种文体(catégorie stylistique)，更广泛来说，是一种审美(catégorie esthétique)，其特点是活泼且不受拘束(joyeux et débridé)，采用了类似闹剧(farce)、不适宜(disconvenance)等滑稽手段，并汲取了意大利滑稽诗作②的经验，发展至今，滑稽讽刺这个词，已具有了跨历史的特征，包含了所有具有夸张的(outré)、怪诞的(extravagant)滑稽特征的艺术形式，这类滑稽，有时甚至有些粗俗，涵盖了自拉伯雷(Rabelais)的文学作品至20世纪初的默声电影(cinéma muet)等作品"③。"滑稽讽刺(的)"——le bur-lesque(du burlesque)，形容词兼名词，意思是"逗乐的""快活的"，

---

① 1993 年，日本翻译家渡边明正将 *Le Roman comique* 翻译成日语，见：ポール・スカロン(渡辺明正訳)，『滑稽旅役者物語』，東京：国書刊行会，1993。

② 如意大利诗人弗朗切斯科·伯尔尼(Franceco Berni，1497—1536)、切萨雷·卡波拉里(Cesare Caporali，1531—1601)等人的作品。

③ Jean Leclerc, *L'Antiquité travestie et la vogue du burlesque en France* (1643‑1661)，Paris：Hermann，2014。

由 ridicule(滑稽可笑的)一词衍生而出①,源于意大利语单词 burla
(玩笑、嘲弄)和 burlesco(可笑的、逗趣的)②。而源于 comédie(喜
剧、戏剧)一词的 comique(滑稽的),在现代法语中意指"让人发笑
的""逗乐的"③,指"一种涉及戏剧与喜剧演员的世界、反对传统浪
漫传奇、接近日常生活的虚构设想"。滑稽讽刺风格于 17 世纪上
半叶在法国兴起,历经数十年的发展,其写作方式与投石党之乱
紧密相连。在当时,"几乎整个民族都以最滑稽可笑的笑话、最怪
诞不经的想法和表达作为自己的乐趣"④,从萨拉赞(Jean-
François Sarrasin,1614—1654)、圣阿芒⑤到斯卡龙,滑稽讽刺写
作在路易十三统治时期已经成为一种文学样式。1630—1650 年
前后,为滑稽讽刺写作的蓬勃发展阶段。这种滑稽讽刺风格与滑
稽写作十分相近,两者都转向非英雄式的平凡人的日常生活,主
人公可以是农民,也可以是小贵族阶级或没落的绅士。这两种体
裁,都是对传统英雄传奇作品的反抗(滑稽讽刺贬低所有的高贵
思想与伟大精神),拒绝如骑士文学那般的理想主义。

　　滑稽讽刺风格,既是对英雄体裁的篡改,也是 17 世纪"古今
之争"的体现。如何写小说? 哪些材料值得推崇,哪些内容又不

---

① Claudine Nédelec; Anne Boutet, *Scarron*, *Le Roman comique*, Neuilly-sur-Seine:
Atlande, 2018, p. 47.

② Paul Marillot, *Scarron*, *Étude biographique et littéraire*, Genève: Slatkine reprints,
1970, p. 136.

③ Jean-Charles Darmon; Michel Delon, *Histoire de la France littéraire. Volume Ⅱ:
Classicismes (XVIIᵉ-XVIIIᵉ siècle)*, Paris : Presses Universitaires de France, 2006,
p. 667.

④ *Scarron*, *Étude biographique et littéraire*, p. 136.

⑤ 圣阿芒(Saint-Amant,1594—1661),酒神诗人,酒吧间常客,是法国滑稽讽刺风格最
初的倡导者之一。他是个真正的诗人,却总因或真或假的"嗜酒"之名为人所知,而他
作品中的巴洛克风格又常遭后人诟病。

值得一提？《滑稽小说》是斯卡龙的一次大胆尝试，与同时期的大部分作品相比，算是个"异类"，是对正统与经典的篡改。热拉尔·热奈特（Gérard Genette）在《隐迹稿本——二度文学》（Palimpseste）中指出，滑稽讽刺的篡改是通过搬移（transposition）诗句、将风格通俗化、添加夸大的描写（amplification）、添入过时旧物（anachronisme）、对主题滑稽模仿等实现的。滑稽讽刺反对古典主义将古风（l'archaïque）、古式（l'antique）当成范本的做法，遂在其作品中对这些范本加以嘲讽。在《滑稽小说》中，我们可以看到斯卡龙将自己的人生搬上了喜剧舞台，比如天命与格拉鲁斯、韦维尔与圣法尔、堂·桑切与唐璜，这几对"龙兄虎弟"，与斯卡龙个人的家庭关系密切相关，可谓对他家事的搬移。他迫切地希望一切能够恢复如初，所有人都回到最初、重归原位。作为滑稽讽刺风格的领军人物，保罗·斯卡龙在惹人发笑的同时，嘲讽人间百态，讥笑世间万物。斯卡龙的《滑稽小说》是搞笑的、讽刺的，代表着一种融合了喜剧、怪诞、浪漫与现实风格的滑稽讽刺写作。这种写作形式可追溯至讲述处于社会底层的下等流浪汉的冒险故事的西班牙流浪汉文学［如《托美斯河上的小癞子：他的身世和遭遇》《古斯曼·德·阿尔法拉切的生平》《混蛋传》（又译《骗子外传》）等］，从功能上来说，两者存在共同之处：一方面都是为了引人发笑或娱乐大众，另一方面都是为了讽刺挖苦、警醒世人。我们应辨析"滑稽讽刺"是如何成为滑稽写作的主要构成部分之一的，斯卡龙又是怎样从全新的角度赋予戏剧主题以中心地位的。

另外，这种滑稽讽刺式的写作风格深刻影响了其效仿者达苏西（Dassoucy，即 Charles Coypeau d'Assoucy，1605—1677，被誉为

"滑稽讽刺帝王")。法国作家让·吉奥诺(Jean Giono)评价《滑稽小说》时称"这是非同一般的风格之书",是"充满神奇色彩的艺术";法国唯美主义诗人兼作家泰奥菲尔·戈蒂耶说,"斯卡龙是滑稽派的荷马"(Scarron est l'Homère de l'école bouffonne),受《滑稽小说》启发,戈蒂耶撰写了冒险小说《弗拉卡斯船长》(*Le Capitaine Fracasse*,1863);埃米尔·马涅(Émile Magne)对《滑稽小说》进行校勘、编注;剧作家阿尔贝·格拉蒂尼(Albert Glatigny)更是在其作品《十九世纪的滑稽小说》(*Roman comique du XIXe siècle*)中讲述其个人亲身经历的波希米亚式流浪生活;19世纪批判现实主义小说家、《红与黑》的作者司汤达,被视作斯卡龙的模仿者;19世纪诗人兼作家热拉尔·德·奈瓦尔(Gérard de Nerval)热衷于巴洛克文学,尤其是受到了斯卡龙的诸多影响,在题献给大仲马的短篇故事集《火的女儿们》(*Les Filles du feu*)的序言中,奈瓦尔嵌入的故事被视作对斯卡龙《滑稽小说》的续写……从年代上看,《滑稽小说》前有索雷尔的《费朗西荣的滑稽故事》,后有安托万·弗雷蒂埃的《市民小说》,是17世纪滑稽讽刺风格的代表性作品,也被视作当时最好的现实主义小说。与同一时代的喜剧作品一样,《滑稽小说》为"引人发笑"而作,嘲笑世人的蠢笨,乃至世间一切事物,包括小说和作者自己。《滑稽小说》中演员们的滑稽生活是滑稽讽刺的,却不具游戏功能。莫里哀希望通过戏剧作品抨击社会陋俗以纠正人的恶习,斯卡龙的《滑稽小说》亦是一幅社会风俗讽刺画。斯卡龙通过笑来讽刺一个理性与疯狂失衡的社会,呈现他对社会的观察及对人类生活的关照,令人发笑而又让人黯然泪下。

《滑稽小说》介于描述流浪汉与穷苦乞讨者(冒险般遭际)的

流浪汉文学、资产阶级滑稽故事(笑话和玩笑)之间,不同于艳情小说、骑士小说,与同时期作家夏尔·索雷尔的《费朗西荣的滑稽故事》、特里斯当·勒尔米特的《失宠的侍从》(*Le Page disgracié*)、安托万·弗雷蒂埃的《市民小说》、西哈诺·德·贝热拉克(Cyrano de Bergerac)的《另一个世界或月亮上的国家与帝国》(*L'Autre Monde ou Les États et Empires de la Lune*)及《太阳上的国家与帝国》(*Les États et Empires du Soleil*)等作品存在某些写作关联,它们反英雄史诗、反理想化的特征,促进了法国写实主义小说写作的萌芽,虽未能像 19 世纪的现实主义那样蓬勃发展,掀起一股全欧洲,甚至全球范围内的文学艺术思潮,却是写实文学的一次兴起,对研究法国文学中的"现实"(réalité)甚为重要。与几乎全无高雅可言的流浪汉文学不同,滑稽讽刺风格的主人公多是失去社会地位或被降低等级的人物,他们并非来自社会下层、底层,人物的出身也并不是最低贱的,甚至有可能是高贵的,且小说人物还承载着社会道德层面的功能。滑稽讽刺体裁的小说是活泼的(enjoué),也是混乱不堪、错综复杂的(embrouillé),充满了笑料与荒谬怪诞。滑稽讽刺小说或故事的作者常使用不同的语言形式、玩笑、粗俗的表达来引读者发笑。此外,作者还借助戏剧元素以引读者大笑。故而,"滑稽讽刺比滑稽更为'大胆',因为滑稽只笑那些令人觉得好笑的,而滑稽讽刺则决心嘲笑一切,尤其是那些严肃之事"①。

让·塞鲁瓦(Jean Serroy)在其编撰的《滑稽小说》(伽利玛出版社 Folio 系列,1985)的序言中指出,"斯卡龙的人生像一部小

---

① *Scarron*,*Étude biographique et littéraire*,p. 138.

说，而他的小说又像极了他的一生”，而17世纪的文学传统便是将传奇式虚构（fiction romanesque）视作"一层以事实为材料编织的或薄或厚的纱，所有怀揣好奇心的读者都可以轻轻掀起其一角"①。《滑稽小说》讲述的是普通人的平凡故事，却又是怪诞不经的荒诞故事。因过于离奇，我们怀疑它的真实性，又因过于真实，我们怀疑它便是作者本人所经历的实事。作者通过天命肩扛“战利品”，暗示演员们刚干了些偷鸡摸狗之事。第二回中，拉皮尼尔勒像个不眠不休的恶鬼，让本该圆满结束的《玛利亚娜》变成了无数的拳打脚踢。第三回与17世纪备受观众喜爱的“闹剧”有许多共同之处，例如粗俗的语言和对暴力场面的描写。《滑稽小说》常借助讽刺手法塑造人物形象。第四回中，温顺的拉皮尼尔勒小姐，因为瘦且干巴巴的，在作者笔下就成了不用火就可以将自己点着的人。第四回中拉皮尼尔勒醉酒后半夜醒来起床，因疑心太重错将母山羊当成他妻子，并以为自己捉到了想要红杏出墙的女人，被山羊刺痛了肚子后大叫“杀人啦”，叫喊声引来了众人，他妻子一下子明白过来，甚是羞愤、尴尬，似是疯癫的疑心症。这是有别于闹剧的滑稽，也是小说的第一个小高潮。《滑稽小说》常通过设置悬念、营造反差[包括自上而下或自下而上的“突梯”（钱锺书语）]、机械性反复、“掉书袋”“用典”、反讽、暗示、隐喻等手段，营造“引人发笑”的效果，用“不合规矩的”语言，讲述或真实或虚构的不合常理的故事。

　　《滑稽小说》的写作形式甚至受到了后现代主义作家的关注，在整部作品中，作者与读者之间始终保有一种密切联系、一种心

---

① Paul Scarron; Jean Serroy (éd.), *Le Roman comique*, Paris: Gallimard, 1985, p. 7.

照不宣的默契（convention）、一种趣味性契约（contrat ludique）。文中多层次的叙述和陈述，以及其中包含的强烈的互文性，使得文本像一张稠密的织物，这也导致虽然小说主题是大众的，其读者却更可能是知识阶层，须具有一定的阅读能力。故而很多时候，《滑稽小说》被当成"反小说"（anti-roman，索雷尔创造的词），一本嘲笑、讽刺小说的小说。另外，叙述者对文本的干预、僭越（intrusion），对故事情节及风格的评论，随处可见。这种叙述本是为了体现故事的真实性，却给人造成一种刻意、人为的感觉，也就形成了某种悖论。

论及其中的新颖之处，不能不谈及它的结构、语言、叙事形式。《滑稽小说》中纵横交错、首尾相连的叙事结构，多层立体的叙事视野，不断变化的叙述者，被拉伸、延长的叙事时间，被不断打乱的叙事线，让整个叙事在不同的时空里自由穿梭，可谓一种新的滑稽叙事，比之前许多滑稽故事更为复杂多样。其整个构造十分复杂，表面看上去杂乱无章，却是在无序中建立秩序，在小说中谈论对小说的反思。叙事者并不总是处于全知全能的视角，除了第三人称叙述外，不同人物角色以第一人称进行回顾性叙述，而贯穿全文的叙述者则不时地会用第一人称直接与读者讨论。拿第一卷来看，前八回是一个连贯的叙事，叙述者以作者的口吻讲述了一个喜剧剧团在勒芒经历的冒险故事；第九回是插入的一个西班牙故事，通过拉戈旦的口吻讲述出来；第十至十二回，回归主叙事；第十三回，是天命作为小说人物进行的回顾性叙述；第十四、十五回重归叙事的同时，插入了小说人物的回顾叙述；之后直至第十七回，再次重归主叙事；第十八回，拉戈旦再次作为小说人物叙事；第十九至二十一回，回归主叙事；第二十二回，又是一个插入的西班牙故事;第二十三回,则再次由人物角色进行回顾性叙事。斯卡龙并不满足于讲述一个完整的喜剧故事或爱情故事,他的叙述是片段式的、场景式的、断裂式的,有一种镜头感和情景感。整个叙事结构不仅包括线性叙事,更有"框架故事"(récit-cadre)和"嵌入叙事"(récits enchâssés)。叙述层次上,多个章回中都出现了多层叙述现象,比如第二卷,先是在第十三回中"预告"了这是一个翻译自西班牙语的故事,之后在第十四回中,开篇直奔叙述。以生动的环境描写拉开序幕,而后人物登场,交代来龙去脉,缓缓推进叙事。平叙之后,开始插叙。叙事仍是由小说人物开启回忆,本书的叙述者——"我"隐身,"我"的叙述里,又夹着倒叙。第一层回顾性叙事中,不仅掺杂着自白、对话,且人物对话进行的过程中,交谈对象又向原来的回忆者再次提及往昔,也就有了第二层回顾性叙事。第二层回顾中,再次出现对话。对于整本书来说,叙述者已经变换了三次,这时的叙事人物其实已经处于第四层了。之后的"我",重又成为第一层回顾性叙事中的"我",继而又进行回忆。这种不断地借助对白、回顾、嵌套、对话等,让故事套故事、回忆连回忆的方式,让人不禁怀疑小说的结构是无止境的,照着此法,怕是可以永远循环地写下去。

《滑稽小说》构思巧妙,循环嵌套,从句中套着从句,叙事中夹着叙事,过去中连着过去,时间仿佛是可以无限拉伸的。这种对叙事时间的探索,就像毕飞宇在《推拿》里刻画的那个九岁盲童小马发现时间的真相的过程。历经四年煎熬,他终于在十三岁的时候认识到,时间既不是圆形的,也不是三角形的,更不是封闭的。时间拥有无限的可能,有形而又无形,甚至是无我、无时间本身。我们的小说叙事呢?谁又能说不存在无限可能呢?然而,梳理

《滑稽小说》中的层层人物关系时，会觉得叙事线条不够清晰，故事结构错综复杂，这种繁杂，与巴洛克风格的繁复不无关联。句式冗长，大部分章回几乎都没有分段，人物对话没有标点，直接引语与自由间接引语全要靠读者自行辨认，有的章回甚至连句号都没有几个，或新颖或古风的诙谐词句，大段大段似是无关的插入故事，多处早早就埋下的伏笔后来却没有明确交代①，不断被打断的叙事线，不停变化的叙事者——"我"（不由得让人想起北岛的《波动》），中断的故事很久之后才又重新"拼接"上，"无序的结构"像生活本身那样"杂乱无章"，没有真正意义上的绝对主角或传统意义上的英雄人物、主人公，有些人物的出现、出身似乎并没有详细的交代，有的甚至是来无影去无踪、无从谈起、无从知晓，仿佛只为了做这戏剧舞台的一角装饰，有的人物，虽是倾注了不少笔墨，甚至可以说是小说的主人公（如天命和拉戈旦），却也像鲁迅在《朝花夕拾》里写到的长妈妈一样，终是"不知道她的姓名，她的经历"……以上种种，无一不在考验着当代读者的耐心。这种复杂性与非连贯性，很难让读者能够像读一般的通俗读物那样"顺畅"或"赏心悦目"地完成阅读过程。虽然《滑稽小说》中有很多笑话，可其中的笑话与"包袱"，都是作者的"别有用心"，若非对当时的历史与时代背景及作者的生活交际圈子有一定的了解，很难察觉出作者的意图及其暗含的种种影射。故而，这并非一本易读的作品，可能会让许多读者"望而却步"。它要求读者真正地进入作品，甚至是参与其中，与之对话、辩论。这些特征，赋予了本书现代性意识，无论是作者有意为之还是偶然得之，对文本产生好奇

---

① 虽有学者猜测斯卡龙在第三卷的手稿中对这些伏笔都做了交代，每个人物也都有了结局，却也只能算是猜测。

心,对作品的发生过程的疑惑,对其结构与特点的探究,乃至想为这本未完成之作续个结局、做个交代,正是它得以成为"经典"的原因。

本书的翻译,以"忠实"为基本原则,忠于作者意图、忠于原文所处的背景、忠于历史知识、忠于文本的风格与形式,与此同时,尽可能地兼顾中文读者感受,酌情调整语言表达形式,以求更好地被中文读者接受。至于翻译流程,第一遍泛读后,多次进行文本精读并大量阅读评论性文章、著作,整体把握滑稽写作语言风格,然后开展翻译工作。首先对全书进行整体梳理,借助拉丁语词典、古法语词典、17 世纪法语词典及第一和第二版《法兰西学院词典》、安托万·弗雷蒂埃编撰的《通用词典》①、埃德蒙·赫盖的《十六世纪法语词典》②,查找词源,把握从古典法语到现代法语的发展沿革。《滑稽小说》经历了多次再版,不同版本在语言及句法上都呈现出细微差异。

此次翻译以 17 世纪原版(影印版)、19 世纪爱德华·齐尔勒插图版③、1981 年伊夫·吉罗版④、1985 年让·塞鲁瓦编订的伽利玛出版社 Folio 经典系列版⑤和 2011 年加尼耶经典文丛出版

① Antoine Furetière, *Le Dictionnaire universel*, La Haye-Rotterdam: Arnout et Reinier, 1690.
② Edmond Huguet, *Dictionnaire de la langue française du seizième siècle*, Paris: Librairie anciennes Honoré Champion, 1925 – 1967.
③ Paul Scarron; Édouard Zier (éd.), *Le Roman comique*, Paris: H. Launette, 1888.
④ Paul Scarron; Yves Giraud (éd.), *Le Roman comique*, Paris: Flammarion, 1981.
⑤ Paul Scarron; Jean Serroy (éd.), *Le Roman comique*, Paris: Gallimard, folio classique, 1985.

社的克罗蒂娜·奈德莱克编注版①为主，但译者未将不同时期不同版本的后续列入此次工作，主要是考虑到续写部分与原作者的风格存有差异且版本诸多。注释部分，除了参考上述版本外，还参考了1857年维克多·富尔内尔编订版②、加尼耶经典文丛出版社的埃米尔·马涅注解版（1955年、1971年、1973年）③、1958年伽利玛七星文库版《十七世纪小说家合集》④及1980年罗贝尔·加拉庞评注版⑤。不同版本的注释有详有略，存有冲突时，主要以让·塞鲁瓦版及克罗蒂娜·奈德莱克版为准。

全书分为两卷，第一卷发表于1651年，共23回，第二卷发表于1657年，共20回。1660年，疾病缠身的斯卡龙仍在构思第三卷。但斯卡龙于1660年10月6日去世，第三卷的创作戛然而止。⑥ 奥弗雷（Antoine Offray，里昂的一位编辑）和普雷沙克（Jean de Préchac）分别于1663年、1679年续写了故事结尾。1684年，尚梅莱（Champmeslé）和拉封丹（La Fontaine）合作，再次续写

---

① Paul Scarron；Claudine Nédelec（éd.），*Le Roman comique*，Paris：Classiques Garnier，2011.

② Paul Scarron；Victor Fournel（éd.），*Le Roman comique*，2 vol.，Paris，P. Jannet，1857.

③ Paul Scarron；Émile Magne（éd.），*Le Roman comique*，Paris：Classiques Garnier，1955.

④ Paul Scarron，*Le Roman comique*，in Antoine Adam（éd.），*Romanciers du XVIIe siècle*，Paris：Gallimard，Bibliothèque de la Pléiade，1958，pp. 529 - 898.

⑤ Paul Scarron；Robert Garapon（éd.），*Le Roman comique*，Arles：Actes Sud，1980.

⑥ 斯卡龙去世前已经在筹划小说第三卷，且在其写给姐姐的信中表达了自己希望完成这本小说的写作的愿望，后人认为其遗孀（即后来的曼特农夫人）感到这种文学"冒犯了她的一本正经"，便将作者已经写就的章回和注释手稿故意损毁。还有人推测说曼特农夫人将手稿交给了第三方，巴雷斯续写的版本便是以此为基础撰写的。因缺乏证据，这些假设都不能确定。唯一可以确认的是斯卡龙已经着手写作第三卷，在1659年5月8日的一封信中他写道："我得告诉您我是怎么创作《滑稽小说》的……没有造作的女才子（Les Précieuses，法国17世纪出现的女才子、女雅士。——笔者注），这些冉森教派的爱情尚未开始歧视这种人……"

故事结局,之后还有 1733 年勒泰利埃(Le Tellier d'Orvilliers)改编的诗歌版本和 1771 年 M. D. L.[佚名,可能是米隆·德·拉瓦勒(Milon de Lavalle),著有《取自西班牙的历史故事》(*Nouvelle historique tirée de l'Espagnol*)]的续写版本。1858 年,路易·巴雷斯(Louis Barrés)梳理了不同版本的续写,并进行总结分析。总体上,译者认为续写部分无论是内容上还是风格上都与原作相去甚远,故此版译文中只涉及斯卡龙的原作。

　　本书大量使用典故,涵盖许多神话、戏剧、历史、地理、文化背景知识,译者须从象征符号、语言沿革、修辞、文体、语法等多个角度深入解读。作品中还混合各种不同体裁,处处暗含着讽刺、隐喻或象征,要求译者从戏剧剧本、诗歌语言、小说语言的差异性上,综合音乐性、审美性、节奏性等特征,全面展现原著风貌。如开篇中的太阳车起源于古希腊神话、第十回嵌入的是西班牙戏剧风格、17 世纪的税务人在当今法国社会已不复存在、作品人物与地点名称具有非常强烈的象征含义等,导致文本对当代法国读者,甚至文学系的法国学生来说,阅读难度都偏高。法国近些年出版的几个版本中,编者都为法文读者提供了数百条注释,翻译时,笔者对大部分注释做了保留,并添加了文化背景知识方面的注解,故而译文含大量脚注。另外,重要美学或文学概念及名称的翻译,先是借鉴了前人意见,推敲、比对后,加入译者的思考,再做最后的定夺。形式上,尤其是章回标题的翻译,先是借鉴了杨绛对《小癞子》及《堂吉诃德》两部西班牙小说的处理方式,将章回标题以较为忠实的形式译出,后又在阅读了《老残游记》《张居正》《儒林外传》《品花宝鉴》《无声戏》《水浒传》《茶馆》《洗澡》《清末民初小说系列·滑稽卷》等作品的基础上,译者决定以较为"中国化"的模样展现给读者。是故,对章回标题做了变动后,又加了脚注。

　　初译时,我的博导苏菲·乌达尔教授(Sophie Houdard,17 世纪法国文学教授兼巴黎三大博士院 EA174 - FIRL"从文艺复兴至启蒙时代的思想与形式"研究中心负责人、ED - 120 法国文学与比较文学博士院负责人)多次与我面谈,为我更好地理解 17 世纪法国历史背景知识提供了很大帮助,还建议我去了解法国戏剧、骑马术,去参观书中提到的老式网球场(如今在巴黎的中心地带——西岱岛上还能看到昔日网球场的影子)、教堂、圣日耳曼德佩区、玛黑区等地。项目中期阶段,南京大学法语文学教授黄荭老师选读了部分章回并对译文提出了修改意见,此外还在学习生活上给予我许多帮助,后又为此书做了推荐,甚为感激;另外,诗人阿牛、华东师范大学文艺学博士章朋(惠州学院教师)阅读了部分中文章回内容,并从读者角度提出建议;南京财经大学法语系孙越老师与我讨论了数个句子的理解并提供了古籍翻译方面的信息。

　　"傅雷"青年翻译人才发展计划项目中、后期答辩时,中国翻译协会法语组的评委老师们从全文出发,指出了译文的可取之处及初稿中存在的问题;青年翻译研修活动期间,北大法语系教授董强老师对初稿进行了点评并给出了建议。初步校稿时,巴黎三大法国文学博士候选人丁荻、郝一林、蒋书浩、林野茜分别阅读了部分章回并结合法文给予修改建议;章朋博士、巴黎四大方正林硕士、巴黎八大李泽亮博士、巴黎三大董政博士、我的姐姐范焕和友人陈雅迪与宋晓杰选读了部分中文章回,并从读者角度提出建议。在此基础上,译者再次逐章阅读并对译文进行了反复修改,然后从整体把握、审校,在不考虑原文的情况下,重新"写作"。这个过程中,主要以如何呈现滑稽、翻译滑稽等问题为立足点,着重思考在不同形式的滑稽场景中、不同人物角色的滑稽语言中,具体该采用什么样的翻译策略,怎样调整句型、句式及语序,怎么选择字眼,以更好地兼顾读者感受。每决定删减、弃用一个词,选用另一个,都尽量慎之又慎。

17 世纪的法国小说,目前已被译介至国内的尚在少数,而我们对现当代文学的偏重虽是情理之中,却也总有些缺失。这种缺失感,最初形成于我在巴黎三大读法国现当代文学硕士时期,每当教授们以历史的角度阐释一个小说概念,或者对某种写作风格进行追本溯源时,总觉得我们对 18 世纪以前的法国小说的译介尚显贫瘠。从 21 世纪回溯至 17 世纪,这种时间跨度下的翻译活动,对于在学术研究领域尚显稚嫩的我,不可不谓挑战。过去的数千个时辰里,这些字词就像我的孩子一样日日夜夜陪伴着我、折磨着我、鼓励着我。字字艰辛,感谢三年多来师友们的诸多帮助。尤其是自 2021 年暮春第四次校稿起,在法国国立东方语言与文化学院从事汉学研究的何仍端(Lucas Humbert)逐字逐句地校阅中文译稿,数百天里,他不辞辛苦地细细答疑,密密解惑,不胜感激。另外,法国国家图书馆密特朗分馆 H 厅-法国文学馆、Arsenal 分馆-17 世纪文学馆、黎塞留分馆-手稿资料室的图书管理员们都曾为我提供过帮助;巴黎三大博士院南希·奥德(Nancy Oddo)教授准许我参加她开设的"路易十四时期的法国小说"研讨课,并在课上着重分析了《滑稽小说》的部分章回;魁北克大学苏菲·皮隆(Sophie Piron)教授跟我分享了她整理的有关《滑稽小说》与西班牙作家维兰德兰(Agustin de Rojas Villandrando)的

《有趣的旅行》（*El viaje entretenido*）之间的关系的文章资料；甚至巴黎三大比较文学研究中心主任张寅德教授和 17 世纪语言学专家安妮·勒让-苏西尼教授（Anne Regent-Susini）也曾被我屡次叨扰。最后，十分感谢南京大学出版社的老师们在出版方面给予的支持和帮助。诸多襄助，谨致谢忱。

　　虽在又一个春天即将来临之际完成了校对工作，译者仍觉十分惶恐。本译本绝非最为完善的，并未能臻于尽善尽美，其中难免仍存有不足、不当之处，甚至可能还会有疏漏、有缺憾。故而，诚恳接受广大读者朋友及翻译界前辈、老师、同学们的批评与指正。

范盼

2022 年 2 月

于巴黎儒尔丹路公寓

目 录①

第一卷

---

① 置于卷首的这个目录，原作中是不存在的。此处是为了突出这些标题的滑稽特征。可以看出原标题是模仿了《堂吉诃德》的样式。为了消减读者的陌生感，译者采用了章回体的式样，对本书的标题进行了较大幅度的改动，为避免原文意义的损失，在正文中对部分标题补充了注释，以求形式和意义尽可能完美。（本书脚注均为译者注。）

第二卷

第一卷

献给助理主教①

① 指的是让-弗朗索瓦·保罗·德·贡迪(Jean-François Paul de Gondi,1613—1679),雷斯枢机主教,意大利人,出身于意大利的贡迪家族,早年在巴黎大学攻读神学,1643 年 11 月法王路易十三去世时,被任命为其叔父让-弗朗索瓦·德·贡迪主教的助理,不久后成为主教,后为巴黎总教区的总主教,在 1648—1653 年的投石党运动中扮演了重要角色,著有《回忆录》。贡迪十分敌对路易十四的枢机主教马扎然(Jules Mazarin),这个时期,马扎然被流放,贡迪为法国教会领军人物。《滑稽小说》第一卷便是斯卡龙题献给该主教的。

致助理主教

尽在此言中①

阁下：

　　单是您的名字，便足以赢得本世纪最杰出人物享有的所有头衔与赞美。无论此书撰写得如何，它都会因您的大名而为人称道；倘使有人觉得我能将本书编得更好，他们也不得不承认我把它题献给您是再适宜不过了。您给予了我诸般关爱、诸多善意，频频来访令我备感荣耀，我并不是为了想尽一切办法讨您欢心，而是发自内心地希望您为此欢喜。让我深感荣幸的是，之前我曾为您读过书的开篇部分，您不曾厌嫌。自那一刻起，我便决心将它献给您。也是见您未露鄙薄之色，我才有勇气写完这本书，才未因它这般糟糕而觉得羞愧。倘若它能得您垂庇，哪怕只是微末篇章能得您青眼，我也宁不做那全法国最精壮之人②。不过，主教阁下，我不敢奢望您能品读这本书，因为对于像您这样善用时间且日理万机的人来说，这会占用您过多时间。如蒙垂顾，您接受了此书，并相信了我的话，我将甚感欣慰。拳拳盛意，感莫可言。

　　　　　　　　　　您最卑微、最顺从、最心存感激的仆人

　　　　　　　　　　　　　　　　　　斯卡龙

---

① 这种"尽在此言中"题献较为罕见，略显随意，当时的人习惯避免直接道出受题献者的头衔。

② 此时斯卡龙的身体状况已经大不如从前，若是此书能得到"大人"的青睐，他甘愿不做全法国最精壮之人。

致读者书

—— 因书中印刷错误而愤慨的人

　　除了眼前这本漏洞百出的书以外，我决不会再附上一张勘误表①。印刷商不像我这般不负责任，我这个人有个坏毛病，常常在刊印前夕才交定稿，以至现在我脑海里还浮现着不久前写下的文字。看着这些拿来让我订正的纸张，我有一种在高等学院里诵读我还没来得及学习的功课一样的感觉：我想说，我只是匆匆扫了几行，那些还没被我忘却的章回，都让我略过去了。倘若您不知道因何我会赶得这么紧，这正是我不打算告诉您的；若是您并不太想知晓其中的缘由，我就更不想告诉您了。那些能够辨识出自己手中读物是好是坏的读者，想必很快就能发现文中的错误，改正这些错误已经超出了我的能力范围。而那些未能领会书中意味的读者，怕是也觉不出我没有尽责。罢了，无论是宽厚仁慈的还是不怀好意的②读者，我想对您说的是：假如我的书尚能令您欢喜，您想要细细读上一番，不妨去买上一本，如此才有可能再版。我保证，您将会看到此书被人捧在手中反复阅读，再次增补、修订。

---

① 此处可能是在影射同时期作家索雷尔在 1623 年出版的《费朗西荣的滑稽故事》中插入了一张勘误表。

② "不怀好意的"，是对读者的一种冒犯，这种做法曾见于滑稽讽刺诗体中，例如 1648 年，滑稽诗人达苏西在《帕里斯的审判》(*Le Jugement de Pâris*)中写道："致傻人读者，不致智者。"

第一回

滑稽剧团至勒芒①
老式球场乱哄哄②

　　行程过半，太阳神③的战车比他预想的还快，似是行驶在世界的斜坡④之上。倘若战马借斜坡而下，半刻钟内它们便能结束余下的路程。不过，马儿们并不卖力，只顾着欢腾雀跃，呼吸海风，发出阵阵嘶鸣。清冽的海风拂来，预示着它们主人每晚的安歇之地——大海——近了。

---

① 法国西北部城市，卢瓦尔河地区大区（Région Pays de la Loire）萨尔特省（Sarthe）的一个市镇，也是该省的省会和人口最多的城市。勒芒在巴黎以西大约 200 公里，是巴黎前往布列塔尼地区的必经之路，在古罗马时代是罗马帝国的一部分。中世纪时代，教会为勒芒最大的地主，斯卡龙曾在这座城市里生活过，也是在这座小城里，斯卡龙开始遭受身体上的磨难。
② 原标题是"剧团一行人来到勒芒"。
③ 古希腊神话中的太阳神赫利俄斯（希腊语 Ἥλιος，英文 Helios），对应于古罗马神话中的索尔（拉丁语 sol），是驾着太阳车的太阳神。赫利俄斯的形象为高大魁伟、英俊无须的美男子，身披紫袍，头戴光芒万丈的金冠。他是提坦神许珀里翁之子，黎明女神厄俄斯和月亮女神塞勒涅的兄弟，每天驾驶着四匹火马拉的太阳车划过天空，从东到西，晨出晚没，用光明普照世界。因年代久远，加之后人对神话体系的混淆与误解，自公元前 5 世纪后，赫利俄斯常与阿波罗混为一体。不同的是，古典拉丁语诗人虽将阿波罗视作太阳神，但鲜有人冠之以"太阳战车驭手"这样的名号。此处是斯卡龙对英雄传奇小说的戏仿，前者一般以日出之景象开篇，而斯卡龙却是描写日落。
④ 此处是一暗喻，意思是太阳神的战车仿若划过了苍穹。开篇这段是描写日落，不过作者用带有神话意味的语言来委婉表达，系故意为之。

换句通俗易懂的人话①:约莫五六点钟,一辆马车驶进小城勒
芒,来到城中的交易市场。一匹牝马在前面领头,四头瘦骨嶙峋
的牛拉着车,牝马的小马驹子跟个小疯子似的,围着马车来回转
悠。车上满载着衣箱、行箧和大堆的彩色花布,一位半土半洋的
小姐②像金字塔一样立在车上,一位衣着之简陋与面容之俊朗皆
堪称极致的年轻男子走在车旁。这男子的半张脸被一大块膏药
遮住了③,一只眼睛也被挡住了。他肩上扛着猎枪,先前他用这家
伙打了些喜鹊、松鸦和小嘴乌鸦。跟斜挂着的枪一样,他把它们
挂在身上,下面还坠着一只母鸡、一只小鹅。这两个小畜生都被
拴着腿儿,露出一副刚刚结束战斗④的表情。男子没戴礼帽,只一
顶被各色松紧带缠着的睡帽⑤。他这头部装束兴许是某种头巾,
一种只是粗加工了,还未完成最后一道工艺的头巾。他用皮带束
着蓝色的粗布紧身短上衣,皮带上还挂着把长剑。剑那么长,若
不借助支架⑥,就无法灵活挥动。他的齐膝短裤微微卷起,短裤下
端系着饰带,就像演员们扮的古代英雄人物一样。他没有皮鞋,
只一双满是烂泥、脏到脚踝的旧式半筒靴。一个衣衫破旧却合规

①　此处充满戏谑、嘲讽的味道。这里是讽刺宫廷小说(roman courtois)塑造的幻想式英
　　雄和自视博学之人。接下来,作者笔锋突转,从神话中的太阳神战车转向四匹瘦骨嶙
　　峋的马,预示着下文将从崇高(sublimité)转向粗俗(vulgarité)或平庸(médiocrité)。
②　demoiselle,指的是18世纪以前的贵族小姐、贵妇人。弗雷蒂埃词典:绅士的妻子或女
　　儿。黎塞留词典:未婚的世家小姐或已婚的小贵族、资产阶级妇女。有时候出于讨好
　　或奉承,也会用此指称面容姣好或资产可观的女子或女人。此处"半土半洋"是说这位
　　小姐的装扮一半像城里人,一半像乡下人。
③　在亨利四世时期,这种乔装手段相对流行,索雷尔在《费朗西荣的滑稽故事》第六卷中
　　也有类似的描写。
④　暗示偷鸡摸狗之事。
⑤　18世纪的欧洲流行男子剃光头发后戴假发,睡帽也成为一种潮流,有棉质的、丝质的、
　　天鹅绒的。
⑥　此处支架(fourchette)指的是一种分叉的支棒,用于支撑枪膛以便能够射得更准。

矩的老头走在他身侧。老头肩上扛着把维奥尔琴①，走起路来有些驼背，从远处看就像一只用两条后腿直立行走的大乌龟。这番对比，免不了会遭人诟病，毕竟人和乌龟之间并没多少可比性。不过我指的是秘鲁一带②的大乌龟，且由我做主好了③。

言归正传，我们接着来说这支队伍。一行人来到了牝鹿网球场④，球场门口汇聚了这座城里最富态的市民⑤们。车上满载的演出道具颇为新奇，引得许多平民围聚在马车周围。人声嘈杂，这些体面的首长⑥纷纷把目光投向这些初来乍到的人身上。一位名为拉皮尼尔勒⑦的副长官⑧，以一种法官式的威严，走上前来与

---

① 维奥尔琴(viole, viole de gambe)是一种古提琴，起源于 15 世纪的意大利，后流行于整个欧洲，路易十四时代曾在法国风靡一时。

② 指墨西哥和秘鲁两个国家。后文中提到的"秘鲁一带"和此处所指相同。

③ 古典主义时代，文学创作(尤其是戏剧方面)须遵守严格的规范和标准(如"三一律")，夸张的、巴洛克式的都有可能招致批评。1637 年，高乃依便因创作剧本而招来其他文人作家的批评，由此引发了"熙德之争"(La Querelle du Cid)。此处斯卡龙用了个比较夸张的比喻，可又担心招人批评，所以他试图为自己辩解，让"挑剔"的读者能够接受他的文字。

④ tripot，赌场，古义网球场、玩旧式网球的场所。现实中的牝鹿网球场位于勒芒市的集市附近。1711 年，斯卡龙的一位读者游览勒芒时，称该球场已不复存在。

⑤ 原文使用的"bourgeois"一词在现代法语中指的是资产阶级、资本家，在中世纪指的是自由民，在 17 世纪则是指城市居民、市民；而"布尔乔亚"一词便是起源于法语的"bourgeois"，是一种音译。无论是译作"资产阶级"还是"布尔乔亚"，都难免带有一些政治或时代特征，鉴于同时期弗雷蒂埃的作品 Le Roman bourgeois 被译作《市民小说》(另译作《布尔乔亚小说》)，本书中对这个词的翻译皆统一作"市民"。在 17 世纪的法国，bourgeois 包含城市的、平民的、相对安逸的阶层，也包括莫里哀在《贵人迷》(le Bourgeois gentilhomme)里描写的 bourgeois。

⑥ 指的是那些地位显赫的市民。

⑦ 拉皮尼尔勒是一名宪兵队队长，负责公共治安，他的名字 Rappinière 含"rapine"(盗贼、赃物)一词，暗指他收受贿赂。根据法国阿瑟纳尔图书馆(Bibliothèque de l'Arsenal)的手稿，这位拉皮尼尔勒的原型，可能是拉鲁西埃先生(M. La Roussière)，而亨利·查登(Henri Chardon)则认为更可能是弗朗索瓦·努里·德·沃瑟庸(François Nourry de Vauseillon)；两人皆曾为勒芒的副长官。

⑧ prévôt，历史上指某些具有行政官吏或司法官吏头衔的人，也指宪兵队队长、修会会长、修道院院长等。17 世纪中期，曼恩省的骑警队有一位长官(prévôt)和三位副长官(lieutenant de prévôt)，三位副长官分管日常警务(轻罪、侵袭、重罪)。

他们攀谈。拉皮尼尔勒询问他们都是些什么人。刚才我跟您提到的那位年轻人，此刻正一手持枪，一手护剑，又生怕剑打着他的腿，也就腾不出手去管他的头巾。年轻人跟长官说他们生来就是法国人，是职业喜剧演员，他的艺名是天命①，他的老伙伴名叫纪仇②，这位像母鸡一样伏在行李上面的太太名为洞穴③。听闻这怪名，人群中有人笑将起来，这位年轻人便又道：

"洞穴这个名字，并不比那些崇山④、谷壑、玫瑰、荆棘⑤一类的文人雅士之名更怪异。"⑥

此番对话是在车头那儿传来的拳脚声和嘈杂声中结束的。这片嘈杂里，不是在亵渎神明，就是在诅咒漫骂。球场门口，牛儿、马儿们正逍遥自在地享用干草。见它们吞食了太多草料，球场小厮便出其不备地袭击了马车。纷争平息后，球场女主人⑦大方地告诉车夫，可以让牲畜们尽情吃个饱了。此般慷慨，于一位球场女主人而言，可谓出奇罕见，这兴许是因为她对戏剧的热爱远胜于对教堂的讲道与晚课。车夫接受了女主人的馈赠。趁着畜生们吞吃的空当，作者小憩片刻，以便思忖第二回讲些什么。

---

① 法语中有 destin 和 destinée 这组近义词，前者是神圣的、不以个人意志为转移的，更像是"天命""宿命"，后者是个人所有行为活动的不可变更之结果。为加以区分，此处的 destin 译作"天命"。

② Rancune 的名字也有象征含义，意指"记恨、仇恨"，是个讨厌所有人的人。

③ Caverne，洞穴、岩穴。这种艺名（戏剧用名）使得这些（喜剧/戏剧）演员看上去更加可疑，在当时使用假名、化名是很常见的，不过这么做的多是士兵而非演员。"天命""纪仇"这样的名字很显然具有象征意味，而"洞穴"在高乃依的《滑稽的幻觉》（1636）中是一种舞台布景，暗示一种戏剧式幻觉。此处的"洞穴"又极富性暗示。

④ 高乃依的《滑稽的幻觉》中的克兰多尔（Clindor）便被称为"崇山"先生。

⑤ 在斯卡龙的朋友乔治·德·斯居戴里的剧作《戏剧演员们的喜剧》（*La Comédie des comédiens*，发表于 1635 年，1634 年在勃艮第市政厅上演）中，有两位人物分别叫作"美丽之花"与"美丽荆棘"。

⑥ 法语原文中，整本书里的所有对话都没有标点，没有引号，没有分段，常常从句套从句，并不进行切割，造成了复杂（complexe）的感觉。为便于读者阅读，译者酌情增添了引号，并根据奈德莱克版的原文进行分段。

⑦ 古法语中，"maîtresse"既有情人又有未婚妻的含义。

第二回

拉皮尼尔勒惠赠戏服
喜剧演员们粉墨登场①

彼时，拉皮尼尔勒先生②是勒芒的活宝③。没有哪座城会少了活宝。巴黎的活宝可不止一个，各个街区都有。而我——眼下正跟您说话的人，要是我想，我也能成为自己街区的活宝。不过，众所周知，我已放弃上流社会的万般虚妄④很久了⑤。

再说回拉皮尼尔勒先生。刚才的谈话被拳脚打断，不一会儿，拉皮尼尔勒重又拾起话茬。他问那位年轻演员，他们的剧团是不是仅由他和洞穴太太、纪仇先生三人组成。年轻人答道：

---

① 原标题是"拉皮尼尔勒先生"。
② sieur，同 monsieur 一样可以指"先生"，但此处含贬义。
③ rieur，既指爱开玩笑的人，又指被当成笑料、被笑话的人。
④ 1651 年，斯卡龙身患残疾已逾十二年，他自称"已放弃上流社会的万般虚妄"，因为即使病痛在身，他仍是生活所在之地的"rieur"（活宝）。
⑤ 在法语原文中，作者分别采用了过去时（简单过去时、未完成过去时）与现在时来区分他的"叙事"与"点评"。在整体的叙事中，都是过去时，而每当他想要与读者"面对面交流"时，便会切换至现在时。

　　"我们剧团要比奥兰治亲王①的或埃佩尔农公爵的②都更齐全。只不过，我们在途经图尔时遭遇不幸③，冒失的看门人④射杀了省里总督的步枪手。逃之夭夭之际，我们连鞋子跑掉了一只都顾不上，也就沦落到今日这般田地。"

　　拉皮尼尔勒言道："总督大人的步枪手在拉弗莱什⑤竟如此行事。"

　　球场女主人说："让圣安东尼之火⑥将他们活活烧死！都怪他们我们才没剧可看。"

　　老演员应声道："这也怪不得我们。若能有钥匙打开衣箱得些行头⑦，在前往阿朗松⑧与剧团其他人员会合之前，我们便能在

---

① 威廉一世(1533—1584)，奥兰治亲王，也称沉默者威廉、奥兰治的威廉。奥兰治的威廉是尼德兰革命中反抗西班牙哈布斯堡王朝统治的主要领导者、八十年战争领导人之一。斯卡龙将自己于投石党之乱期间创作并于1649年出版的喜剧《可笑的继承人》(*L'Héritier ridicule*)献给威廉一世。当时法国的巡回剧团需要强大的保护人的庇护，受奥兰治亲王资助的剧团中最有名的有"门"(La Porte)、"黑色剧团"(Le Noir)等。

② 指的是受埃佩尔农(Épernon)公爵庇护的剧团。莫里哀和玛德琳·贝雅特［Madeleine Béjart，"光耀剧团"(Illustre Théâtre)的创始人之一］都曾得到埃佩尔农公爵的短期资助。

③ disgrâce，多义词，既指"不幸"，又指"失宠"，影射剧团与资助人之间的关系。

④ 剧院的看门人，他们的职责是防止混乱发生并将未买票的人拒之门外，许多人想不买票入场，故而打架斗殴现象多发。因缺乏监管与组织不善，当时的剧团常发生类似事故，无序、混乱的状态为常态，且问题远不止如此。在加布里埃尔·盖雷(Gabriel Guéret)发表于1668年的《改革的帕尔纳斯》一文中，作者指出在拉塞尔(la Serre)有四名剧院看门人被杀害。

⑤ 拉弗莱什(La Flèche)，法国卢瓦尔河地区大区萨尔特省的一个市镇，位于该省西南部，卢瓦尔河畔。

⑥ 圣安东尼之火(瘟疫之火、圣火、地狱之火)，又指麦角中毒。传统上认为是摄取了感染黑麦和其他谷物的麦角菌产生的生物碱或麦角灵药物的反应，症状可大致分为惊厥症状和坏疽症状。此处是一种诅咒用语。

⑦ 其实这句话的意思是我们没有钥匙打开衣箱，也就没有行头。接下来，拉皮尼尔勒为他们提供了并不得体的戏服，再者，他们的人数也不够，一人饰演多个角色，这一切都在暗示这是个十分蹩脚的剧团，道具是东拼西凑的，将演出的戏剧怕也不容乐观。

⑧ 阿朗松，法国西北部城市，诺曼底大区奥恩省的一个市镇。

此地耽搁上四五日，给城里的大人们解解闷。"

　　这位演员的回答让在场所有人都支棱起耳朵。拉比尼尔勒拿了件他妻子的旧裙子给洞穴①，女主人则把别人抵押给球场的两三套服装给了天命和纪仇。正在这时，有人开口道：

　　"你们就三个人。"

　　纪仇答道："我一个人就能演整部剧，同时扮演国王、王后、大使也都不在话下。演王后的时候我用假声，演大使的时候我捏着鼻子发声，再转身去拿椅子上的皇冠。演国王时，我坐到宝座上，头顶皇冠，粗着嗓子，作威严之势。若要向您证明事实果真如此，还得劳您喂食车马以粮草、赠予我们以衣物，并包揽我们的住店费用。夜幕降临前我们就能为您表演，又或者，您若应允，我们先出去喝点儿再回来休息，您要知道，我们长途跋涉了很久。"

　　众人觉得这个主意不错。只是，可恶的拉皮尼尔勒熟谙狡黠之道。他说没必要另寻戏服，从来球场打球的城中年轻人的衣服里拿两身过来就好。至于洞穴太太，即便是穿她自己的日常服饰，也可演绎剧里的所有角色。说干就干，不消半刻钟，演员们早已推杯换盏数次，后又化装、扮相。球场里聚集的人越来越多，人群渐渐占据了屋子的高处。在一块被人掀起的脏布后面，只见演员天命睡在一张床垫上，他头顶的小筐篮象征着皇冠。天命揉着眼睛，装作刚睡醒之人，用蒙多里②的口吻演绎希律王。他是这样

---

①　宫廷中人会将自己的旧衣服给受他们庇护的戏剧演员，此处是对这一惯习的滑稽模仿。

②　蒙多里（Montdory），原名纪尧姆·德·吉尔伯特（Guillaume de Gilberts，1594—1653），是法国戏剧演员兼演员经理，被黎塞留誉为该时代"最伟大的演员"。他在巴黎创办了玛黑剧院，并在 17 世纪初期创作了许多获得巨大成功的剧作，其中包括《熙德》［高乃依的《熙德》（Le Cid）据此改编］。他因饰演特里斯当·勒尔米特的《玛利亚娜》一剧中的希律王时投入的极大热情而引起轰动。他是如此投入表演，以致在一次演出中中风。

开场的:

　　　　辱人的幽灵,扰我之清梦①……

　　纵是拿膏药遮住了半张脸,也毫不妨碍天命向人展示自己是个何等出色的演员。洞穴太太扮演的玛利亚娜②和萨落梅③堪称惊艳,纪仇饰演的其余角色也都很称心④。演出有条不紊地进行着。这出剧本来是能圆满谢幕的,不料那不休不眠的可恶鬼又进来掺和。于是,本该由玛利亚娜之死和希律王的绝望结尾的一出悲剧,竟变成了无数的拳打脚踢。数不清的掌掴声、铺天盖地的拳脚声、不计其数的渎神咒骂声……而后是拉皮尼尔勒先生——最深谙此道的行家——带来的福音⑤。

---

① 此句诗是《玛利亚娜》第一幕的第一句诗,剧里的希律王由蒙多里扮演,大获成功。演员蒙多里的口吻有些夸张,但充满激情、智慧和力量。
② 此处应区分玛丽安娜(Marianne)与玛利亚娜(Mariane)。前者是法兰西共和国的象征,后者是特里斯当·勒尔米特的作品及该作品女主人公的名称。
③ 萨落梅(Salomé),《玛利亚娜》中的另一角色,玛利亚娜的敌人。洞穴比这两位女主人公都要年长,她一人分饰两角,两人有时还会同时出现,演员洞穴的表演要比一人同时饰演多角的纪仇的表演更加灵活。
④ 在这出戏中,除了天命和洞穴饰演的几个角色外,还剩下十几个角色,作者在此处说纪仇把余下的所有角色都演得很好,不免令人生疑。
⑤ 正如第一回以神话开始却以平淡的现实结尾,本回虽以与《圣经》和悲剧作品相关的内容结尾,却也同样夹杂着"平淡的现实"(réalité prosaïque)。

第三回

大受欢迎的戏
竟以混乱收场①

在王国的所有小城里，一般都会有个老式网球场。球场里日日都聚集着城里的闲散之人，一些人打球，另一些人看球。正是在这类网球场里，浩瀚的咒文恶语，借神之名②，被创作出来。在这里，鲜有人会对邻里③手下留情；在这里，不在场的人被七嘴八舌地议论着；在这里，闲言碎语不会饶过任何人。从土耳其人④到摩尔人⑤，人人都这样冷酷无情地过活，彼此皆是死对头。在这里，所有人都依上帝赐予的才能之多寡，加入冷嘲热讽。

若我还记得，便是在这样一处网球场里，有三个喜剧人物被

---

① 原标题中暗含矛盾形容法，意思是"一出受到可怕欢迎的戏"。

② 原文的"Dieu"指上帝、神、神明。此处是说以带"神"的字眼来骂人，类似中文里"见鬼""死鬼"等，以"鬼"字来组词，进行诅咒、嘲讽、戏谑等。

③ 法语原文"prochain"在此处指的是自己的同类，类似基督教中"aimer son prochain"（爱自己的邻里）的表述。

④ 土耳其人（Turc），指残暴之人。

⑤ 此处的 More 一词，又写作 Maure，并不指称"摩尔人"这个民族，因为这个词在多种语言里都存在。谚语"Traiter quelqu'un de Turc à More"，直译为"对待一个人如同从土耳其到摩尔"，意思是极尽苛刻地对待一个人（1694 年第一版《法兰西学院词典》）。而另一个谚语"À laver la tête d'un More on perd sa lessive"（给摩尔人洗头属于浪费洗发剂），意思是白费力气让一个人理解超出他认知的事情或白费力气改变一个不可能改变之人，类似于对牛弹琴、徒劳无功。

13

我落下了。他们三人正在为以拉皮尼尔勒先生为首的一群体面人诵读《玛利亚娜》。此刻，希律王和玛利亚娜双方正唇枪舌剑。衣服被人随意拿走了的那两个年轻人，只穿着短衬裤就来了房里。他们每人手里都拿着只球拍，赶来看剧，也就忘了擦手。不一会儿，看到希律王和费罗勒①身上穿着自己的衣服，他俩惊得目瞪口呆。两人中怒气更盛的那个对球场小厮道：

"狗杂种！你为什么偷我衣服给这玩杂耍的？"

可怜的小厮深知眼前这位是个蛮横的，唯唯诺诺地说并不是他给的。

"那是谁偷的，哪个被绿了的混蛋？"

可怜的小厮不敢当面指认拉皮尼尔勒。不过，拉皮尼尔勒——这世上最蛮横无理的男人——从椅子上起身，说：

"是我，您想怎样？"

另一个人当即驳斥道："你这蠢货！"随即便拿球拍打了下拉皮尼尔勒的耳朵。

这原是拉皮尼尔勒对付别人的惯技，现在他却先挨了这打，一下给愣住了。拉皮尼尔勒一动不动，许是太过惊讶，又或许是他的怒气还没完全上来，气急了他才会决心动手，哪怕只是伸伸拳头。也许，若他那个比他更气愤的仆从②没有扑向行凶者，没有使出全身力气稳稳当当地朝对方脸中央给了一拳，事情也便就此作罢了。

随之而来的是密集的拳脚打斗。拉皮尼尔勒从后面袭击对方，手脚并用，仿佛是他先被冒犯到。敌方阵营里有人以同样的

---

① 《玛利亚娜》中，费罗勒是希律王的亲信。
② 此处指网球场小厮，即拉皮尼尔勒的仆从多甘。

方式扼住拉皮尼尔勒。这人原是拉皮尼尔勒敌人的家属,拉皮尼尔勒的一个朋友为了钳制对方才派他来的;这个是某个人派来的,那个又是另一个人派来的。总之,房里所有人都有自己的阵营。这厢在侮骂,那厢在诅咒,全都打作一团。

球场老板娘看到桌椅板凳被七零八落地折断,便大吼起来,空气中满是她叫苦连天的嘶喊。若不是城里几位由辖区总管①陪着在集市散步的长官听闻哄闹声后赶来,想必这些人全都会丧生在这些拳来脚往、椅凳齐飞之中。也许有人觉得,朝斗殴者浇上三两桶水就能解决问题,不过,除了两个嘉布遣会②神父出于慈悲奔赴战场③外,其他人皆心灰气馁地走开了。神父们置身战斗者中间,和平虽不甚稳固,却也至少让战斗停息片刻④。也许其间还发生了些什么事,我并不知晓,先暂且不提。演员天命靠拳头打下的江山,至今在勒芒仍为人所津津乐道。我们可以从两个小年轻⑤——在勒芒城中制造争端的罪魁祸首——的讲述中窥见一斑。天命一个拳头,便让敌方失去战斗力。天命方才与这俩小年轻有了不少纠葛,差点儿没把他们揍扁。混战中,天命遮脸用的膏药掉了,脸露了出来,精致如斯,跟他的身材一样完美。清凉的水擦拭干净沾满血污的口鼻,撕扯破了的衣领也被替换下来,涂

---

① 旧体制下勒芒市的行政划分方法,与安茹地区的行政区划相关,有不同职位的辖区总管。彼时曼恩地区的总管是斯卡龙的朋友,属贵族阶层。

② 又译卡普秦修会,是天主教方济各会的一支。1525 年由意大利方济各会修士玛窦·巴西(Matteo di Bassi,1495—1552)创立。因其会服带有尖顶风帽(capuche),故名。主张返回方济各会开创时的简朴状态,清贫苦行,致力于布道和传教活动,成为罗马教廷反宗教改革运动的重要力量。后又从事海外传教。

③ 戏谑语。

④ 此处作者使用了一系列的战事用语,如战场、和平、战斗等,是为了制造笑话,营造喜剧效果,这句话的意思是先不关心他们的打斗进展得如何了,或许其中发生了些作者也不知晓的事情,这些都先不管。

⑤ 原文用的是"jouvenceau"一词,为戏称。

抹些许膏剂①,甚至又缝了几针。桌椅家具也都恢复如初,不过并非完好无损,有人趁机顺走了些。顷刻之后,除了每个人脸上仍然浮现着种种恶毒和敌意,丝毫没有战斗的迹象。

　　可怜的演员们,跟着正在发表长篇大论的拉皮尼尔勒一起走了出来。他们刚一从市场的网球场出来,就被七八个持剑的勇士②包围了。遇到这种情况,拉皮尼尔勒通常都会被吓得胆战心惊,若不是天命勇敢地挡在他前面,为他挡住了那险些刺穿他胸膛的利剑,他的处境会更糟糕。不过他也未能完全躲闪开,胳膊受了轻伤。与此同时,天命手持宝剑,须臾间便将两人的剑打飞在地,后又劈开了两三个脑袋,天命朝他们的耳朵重重一击,这些前来伏击的先生便全都被击溃了,狼狈不堪,甚至所有谋杀案的凶手都不得不承认,他们从未见过天命这般骁勇善战之人。失败这方是受了两个小贵族③的唆使,来攻击拉皮尼尔勒的。他们中有人娶了那个在最初的战斗中,拿网球拍袭击拉皮尼尔勒的男子的姊妹。若没有上帝派来的英勇战士——天命——在的话,拉皮尼尔勒估计会被揍得很惨④。铁石心肠也会被善意温暖。拉皮尼尔勒不想把这破落剧团的可怜演员们安顿到旅馆里,便把他们领回自己家中。马车把剧团的行李运至拉皮尼尔勒家中,他则朝村子走去了。

---

① 西班牙流浪汉小说(如《骗子外传》《古斯曼·德·阿尔法拉切》)中,常出现一些落魄贵族形象,他们穷困潦倒,哪怕一贫如洗也要维持最后一丝贵族虚荣,他们的衣领、袖口可能都是精致的,但其实衬衣的其他地方早已布满补丁,缝缝补补无数次了。他们用一些膏剂粘住衬裤,或者用补丁遮住屁股,但是假如不小心,骑马的时候,破了洞的裤子就会把他们的屁股赤裸裸地展示给人看,引人哄堂大笑。
② 原文为"brave"(勇敢的),此处实为贬义,指那些爱斗剑的人、杀手,以及被雇佣做各种邪恶之事的人,这种含义是源于意大利语"bravi"。
③ 指的是本回前面段落中出现的两名年轻人,球场老板夫妇将他们二人的衣服给了演员们。
④ 原文使用的形容词"gâté"本来只用于指"物",意思是被弄坏、受损,作者用来形容拉皮尼尔勒,是一种滑稽讽刺。

第四回

首长慷慨设宴
夜半攻击山羊①

　　拉皮尼尔勒太太②像其他热衷设宴款客的上流社会女子一样，热情周到地接待了剧团人员。虽说她又瘦又干巴，却也不算丑。只是干巴得太狠了，每次剪烛花的时候，她那枯瘦的手指，能让火给点着了。关于她的稀奇古怪之事，我能讲上逾百件，但我生怕长篇累牍，就不一一赘述。不消片刻，两位女士就像伟大的同志那般，你叫我"亲爱的"，我叫你"最忠诚的"。

　　拉皮尼尔勒——这个名声臭得跟城中剃头匠一样的男人——走进来说，已让人吩咐厨房和备膳室尽快准备晚饭。这纯粹是吹牛皮。除了那个正在刷马的老仆，他这满院子也就只一个年轻侍女和一位跛脚老妇，这老妇身上还总疼得要命。拉皮尼尔勒的虚荣，换来的是一场尴尬。此前，他常在下等小酒馆吃些寻常饭菜，总有傻子替他结账。他妻子和安分的仆役们的饭食缩了

---

① 原标题是"再叙拉皮尼尔勒队长及那晚他家中发生的事"。
② 此处原文使用的"mademoiselle"一词在现代法语中是对未婚女子的指称，但在旧时则是指太太，包括那些已婚的非贵族女子和没有爵位的贵族女子。一般来说，夫人（dame）要比太太地位更高，只有贵族妇女才能被称作"夫人"。作为长官之妻，拉皮尼尔勒太太是没有权利被叫作"夫人"的。

17

又减,依着本地习俗,只靠蔬菜汤过活。

这一天,拉皮尼尔勒想在客人面前显露一番,款待他们,便从背后塞了几枚钱币给仆人,让仆人去寻摸些晚饭用的食材。不知是主人还是仆人之过,钱掉在了拉皮尼尔勒正坐着的椅子上,后又滚到了椅子下面。这下,拉皮尼尔勒的脸全紫了,他妻子的脸一片通红,仆人渎神咒骂,洞穴笑将起来。纪仇许是没留意到这些。至于天命,我不晓得他心里怎么想的。

钱被捡了起来。等待晚餐之际,众人一起闲聊。

拉皮尼尔勒问天命为何用膏药把脸遮住,天命回答说他这么做自有理由。情急之下才乔装打扮,免得敌人认出来。不管好坏,晚饭总算来了。拉皮尼尔勒喝得醉醺醺的。纪仇胡吃海喝,好不尽兴。天命像君子那般,晚餐十分节制。女演员洞穴,饿极之状。拉皮尼尔勒太太,化身为投机的女人,意思是说,她为了抓住这个机会,吃了太多导致腹泻。趁仆人们吃饭、铺床之际,拉皮尼尔勒讲了上百个虚妄无稽的故事,令众人不堪忍受。天命独自在一间小卧室里歇下,洞穴与女佣睡在一个小屋子里。纪仇和小斯住一间,但我不知道他俩是睡哪儿的。有的是太疲惫,有的是吃了太多,他们都有了困意。然而,这晚他们一宿都没睡。的确,这世上没什么事是确定的。

拉皮尼尔勒太太睡了一觉后,意欲起身去国王也不得不亲自前往的地方①。她丈夫不久后也醒了。虽然喝得烂醉,拉皮尼尔勒仍清楚地知道,此刻房中独他一人。他唤他妻子,没人回应。起疑、发怒、盛怒而起,一气呵成。拉皮尼尔勒走出房间时,听到

---

① 指茅房。

前面有个人。他循着动静走了一段。在他走到通向天命房间的小长廊下时，他觉得自己跟被他尾随的人离得那么近，他都快要踩到这人的脚后跟了。拉皮尼尔勒以为这是他妻子，朝她扑了过去，将她擒住后大叫道：

"啊！贱人！"

但他的双手什么都没摸到，他的脚似乎碰着了什么东西，他摔倒了，脸贴着地倒下的。拉皮尼尔勒发觉有个尖东西插到了他胃里。他疯狂地喊着：

"杀人啦！有人要刺杀我！"

拉皮尼尔勒以为他抓住了正在自己身下挣扎的妻子的头发，坚决不肯放手。听到他的叫喊、辱骂和诅咒声后，整个院子都骚动起来，所有人都在同一时刻赶来帮他。女佣手执蜡烛，纪仇和小厮穿着脏兮兮的衬衣，洞穴身着十分寒碜的短裙，天命手持利剑。拉皮尼尔勒太太最后一个赶来，跟其他人一样错愕万分。他们发现她丈夫正怒不可遏地攻击一只牝山羊，而这牝山羊此时正在给家里那只死了母亲的小狗崽哺乳。从未有像拉皮尼尔勒这般尴尬的人。他妻子猜中了他心中所想，问他是不是疯了。拉皮尼尔勒，几乎全然不知自己说了什么，回答说，他错将山羊当成了小偷。天命猜到究竟发生了何事。众人都重又回到自己床上，但凭个人所能来解读这件奇事。牝山羊和她的小狗崽被关了起来。

第五回

无关紧要之事
愤世嫉俗之人①

　　演员纪仇是小说中的主人公之一，这是因为本书的主人公不止一个。既然没什么比书里的英雄人物更完美②，倘若我的书里出现了半打的英雄，抑或是半打所谓的英雄，总会比只有一个英雄主角的书更光荣。要知道，这唯一的主角，有可能再也不被人提及，就像世间有着幸与不幸。

　　纪仇是个愤世嫉俗的人，是那种厌恶所有人，甚至连自己都不喜欢的人。我知道他这种人有很多，从不曾有人见他们笑过。纪仇的头脑还算灵光，作了不少蹩脚诗文，他这人跟个老猴子一样精明，又像条狗一样善妒，无论如何都不能算作谦谦君子。纪仇总翻来覆去地讲他的同行：贝尔罗塞③太做作，蒙多里太粗鲁，

---

① 原标题是"无关紧要之事"。
② 此处是作者的指责与批判，斯卡龙讽刺当时的小说，认为本书中这些想象的英雄虽然偶有些不合时宜，却是因为太过于老实本分。
③ 贝尔罗塞（美丽玫瑰）是皮埃尔·勒·梅西耶（Pierre le Messier，1592—1670）的艺名，演员兼经纪人，17世纪主要悲剧家之一，主要参演了高乃依的《西拿》（*Cinna*，1643）和《说谎者》（*Le Menteur*，1644）。

弗洛里多尔①太过冷淡,诸如此类。我觉得,纪仇曾轻易得出过结论——他自己是唯一没有任何缺点的喜剧演员。不过,纪仇说他如今已不再继续在剧团遭罪了,在这个行当里,他已经太老了。过去,在阿尔迪②的剧作不再受人追捧之际,他曾戴着面具、用假声扮演一些老妈子的角色③。自大家开始认真做喜剧以来,他就成了守门的④,也饰演些心腹⑤、大使或官吏助理类的角色,时而陪伴国王,时而刺杀个人,或是发动场战争;别人吟唱的时候,他也会唱起三重奏,只是他上不下的中音很是糟糕;又或者,在演闹剧的时候,糊上一脸面粉⑥。谈论这些才艺时,纪仇的虚荣心简直让人无法忍受。虚荣中还夹杂着他那持续不断的嬉笑戏言、永不枯竭的恶语诽谤,以及没事找事总爱吵架的脾气。这让同伴们都对他有所忌惮。只有与天命在一起时,纪仇才温顺如羔羊,尽可能表现出天性中最讲道理的一面。传言他曾被人打过,不过没多久这声音就销声匿迹了,再无人提及他之前觊觎别人财物后

---

① 弗洛里多尔(Floridor,1608—1671)出身高贵,先是于1638年进入巴黎玛黑剧院,后在勃艮第府剧场接替贝尔罗塞,备受推崇。

② 亚历山大·阿尔迪(Alexandre Hardy,1560—1632),法国17世纪剧作家,可能是小说人物罗克布吕讷(Roquebrune)的原型:一位历经漂泊、需要典当剧组财物的诗人,大部分作品都未能出版,很难靠作品版权维持生计。1630年前后,观众对剧作审美品位的改变对他来说是致命的,自那时起他便被视为品味差劲的作者。

③ 当时因剧团里缺少女性,一些女性角色(如侍女、丫头、女佣等)则由男性戴面具、用假声扮演,不过更多是扮演上了岁数的妇女,比如奶妈、用人等。这里提到面具,让人回想起高乃依在《皇宫长廊》(*La Galerie du palais*,1632年前后)的校订本中庆祝这种女性角色终于可以由男性戴上面具来扮演。斯卡龙在此处意在点出一种切实有效的戏剧改革。

④ 彼时剧场的看门人肩负售票之责,多疑的纪仇更喜欢多瞄一眼钱箱。

⑤ 安排心腹(confident)是戏剧舞台上一个习惯做法。这个角色可使观众了解主要人物的内心世界,并在演出开始时就向观众介绍剧情背景。

⑥ 按照当时的传统,闹剧角色面部常被施以面粉,以作改扮。

又灰溜溜地逃走一事①；因于此，纪仇成了世上最好的人。

我跟您提到过，纪仇好像是跟拉皮尼尔勒的仆从睡同一间屋的，那小厮名叫多甘。要么是床不太好，要么是多甘睡相不好，纪仇彻夜难眠。天刚蒙蒙亮，他就起床了，多甘也被他主人叫醒了。路过拉皮尼尔勒的房门口时，纪仇向他问了早安。拉皮尼尔勒以外省长官式的隆重排场接受了他的问候，却未回礼寒暄。不过，因着喜剧演员总饰演形形色色各类人物，纪仇也不觉有什么，心中了无波澜。拉皮尼尔勒问了纪仇上百个关于剧团的问题，接二连三，穿针走线一般（我觉得"穿针走线"这个词用在此处非常贴切）。他问纪仇天命是何时加入喜剧团的，又说天命是个非常出色的演员。纪仇反驳道：

"发光的未必都是金子。在我演角儿的时候，他天命还只配演侍从，又如何能领悟一个他从未了解的职业呢？天命来剧团的时间特别短，当演员跟当比赛冠军可不是一回事。因为他年轻，所以受欢迎；若您像我一样了解他，您对他的评价定会大打折扣。再者，他让人觉得他是从圣路易海岸走出来的②。天命从不吐露自己是谁，没人知道他是从哪儿来的，也没人知道那个跟着他的漂亮的克洛丽是谁，天命叫她妹妹，上帝也希望她真的是他妹妹。像我这样的人，我曾在巴黎以身中两剑的代价救他性命，他却那么没良心，不仅不带我去看医生，还一整晚都在烂泥里翻找什么珠宝首饰。估计也就是些阿朗松珠宝③，他说袭击我们的人拿走

---

① 指纪仇因偷窃他人财物而被天命痛打一事。
② 指朱庇特的大房子。莫里哀曾对茹尔丹（Jourdain）女士说过同样的话："我们，还有其他人，我们都是圣路易海岸边（la Côte de saint Louis）的吗？"这种表达方式在当时十分常见。
③ 时人将假的珠宝首饰称作阿朗松珠宝。

了他的珠宝。"

拉皮尼尔勒问纪仇这件不幸遭遇是怎么发生的。纪仇回答说：

"那天是三王来朝节,在新桥①上。"

纪仇最后的这些话让拉皮尼尔勒和他仆人都心痒难耐;他们主仆二人的脸一会儿变得苍白,一会儿又胀得发红。拉皮尼尔勒切换话题的速度如此之快,说话前言不搭后语,纪仇对此感到惊讶。

城中的刽子手和几个弓箭手闯入房间,打断了他们的谈话。纪仇心中大喜,因为他明显感觉到自己说的话让拉皮尼尔勒心中某个柔软的地方泛起涟漪,但他却猜不出能令其心生波澜的点究竟是哪里。

可怜的天命,此时正端坐在毯子上,苦不堪言。

纪仇看到天命与洞穴太太在一起。局促不安的天命,正发愁不知如何让老裁缝坦白是他听岔了,甚至做错了。

天命与老裁缝争论的焦点在于,剧团卸行李的时候,天命发现了两件男式紧身短上衣和一条破旧不堪的短裤,于是,天命就将这些衣服交给了这位老裁缝,让他裁出一条比自己身上侍从样式更时尚的齐膝短裤。这老裁缝并不像其他那些一生都在缝补破衣烂衫的裁缝那般。他本该用其中一件紧身短上衣补完另一件上衣后,再补那短裤。可老裁缝判断失误,用了齐膝短裤上最好的几块碎布去补那两件上衣。可怜的天命,他已经有那么多的

---

① 巴黎新桥(Pont-Neuf)是塞纳河上最古老且最为有名的桥梁。建于 1606 年,长 232 米、宽 22 米。之所以命名为"新桥",不仅因为它是一座建造时间跨世纪的"新"桥,更重要的是该桥是巴黎建桥史上第一座桥上没有建房的石桥。

短上衣,却没什么短裤,只得窝在房里或者干脆让孩子们追着他跑,仿佛他已经将喜剧服装穿在了身上。

拉皮尼尔勒的慷慨解囊弥补了裁缝的过失,裁缝得到了两件改过的短上衣,天命很开心地笑纳了不久前挨他揍的毛贼的衣服。眼下,刽子手也在,正是他把衣服交给拉皮尼尔勒的女佣保管的,现又盛气凌人地说那是他的衣服。拉皮尼尔勒威胁他说会让他丢了差事。

衣服穿在天命身上刚刚好。随后,天命、拉皮尼尔勒和纪仇三人一起出了门。他们到一家下等小酒馆吃晚饭,花的是一位有求于拉皮尼尔勒的市民的钱。洞穴太太忙着用肥皂清洗她的脏衣领,家中女主人在一旁陪着。当天,多甘遇到了之前在网球场揍他打的那个年轻人,多甘被这人深深刺了两剑后又挨了无数棍棒,最后拖着身子回住所时,已伤势过重。晚饭后,纪仇便去隔壁旅馆歇息了。想为仆人讨回公道的拉皮尼尔勒先生,在他的同志——天命的陪同下,绕着整座城跑了大半天后,已是筋疲力尽。

第六回

夜壶冒险之旅
纪仇搅事之夜^①

纪仇走进旅馆时，一副半醉半醒之态。拉皮尼尔勒的女佣边引他往里走，边跟老板娘说让人给纪仇铺张床。

"这下可全（完）了，"旅馆老板娘说着，"若没点儿别的营生，单是收租子是挣不了几个钱的。"

她丈夫说道："闭嘴，蠢货！承蒙拉皮尼尔勒先生入眼，这是我们莫大的荣幸，快去让人给这位绅士铺床。"

旅馆女主人说："哪里还有床铺呢？我刚把最后一间房给了下曼恩^②的一位商人。"

正在此时，商人走了进来。明白了争论的焦点后，商人愿把床让出一半给纪仇。商人这么做，要么是有求于拉皮尼尔勒，要么是因为他生性乐于助人。纪仇穷尽一生才学，向商人施礼致谢。由旅馆掌柜作陪，商人用了晚膳。至于纪仇，能让人恳求他三次，他就不会让人求他两次。此刻，他重又喝起酒来，而这些花

① 原标题是"夜壶的冒险之旅；纪仇在旅馆搅事的夜晚；几个演员的到来；多甘之死以及其他难忘之事"。

② 下曼恩指的是旧曼恩省的西部地区，曼恩省是法国历史上的一个行省，首府为勒芒，该行省作为行政区划已于1789年废除。曼恩行省现分属萨尔特省和马耶讷省。

费也是要另算的。他们一起谈论着税费，又诅咒那些征税的人，他们指点江山，却对自己的问题置之不理。旅馆老板第一个从上衣口袋里掏出零钱包来，要求赊账，他早不记得自己此刻是身在自个儿家中。他的妻子和用人一起架着他的肩膀，将他拖到房里，让他和衣躺在床上。纪仇对商人说，自己深受排尿问题的折磨，很懊恼自己将会不可避免地妨碍到商人。对此，商人回答道：

"一个晚上很快就会过去的。"

床前一点儿缝隙都没有，紧挨着墙。纪仇先爬上床，商人随后找了个稳妥的位置睡下。纪仇问商人要夜壶。商人问道：

"您想做什么？"

纪仇答道："我怕妨碍您，想把夜壶放我跟前。"

商人对纪仇说等他需要的时候自会给他，纪仇勉强答应了，又称妨碍到商人他很痛心。商人睡下了，不再作声。只是，每每在他刚刚竭尽所能快睡着的时候，狡黠的演员——这个宁可自损八百也要伤敌一千①的人，拎着可怜的商人的胳膊，朝他喊道：

"先生！喂！先生！"

酣睡中的商人打着哈欠问纪仇：

"您说什么？我没听清，再说一遍。"

纪仇回答道："劳烦您把夜壶拿给我一下。"

可怜的商人朝床沿边欠身，拿起夜壶，将它交到正急着小解的纪仇手里。像是历经了千辛万苦，抑或是佯装如此，纪仇在唇齿间咒骂了逾百次。他抱怨着自己尿频的毛病，将夜壶还给商人，却未撒出哪怕一滴尿。商人将夜壶放在地上，因连连哈欠而

---

① 此处是为了强调纪仇是个损人不利己之人，直译是说他"宁愿弄瞎自己一只眼，也要让别人失去一只眼"。

张开的嘴巴足有烤炉那么大：

"真的，先生，我深深同情您。"

紧接着，商人便重又入睡了。纪仇由着他上了床，但他离入梦还早。纪仇看到他酣睡的样子，仿佛他此生再无烦忧。奸诈的纪仇又一次将商人弄醒，像第一次一样，恶戳戳地向他要夜壶。商人跟之前一样，老老实实地将夜壶交到纪仇手里。纪仇拿起夜壶，将它放到让人丝毫提不起尿意却更妨碍商人睡觉的地方。纪仇又一次喊叫起来，声音比之前都大，持续时间也比之前更长，连着两次他都没撒出半滴尿。纪仇恳请商人别再费劲帮他拿夜壶了，说总劳烦商人太不通情达理，他自己可以拿。可怜的商人，哈欠连连，只想好好睡个够。商人一边对纪仇说他想什么时候用尿壶就什么时候用，一边将尿壶放回原来的位置。他们俩非常彬彬有礼地互道了晚安，可怜的商人用自己的全部财产做赌注，甘愿倾尽所有只求能睡个好觉。纪仇很清楚接下来会发生什么，便让商人好好去睡。纪仇仿佛完全没有意识到他接下来的行为会将一个熟睡中的人吵醒，他把胳膊肘放在商人的肚子中央，再将整个身子都压上去，之后往前挪动着另一只胳膊下床，就像我们想伸手捡起地上的东西时的动作。不幸的商人，感觉快要窒息且胸腔就快被压碎了，蓦地醒来！商人惊恐地尖叫着：

"该死的！见鬼！先生，您快把我弄死了！"

纪仇用跟商人一样温柔且庄重的语气，慷慨激昂地答道：

"请您见谅，我想拿一下夜壶。"

商人喊道："啊，天打雷劈的，我非常乐意把尿壶拿给您，然后整晚都不睡了。您让我受的苦我此生都会铭记。"

纪仇一言未发，开始撒起尿来，那一大泡尿竟是如此声势浩大,单是夜壶发出的声音就足以让商人再次从梦中醒来。纪仇尿了满满一壶,以恶棍式的虚伪感恩主的赐福。可怜的商人对他能够顺畅地排出这么丰沛的尿表示祝贺,期盼着自己能够睡上一个不再被搅的觉。可恶的纪仇,他作势要将夜壶重新放回地上。这一刻,夜壶从他手中掉下来,壶里的东西悉数浇在了商人的脸上、胡子上、肚子上。纪仇虚伪地喊道:

"喂! 先生,请您见谅。"

商人没理睬纪仇的客套,是因为他顿时发觉自己被(牛屎马)尿给淹了。商人起身,盛怒之下大吼起来,嚷嚷着要找蜡烛。纪仇用一种足以让德亚底安修会的修士①改宗的沉着冷静,对商人说道:

"瞧,多么不幸!"

商人继续喊叫着,旅馆掌柜的、老板娘、用人、仆人,全都赶来了。商人对他们说,他们这是让他跟魔鬼睡在一起,恳求他们给他另暖一处(好让他换到别处去睡)。众人问他发生了什么,他一声不吭,正在气头上的他,索性拿起衣服就直奔厨房去了。商人借着厨房的火把衣服烘干后,便挨着火堆,在一张长椅上度过了下半夜。旅馆老板问纪仇他都做了些什么。纪仇装作一副无辜极了的样子,答道:

"我不知道他有什么可抱怨的。他醒来后就大喊大叫,还把我吵醒了,应是他做了什么噩梦或者是他疯魔了。此外,他还尿床了。"

旅馆老板娘用手去摸了摸床,而后说这确是真的,床垫全都

---

① 又译作戴蒂尼会(Théatins),于1524年创立,1644年由马扎然引入法国,这些修士以其彬彬有礼的文雅之态著称。

湿透了,凭伟大的上帝起誓,她一定会让商人付出代价的。^① 经营旅馆的夫妇俩跟纪仇道了晚安,而纪仇则像正人君子一样,平静地睡了一整宿,弥补了他在拉皮尼尔勒家里未能安睡的夜晚。

纪仇自己都没想到他竟一大早就起来了,是因拉皮尼尔勒的女佣急急忙忙地赶来寻他,让他去看看多甘。说是垂死的多甘,临死之前想见见他。纪仇一路疾走,想象不出一位垂死之人在临终前想让他做什么,而且,这个人不过是他昨天才刚认识的。是这女佣搞错了。她只听到这位可怜的生命垂危之人说想见演员,她错把纪仇当成了天命。纪仇前脚刚走进多甘的房间,天命后脚也跟着进来了。把自己关在房里的天命,从前来做告解的神父那里得知,这个受伤的人有些重要的事想对他说,他得知道才行。不消半刻,拉皮尼尔勒便从城里回来了,天刚亮他就出门去城中办事。刚一到家,拉皮尼尔勒便听说他的仆人快死了,一根粗血管被割破了,血止不住。在临死前,他的仆人想见演员天命。

拉皮尼尔勒无比激动地问道:"那他见到天命了吗?"

有人回答他说,多甘和天命正共处一室。听闻此言,拉皮尼尔勒像是遭了晴天霹雳,仓皇不定,慌张着跑去敲濒死的多甘的房门。是时,天命打开房门,通知大伙儿赶来救助这位刚陷入昏厥的病人。拉皮尼尔勒忧心如焚,问天命自己的疯仆人想让天命做什么。天命冷冷地答道:

"我觉得他是梦魇了,不停地跟我道歉,重复了上百遍,可我并不觉得他曾在哪里冒犯过我。"

---

① 诗人、小说家塞格雷(Jean Regnault de Segrais)在他的《杂集》中指出,这个有关夜壶的粗俗故事是由身患痛风的德·里安德(de Riandé)先生向斯卡龙讲述的,此人为国王向教士征收所得税。

在多甘即将咽下最后一口气的时候，大家向他的床靠近。此时的拉皮尼尔勒看上去更多是快乐而非悲伤。只有天命清楚地知道自己该相信谁。这时我们的演员认出了那两个向院子走来的男人，那正是他的两个同伴。我们在下一回中展开来讨论他们。

第七回

板车遇惊险
车夫纷沓来^①

刚刚抵至拉皮尼尔勒家的演员中,最年轻的是天命的仆从。天命从侍人那里得知,除了星星小姐在距勒芒三古里^②处的地方扭伤了脚外,剧团其他人都到了。天命问侍从:

"是谁让你们到这儿来的,谁跟你们说的我们在这儿?"

仆人道:"因为鼠疫,我们不能前往阿朗松^③了,便不得不在博内塔布勒^④耽搁下来。"

另一个名为奥利弗的演员答道:"我们遇到几个城里人,是他们告诉我们的,说你们在城中演出,还说您跟人打架受了伤。星星小姐为此忧心不已。她还恳请您给她送个板车过去。"

隔壁旅馆主人听闻多甘死了,便赶了过来,说他家里有个板车,只要价格合适,两匹好马拉着,中午时分就能启程上路。演员

---

① 原标题是"板车的冒险"。

② lieue,法国的长度单位,约 3.25—4.68 公里。

③ 1638 年 8 月,阿朗松发生过一次瘟疫。

④ Bonnestable,如今称作 Bonnétable(博内塔布勒),历史上是属于法国曼恩省的一座小城,位于迪夫河(La Dive)上,森林茂密。

们花一埃居①定下板车,又让旅馆为剧团备了几间房。拉皮尼尔勒负责到中将那里申请演出许可,临近正午时,天命和同伴们一起取道博内塔布勒。天热得厉害,纪仇睡在板车上。旅馆小厮在前面牵马,奥利弗从后面骑了上去。天命肩上扛着枪,靠双脚步行,仆从跟他讲述着他们从卢瓦尔堡②到博内塔布勒附近的那个村子,这一路走来遇到的事,又跟他说星星小姐是在哪里下马时扭伤了脚。就在这时,两个把脸埋进上衣的男人骑马从天命身边过去。两人从外侧向板车靠近,不过,除了个睡着的老头外,他们在板车里什么也没找到。这俩陌生人中骑马更稳妥的那个对另一个说:

"我觉得今天所有的魔鬼都被解开了锁链来攻击我,后又伪装成板车来激怒我。"

正说着,他拍马穿过田野,其同伙紧随其后。奥利弗喊着稍远处的天命,跟他讲方才的事。天命丝毫不明白到底发生了什么,也就没怎么放心上。行了四分之一古里后,车夫被炙热的太阳烤得昏昏欲睡。他把车停在一处泥塘边时,纪仇差点儿没被摔到地上去。马儿们刚卸了套,便把演员们的破衣烂衫撕碎了。大家拽马脖子的拽脖子、扯马尾巴的扯尾巴,捡起地上被马儿们踩躏过的碎片残骸,好尽快抵达下一个村子。板车装备亟待整修,大家都在忙活着。纪仇、奥利弗、天命的仆从,三人到村里的旅馆门口去喝了一杯。这时,又有一辆板车朝这边驶来,两个脚夫驾着,停在了旅馆门前。车子方才停稳,同一方向百步之遥处又来

---

① 埃居(écu),法国古货币的一种。1660 年前后,1 埃居相当于 3 利弗尔。
② 卢瓦尔堡(Château-du-Loir),卢瓦尔河地区大区萨尔特省的一个市镇,在当时属于曼恩省,距勒芒约 5.5 公里。

了一辆。纪仇说：

"怕是全省的板车都赶来这里聚会呢，过来讨论重大要事或是来参加教士集会①。我估摸着会议已经开始了，不会再有板车过来了。"

旅馆老板说道："瞧，这儿还有个不死心的。"

实际上，这已经是从勒芒方向过来的第四辆了。这令他们开怀大笑，不过纪仇除外，我跟您说过的，纪仇从来不笑。最后一辆板车也跟其他的一样，都停下了。大家从未见到过这么多板车聚一起。第一个到的车夫说：

"若是我们刚才遇到的那些找板车的人全都在这儿了，他们会很高兴的。"

第二个抵达的道："我也遇到他们了。"

演员们的车夫也如是说着。最后一个到达的车夫补充说，他早知道自己会被打败的。天命问他：

"这是为什么？"

他回答道："因为那些人对一个跌伤的姑娘打起主意，是我们把这个姑娘带到了勒芒。我从未见过如此恼怒的人，他们指责我，说他们没能得偿所愿。"

听到这里，演员们全都支起了耳朵。问了车夫两三个问题后，演员们知晓了星星小姐受伤时路过一个村子，村里的庄园主夫人前去看望她，还让人把她送到了勒芒，一路悉心照料。车夫们继续闲聊着，发现他们在路上全都遭到同一拨人的盘查，演员

---

① chapitre général，天主教教士接到统一命令后举行的年度集会，广义上也可指其他全体大会。

们也见过这些人。第一个车夫载的是栋弗龙①神父,这位神父来自贝莱姆②,途经勒芒去找医生问诊瞧病;第二个车夫载的是位刚受伤退伍的绅士。板车们四散而去。演员们的板车与栋弗龙神父的板车相伴回勒芒,其余的板车都该去哪儿去哪儿了。病了的神父与演员们下榻在同一家旅馆。我们让神父在房间里休息会儿,下一回中再来看看演员们的房间里发生了什么。

---

① 距离勒芒约40公里。
② 贝莱姆(古 Bellesme,今 Bellême)是法国奥恩省的一个市镇,位于该省东南部,属于莫尔塔涅欧佩什区。

第八回

欲解本书①细情
且看以下内容

　　由天命、奥利弗和纪仇等人组成的剧团里的所有人都有自己的仆人，且这些仆从个个都想着有一天能成为首席演员。他们中，有些人已经能够面不改色、从容不迫地背诵台词。一众仆从里，要数天命的仆人表现最佳，主人说他大抵都明白，人也灵活。

　　星星小姐和洞穴太太的女儿演主角，洞穴演王后和母亲，另外，洞穴还参演闹剧。除此之外，他们还有位诗人，或者说他们还有个作者，因为在这个国家的所有杂货铺子里，都是他的作品，不是诗就是散文。② 这个聪明人不请自来，总跟演员们一起挥霍，报酬上，又分文不取③，剧团便接纳了他。大家让诗人演些无足轻重

---

① 此处保留"本书"一词。从阅读上，或许这种翻译会让读者产生不解，但这是"滑稽讽刺"题材的重要特征，故而不进行意译或转译。

② 此处的诗人即下文中的罗克布吕讷，依附于剧团的诗人为剧团写些剧本，但这些作品都不发表，所以严格来说他并不是作家。这里并不是现实中的诗人圣阿芒，只是一个小说人物，被视作"被收买的诗人""被雇佣的诗人"，因为一般来说他的出版费用是他进账的一部分，不过他并无权获得（他分文不取），要靠自己的钱养活自己。滑稽讽刺作家们，尤其是斯卡龙，常拿那些像包装纸一样没有卖出去的书开玩笑；布瓦洛（Boileau）则讽刺说这些印有诗句的纸张是用来包装食品的。

③ 此处"il ne partageait point"意思是演出所得酬劳并没有他的份。作为剧团的诗人，拉皮尼尔勒是没有薪资的，不过他似乎有些小钱，能够支付与演员们一起时的花销。

的角色，他演得很是差劲。大家很清楚这位诗人喜欢两个女演员中的某一个。他这个人虽有些疯狂，却异常谨慎，乃至在他希冀不朽①时，竟无人知晓他到底是要勾引哪一个。诗人拿剧本数量威胁演员们，不过目前为止他都比较仁慈。大家只是靠猜测得知他写了个名为《马丁·路德》的剧本②。众人找到了稿本，尽管是他的字迹，他却矢口否认。

男演员们抵达的时候，女演员们的房间里已经挤满了前来献殷勤的人。这些年轻人从城里过来，心潮澎湃，其中有些人因受到冷遇，燥热的心已凉了下来。他们无人不在谈论着剧团、优美的诗行、伟大的作家与优秀的小说等。除非房间里有人大吵大闹，否则我们从未在一间房子里听闻过这么多喧嚣声。凌驾于他人之上的诗人身旁围绕着三两个城中的年轻人，他们大概也都是有着高尚情操的人。诗人孜孜不懈地跟他们说自己曾见过高乃依，又说他曾与圣阿芒、贝伊③一起把酒言欢，他的好朋友罗特鲁④葬身于大火中。

---

① 此处讽喻诗人歌颂美和他心爱的人，盼望其不朽的言论，可参考龙沙（Ronsard）或高乃依的作品，如《致玛吉斯的诗》（*Stances à Marquise*）。

② 这个主题表现出了本作品人物的"疯狂"：为了悲剧题材的庄严与神圣，"严肃"戏剧作品中是不直接谈论时事的，而选择新教徒中最能蛊惑人心的闹事者作为主人公，面临许多困难，或许这是诗人罗克布吕讷否认其为该作品的作者的原因。

③ 夏尔·贝伊（Charles Beys，1610—1659），法国剧作家，因其悲喜剧及喜剧作品［如《兄弟情缘》（*Les Frères rivaux*）、《香颂喜剧》（*La Comédie de chansons*）］而出名。他也是诗人，是斯卡龙的朋友，能"边作诗边喝空酒瓶子"，出版了《贺拉斯颂之滑稽讽刺诗篇》（*Les Odes d'Horace en vers burlesque*）。

④ 让·罗特鲁（Jean Rotrou，1609—1650），法国诗人、悲剧家，受人尊敬，是高乃依的追随者，斯卡龙常常能够遇到他。如今我们能够知道的他的作品主要是 1647 年发表的悲剧《真正的圣·热内斯特》（*Véritable saint Genest*），该剧对戏剧与生命之间的联系进行了巴洛克式的深刻反思。

洞穴太太和她女儿安热莉克小姐①很安静,对这些都置若罔闻。她们正一起整理衣物,仿佛房里空无一人。这些外省的②青年才俊心中急切切,手里慌乱乱③,弄得安热莉克的双手一会儿攥得紧紧的,一会儿又被人亲吻着。不过,安热莉克要么及时飞起一脚踹在这些人的腿骨上,要么视不同情形,扬起一个巴掌或咬上一口。拼了命的她,不一会儿就从这些情郎中顺利脱身了。安热莉克并不是个生性放荡的人,她只是性格活泼且自在惯了,很难遵从这么些客套虚礼。再者,她还是个有想法又很率直的姑娘。

星星小姐的性子则完全相反,世上没有哪个女子比她更温柔、更谦逊。她是那么随和,乃至扭伤了脚、遭了许多罪、亟待休息的她,仍没有气力将这些殷勤的人儿从她房中赶出去。星星小姐和衣躺在床上,身边围绕着四五个最会说甜言蜜语的人。在外省被人们称作下流双关话的言语不绝于耳,星星觉得心烦头昏,却又对那些她丝毫不感兴趣的事不时地报以微笑。这是演员一职最大的弊端之一。还有就是,虽然演员们能偶尔演演皇帝、皇后,但是,无论他们当下心境如何,却不得不哭、不得不笑。如此一来,身为演员的乐趣就大大减少了。哪怕与事实相去甚远,人们还是觉得他们美若日光;纵是他们在舞台上日渐老去,人们还是称他们风华正茂。他们脱落的牙齿、斑白的头发,终也都成了那行囊旧物。

---

① 据亨利·查登考证,安热莉克小姐可能是 17 世纪法国演员菲朗德尔(Filandre, 1616—1691)的妻子安热莉克·莫尼耶(Angélique Meusnier),而莱昂德尔的原型则是菲朗德尔。

② provincial,指外省人、外省(人)的,并不一定是贬义,例如帕斯卡尔的《外省来函》(Les Lettres provinciales),则是自外省至巴黎。

③ patiner,古义指乱摸、随便摆弄。斯卡龙将这个词定义为"一种外省的殷勤献媚",多为讽刺。

关于这个话题,我还有许多内容要讲,不过我需要先把它们整理好、安置妥当、放在书中不同地方,以便让这书更加丰富多样。

言归正传,话说可怜的星星小姐被外省人(这真是世上最惹人厌的民族)缠住了。他们个个能言善道,有几个还极放肆无理,另外一些则是从学校刚毕业的。他们中有个身材矮小的鳏夫,是个职业律师,在附近一家小法院里担任个小职位。自他矮小的妻子去世之后,他就恐吓城中的妇女与他再婚,还威胁省里的神职人员让他担任神父,他甚至不惜重金①布道讲经,以便成为高级教士。② 这是从罗兰的田野里③跑来的最疯狂的小疯子。他一生都在学习,尽管学习知识是为了掌握通往真理之路,他仍像个仆从一样谎话连篇,像老学究一样自以为是、冥顽不灵,跟个蹩脚的诗人④一样。倘若这个国家没有警察,他怕是会被人给直接闷死。天命和他的同伴进入房间之际,不等众人熟络一番,拉戈旦⑤便要跟大家诵读自己的名为《查理大帝八十天的丰功伟绩》⑥的剧本,

① 此处法语原文中使用的单词"comportant"指的是现金、现款,但用现金布道说教意思不通,据奈德莱克的研究,这里可能是指教堂募捐时,布道结束后对演讲者慷慨解囊。
② 此处是拉戈旦登场。据亨利·查登考证,拉戈旦的原型可能是安布鲁瓦·德尼佐(Ambrois Denisot)。此人于1584年出生,1636年成为鳏夫,1641年做了教士,曾用拉丁文写过些诗句。斯卡龙在勒芒寓居期间,曾与他结识。
③ 影射意大利文艺复兴时期的诗人阿里奥斯托(Ludovico Ariosto,1474—1533)的《疯狂的罗兰》(Orlando Furioso):罗兰因觉得情人对他不忠,裸身跑遍了田野,饱受痛苦后发疯。
④ 法国著名诗人、作家、文艺批评家尼古拉·布瓦洛(其代表作是一本文艺理论专著《诗艺》,该作品被誉为古典主义的法典)对蹩脚诗人的作品的评价:"他们让国王厌倦整座皇宫。"
⑤ 前文中提及的身材矮小、像蹩脚诗人一样的小疯子,便是拉戈旦。
⑥ 原文为 Les faits et les gestes de Charlemagne, en vingt-quatre journées,这里的 geste(意为功绩)一词,影射法国文学体裁武功歌(在法语文学开端出现的史诗)。已知最早的武功歌出现在11世纪晚期和12世纪早期,是在游吟诗人的抒情诗和最早的骑士诗之前),这种诗歌形式在当时几乎不被人瞧得起。另外,此处可能还受到中世纪(中世纪戏剧一般都是宗教形式的、带有很强的仪式性)及文艺复兴时期某些形式的戏剧作品中的"圣歌"(séquences)的启发。伊夫·吉罗(Yves Giraud)则认为此处是在影射前人创作的无休无止的剧本。

这让在场的所有人都毛骨悚然。一片惊骇。天命保留了些意见，笑着对他说，看样子晚饭前怕是没人能当他的听众。拉戈旦说道：

"那好吧，我跟你们讲个别人从巴黎给我寄来的一本西班牙书里的故事，我也想写个合乎规范的剧本。"①

交换过几次意见后，众人觉得这是本疑似《驴皮记》②的仿作，也就不予理会。不过，这小个子男人一点儿也不气馁，翻来覆去地复述他的故事，又积极解答大家的问题，他便因此自己给自己找到了听众。听他讲故事，大家丝毫不觉后悔，故事那么好，让大家对拉戈旦③的糟糕印象都有所改变了。这拉戈旦，用的是高德农④的名字。下一回中您将会看到拉戈旦的这个故事，不过并不像他讲述的那样。是一个听众把这个故事告诉了我，我再把它讲出来。所以，接下来并不是拉戈旦在说，而是我在说。

---

① 拉戈旦是个可笑的人物，但他知道书店有哪些新书上市，他要讲述/朗诵的西班牙故事，取自阿隆索·德尔·卡斯蒂略·索洛萨诺（Alonso del Castillo Solórzano）的《卡珊德拉的消遣》（Los Alivios de Casandra，1640），时间上推算，斯卡龙写作《滑稽小说》时，这本书刚问世不久。至于将一个（西班牙）故事改编成剧作，斯卡龙自己便这么做过，而且莫里哀也这样做过，所以此处显得有些"五十步笑百步"（克罗蒂娜·奈德莱克的评论）了。

② 《驴皮记》是流行于 17 世纪之前的一则故事。从拉封丹、西哈诺、贡迪（Albert de Gondi）、布瓦洛、莫里哀等人的作品中可以看出，《驴皮记》在经夏尔·佩罗（Charles Perrault）改编之前，已经广为传播，不过当时这则口语化的故事并不受人重视，被认为更适合天真幼稚的人阅读，而佩罗的改编版本则更为"文学化"。

③ 拉戈旦（Ragotin）是"拉戈"（Ragot）的别称，指身材不好的小个子男人，肥胖且矮小，四肢粗壮。另一种解读认为，Ragot 是指利摩日地区的一种肥胖的球茎甘蓝菜。

④ Godenot，词源不详，除了斯卡龙笔下所指的身材矮小的男人外，还可指代骗子手表演时为了取悦观众使用的木质塑像，通常是一些面貌丑陋、粗糙的形象。

第九回

《看不见的情人》——故事①

　　阿拉贡的堂·卡洛斯②是卡洛斯家族中的年轻公子。在腓力二世③（也可能是三世或四世，因为我并不知晓究竟是第几世④）的婚礼上，那不勒斯总督为百姓举办了公开演出，卡洛斯亲自参演，其表现令人叫绝。翌日，他在戒指跑马赛⑤中拔得头筹。这番

---

① 此故事是斯卡龙根据卡斯蒂略·索洛萨诺（Alonso del Castillo Solórzano）1640 年在巴塞罗那发表的《卡珊德拉的慰藉》中的第三个故事——《爱情的效果》改编的。斯卡龙强调的"面具"这一主题构成了整个"故事"。

② 此处的堂·卡洛斯（Dom Carlos）是斯卡龙虚构的小说人物，但也不排除作者影射历史人物的可能。历史上的堂·卡洛斯指的是哈布斯堡王朝与阿维斯王朝的阿斯图里亚斯亲王堂·卡洛斯（Don Carlos，1545—1568），即西班牙国王腓力二世的长子和法定继承人。卡洛斯因为不稳定的精神状态被腓力二世于 1568 年软禁，半年后离世。他的命运成为西班牙的黑色传奇之一。

③ 腓力二世（Felipe II de España，又译菲利普二世，1527—1598），西班牙哈布斯堡王朝时期的国王。

④ 从腓力二世上台到腓力四世执政，其间相差五十余年。此处对腓力二世还是三世、四世的犹豫不定，表明这里更多是个风流韵事，并非历史故事。

⑤ 戒指跑马赛源于齐膝短裤跑步比赛。在第一届齐膝短裤跑步比赛举行了约 250 年后，1638 年，奥里尼伯爵夫人（la comtesse d'Origny）观看比赛，因天气炎热，参赛者抵达终点时裸身的样子使她受到惊吓，因此她要求后续的比赛须骑马、佩剑。法国第一届跑马赛于 1639 年举行。1651 年起，比赛设立金戒指奖，1652 年起，设立不同等级的奖项：指环、绶带、手套。跑马赛中，参赛者须骑在马上，用自己的长枪将悬挂在木桩上的指环取走。

欢庆盛况,吸引了许多外国女子纷纷赶来城里。为了给这些贵妇
们提供方便,总督允许她们乔装打扮、戴上法式面具①后,前去城
中观看比赛。

这一天,堂·卡洛斯费尽心思让自己看上去衣冠楚楚。他与
一众绝情寡义之人一起,伫立在风流教堂②廊前。跟我们那儿一
样,这里的人也亵渎教堂。上帝的殿宇被风流公子哥和卖弄风情
的女子拿来约会。有些人以招徕信徒、让教堂满满当当、互相争
抢信徒为志向,却也造成了诸多亵渎之举,他们对此应感到羞耻。
应制定法令,在教堂安排俩门房,一个负责驱逐公子哥儿,另一个
负责驱逐俏娘子,就像那些负责打狗的管堂执事一样。③ 可能有
人会说,这关我什么事儿,说实话,不只是我这样。但愿那个对我
刚才的话感到气愤的傻子能够知道,在这个卑鄙的世界里,所有
人都是傻子,也都是骗子④,有些人傻得紧些,有些人傻得轻些。
尽管我对此极其坦诚,哪怕我这本书里只是满纸的荒唐痴言和一
堆蠢话,我这个人,眼下正跟您说话的人,或许比其他人还更傻
些。倘若傻子尚未因自尊心太过强大而蒙蔽了双眼,我希望每个
傻子都能在书中找到属于自己的那一丁点儿特征。

好了,接着说我们的故事。堂·卡洛斯与意大利或西班牙的

---

① 法式黑色天鹅绒半面具曾风靡一时,以便让"出身高贵"的太太们外出时极尽"端庄"
之态。

② 此处用语十分大胆,这种讽刺主题在当时算是流行,比如夏尔·索雷尔在《风流法则》
(*Les Loix de la galanterie*, 1644)中嘲笑教堂常客的风流。另有"百姓去教堂是为了
乞求怜悯,权贵去教堂是为了消遣、谈天、寻爱"的说法。

③ 此处斯卡龙并不是在嘲讽当代小说里出现的在教堂约会的传统,而是反映当时社会的
一种现象。那些"举止高雅的人"在教堂里的行为很是轻佻、放荡,他们去教堂是为了
消遣、谈天、寻爱。

④ 这里是斯卡龙对《圣经》的讽喻。圣书有云,"Omnis homo mendax, numerus stultorum
infinitus",意思是"人都是骗子,傻子则不计其数"。

公子哥儿们一起,在教堂门前站着,像孔雀对待自己的羽毛一样,沾沾自喜。在这群放纵的丘比特①中间,有三位蒙面的太太走过来跟堂·卡洛斯攀谈,其中一位对卡洛斯说了如下的话:

"堂·卡洛斯大人,这座城里有位太太是您一定要感谢的。在所有围栏赛②和戒指跑马赛中,她都祈愿您能拔得头筹,您每次也都能做到。"

堂·卡洛斯答道:"我觉得对于您说的这些,更有意思的是,我是从您这样一位看上去高贵、优雅的女子口中得知的。实话告诉您,若我曾希望某个女子能向我表白,我便会更悉心、更努力,以求不辜负她的认可。"

这陌生女子对堂·卡洛斯说,他看上去有着正人君子应有的所有美好。只不过,他那黑白绶带③表明,他丝毫没有动情。堂·卡洛斯回答说:

"我从不知这些颜色有什么特殊含义,不过我清楚,并非我无动于衷才未坠入情网,而是因我有自知之明,我知道自己不值得被爱。"

他们还说了许多类似的漂亮话,这些话我就不跟您多说了,因为我对这种话并不了解,便不想在此杜撰,免得伤害堂·卡洛斯和陌生女子。不久前,我从与他们相识的一个正直的那不勒斯人那里得知,他们二人都比我思想高尚。总之,这蒙面女子告诉堂·卡洛斯,正是她倾慕他。堂·卡洛斯提出要见她,蒙面女子

---

① 戏谑语,指的是这群意大利和西班牙的公子哥儿们。
② 指在用栅栏围起来的场地中进行的比赛,如斗牛、比武等。
③ 在赛场或竞技场,骑士用绶带、数字、纹章、题铭等来表达自己的情感和想法。梅内斯特里尔(Ménestrier)神父赋予不同的颜色以不同的含义:黑色表示痛苦、失望等;白色表示冷淡、漠不关心等。

说现在还不是时候,她会找机会的,还说她要证明给他看,自己丝毫不怕跟他独处。随后,蒙面女子给堂·卡洛斯留了信物。说话之余,堂·卡洛斯把他赢获的戒指递上去,蒙面女子发现,这是世上最美的西班牙人的手。不过,令她吃惊的是,在她离开之际,堂·卡洛斯竟差点儿忘了对她行屈膝礼。

之前,别的公子哥们都审时度势地走远了,现在他们重又靠拢过来。堂·卡洛斯向他们讲述刚才的相遇,又把戒指拿给他们看。这枚戒指价值不菲,在场的人各抒己见。堂·卡洛斯被陌生女子的出现弄得心里痒痒的,就像是早就见过她的面一样。聪明总会被聪明人欣赏。整整一星期过去了,堂·卡洛斯一直没有这女子的消息,我毫不知晓他是否为此忧心忡忡。他每日都去一名步兵上尉家中消闲,几个世家子弟经常聚此赌博。一天晚上,他没怎么玩儿,早早地就离开了。路过一座大房子时,楼下房间里有人唤他的名字。堂·卡洛斯朝窗户走过去,这窗子上罩着栅栏。他辨认出这正是他那未曾谋面的情人的声音。这人先开口,对他说:

"堂·卡洛斯,您靠近些。我在这儿等您,是想消除我俩之间的不快。"

堂·卡洛斯说:"您夸下海口,却又毫不留情地变卦,躲了一星期都不见人影,如今却只出现在罩着栅栏的窗子里。"

女子回答道:"等时机成熟,我们便能更近距离地彼此凝视,这么晚才与您相见并非我的本意,我是希望在您见到我的面容之前,能够了解您。您知道的,相约决斗时,双方须执同样的武器。倘若您的心并不像我的那样,还尚未被人占据,这场战役里您自会掌握更多主动权,所以我才想要了解您的情况。"

堂·卡洛斯对她说:"那您了解到什么了呢?"

陌生女子回答说:"我了解到,我们重视彼此。"

堂·卡洛斯对她说:"这不公平。"

他又道:"您见过我,又知道我是谁,可我呢,我不知道您长什么样子,也不知道您是谁。您说,您藏起来不见踪影,我该做何感想?纯良之人绝不会自己躲起来。我们轻而易举地便能让一个没有戒备心的人上当受骗,但他不会刚吃了亏又再上当。若您只是利用我,想让另一个人心生嫉妒,我警告您,我可并不是什么正人君子。除非是让我爱您,您不应在其他事情上利用我。"

陌生女子问他:"这般鲁莽的话,您说够了吗?"

堂·卡洛斯回答道:"我所说的并非毫无根据。"

女子回道:"您要相信我是非常真诚的,在以后的相处中,您尽可以通过各种事情来了解我,我也希望您能真诚待我"。

堂·卡洛斯回答说"这才公平",又说"待我见了您的模样、知道您是谁之后,才更公平"。

陌生女人回答他说:"很快您就能知道我长什么样子,静候佳音吧,您不会失望的。为了不让您的殷勤付出毫无道理,也为了不让您的期待落空,我向您保证,我与您门当户对,有足够的财产,能让您过上堪比王国里最伟大的王子那般的光彩熠熠的生活,我保证,我年纪尚轻,模样不丑,算得上俊俏。才智方面,您那么聪明都没发现我没有头脑。"

说完这些,她便转身走开了,留下堂·卡洛斯一个人。堂·卡洛斯大张着嘴巴正欲作答,却被这突如其来的表白惊到了,竟深深爱上了这素未谋面之人。这离奇事儿让他局促不安,兴许,这只是假象。足足一刻钟,他都未挪动半步,不知如何判断这非比寻常的际遇。堂·卡洛斯清楚地知道，那不勒斯有一些身份尊贵的公主和贵妇，可他清楚，那儿也有许多贪婪的高级妓女，她们对外乡人趋之若鹜。这些大骗子，愈是貌美愈是危险。①

我不会像某些小说制造者那样，明确地告诉您，堂·卡洛斯是不是先用了晚膳才睡下的。这些小说制作者，从早到晚地把控着小说人物的全部时间。清晨一大早就让他们起来，不停地讲述他们的故事，直到晚饭时间。这些小说人物都吃得少得可怜，晚饭后又要继续讲故事②；又或者，若不是对某棵树或某块石头③有话说，他们便独自前往森林深处继续讲故事。饭点儿时，他们会适时出现在就餐的地方。用餐时，他们或是叹息或是沉入幻想，然后，想象着"到西班牙面朝大海的地方建造城堡去"④。这时，有年轻贵族坦言他主人是谁谁谁，哪个国王的儿子，又说这世上再没有比他主子更好的王子，还说尽管他主子是凡人中最为英俊潇洒的，在爱情面前却也免不了成为另一副模样⑤。

为了继续我的故事，翌日，堂·卡洛斯回到了自己的岗位上。蒙面女子也已就位。她问堂·卡洛斯上次谈话是否让他觉得十分窘迫，又问他是否真的毫不怀疑她对他说的所有话。堂·卡洛斯没作答，而是请求她告诉自己究竟有什么危险让她绝不能露

① 那不勒斯这座城市曾是高级妓女聚集地。此处暗指梅毒，法国人将其称为"那不勒斯之恶"，意大利人则将其称为"法国病"。

② 斯卡龙嘲笑传奇故事小说，自己却也未能摆脱这种叙事。

③ 影射田园小说中的人物习惯，当他们不在树皮上雕刻自己的爱情的时候，就到树林里平息自己的爱情之火。

④ "在西班牙建城堡"，意思是"沉浸于幻想""空中楼阁一样不切实际"，当代法语中仍在使用的还有"不要总在西班牙建城堡了"，意思是"不要总沉湎于幻象了"。

⑤ 诗人瑟讷塞（Antoine Bauderon de Sénecé, 1643—1737）在谈及小说时曾说："所有人生来便是为了被刻画，我们无法构思出如同人的眉眼与容颜一般美好优雅的事物。"这种类似的玩笑在《堂吉诃德》中较为多见。

面。既然彼此都要求平等，他们之间的风流韵事便只能到此结束，苍天为证。蒙面女人对堂·卡洛斯说：

"眼下危机四伏，总有一天您会知道的。知足些吧，再忍一忍，我是很真诚的。在与您的这段关系中，我是非常谦卑的。①"

堂·卡洛斯没再继续向她施压。谈话持续了片刻，他们又互致了更多爱意。分别时，他们彼此承诺，每日在指定的地方相见。

次日，总督家里举办了盛大的舞会。堂·卡洛斯想看看能否在那儿结识这位蒙面女子，便费心打听这座宾客如云的房子是谁的。他从邻居那里得知这房子归一位离群索居的老妇人所有，她是一位西班牙长官的遗孀，没有儿女也没有子侄。堂·卡洛斯请求拜见她，但老妇人让人带话说，自打她丈夫去世后，她就没再见过任何人。这让堂·卡洛斯更觉为难。

晚上，堂·卡洛斯去了总督家里。您可以想象，满堂来宾都是风光俊美的。堂·卡洛斯认真观察着这里的贵妇们，或许其中某个就是他那蒙面的人儿。堂·卡洛斯加入了贵妇们的谈话，却没能找到要寻觅的人。他站在某个侯爵女儿身边。我不知道这是哪块领地上的侯爵，这是我最没把握的，在这么个人人自诩侯爵的年代，我是说，他们自封为爵②，所以我没把握。侯爵女儿年轻、漂亮、嗓音与堂·卡洛斯要找的那个女人的有些像，不过，随

---

① "谦卑"比"真诚"更进一步表达蒙面女子的态度。这个"看不见的"蒙面女人，说自己真诚却又是不可见的，自相矛盾。

② 在所有贵族头衔中，冒充"侯爵"头衔的最为频繁。旧时贵族是有书面材料证明自己的身份。自封为爵，指的是购买假的贵族证明材料。斯卡龙在本书第二卷第三回中说斯歌纳男爵至少是个侯爵，也是对冒充贵族头衔现象的嘲讽。投石党之乱发生后，一些资产阶级市民走上政治舞台，有些资产阶级市民还与贵族保持联系。自 1650 年之后，资产阶级市民取得贵族头衔的情况更甚从前，这是受到了路易十四时期的宫廷及大贵族生活的影响，由此导致某些作家或朝臣对资产阶级市民的不满，斯卡龙与其同时代的许多作家一样，见证了这一现象。

着交谈的深入，堂·卡洛斯发现她与蒙面女子的想法迥异，堂·卡洛斯后悔自己这么快便与这美人有了这么多进展。毫不夸张地说，他觉得自己跟她相得不错。他们总一起跳舞。舞会结束后，堂·卡洛斯有些意犹未尽，他与自己的俘虏①道别。在这个群英荟萃之地，他独自占有她，仿若一名令所有男人艳羡、让所有女人器重的骑士。

　　一离开舞会，堂·卡洛斯便匆匆忙忙地回到住处去取家伙②。从他的住所到那要命的栅栏处，距离不算太远。他的太太正在那里等着询问他关于舞会的事，尽管她也去参加了。堂·卡洛斯直言不讳地告诉她，自己跟一位美愈天人的女子跳了几支舞，而且一直跟她交谈至舞会结束。蒙面女子问了堂·卡洛斯几个相关问题，足以看得出她妒忌了。而堂·卡洛斯，他告诉她没在舞会上见到她让他心里有些不安，又说这让他怀疑她的身份。蒙面女子意识到了这些，为了让他安心，她竭力展示自己的魅力，她之前从未有过现在这样的表现。在这场隔着栅栏的对话中，蒙面女子竭尽所能地安抚堂·卡洛斯，最终答应说，他很快就能见到她的容颜。他们随即便分开了。堂·卡洛斯很纠结到底要不要相信她，蒙面女子则有些嫉妒舞会上一直与堂·卡洛斯攀谈的女人。

　　翌日，堂·卡洛斯去听弥撒，我不知道是在哪个教堂。有两个蒙面贵妇与他同时想取圣水，堂·卡洛斯把圣水呈给她们。两人中衣着更为华丽的女子对堂·卡洛斯说，对于她想与之进一步谈论的人，她不喜欢客套虚礼。堂·卡洛斯对她说：

　　"若您不是特别着急，稍后您就会满意。"

---

① 指堂·卡洛斯俘获了她的心。
② 法国 17 世纪延续了中世纪骑士比武之风，出门时带剑或长矛并不稀奇。

陌生女子回他道："跟我到偏室①来。"

陌生女子走在前，堂·卡洛斯跟在后，他很疑惑这女子是否就是他的蒙面情人。尽管她们身材相仿，可他总觉得两人的声音有些许偏差，眼前的女人发小舌音时更颤②。以下是他们在教堂共处一室时陌生女子对他说的话：

"堂·卡洛斯大人，整座那不勒斯城的人都知道您的大名。您自前不久来到这里，便是最受瞩目的君子之一。唯一令人不解的是，您对城中那些身份尊贵且倾心于您的名媛，顾若罔闻。她们尽可能地在礼法之下向您表明自己的仰慕之意，尽管她们热切地盼望您能够相信她们对您的爱慕远胜于您所认为的，可您却视若无睹。据我所知，她们中有个人是那般倾慕于您，不顾一切地前来提醒您，您的深夜际遇被人发现了；您向那位毫不知其底细的人许诺爱情，是多么轻率大意。您的情人躲着您，那是她耻于爱您，抑或是她担心自己不招人喜欢。我毫不怀疑，能让您深情凝视的爱人，定是个品行高洁、思想深邃的女子，是个十分可人的情人。但是，堂·卡洛斯大人，不要让想象蒙蔽了您的判断。您要提防这个总是躲躲藏藏的女人，切勿继续与她夜中深谈了。不过，我为什么要这样遮遮掩掩？是我，我妒忌您那幽灵般的情人，您与她说话让我觉得不舒服，既然我已经表明心意，我便会打消她的所有企图。我会赢了她，还要与她理论一番。我丝毫不比她差，无论是美貌还是财富、品行，在所有能吸引人的事情上，我都不比她差。聪明的话，她就该听从劝阻。"

---

① 偏祭台，教堂中放小祭台处。
② 原文"parler gras"的意思是发"r"音时颤音沉浊。

　　说完这些，不等堂·卡洛斯回答，她便离开了。堂·卡洛斯想跟上去，但他在教堂门口遇上个世家子弟，堂·卡洛斯与他相谈甚久，这会儿便不好抽身。接下来的时间，堂·卡洛斯一直在思索这场艳遇。他先是怀疑舞会上的小姐就是他遇到的蒙面女子，不过，想起蒙面女子的聪明伶俐，又忆起另一个女人并不聪慧，他便茫然不知了。堂·卡洛斯几乎都要希望自己从不曾向那讳莫如深的情人许过誓言，好能够全身心投入刚刚离他而去的女子身上了。只是最终，想到他对这女子的了解并不比对他的蒙面情人的了解多多少，且每次跟蒙面情人交谈时，她所流露的才情总让他着迷，堂·卡洛斯便下定决心，不再犹豫不决，不去理会那些威胁，也不受人胁迫。

　　是日，他像往常一样在约定的时间出现在栅栏下，正当他与蒙面情人相谈甚欢时，四个戴面具的男人把他攥住了。这些人身强体壮，他无力反抗，他们几乎只用胳膊架着，便把他抬到了街道尽头正等着他们的马车里。我让读者来想想看，堂·卡洛斯被捉去时对他们以多欺少之举的辱骂和指责。堂·卡洛斯甚至试图假意许诺、收买他们，然而，他并未能说服他们，只好让他们当心些。至于靠自身的勇气和力量获救，堂·卡洛斯已不抱任何希望了。

　　四匹马驱使的豪华马车在路上疾驰。马车出了城，一小时后，进入了一座富丽堂皇的房子，大门敞开着以迎接他的到来。四个蒙面人和堂·卡洛斯一起下了马车。他们挽着堂·卡洛斯的臂弯，就像一位大使得到召见后，前去向伟大的君主致候①。也是以同样的礼节，堂·卡洛斯被人带到了二楼。在那儿，两位蒙

————————

① 此处影射土耳其的一种礼节。

面的小姐在一个大厅里接待了他,她们手中各执一烛台。蒙面的男人们朝堂·卡洛斯行了屈膝礼后,就退下了。他们既没给他留枪,也没留剑。堂·卡洛斯没有感谢他们费心把他抓来。这并非他礼节不周,我们能体谅一位受惊的男人一时疏忽忘了谦恭之礼。

我不会告诉您这两位小姐手中的烛台是不是银质的,但起码是银的,是用镀金的银精雕细琢而成。大厅则是世界上最宏伟的,若您乐意,这个大厅里的家具陈设就像一些小说里的公寓那样别致,比如《波莱藏德勒》①中的"泽勒玛蒂德"号战舰,《杰出的巴萨》②中的易卜拉欣③宫④,或是《西吕斯》⑤中亚述国王用来招待芒达讷⑥的房间。毫无疑问,跟我列举的其他书一样,《西吕斯》这本书里的家具布置堪称这世上最精致的。故而,您想象一下,我们的西班牙人得是多么震惊吧。在这座富丽堂皇的房子里,两位蒙面的小姐沉默不语,只是引着堂·卡洛斯到了隔壁的一间房中,这个房间的布置要比大厅里的还要好上许多,她们把

---

① 马林·勒·罗伊·德·贡贝维尔(Marin le Roy de Gomberville,1600—1674),法国诗人,作家。他出生在巴黎,十四岁时撰写了一本诗歌集。1632—1637年,他写下五卷本的小说《波莱藏德勒》(*Polexandre*),小说的主人公一直在流浪,穿越贝宁、加纳利群岛、墨西哥和安地列斯群岛追寻阿尔西蒂阿讷公主。此外他还撰写了四卷本的《基西拉岛》(*Cythère*)和《年轻的阿尔西蒂阿讷》(*La Jeune Alcidiane*),1634年入选第一批法兰西学院院士。

② 全称《易卜拉欣或杰出的巴萨》(*Ibrahim ou l'illustre Bassa*),玛德琳·德·斯居戴里著。

③ 易卜拉欣是伊斯兰教的先知。中文又译"伊布拉欣"或"伊卜拉欣",均系阿拉伯语音译。易卜拉欣是阿宰尔的儿子、先知易斯马仪的父亲。易斯马仪是他的长子,易斯哈格为其次子。易卜拉欣被视为"众先知之父""真主的朋友"。

④ 伊斯坦布尔的易卜拉欣帕夏宫,内有土耳其和伊斯兰艺术博物馆。

⑤ 全称《阿勒塔梅讷或伟大的西吕斯》(*Artamène ou le Grand Cyrus*),玛德琳·德·斯居戴里著,约210万字,被认为是有史以来最长的小说之一。其中小说主人公伟大的西吕斯(Cyrus le Grand)是指居鲁士大帝,即居鲁士二世。

⑥ 芒达讷(Mandane),居鲁士二世的母亲。

堂·卡洛斯独自留在那儿。倘若他是堂吉诃德那样的性格,定是要尽情自我陶醉一番的,至少也得把自己当成埃斯普朗迪昂或阿玛迪斯①。但我们的西班牙人并不为之所动,他觉得自己不过是在客栈或是小旅馆里。的确,若他总在挂念他的蒙面情人,总不停地想她,他会觉得这间漂亮房子比监狱更令人悲伤,只有置身其外的时候才会觉得它漂亮。堂·卡洛斯很快意识到,在这里他被安顿得如此妥善,不会有人对他心怀不轨。他深信,昨天在教堂与他说话的那位女子就是安排这一切的魔法师。他打心里欣赏女子的性情,她们那么早地就下定决心了。他也决定耐心等待艳遇的结果,哪怕别人对他许下诺言或是施以胁迫,他也要坚守自己对栅栏后的情人的忠诚。

　　过了些时,一些戴着面罩、衣着极其考究的高级侍从进来摆放餐具,有人服侍堂·卡洛斯用了晚餐。乐声在耳,炉香萦绕,一切都就绪了,妙不可言。除了嗅觉和听觉外,堂·卡洛斯的味觉也得到了满足。此种心境下,他还能吃得那么香,这是我没有想到的。不过,如此英勇之人能有什么是不可以的呢?我忘记告诉您,我觉得他还漱了口,因为我知道他对自己的牙齿很上心。晚饭后,音乐又继续了会儿,之后所有人都离开了。堂·卡洛斯在外面漫步了好一会儿,思绪或是沉浸在这些魅惑之事,或是别的事。两位蒙面的小姐和一位戴面罩的侏儒,收拾了梳妆台和盥洗

---

① 埃斯普朗迪昂(Esplandian)是《埃斯普朗迪昂的战绩》(*Las Sergas de Esplandián*)中的人物。这本书属于加尔西·罗德里格斯·德·蒙塔尔沃(Garci Rodríguez de Montalvo)的西班牙骑士浪漫小说系列,该系列小说始于《高卢的阿玛迪斯》(*Amadís de Gaula*),蒙塔尔沃的这本《埃斯普朗迪昂的战绩》属于该系列中的第五本,首版可追溯至1510年7月,于塞维利亚出版。在《堂吉诃德》中,塞万提斯描写的堂吉诃德便是过分沉湎于阅读《高卢的阿玛迪斯》一类的浪漫骑士小说,时人对这本书的评价无疑受到塞万提斯的影响。

用具后,也不管他是否想歇下,就过来给他脱衣服。他任凭别人摆布。侍女们铺好被子后离开了。侏儒替他解履(或说是脱了靴子)后,又脱了他的衣服。堂·卡洛斯躺在床上,整个过程,他始终一言不发。作为爱人,他睡得很安稳①。天刚蒙蒙亮,笼里的鸟儿便把他吵醒了。戴面具的侏儒过来服侍他,为他穿上了世上最华美、浆洗得最用心、最清香四溢的衣服。若是您希望如此,午餐前关于他的事我们就暂不多说了,他很想用餐,现在我们接着从刚才被打破的寂静开始。是一位蒙面的女子打破了此时的静谧,女子问他是否乐意见魔法宫的主人。他说欢迎她的到来。不一会儿,魔法宫主人走了进来,身后跟着四位着装极其隆重的侍女:

> 美愈基西拉岛女神②,
>
> 新火燃起时,
>
> 她的出场:盛大且庄重
>
> 只为征服爱人③。

　　我们的西班牙人从未见过面容如此姣好之人,犹如不可捉摸

---

① 此处作者是在讽刺当时的爱情文学作品,因为在当时的爱情小说里,人物都无须睡觉,所以斯卡龙笔下的主人公是睡觉的,而且睡得相当好。

② 此处基西拉岛女神为阿佛洛狄忒或维纳斯的代称,阿佛洛狄忒是希腊神话中爱情与美丽的女神,也是性欲女神,奥林匹斯十二主神之一;维纳斯是罗马神话中美的女神,罗马十二主神之一,对应于希腊神话中的阿佛洛狄忒。

③ 小说中插入诗文是 16、17 世纪的田园小说的流行做法,其中最著名的法国田园小说为 1607—1627 年出版的奥诺雷·杜尔菲(Honoré d'Urfé)的《阿丝特蕾》,另外,17 世纪下半叶的一些风流故事(nouvelles galantes)中也有此用法。斯卡龙此处引用的是宫廷诗人弗朗索瓦·德·马莱布(François de Malherbe)的《颂诗:欢迎国王母妃来法国》(*Ode à la Reine Mère du Roi sur sa bienvenue en France*)。

的乌尔甘达。他那么欢心，那么惊奇，携着她的手，恭恭敬敬地一步一鞠躬，踉踉跄跄地走进隔壁房间。我之前跟您提到的大厅与房间里所有美好的事物都无法和眼前的景象相比，而这一切都是因蒙面女子的光彩耀人所致。他们走在最富丽堂皇的路上——自世上有路之日起，人们从未见过这般辉煌的。西班牙人不假思索地坐进了扶手椅。蒙面女子与他面对面坐下，她那天鹅绒方垫，我不知究竟得多华贵。她用柔若琴弦的嗓音跟他说话，说的什么，我这就粗略地告诉您：

"堂·卡洛斯大人，我相信，自昨日来到我家中起，您便对自己的遭遇感到惊诧。若您没怎么受触动，起码也看出我是个信守承诺的人。您也可以据我之前的作为，揣度下我的能力。或许，我的情敌靠着她的手段和运气率先向您发起进攻，她在您心里已经占据了绝对地位，我却欲与其争个高下。女子并不是一击即溃的，我的财产不容小觑，如若这些财富以及我所拥有的一切都不能让您爱我，我也死心了，我并未因羞耻或耍诡计而藏起身来。因自身的不足而被人轻视总好过靠阴险伎俩换得的被爱。"

说这席话时，她摘下了面罩，堂·卡洛斯看到她小巧玲珑的天庭展露了出来。如若您愿意，她的头是世上最美的，身子是最为风姿绰约的，他从未如此欣赏过这般丰腴的身材。这一切都在印证着，眼前这位是个绝妙的人儿。她那清新的面孔，让人觉得多不过是碧玉年华，可她周身散发的我也不知为何种的优雅与庄重，却是其他年轻女子身上都没有的，竟让人觉得她已值桃李之年。堂·卡洛斯沉默了片刻，未予作答。此时此刻，他几乎快要对他的蒙面情人生起怒意来了。是她让他无法全身心地去爱眼前这位女子。他从未见过如此漂亮的美人儿，犹犹豫豫，不知该怎么做、该说些什么。他的内心挣扎了那么久，让这位魔法宫的女人心神慌乱。终于，他毅然决然地决定向她透露自己内心深处的想法，这无疑是他干过的最漂亮的一件事。瞧瞧，这是他的回答，好几个人都觉得很是干脆利落：

"女士，不可否认，若我能配得上您的爱，得您青眼会让我觉得幸福极了。我很清楚，我这是舍了世上最美的人，去寻找另一个全然只存在于想象中的人。可是，女士，若我对爱情不忠，又何以值得您如此深情？纵是爱您，我会忠诚于您吗？可怜我吧，女士，不要责备我，或者说，让我们一起控诉吧，您不能得偿所愿，我却也始终无法见到我爱的人。"

言语间，堂·卡洛斯是如此悲伤，这女子很容易便能感受到他所言皆是真情实意。她想方设法地劝服他，可他却对她的祈求充耳不闻，毫不为其泪水所动。她屡次尝试，只是有攻必有防。最终，她竟谩骂指责起来，冲他发泄世人所谓的：

　　成为情理的主人时
　　盛怒下的所有言语。①

她把他留这儿了，不是想耽搁他，而是为了反复地喟叹这不幸：为何他总有那么多艳遇？

一名女子走过来跟他说，他过会儿就能去花园散步了。他穿过一间间华丽的房间，走到楼梯口了都没遇见一个人影。在

---

① 这两行诗是过去的谚语，常被引用，斯卡龙对其使用更为灵活，在第二卷第十九回名为《龙兄虎弟》的故事中，斯卡龙将"盛怒"替换成"爱情"。

楼梯下面,他看到有两个戴面具的男人在守门,这两人皆配有马槊①和短枪。见他要穿过庭院去花园散步(此花园与房子其余各处一样精美),其中一个看门的警务员便走到他身边,也不看他,像是怕被人听到了似的,对他说,一位老绅士托自己带封信给他,还说自己承诺了要亲手将信交给他。尽管一旦被发现就可能会为此丧生,他还是收下了二十皮斯托尔②并冒着极大风险履行承诺。堂·卡洛斯跟他保证自己会保密的,而后疾步到花园来读信:

> 自别离,空断肠。若是君心似我心,应知寸寸相思苦。晓得君身何处,总算得以慰藉。波尔西亚公主一贯肆意妄为,她将您劫了去,是为其一己私欲。您不是这危险的阿尔米德③的第一个雷诺。若您像我期望的那样忠贞不渝,我会将她的所有魔法打碎,将您从她的臂膀中拉出来,用我的双手为您呈上您值得拥有的一切。

> 蒙面女子

得知他心中所念女子的消息,堂·卡洛斯十分欢喜,这才是他真心所爱的女人。他将信亲吻了逾百遍,走回公园门口找到替

① 古代冷兵器中的一种戟。
② 皮斯托尔(pistole)是西班牙、意大利的一种古金币,也是法国古币名。1660 年前后,1 皮斯托尔相当于 10 利弗尔。
③ 在意大利桂冠诗人托尔夸托·塔索(Torquato Tasso,即 Le Tasse)创作的史诗《耶路撒冷的解放》(*La Gerusalemme liberata*)中,女巫阿尔米德(Armide)在她的神奇花园里扣下了骑士雷诺(Renaud)。

他送信的人,把手上的钻戒给了他以作酬谢。他又在园中踱了会儿步,不禁对这位波尔西亚公主颇感惊奇。他常听人讲起这位家产极丰的年轻女子,她出身于这个王国中最显赫的家族之一。但他品节极其高尚,他下定决心,哪怕冒着生命危险也要竭尽所能地逃出这座牢笼。离开花园的时候,他遇上一位摘了面罩的侍女(在这座宫殿里大家不再戴面具了),侍女问他那天与她主人共同进餐是否愉快。您来猜猜堂·卡洛斯是否向侍女客套寒暄。

不多久,有人服侍用膳,究竟是午餐还是晚餐,我不记得了。方才我跟您说过,波尔西亚看上去比基西拉岛女神还漂亮。毫不夸张地说,她的美,胜过日光,胜却晨曦。她是那么迷人,在他们一起用餐时,西班牙人的心里千头万绪。见这位身份尊贵的女人身上展现出那么多卓越品质,她却未能合理运用,他心中有些隐隐的不快。尽管他无时无刻不在思念他的蒙面情人,即使一种灼烧的欲望让他迫不及待地想回到栅栏处去见她,他还是尽力克制自己,让自己看上去心情愉悦。服侍的人一完成工作,就离开了,留下他们独处。堂·卡洛斯一言不发,可能出于尊重,也可能是想迫使这女子第一个开口。她说了以下言辞来打破沉寂:

"我想我从您的脸上看到了某种快乐。您看到了我的脸,倘若觉得它不够美,不足以让您怀疑那个一直躲着您的人是否更能给您爱情,我不知道自己是否应该继续期待些什么。我从未掩饰过我想要给予您的东西,因为我决不希望您后悔接受,即使是习惯于接受恳求的人也很可能会因遭到拒绝而心生不快,只要您愿意挽回,把您给予那个不可见的情人的爱给予我,我比她更值得,如此您若还拒绝的话,我便毫无怨言。所以,告诉我您的最终决定,这样若是您没选择我,我也能下定决心找到比爱上您更有力的理由来说服自己不再爱您。"

堂·卡洛斯沉默了片刻。她复又说起。堂·卡洛斯见她不再言语，只是低头看着地面，她在等他宣告结束。他依照之前下的决定跟她坦白，浇灭她的所有幻想，告诉她他从不属于她。瞧瞧他干的：

"女士，在回答您想了解的关于我的事之前，您得坦诚告知我（这般坦诚也是您希望的），对我接下来要说的话，您是什么感觉。"

他又补充道："若您迫使一个人爱您，在不致名誉受损的情况下，完全地委身于您，您要求他发誓对您矢志不渝，若他未能履行诺言，您不会觉得他是这世上最懦弱、最背信弃义的男人吗？若是我离开了一个相信我爱她的人而选择了您，我不就是天底下最懦弱、最背信弃义的人了吗？"

他又说了许多有关道德规矩的话来说服她，但她没给他时间继续说下去，她突然起身，对他说她知道他到底想怎样，虽然她很抵触他的漠然，却不得不钦佩他的坚贞。她说放他自由，只要他想，他可以待夜晚来临时像来时那样离开。说话间，但见她罗巾掩面，似是为了遮掩泪水。西班牙人有些目瞪口呆，然复得自由令他这般高兴，竟无法掩饰内心欢喜，哪管方才他还是这世上最伪善的人。我想，假若这位女士注意到了这点，定会禁不住与他吵嘴。

我不知道这是不是个漫漫长夜，正如上述所言，我不关心时间，也不关心钟点。您能知晓的只是，夜幕降临了，他乘着一辆车门紧闭的华丽马车走了。行驶了很长一段路之后，马车到了他的住处。他是这世上最好的主子，仆人们见着他回来都开心坏了，紧紧地拥抱着他，快让他窒息了。

不过欢喜并没有持续太久。他拿起骑士装备，两个绝非善茬的仆人跟在后面，他大步流星地赶往栅栏那里。步履是如此之快，陪同的人很难跟上他的脚步。他没有按照蒙面女子告知的方式提前打暗号。他们互相倾诉着千言万语，多么温柔的话，让我每次想起时都泪水盈眶。最终，蒙面女人对他说，刚才在房里时她感觉一股悲伤袭来。她让人去找辆马车出门，因车子要等上好一阵才来，而他的马车距此可能更近，她求他派人寻车，载她去一个无须蒙面便能相会的地方。西班牙人言听计从，他像疯子一样奔跑着，把同行的人都甩在了街尾，又让人去找马车。车子到了，蒙面女子没有食言，随他上了马车。她亲自指挥，告诉车夫该走哪条路。她让车夫把车停靠在一座大房子附近。见他们来，数个火把齐燃，他在闪耀的光芒中走了进去。骑士和女士并肩走上宽敞的楼梯，进入楼上的一间大厅。看她仍丝毫没有摘下面具的意思，他不免忧心。后来，几个打扮精致、手执火把的侍女过来接待他们。蒙面女子摘下面罩，露出了脸庞，堂·卡洛斯看到栅栏后的这女子与波尔西亚公主竟是同一个人。我决不向您描述让堂·卡洛斯感到舒畅的惊诧。美丽的那不勒斯女人对他说，她再次将他绑来，是为了弄清楚他的最终抉择。她跟他说栅栏后的女人对他的种种期许，之后又跟他说了许多风趣的韵事。堂·卡洛斯双膝收拢跪在她的脚下，不停地亲吻着她的双手，似是要把它们吃进肚子里，借此来遮掩他忘乎所以时的放肆言辞。

最初的热忱过后，他又绞尽脑汁地恭维她，极尽阿谀地去夸赞他的情人的一时兴起是多么让人愉悦。他的话语中处处透着对她的偏爱，令她非常确信她的选择再正确不过了。她对他说，除了她自己，她不愿信赖任何人。爱他之前，有一件事她必须确认，她决不会将自己交付于一个不似他这般坚贞的男人。波尔西亚公主刚一言毕，她的双亲就到了。因她是这个国家最显贵的人之一，而堂·卡洛斯也是世家子弟，获得大主教对他们婚姻的宽免①并不费力，当晚他们便在教区神父的见证下结了婚。这是个好教士、一位伟大的说教者，无须关心他是否做了次完美的劝导。有人说他们次日很晚才起身，这些，我不难想象。消息很快传开了，堂·卡洛斯的亲戚——总督大人是如此高兴，那不勒斯重新举办了开放式欢宴，在那儿，至今仍流传着这位阿拉贡的堂·卡洛斯和他的蒙面情人的故事。

---

① 据奈德莱克考证，此处可能是指对结婚预告发布日期的宽免。

第十回

拉戈旦手指划伤
同天命相与谈艺①

　　拉戈旦的故事令在场所有人都拍手叫好,他自己也引以为傲,好像这故事原是他构思的一样。加之,他本是个骄傲的性子,这下在演员们跟前,也就愈发目中无人了。挨着女演员时,不经允许就去抓别人的手,意图轻薄。外省的这种风流献媚,多是登徒浪子之举,而非君子所为。星星小姐不过是将自己白皙的双手从拉戈旦汗毛稠密、积满污垢的双手中抽开,而她的同伴安热莉克小姐却用固定紧身胸衣的薄片深深地划伤了拉戈旦的手。拉戈旦默不作声地离开了她俩。

　　因恼怒和羞耻,拉戈旦的脸涨得通红,便索性去找其他同伴。只是,这个时候,剧团的人都在使出浑身解数讲话,没人去听别人说了些什么。拉戈旦提高嗓门问他们对他的故事怎么看,大部分人缄默其口。

　　有位年轻人,我忘了这人的名字,回答拉戈旦说,这不是他的

---

① 原标题是"拉戈旦是如何被紧身胸衣的薄片划伤手的",这里的薄片指的是一种用木头、鲸鱼或象牙做的抑或是钢质的薄片(busc),两端扁平,狭窄且呈圆形,用于固定紧身胸衣的前部。

故事,而是另一个人的,因为他是从一本书里读来的。正说着,这年轻人见拉戈旦口袋里若隐若现露着一本书,便猛地伸手去抓。拉戈旦想把书夺回来,把他的手抓得没一块好地方。年轻人不顾拉戈旦,把书传到另一个人手里,拉戈旦仍欲抢回,却徒劳无果。书传给了第三个人后,又以同样的方式传给了第五、第六个人。这群人里,数他拉戈旦最矮,他也就够不着别人的手。最后,拉戈旦白白地直着身子往上够了五六次,却只扯下几个人的袖口,抓伤了几只手,书依旧在空中飞舞着。可怜的拉戈旦,见众人笑他,便气急败坏地扑向始作俑者,朝他的肚子和大腿上给了几拳,再高,就够不着了。对方有位置优势,他朝着拉戈旦的头顶直直地锤下去,重重地锤了五六次,便把拉戈旦的脑袋整个儿地锤进帽子里了,帽子糊了脸,又糊住下巴。可怜的小个子男人神经中枢受损至此,不知自己身在何处。为了给他最后一击,对手在临走前又朝他的头顶给了一脚,直接朝头踹过去的①,踢得他连连倒退(急速逆行),一屁股坠落在地,跌坐在女演员们脚边。

　　您想象一下,这个比整个王国的所有剃头匠②都更为自命不凡的小个子男人,正"对自己的剑"洋洋自得的时候(意思是说在他正对自己的故事沾沾自喜之际),尤其是当着这些他希冀着与之坠入爱河的女演员的面,遇上这些事,该是何等愤怒? 就像您方才看到的,他都还不知道是哪个女演员最让他心动呢。说实话,小小身躯的他,一屁股跌在地上,胳膊腿儿动来动去,全都在活灵活现地演绎他灵魂的暴怒。他将头整个地嵌入帽子里,大家

---

① 拉戈旦太矮,对手又那么高,所以可以直接用脚踹他的头。

② 前文中提到拉皮尼尔勒跟城里的剃头匠一样骄傲自大,在《吉尔·布拉斯》第七章中亦有"剃头匠是世界上最骄娇的人",此用法源于谚语"自负得像个剃头匠"。彼时的剃头匠常兼任术士(外科大夫),与 17 世纪初期出现的医生概念多有冲突。

也就看不到他的脸了。众人觉得是时候该管管了，便一起挡在拉戈旦和冒犯者之间，组成屏障。拉戈旦总算得救了。仁慈的女演员们把他扶将起来的时候，他的双眼被蒙住了，嘴巴也被堵住了，呼吸困难的他，像头公牛一样在帽子底下嘶喊，可他又难以将帽子脱下。他现在像个黄油罐子①一样，罐口远比肚子窄，只有上帝才知道将一个长着那么大鼻子的脑袋费力塞进帽子里后，怎么再按照塞入的方式把它拔出来。

福祸相依，这不幸里却也藏着件好事。拉戈旦大概是愤怒到了极点，倘若这顶让他透不过气的帽子并没让他更想着去护全自己，而是让他想去毁灭对方的话，他这怒意定会造成与之匹敌的严重后果。开不了口，他也就没寻求任何援助。他用颤颤巍巍的双手去扶他的头，试图让头能够灵活转动，却只是徒劳。他又用双脚踢地板，狂怒之下，踢得指甲都断了，却也是枉然。见此情状，大家紧忙着来帮他。帮他摘帽子的人前面用力过猛，让他误以为他们想扯掉他的脑袋。后来没办法，他用手示意，让人拿剪刀把帽子给剪了。洞穴太太从腰间掏出剪刀，纪仇担任这次完美治疗的主刀医生。纪仇先是作势在他脸上划个切口（这把拉戈旦吓得不轻），后又从脑后自下而上剖开帽子。

拉戈旦刚一露出脸来透口气，全场人就都哄堂大笑起来，眼见他浮肿得厉害，面部像是因积液过多正待爆炸一样，而且，他把鼻子也擦破了。若不是一个坏心眼儿的人跟他说他得找人缝补帽子，事情也就止于此了。这个不合时宜的意见，可丁可卯地让拉戈旦尚未完全熄灭的怒火重新燃烧起来。他抓起壁炉柴架上

① 当时西班牙时兴的黄油罐多是罐口狭小、罐肚子很大。

的一根柴火，作势朝这群人丢去，最不管不顾的人也都恐惧起来，纷纷涌到门口好避开这柴火的袭击。着急忙慌的人紧紧簇拥在一起，也就都出不来。只一人出来了。虽说他跌倒了，也算出来了。跌倒后，他那被马刺伤着的腿，与其他人的腿缠绕到一起、混作一团了。这下轮到拉戈旦笑了，众人也便安下心来。大家把书还给他，演员们借给他一顶旧帽子，他朝刚才折磨他的那个人大发雷霆。

不过，与其说他是个睚眦必报的人，不如说他是个自命不凡的人。只见他信誓旦旦地，就跟要许诺军事一样，对演员们说，想将自己的故事编成剧，按他的方式来改写。别的诗人只能循序渐进，他偏想一蹴而就。天命对他说，他的故事确实讨喜，但并不适合戏剧。拉戈旦说：

"要您来教我！我母亲是诗人加尼耶①的教女，而我，眼前正跟您说话的人，至今还在家中保留着他的文具盒。"

天命跟他说，诗人加尼耶自己都难承其名誉之重。拉戈旦问天命：

"您觉得究竟是有什么困难？"

天命答道："困难就是，无法根据您的故事创作出合乎规矩的剧作，即便作出来了，违反礼节、招致批评，怕终是会漏洞百出。"②

拉戈旦说："像我这样的人可以随时自己制定规则。"③随即又

---

① 罗贝尔·加尼耶（Robert Garnier, 1534—1601），出生于勒芒的贝尔纳堡（La Ferté-Bernard），是 16 世纪最伟大的诗人、剧作家，1583 年出版人文主义悲剧《犹太人》（Les Juives）。

② 这里天命是在讽刺拉戈旦的作品已经过时了，拉戈旦想创作的其实是巴洛克式的悲喜剧，这种剧作已经不适合新的戏剧舞台。

③ 此处的回答是对文艺复兴时期的宫廷诗人马莱布（François de Malherbe）的戏仿。

补充道:"请您想想,看到剧院中央的教堂门廊边上,约莫得有二十来个骑士,只多不少,名媛淑女们也是这么多,见他们一起谈笑风生,万种风情,不是件新奇又美好的事吗? 这会令所有人心醉神迷。"

接着又道:"我同意您的观点,绝不该枉顾礼法与德行,所以我才没让我的演员们在教堂里谈天。"

天命打断拉戈旦,问他到哪里能找到这么多的骑士和贵妇。

拉戈旦说:"学校里大家是怎样演绎战争场面①的?"

接着又道:"我在拉弗莱什②参演过莱蓬德塞③大溃败,舞台上,光王后阵营的兵就有上百名,更别说人数更多的国王的军队了。我记得一场大雨把节庆给搅和了,到全区的贵族那里借来的羽毛④也都不复如初。"

天命想让他讲些合情理的事,反驳他说,学校有不少学生能演戏,可他们剧团,哪怕全都到齐了,也就七八个人。纪仇这个人您是知道的,坏得很。此刻他正站在拉戈旦身旁装腔,说自己不同意天命的观点,还说自己资历更老,教堂门廊是剧场最美的装饰,大家从未见过这么美的。至于那么些骑士与贵妇,一部分可以去租赁,另一部分可以用纸板糊。纪仇的这个纸板妙想让大家全都乐开了怀。拉戈旦也笑了,起誓说自己很清楚怎么做,但他

① 此处指的是学校学生在戏剧舞台上表演战争场景。
② 拉弗莱什学校,位于勒芒,是一所耶稣会学校,建造于亨利四世时期,区别于拉弗莱什中学(Collège de la Flèche),后者为如今位于巴黎先贤祠附近的亨利四世中学。
③ 莱蓬德塞(Les Ponts-de-Cé),法国曼恩-卢瓦尔省的一个市镇,1620 年 8 月 7 日莱蓬德塞武装冲突结束了内战,面对国王路易十三的皇家部队,路易十三的母亲玛丽·德·美第奇(Marie de Médicis)王后的部队几乎未战而逃,路易十三终结了其母亲的统治后掌权,玛丽·德·美第奇被流放。
④ 16—17 世纪,法国贵族常戴装饰着羽毛的帽子,象征其地位。

现在并不想说出来。他又说：

"至于马车，这将会是戏剧舞台上的何种创新啊！我曾扮演过多比①的狗，出色的演技赢得了全场观众的喜爱。"

他继续道："在我看来，倘若我们评价事物，得按照其在脑海中产生的效果来判断，我每次看人演出皮拉姆和提斯柏②的时候，从未被皮拉姆之死深深触动过，反而因狮子的出现感到惊恐。"

纪仇以类似的可笑道理替拉戈旦辩护，让拉戈旦对他生了好感，决定带他一起去用晚饭。其他讨嫌的人也都放过了演员们③，他俩更想去用晚膳，懒得与城里这些闲鬼纠葛。

---

① 《多比传》在当时是个已经过时的剧本，书中的狗与《奥德赛》中的狗作用相似，历经长时间的漂泊后认出了主人。拉戈旦被派去扮演这个角色。

② 此处影射17世纪法国剧作家泰奥菲尔·德·维奥(Théophile de Viau)的悲剧作品《皮拉姆和提斯柏的爱情悲剧》(Les Amours tragiques de Pyrame et Thisbé)，作品第四幕结束时有狮子出现。皮拉姆和提斯柏是作品中的主人公。这个故事先是由古罗马诗人奥维德(Ovide)讲述，后德·维奥续写进他的悲剧故事里。年轻的皮拉姆以为他深爱的提斯柏被狮子撕咬而死，便绝望地自杀了；而提斯柏得知皮拉姆死去后，在她情人的尸身旁殉了情。

③ 此处的演员们指的是前文中的纪仇和拉戈旦。

第十一回

您若仔细品读
自会知晓内容

  拉戈旦把纪仇领进一间小酒馆，让人把好东西都端上来。拉戈旦没把纪仇领到他家去，可能是因为他家中日常饭菜不怎么好。我对他的一日三餐保持缄默，免得过于武断。而且我并不想对此深入展开，因为没必要，我想写些别的、有价值的事。

  纪仇的判断力超群，又熟稔圈子里的门道，刚一看到为他们二人呈上来的两个山鹑和一只阉鸡，他就料到，拉戈旦并不是倾慕其品格才招待自己，也不是为了报答自己刚才的义举（之前纪仇曾说拉戈旦的故事是个很好的戏剧素材）。醉翁之意不在酒，拉戈旦他别有所图。

  纪仇打算听拉戈旦再讲些荒唐故事。起初拉戈旦并不吐露真言，只是继续叙说故事。拉戈旦大声朗诵自己的讽刺诗，这些诗有些是为了嘲笑他的邻居而作（拉戈旦大部分的邻居都遭他嘲讽过），有些是为了嘲笑那些被戴绿帽子的丈夫（拉戈旦不愿说出他们的名字），也有些是为了嘲讽一些女人。拉戈旦唱了些行酒歌，又指给纪仇看一些易位构词①，一些拙劣的诗人常拿这类作品去烦老实人。纪仇把拉戈旦捧上了天。为了不扫拉戈旦的兴，不管听到什么，纪仇都做出一副怅然若失的样子，抬头望向天空，并夸大其词地吹捧，起誓说他从未听到过更好的作品。情不自已时，他甚至激动得直揪自己的头发。纪仇不时地跟拉戈旦说：

"不能全身心投入戏剧，无论是对您还是对我们来说，都实在是太不幸了。两年后，指不定大家就不再谈论高乃依②，就像如今再没人会提及阿尔迪③。我不懂得阿谀奉承，不过，为了鼓励您，我得跟您承认，第一眼见到您，我就知道您是个伟大的诗人，您可以问问我同伴，看看我是怎么跟他们说的。我绝对不会搞错。半古里开外，我就知道这儿有位诗人，而且，我跟您一见如故，仿佛是我养育了您一样。"

拉戈旦像吸吮奶汁一样轻轻吞咽，间或配上几杯比纪仇的恭维话更让他迷醉的酒。纪仇则一面大快朵颐，一面不时地嚷道：

"拉戈旦先生，以上帝之名，尽情发挥您的天赋吧。再说一遍，若您不去写剧本陶冶自己，还有我们，那您真就太坏了。跟其他人一样，我也作些月露风云。不过，若我写的有您刚才读给我听的一半好，也不至于囊中羞涩到去扯恶魔的尾巴④。我可以像蒙多里那样靠利息过活。⑤ 所以，好好干吧，拉戈旦先生，好好干。

---

① 易位构词（anagramme），一类文字游戏（更准确地说是一类"词语游戏"），是将组成一个词或短句的全部字母重新排列顺序，这样构造出新的词或短句。

② 高乃依的辉煌成就很快让先前的剧作家黯然失色。

③ 亚历山大·阿尔迪（Alexandre Hardy），法国 17 世纪一位非常多产的剧作家，剧本量有 600 本之多。

④ tirer le diable par la queue 是 17 世纪出现的短语，语源具有神秘色彩。时人认为扯开零钱口袋的绳子时，袋子若是空的，里面则装着魔鬼。

⑤ 1637 年蒙多里退隐后部分瘫痪，从黎塞留那里领取了 2000 利弗尔的抚恤金。

若是这个冬季我们不能迷惑勃艮第府剧场和玛黑剧院①的那些先生，我就打断自己的一条胳膊或一条腿②，再不登上戏剧舞台。就这些话，别的我也不多说了，一起喝吧。"

说到做到。纪仇往一个杯子里斟了两倍的酒，杯子满满当当的，他举着杯向拉戈旦先生敬酒，恭祝他身体安康。拉戈旦也回敬了他，旋即又摘了帽子，举杯祝女演员们身体康健。他那么心潮澎湃，把杯子放回桌子上的时候，因为太过用力，虽并非有意为之，却还是把杯脚弄碎了。拉戈旦扶了两三回酒杯，还以为是自己把酒杯放歪了。最后，拉戈旦把酒杯抛过头顶掷到地上，又挽住纪仇的胳膊，免得因打碎酒杯而声誉尽失。

不见纪仇展露笑颜，拉戈旦有些伤心。不过我跟您说过，与其说这是个可笑的蠢货，不如说他是个嫉妒心重的家伙。纪仇问他对女演员们怎么看，这个小个子男人尚未作答就脸红起来。纪仇复又问他。终于，吞吞吐吐、面红耳赤、词不达意的他，对纪仇说，他对其中一位女演员一往情深。纪仇问他：

"哪个？"

吐露了这么多，小个子男人心里有些慌乱，便答道："我不知。"

纪仇说道："我也不知。"

拉戈旦愈加心绪不宁起来。纪仇再问他，他整个人却已呆若木鸡：

---

① 这两家剧院都在巴黎，勃艮第府剧场成立于 1548 年，以闹剧和悲剧著称；玛黑剧院为其竞争对手，由蒙多里于 1635 年创办，上演了许多高乃依年轻时的作品，大获成功。此处纪仇(作为剧团团长)和拉戈旦(作为演员)可联合成立新剧院，这是个过分的要求。
② 莫里哀在创办光耀剧团期间(1643—1645)摔碎了牙。

"是……是……"

一个词他重复了四五遍，纪仇已经不耐烦了，对他说：

"您说得对，定是个美若天仙的姑娘。"

这话让拉戈旦一下没了主意。他绝不能说出自己看中了谁，也许他自己对此都还一无所知。他的爱可能远不及他的淫欲。最后，纪仇点出是星星小姐，说星星小姐正是他深爱的人。我想，倘若纪仇说出的是安热莉克或者她母亲洞穴，他怕是忘记了前者用紧身胸衣上的薄片给他造成的痛楚以及后者的年龄问题。这个老迈的公山羊神志不清、心慌意乱，任凭纪仇说是哪个便是哪个。演员纪仇让拉戈旦喝了一大杯酒，酒意稍稍消解了困窘，又一杯酒下肚后，望着空无一人的房间，纪仇神秘地低声对拉戈旦说：

"您并非无可救药，眼前就是个能够治愈您的男人，只要您愿意相信他，并守口如瓶。并不只有您的事情困难重重：星星小姐是头母老虎，她兄长天命是头狮子。但她从不曾见过像您这般的男人，我很清楚我该怎么做。喝完这些酒，明日就是良机。"

二人各自一杯酒下肚，谈话停顿了片刻。饮罢，拉戈旦率先开口，叙说起自己的千般美德和万种财富。他对纪仇说，他有个侄子是某个征税官的办事员，他这侄子跟征税官拉利埃勒①关系匪浅，拉利埃勒准备在勒芒成立一个税务部门。他想凭他侄子的威望，让纪仇给他跟国王的演员们等额的年金。② 他还跟纪仇说，如果纪仇的哪家亲戚有孩子，他会为这些孩子谋得教士俸禄，这

① 拉利埃勒(la Raillière)是个真实存在的人，非常不得人心，1651 年因贪污受贿、敲诈勒索等被关进巴士底狱。
② 勃艮第府剧场和玛黑剧院的演员们都有一笔皇家抚恤金，分别为 12000 利弗尔和 6000 利弗尔。

是因为他侄女的夫家妹妹被外省一位修道院院长的膳食总管包养,这位院长就有教士俸禄的授予权。

在拉戈旦讲述他的英勇壮举时,纪仇喝了太多酒,口渴难耐,只顾着不停地把两个同时空掉的酒杯装满。拉戈旦丝毫不敢拒绝一位热心好意待他的人。最后,两人杯觥交错,吃了一番酒后,皆已撑肠挂腹。依着性子,酒后的纪仇摆出了一副严肃的面孔,而神情呆滞、行止迟钝的拉戈旦,则倾身趴在桌子上睡着了。他们本就下榻在这家小酒馆,纪仇便叫女佣来铺张床。女佣跟他说铺两张床也没关系,看拉戈旦先生的状态,用不着叫醒他。拉戈旦没醒,他从未睡得如此香甜过,连打鼾都不曾这般畅快过。房里共计三张床,女佣在两张床上铺了床单,铺床的时候拉戈旦也没醒来。等女佣铺完床来叫拉戈旦的时候,拉戈旦对女佣破口大骂,还威胁说要打她。最后,纪仇把拉戈旦的椅子转向先前为了烘床单点燃的火堆,拉戈旦这才睁开双眼,一言不发地让人把衣衫褪去。大家尽可能把拉戈旦妥善安置在床上,纪仇关了门后也上了床。

一小时后,我不知道为什么,拉戈旦起身下床。在把所有家具撞得七颠八倒之后,晕晕乎乎的拉戈旦在房间里迷了路,几番跌倒在地后,他还是没能找到他的床在何处。后来,拉戈旦摸到了纪仇的床,发现了纪仇就把纪仇弄醒了。纪仇问拉戈旦在找什么。拉戈旦说:

"我找我的床"。

纪仇说:"在我的床的左手边。"

这个小酒鬼朝右边去了,钻进了第三张床的被子和草褥间的空隙。这张床上既没有床垫也没有羽绒垫,他在这儿安安稳稳地睡了个好觉。纪仇在拉戈旦醒来前就穿戴完毕了。他问酒鬼，是不是为了苦修，就放弃自己的床转而去草垫上睡。拉戈旦坚称自己从未起身，信誓旦旦地说定是房里有魔鬼。拉戈旦跟店老板起了争执，老板自是以旅馆利益为重，威胁拉戈旦说要以诽谤为由把他告到法庭。

　　我借拉戈旦的口吻烦扰您太久了，接下来我们言归正传，再来说演员们的旅馆。

第十二回
旅馆爆发夜战
诗人有口难辩①

　　我是个过于耿直的人②,不会不提醒友善的读者,倘若到目前为止,他对本书中的种种戏谑之言感到愤慨,最好不要继续读下去了。凭良心说,哪怕这本书跟《西吕斯》一样篇幅浩繁,他从中也再读不到别的什么。他若觉得凭读过的内容,无法料得接下来会发生什么,其实我也一样。在我的这本书里,我不过是环环相扣,让一回连着一回,就像把笼头套在马脖子上,信马而行,让马儿们无拘无束地阔步向前。也许,我也抱定了某种写作意图,虽没在书里满满当当写一些典范样板供人模仿,但我在其中描绘了些时而令人发笑时而又引人责备的行为或故事,我将依着酒鬼的样子寓教于乐。这酒鬼,因其行为不端而遭人厌恶,偶尔又因其举止不当而为人取乐。

　　不絮说道德训诫了,让我们接着聊聊那些被我们落在旅馆的演员。拉戈旦携纪仇离开之际,刚一腾出房间,被他们落在图尔

---

① 原标题是"夜战"。
② honneur 原是西班牙贵族的一种行为品德,后为各阶级效仿,终成为一种道德追求。也指低层的人像更高等级的人那样行为处事。

的剧院看门人便走进了旅馆。看门人御马而来，马背上满载着行李。看门人跟他们二人一起在桌前落了坐。通过看门人的叙述及相互交换的消息，大家明白了省里的总督因何没能为难他们。那是因总督他自己，连同他的步枪兵，都被百姓缠住了，脱不了身。

天命跟同伴们讲述他是如何被人救下的，他穿着土耳其式服饰，本要扮演迈雷①的苏莱曼，得知阿朗松发生鼠疫后，就同洞穴、纪仇一道来了勒芒。此行所携物什，不过是在故事——无比真实却了无英雄色彩的历险故事——开头看到的那些。星星小姐则跟他们说，她得到了一位来自图尔的太太的帮助，这位太太的名字不在我的认知范围内。她接着又说自己是怎么来到临近博内塔布勒的一个村子，就是在那儿她从马上跌下来摔伤了脚。星星小姐继续说道，得知剧团去了勒芒后，她便找人用驮轿抬她来勒芒，驮轿是一位村妇慷慨借给她的。

晚饭后，只有天命待在女士们的房间里。洞穴像爱自己的儿子那般疼爱天命，对星星小姐也是这般爱护。她的女儿和她唯一的继承人——安热莉克，就像爱自己的兄弟姐妹那样喜爱天命和星星。安热莉克尚不知晓他们都是些什么人，也不晓得他们为什么要演戏，但她很清楚，尽管他们彼此之间哥哥妹妹地叫着，却更多是挚友而非亲眷的关系。天命待星星，怀着这世上最大的尊重。她很聪慧，觉得若天命是个聪明睿智、有教养的人，星星小姐看着则更像是名媛而非乡下演员。洞穴和她女儿喜欢天命和星

---

① 让·迈雷(Jean Mairet，1604—1686)，法国古典剧作家，其所著有 1639 年出版的悲剧《伟大的苏莱曼或穆斯塔法之死》(*Le Grand et dernier Soliman ou la mort de Mustapha*)。斯卡龙与迈雷于 1637 年在勒芒柏林公爵弗朗索瓦·德·福多亚斯(François de Faudoas)的家中相识。

星,那是他们对她们情深义重的结果。这对他们并非难事,是因为她们像法兰西女演员们一样值得被爱。虽然她们从没有机会登上勃艮第府剧场或玛黑剧院的舞台,可这更多是因运气不好而非没有资格。对演员们来说,这俩剧院都是 *non plus ultra*①,再没有比它们更好的了。不明白这三个拉丁语单词的读者(既然来了,我便不能拒之门外),请自行找人解释。

　　为了结束离题之言,久别重逢的天命和星星热情相拥了一番。他们酣畅淋漓地互诉了对彼此的担忧,毫不避讳在场的另外两位女演员。天命跟星星小姐说,上次他们在图尔演出时,他觉得台下看戏的人群中有个人正是曾经纠缠他们的人,尽管当时那人把脸藏进上衣里,天命还是把他认出来了。故此,离开图尔时,他在脸上贴了药膏,以防敌人认出他,也免得赤手空拳地与人对峙。天命继续跟星星说,他们之前遇到许多板车,倘若他们的这个敌人并不是我们在第七回中看到的那个搜查板车的陌生人,他就大错特错了。正在天命说话之际,可怜的星星不禁潸然泪下。天命备受感动,竭力安慰她,之后又对她说,只要她同意,他就会想尽办法把敌人找出来,就像他之前总设法避开敌人,她很快便能摆脱忧虑,哪怕他要为此赔上性命。天命最后这几句话让星星更伤心欲绝了。天命的聪明才智,并没有强大到可以让他不似这般伤心。洞穴和她女儿本性仁慈,出于善意或是因为感动,也悲伤起来,我觉得她们甚至掉眼泪了。我不知道天命是否哭了,但我知道很长一段时间里他和女演员们都沉默无言。其间谁要哭就哭吧。

---

① 拉丁语,该短语至今仍在使用,指"极致""顶峰"。

后来,洞穴结束了因眼泪引起的间断。洞穴走向天命和星星,责备二人道,自打相识,他们就知道会跟她成为怎样的朋友,可他们对她和她女儿的信任过于寡薄,哪怕到现在她们都不知道他们的真实身份。她又说,自己也是苦命人,他们眼下遭的不幸,她是能够给些意见的。天命回答说,绝不是因为不信任才没告诉她他们的事,只是他觉得他们的悲惨故事无聊至极。若她哪天真想知道,又有时间可供消磨,他会跟她谈及这些的。洞穴不愿另择他日,让天命现在就讲,好好满足下自己的好奇心,她女儿,此刻正坐在她身侧,也是这么渴望的。母女二人都正坐在星星的床上,在天命刚欲开始讲述他的故事之际,他们听到隔壁房间传来一阵嘈杂的哄闹声。天命竖起耳朵听了会儿,吵嚷与口角非但没止息,反而愈发震耳欲聋,甚至有人在喊:

"杀人啦! 救命啊! 有人要杀我!"

天命三步并作两步,快速出了房间,此举的代价是牺牲了他的紧身短上衣,是洞穴和她女儿想拦住他的时候扯坏的。天命来到传出吵闹声的房间,来不及细看,就听见拳头声、耳光声、男男女女的互殴声、数只光溜溜的脚在房间里跺来跺去时发出的沉闷声,交互错杂,汇聚成可怕的哄闹声。

他冒冒失失地加入战斗,不料先是在这一侧吃了一拳,又在另一侧挨了一巴掌。他本欲将这些淘气鬼分开来的好意,此时变成了强烈的复仇欲望:他动起手来,两条胳膊甩得团团转,打折了不止一个下巴,双手变得鲜血淋漓。混战又持续了相当一段时间,他被袭击二十余次,又反过来双倍奉还对方。战役最激烈的时候,他觉得有人撕咬他大腿腿肚,他伸出手去,摸到个毛茸茸的东西,他以为自己被狗咬了。洞穴和她女儿手执火烛出现在房门口,这火光就像暴雨后的圣艾尔摩之火①。她们看到了天命,也让天命看到了自己正身处七个着衬衣的人中间。这些人都铆足了劲儿来摆脱别人,一看到光,他们便主动松了手。

平静并未持续太久。旅店老板——这七位白衣苦修修士②中的一位——与诗人又动起手来。奥利弗被店老板的仆人——另一个苦修修士——攻击,也重又动手。天命想把他们分开,可就在此时,旅馆老板娘闯进了他的视线,原来她就是那个咬他的牲畜,因为她头上既没帽子也没头巾,头发又很短,他才把她当成了狗。她身后跟着俩女佣,也都跟她一样光着头,什么也没戴,头发自也一般凌乱。

嘶喊声又开始了。耳光声、拳头声,也更响亮了,混战比之前更激烈了。最后,有几个被这嘈杂声吵醒的人来到了战场,他们合力把这些战士一一分开来,也就促成了第二次停战。问题在于弄清楚这次争吵的原因,究竟是何纠纷把七个光着身子的人聚集在同一间房里的。奥利弗看上去最为平静,他说他看到诗人出了房间后,又火速返回,旅馆老板跟在诗人后面想打他,旅馆老板娘跟着她丈夫。旅馆老板娘撞在了诗人身上,一个仆役、两个女佣想把他们分开,却撞到了他身上。就在这时,光熄灭了,众人便因此陷入持久的打斗。

现在轮到诗人辩护了。诗人说他写了两节旷古妙诗,怕把它们遗失,他就去向旅馆的女佣们借蜡烛。女佣们嘲笑他,还说旅馆老板把他叫作"钢丝上的舞者"。为了不至无力辩白,他便喊旅

---

① 圣艾尔摩之火（Feu de Saint-Elme）,中国古时称马祖火,是一种自古以来就常被海员观察到的自然现象,经常发生于雷雨中,在如船只桅杆顶端之类的尖状物上,产生如火焰般的蓝白色闪光。

② 即加尔默罗会修士,此处将这些身着衬衣的男人与虔诚教会成员做比较,意欲讽刺。

馆老板"绿帽子"。诗人刚一开口,旅馆老板就蓄势待发,给了他一记耳光。有人说他们这是商量好了的,因为耳光刚一响起,店老板的妻子、仆役和女佣们,全都一齐扑向演员们,让他们吃了好一顿拳脚。

而这最后的相遇则比之前的还更粗暴,持续得也更久。天命,只见他猛追着一个肥胖的女佣,撩起她的衣服,朝臀部猛打了百余次。奥利弗见这一幕让众人哄然大笑,也照着样子去打另一个女佣。旅馆老板忙着跟诗人对战,女主人是最疯狂的那个,她被几名旁观者擎住了,为此火冒三丈,大声喊道:

"抓小偷!"

她的喊叫声吵醒了家住旅馆对面的拉皮尼尔勒。拉皮尼尔勒让人打开门,然后循声而去。他不可思议地发现,方砖地上躺着的少说得有七八个人。拉皮尼尔勒以国王的名义让他们停止打斗,得知这场混乱的原因后,他劝说诗人别再夜间作诗了。因为旅馆老板和老板娘百般羞辱可怜的演员们,把他们叫作街头卖艺的、江湖艺人,还说明日定要将演员们赶出去,拉皮尼尔勒打算给他们些教训。旅馆老板还欠着拉皮尼尔勒的钱,拉皮尼尔勒威胁他,说会让人处决他。受此威胁后,旅馆老板闭上了嘴。拉皮尼尔勒回了自己家,其他人也各自回了房间。天命去了女演员们的房间。洞穴央求天命,别再拖延,现在就跟她讲讲他和他姊妹的历险之事。天命对她们说,这也正合他的意。下一回中您将会看到天命是怎么开始讲述他的故事的。

第十三回

天命追忆往昔
揭晓身世之谜[①]

　　我生在巴黎近郊的一个村子里。若是我想,我完全可以让您深信我是名门望族之后,对素不相识的人来说,这是轻而易举的。是我太实心眼,没办法否定我粗鄙的出身。我父亲是村里最早那批暴发户中的一个。我听人说,他原是个落魄绅士,年轻时还参过战,只是除了挨枪子儿便再无所获,他便去给一位十分富有的巴黎太太当侍从,跟着她攒了些钱财。之外他还是膳食总管,负责采买,也就能捞些油水。他跟这户人家的一位老小姐结了婚,婚后不久小姐就死了,他成了继承人。这么快了鳏夫的他,却并不十分厌倦侍奉人。二婚时,他娶了个田间女人,一个为女主人家中供面包的女子,我正是生于这次婚姻。我父亲名叫加里格[②],我一直都不清楚他是从哪儿来的。我母亲的名字,在我的故事里无关紧要。只要知道她比我父亲更吝啬,而我父亲又比母亲

---

① 　原标题是"篇幅更长的天命和星星小姐的故事",这种标题体现了滑稽讽刺风格。为了照顾中文读者,从整体上保持形式的一致性,此处舍去了直接翻译原文标题的对应之法。

② 　加里格(Garigues),斯卡龙创造的新词,而单词 Garrigue 指的是灌木丛生的石灰质荒地。

更悭吝就够了，他俩一个比一个不顾脸面。

　　我父亲很是荣幸地发明了一种系在绳子上的肉块，绳子另一头绑在罐子把手上，汤煮好后就把肉提溜出来，这样就可以做上许多次汤了。① 我能跟您说上愈百件他的万般斤斤计较，正因为他的小气，他才赢得了思维敏捷、善于发明创造的名头。不过，怕您觉得厌倦，我只跟您讲两件让人难以置信却又十分真实的事。他曾大量囤积麦子，以期荒歉时再以高价卖出。但这一年，遍地丰收，导致小麦降价。父亲是那么绝望，就像被上帝遗弃了，上吊去死的心都有了。就在他走进房里正欲实施这崇高计划时，他的一个邻居进来了，怕被人发现还躲了起来，我也不知道这是为什么。这位女邻居看到我父亲想在自家房椽子上自缢时，非常震惊。邻居一边呼救，一边朝父亲跑过去，又在后来赶到的母亲的帮助下，把绳子剪断，将绳子从父亲脖子上取下来。她们大概会对此义举感到后悔，因为父亲像打石膏一样打她们俩，还让这可怜的邻居赔他的绳子，要她从他欠她的钱里面扣除。

　　父亲的另一个英勇壮举也同样离奇。还是这一年，物价奇高，村里的老人们都不记得经历过物价如此昂贵的年月。父亲对所有被他吃下的东西，都觉得惋惜。他的妻子生下了个男婴，父亲思忖着，想必妻子的奶水足够喂养他和他儿子的，就想着去吸吮他妻子的奶，如此一来，不仅能省下面包，所吃食物还更容易

---

① 这里对父亲的描写为1651年的版本，1657年再版时，作者对此处做了改动："我的父亲很是荣幸成为第一个在量体裁衣时能够屏住呼吸的人，如此就可以少用一些布料了。"1651年第一版对父亲吝啬特点的描写受到西班牙流浪汉小说（如《小赖子》《骗子外传》等）的影响，这些流浪儿的师父常常吝啬至极，做肉汤用的肉是反复使用的。此外，斯卡龙对吝啬母亲形象的描写或许与他本人的真实经历有关，他的继母"吝啬到有一天让人把糖罐的口改小"。

消化了。① 虽然我母亲吝啬起来分毫不输父亲，却没父亲这般聪明，所以母亲并未像父亲那样发明各种事物。不过，一旦母亲构思好了，执行起来甚至比父亲更精准。她不仅打算用她的奶水同时养活她的丈夫和儿子，甚至还打算用她的奶水养活她自己。她是那么顽强不屈，这个无辜的小可怜因忍饥受饿而殉了道。父亲、母亲都虚弱不堪，又饥肠辘辘，后来就吃多了，二人皆因此久病不起。不久，母亲怀了我，她很幸运地诞下了这个太过不幸的生命。父亲前去巴黎，祈求他的女主人②能当他儿子的教母。他是跟一位老实忠厚的教士一起去的，这教士在村子里有职奉。

　　害怕白日里炎热，父亲启程归家时天色已晚。路上，他途经市郊的一条大马路。此地的大部分房屋都还在建造中，父亲从远处瞧见月光下有个亮闪闪的东西穿街而过。他没留意是什么，不过他听到了微弱的呻吟声，像是个正在受难的人。没一会儿，这东西从他视线里消失了。父亲大着胆子，走进一座尚未完工的建筑③，在此发现一个坐在地上的女人。女人身处的地方月色明朗，足以让我的父亲看清她十分年轻且衣着华丽。正是她衣服上的金丝银线④让我父亲在远处觉得晃眼。父亲虽生性冒失，此刻却也跟他眼前这位年轻女子一样无比惊讶，这点您不必怀疑。不过这女子这般糟糕情状，则是他所不能及的。女子顾不上颜面，率先开口说话。她对父亲说，若他真是基督徒，定会同情她。她说

---

① 此处让人联想到两个著名的逸事［先是由瓦莱里乌斯·马克西姆斯讲述，后又常被人提及］：一个是关于一个年轻的希腊姑娘用自己的奶水喂养她的父亲；另一个讲述一位罗马女子以同样的方式喂养她母亲。
② 旧制度下的法国，上流社会的妇女常在家中举办聚会，后逐渐形成沙龙文化。这些主持沙龙、接待访客的女人，则被称为女主人（maîtresse）。
③ 当时巴黎的圣·日耳曼郊区（Faubourg Saint-Germain）正在建造中。
④ 奢华的衣服由金银锦缎制作。

她就快生了，疼痛难忍，女佣去找可靠的产婆了却老不见回来。她成功从家中逃了出来，没有惊动任何人。女佣留了门，这样回去的时候也不会弄出动静。

刚一简述完，她就成功分娩了一个孩子，父亲用他的上衣接住了婴儿。他尽可能地像个产婆一样。这年轻女子恳求他尽快把这个小生命带走，求他照看这个孩子，让他千万记得两天后去找一位年长的教士，她跟他说了教士的名字，说这教士会给他钱以及喂养孩子的一应之物。一听到钱，我父亲，这个灵魂里都透着吝啬的人，本想炫耀他那侍从式的口才，不过女子并没给他时间开口。她把一枚戒指放到父亲手中，让他拿作信物亲自去找神父。女子用围巾把孩子裹起来，交给父亲，让他迅速带孩子离开。见女子身处此等境况，为了不抛下她，父亲坚持多耽搁了会儿。

我想她是花了很多气力才返回家中的。父亲则回了村子，把孩子交到他妻子手中，没忘记两日后去找一位老神父，将戒指拿给他看。父亲从神父那儿得知孩子的母亲出身名门望族，家境显赫。这孩子是她和一位苏格兰老爷的，这位老爷先前跟她定了亲，目下到爱尔兰为国王募兵①去了。神父还告诉父亲，因仓促分娩，这女子病得太厉害，不知还活不活得成。临此绝境，她便跟父母全都坦白了。因是独生女，父母不仅没对她发火，还反过来宽慰她，这事也就被揭过了。接着，神父跟父亲保证，只要他好生照看孩子并守瓶缄口，钱自然是少不了的。说到这儿，神父便给了父亲五十埃居和一小包各式的孩童衣物。跟神父一起用完膳，父亲回了村子。我被交到乳母手里，外来者占据了家中儿子的

——————————

① 法国国王招募外国雇佣兵为其服务。

位置。

　　一个月后,苏格兰老爷回来了。见未婚妻的状态这么差,几乎没有生还的希望,他便在她临去世前的一个日子娶了她,所以刚一结婚,他就成了鳏夫。两三天后,他跟他岳父、岳母一起来到我们村子。又是一番恸哭。那么些亲吻,让婴儿差点儿窒息。父亲极力称赞苏格兰老爷的慷慨,孩子的亲人不会忘记他的。他们回巴黎时,很满意我父母对他们孩子的照顾,甚至不想让这孩子回巴黎。出于一些我不清楚的原因,他们的婚礼是秘密举行的。

　　我刚一学会走,父亲就让我离家去给小格拉鲁斯[①]伯爵(大家称他父亲格拉鲁斯伯爵,便称他作小伯爵)做伴。雅各和以扫自在娘胎里时就有的对立,都比不得我和年轻伯爵之间的水火不容。尽管我将来更有希望成为正人君子,格拉鲁斯则希望渺茫,可我父亲、母亲是那么柔情地疼爱他,对我却总是嫌恶。格拉鲁斯身上除了平庸再无其他。我看上去却似乎与这(农民之子的)身份不符,不像是加里格的儿子,倒更像是某位伯爵之子。倘若我没有成为可怜的演员,那估计是因为命运想报复不经它允许便意欲对我横加干涉的天性,又或者,若您乐意这样认为,天性有时会以善待为命运所厌恶的人为乐。

　　我的整个童年就是两个小乡巴佬混在一起。格拉鲁斯比我更像农民,我们的所有英勇冒险不过是各种拳脚相向。每次争吵,若不是父母参与进来,我总能占据优势。他们老是这样,那么大的热情,我的教父——一位名叫圣·索沃尔[②]的先生——都对此感到气愤,跟父亲说让我去他那儿。父亲很开心把我当作礼物

---

① 　格拉鲁斯(Glaris),旧时瑞士的一个城市。
② 　圣·索沃尔(Saint-Sauveur),含义为"圣教主"。

送给教父。见我离开了她的视线，母亲的遗憾比父亲的还少。

好了，我就这样去了教父家。吃得好、穿得好，被温柔以待，极少挨打。教父毫无保留地教我读书识字，很快我的拉丁语突飞猛进。他又让村里一位极其正派且十分富有的绅士同意，允我跟他的俩儿子一起学习，拜在这绅士花了大价钱从巴黎请来的一位学识渊博的老师门下。

这位绅士名叫阿尔克①男爵，教导他的孩子们时非常细心。俩孩子中年长的叫圣法尔，人长得挺好，不过，倘若这世上有无可救药的粗暴之人，那便是他了。报应似的，弟弟除了比哥哥更英俊外，还头脑灵活，有着与他那完美身躯相匹配的高尚灵魂。总之，若要期盼哪个小伙能成为正人君子②，我相信没有人比他更值得期待，这年轻绅士，名叫韦维尔。他给予我友谊，让我感到荣幸，我则视他为手足，爱他，像对待师父那样敬重他。至于圣法尔，就只精于不良嗜好。我不知怎么才能更好地向您表达他灵魂深处对他弟弟和我的感情，只能跟您说，我对他来说微不足道，他对他弟弟的喜爱还没我的多；他一点儿都不喜欢他弟弟，他对我的憎恶并不比对他弟弟的多。他的兴趣也跟我们不同。他只爱射猎，厌恶学习。韦维尔不仅喜欢射猎，还很好学，我们俩不仅在这点上配合得天衣无缝，其他方面也十分契合。甚至可以说，我都不必过于迎合，随心随性，就能与他脾性相投。

阿尔克男爵有一间藏有大量小说的图书室。我们的教师在

---

① 阿尔克(Arques)，法国北部-加来海峡大区加来海峡省的一个市镇。

② 文中多次出现"正人君子"(l'honnête homme)的概念。在 17 世纪的法国宫廷及上流贵族社交生活中，这类君子须有品德修养，却不能有学究气，还得体貌英俊，举止温雅、得体；要谦逊、绅士，还要能融入周围圈子；品性上，要不愠不火、节制有度，能够控制自己的情绪。

拉丁区①都从未曾读过这些。起初,他禁止我们阅读,还在阿尔克男爵跟前把这些书谴责了上百遍,想让男爵深深厌恶这些在男爵眼中十分有趣的书。但当他贪婪地读了些或古或今的小说后,他自己却醉心于此。他坦诚道,阅读好的小说既能得到消遣,又能从中受教。他不觉得读这些书不如读普鲁塔克②更适合年轻人培养道德情操。因此,他便让我们读了许多这类书,读得多了,对我们的改变也就多了。他建议我们先阅读现代作品,但现代书还不合我们的胃口,直到十五岁,我们都更喜欢读《高卢的阿玛迪斯》③,而不是《阿丝特蕾》④或之后的那些美好小说。法国人通过这些书,以及别的数以千计的事情让人看到,虽然法国人没像其他民族那样创造浩瀚的发明,但他们会令其更加完善。

后来,我们的大部分时间都靠阅读小说来打发。圣法尔说我们是书迷,他更愿意去狩猎或去殴打农人,这种时候他总能凯旋。我的恭敬为我赢得了阿尔克男爵的好感,他像疼爱某个远房亲戚一样疼我。送孩子们去专业学校⑤时,他希望我能跟他的孩子们一道。因此,我便跟这俩兄弟一起去了学堂,其间,我更像是他们

---

① 当时的拉丁区跟现在一样,高校林立、学者汇聚,拉丁区的图书馆一般只出版博大精深或严肃题材的作品。

② 普鲁塔克(Plutarque),生活于罗马时代的希腊作家,以《对比列传》(古希腊语 *Βίοι Παράλληλοι*,法语 *Vies parallèles*,意思是"平行生活")一书留名后世。他的作品在文艺复兴时期大受欢迎,蒙田对他推崇备至,莎士比亚不少剧作都取材于他的记载。

③ 《高卢的阿玛迪斯》,中世纪欧洲最著名、最流行的骑士小说之一。原作者未知,原书创作年代不详,于约 13—15 世纪以抄本形式流行于伊比利亚半岛。15 世纪末由西班牙卡斯蒂利亚的人文学者加尔西·罗德里戈斯·德·蒙塔尔沃校增校成书,出版后风靡欧洲,掀起了骑士小说阅读和创作的高潮。

④ 《阿丝特蕾》是奥诺雷·杜尔菲的田园小说,出版于 1607 年至 1627 年之间。《阿丝特蕾》可能是 17 世纪法国文学中最具影响力的作品之一,在整个欧洲取得了成功,其篇幅较长(全书共 5 卷,每卷 12 篇,含 40 个故事,共计 5399 页),被视作第一本长河小说。

⑤ 专业学校(Académie),年轻贵族学习绘画、舞蹈、击剑的地方。

的同学而非仆人。我们在学校里习得了各项技能,两年后离校时,遇到一个身份尊贵的男人。这人是阿尔克男爵的亲戚,替威尼斯人募兵,圣法尔和韦维尔极力劝说他们父亲,希望他同意他们跟这位亲戚一起去威尼斯。这位好绅士想让我也陪同前去。我的教父圣·索沃尔那么疼爱我,慷慨地给了我一张数额可观的汇票以备不时之需,也免得我成为此次随行的负担。我们选择了一条最长的路线,这样就可以看到罗马以及意大利其他最美丽的城市。除了那些被西班牙人占据的城市外,我们在每座城中都停留了数日。途经罗马时,我病倒了,圣法尔兄弟俩则继续他们的旅程。

教皇的帆桨战船要前往达达尼尔海峡①与威尼斯军队会合,威尼斯军队正在那里等着土耳其军队②,带他们来的那个亲戚不能错过战船。离我而去,韦维尔成了这世上最悲伤的人。这段时间里,我本可以用我的付出来报答韦维尔的友情,现在却不得不与他分开,这让我感到十分失落。至于圣法尔,他离开我时,就仿佛我们从不曾相识过。他是韦维尔的哥哥,韦维尔在临走时尽量多给我留些钱,我不知道他对此是否同意。

好了,我在罗马病了。除了旅馆老板,谁也不认识。老板是个弗拉芒药剂师,在我生病期间,旅馆老板无微不至地照顾我。他粗通医学,据我观察,他比那个给我看病的意大利医生还更可靠。最后,我痊愈了。身体恢复后,便有了充沛的精力去游览罗

---

① 达达尼尔海峡(Dardanelles),土耳其称恰纳卡莱海峡,古称赫勒斯滂,是连接马尔马拉海和爱琴海的海峡,属土耳其内海,也是亚洲和欧洲的分界线之一,常与马尔马拉海和博斯普鲁斯海峡并称土耳其海峡,并且是连接黑海以及地中海的唯一航道。

② 影射得到教皇支持的威尼斯共和国与土耳其人的战役(1640—1657),其"热点"是坎迪亚之役(或称克里特之役,坎迪亚是克里特的旧称)。

马的不凡之地。外国人在这些地方可以看到琳琅满目的物件,得以满足他们的好奇心。我很开心能去参观葡萄园。这里有些花园也被称为葡萄园,它们比卢森堡公园或杜伊勒里公园①更美。红衣主教们和达官贵人们都让人悉心照料这些葡萄园,不过他们这么做更多是因为虚荣,而非真的喜爱葡萄园,他们从不去或者很少去那里。

一天,我在其中最美的一个葡萄园里散步。在一条小径的拐角处,我看到两个衣着华美的女人。两个年轻的法国男子让这两名女子止步,还让更年轻的那个揭下面纱,如若不然,便不许她们通过。两名男子中一个像另一个的主子,二人皆十分粗鲁。那主子蛮横无理地强行去摘年轻女子的面纱,不过他半点儿也没扯开,可仆人这时却抓住了她。不用谁来告诉我该怎么做,我得先告知这些粗野之人,我决不容忍他们对这俩女子强加暴力。见我手中执剑,十分坚决地要阻挠他们,二人皆十分震惊。两名女子站到我旁边。这位年轻的法国人宁受凌辱之苦,也不愿受挨打之痛,离开时对我说:

"勇敢的先生,在剑不偏袒任何一方之时②,我们还会再见的。"

我回答他说我不会躲起来的。他的仆人随他走了,我则依旧

---

① 卢森堡公园,法王亨利四世去世后,王后玛丽·德·美第奇于1612年命人修建的一处皇家花园,位于巴黎第六区,内含花园、喷泉、雕像,还有卢森堡宫、卢森堡博物馆,是法国参议院所在地,曾多次出现在如雨果、萨特、桑德拉尔、纪德、昆德拉、艾什诺兹等作家笔下或导演们的电影镜头中,2022年被英国媒体评为欧洲最美公园。杜伊勒里公园,位于巴黎第一区的一处古老的法式花园,位于卢浮宫与协和广场之间,曾为杜伊勒里宫所在地,于1914年被列入联合国教科文组织世界遗产名目。
② 意思是等他们双方都有剑的时候,他们还会再见的。此时主仆二人没带剑,只有"我"手里有剑。

跟这两名女子在一起。那个没被揭下面纱的女子看上去三十五岁光景。她用不夹杂任何意大利口音的法语向我致谢，又跟我说了会儿话。还说若是在我的国家里，人人都像我这般，意大利女人就可以轻而易举地过上法式生活①。随后，像是要补偿我似的，她说，为了防止有人背着她见她女儿，她情愿主动让我看看她女儿。

"莱奥诺尔，把面纱摘掉，让这位先生明白，他护全了我们的体面绝对是值得的。"

话音未落，她女儿就摘了面纱，露出的模样让我着迷，我从未见过比眼前更美的人儿。她女儿偷偷瞄了我两三次，瞧我时总遇上我的目光，这让她脸颊绯红，比天使更美。我清楚感觉到她母亲对她十分宠爱，见我望着她，她母亲仿佛跟我一样开心。我并不习惯类似的邂逅，有人陪同时，年轻人又很容易感到局促。她们离开时，我行的礼很糟糕，这或许让她们对我产生了很不好的看法。我十分后悔没问她们家住何处，也没提议亲自送她们回去，整个人懊悔不已。我打算向看门人打听打听，看看他是否认识她们。

良久过后，费尽了口舌，我和看门人仍然彼此听不懂。他对法语的了解并不比我对意大利语的了解多。最终，不得不借助手势，看门人让我明白了他不认识她们，也可能是他不愿承认自己认识她们。我回到了弗拉芒药剂师那里。跟出门前相比，此时的我就像换了一个人，意思是我对这位美丽的莱奥诺尔情深义重，心急如焚地想知道她究竟是个交际花还是个本分的女子，还想知

---

① 过上法式生活，指的是可以自由外出，不需要找人陪伴。

道她是否也具有她的母亲身上流露出的那般聪明才智。我沉醉于幻想，觉得有千千万万个美好希望正在等着我，这让我消磨了会儿时间。但当我觉得希望渺茫时，我又陷入深深的忧虑。设想了千百个无用的计划后，我决定去找她们。我想，我这么个深陷爱情的人，在罗马这样一个人烟稀少之地①，不会一直寻不见她们的踪迹。

是日起，我便四下寻找，把我认为所有她们可能会去的地方都找遍了。每次归来，我都比出门的时候更疲惫、更忧伤。下一日，我接着找，比之前更用心地找，可仍备觉疲倦，忧虑更甚。我这般紧紧盯着遮光帘和窗户，猛烈追逐所有跟莱奥诺尔相像的女子。我，法国人中最可怕的疯子，让民族荣誉在罗马受到了最大损害，被人从大街上、从教堂里抓走了逾百次。这段时间里，我像个堕入地狱的幽灵，我不知道自己是如何重新找回气力的。我的身体恢复了康健，可我的精神却依然萎靡不振。在坎迪亚，荣誉在召唤我，回到罗马，爱情攫住了我，我被这两种情感深深撕裂着，有好几次我都犹豫是否要依韦维尔信中所言去找他。韦维尔常给我来信，他恳求我为了友谊去寻他，但他并没有命令我，他本有权利这么做的。最终，经过几番努力后，我依旧没寻到陌生人的半点消息。付完房费，我打包好微薄的行囊，打算离开。

临走的前夜，斯蒂芬诺·范伯格老爷（大家都这么称呼这位旅馆老板）跟我说，想带我去一位女性朋友家里吃饭，还想让我承认他这个弗拉芒人择友的眼光不错。之所以在我临行的前一晚才带我去，是因为他有些嫉妒。出于礼节或其他什么，我答应了

① 在斯卡龙的时代，罗马人口远远少于巴黎人口。

他,说会去的。晚饭时,我们到了。我们来到了一处宅院,这宅子无论是外观还是内里的家具陈设,看上去都不像是一个药剂师的情人的住处。我们穿过一间陈设雅致的大厅,走出大厅时,我先一步进入了一间瑰丽无比的房间。莱奥诺尔和她母亲在此处接待了我。您可以想象这突如其来的惊喜令我何等愉悦。这位美丽姑娘的母亲跟我介绍她自己并向我致以法式问候①。我跟您说,是她亲吻的我,我没亲她。我呆愣住了,以至于什么也看不见,也丝毫没听见她对我说的寒暄絮语。

终于,我恢复了神志和视力。我觉得莱奥诺尔比之前更美、更魅力非凡了。可我却无法镇定自若地向她致候。很快我就发觉了我犯的错,还没想到如何补救,羞愧就害得我红了脸,莱奥诺尔也因害羞而双颊绯红,如我这般。她母亲对我说,想在我走之前,感谢我四下打听她们住处所费的功夫。这些话让我更觉惭愧了。她把我拉到一个按照法式习惯布置的凹室②,她女儿莱奥诺尔没跟过来。想必是觉得我太过蠢笨,也就无须费此周章。当我在她母亲面前暴露了我的真实身份——农民——时,莱奥诺尔一直跟斯蒂芬诺老爷待在一起。

莱奥诺尔的母亲很友好,她一个人让谈话继续,又巧妙地结束了对话。面对一个毫无聪慧可言的人,想要进行精妙的对话,这无疑是最难的。我从不曾像这次会面时这般笨拙过。若她当时没觉厌烦,怕是她从不觉得任何人烦。她问了几件事,我正欲作答,她又跟我说,她生下来就是法国人,从斯蒂芬诺老爷那里,我能得知她留在罗马的原因。该用膳了。得有人把我拉回客厅

---

① 指的是行贴面礼。

② 凹室,女子接待访客之地。

才行，就像刚才把我拉进凹室那样，因为我心慌意乱得都不会走路了。

饭前饭后，我总干蠢事。整个用餐过程我什么都没做，只是不停地望着莱奥诺尔。我以为我惹得莱奥诺尔腻烦了，定是为了惩罚我，她才一直低着头。若不是她母亲一直在说话，这晚饭就像是在查尔特勒修道院进行的。[①] 我猜测，她母亲跟斯蒂芬诺老爷谈论的是罗马的一些事，我没太留心她说了什么，也就不能太确定。

最后，饭罢离席之际，除了心情一落千丈的我，所有人都松了口气。临别时，他们对我再三致谢，我只用了些信末的客套用语作答。我走的时候，比来的时候多做了一件事，我亲吻了莱奥诺尔，而后愁肠寸断。回去的路上，我一言未发，斯蒂芬诺对此无能为力。我把自己关在房里，和衣躺到床上，剑也没有卸下。这时，我反复思索所有发生在我身上的事。进入我的想象里的莱奥诺尔，比我见到的还更美。我又想起自己面对她和她母亲时的蠢笨无脑，每每想起这些，我便羞愧得满脸通红，似火烧。

我希望自己可以变得富有！我因出身卑微而痛苦不堪！我编造了逾百个有益于我的爱情和命运的美好冒险故事。最终，我找了个完美的借口，才得以留下来。我发觉没人对我满意，我是那么绝望，我希望自己可以再次病倒，我已经准备就绪。我想给她写信，可我写的东西我都不满意。我把一封信的开头揣进口袋，等我把它写完，也许我就有勇气寄出去。受尽百般折磨后，除了思念莱奥诺尔，我什么都做不了。我想到她第一次出现的花园

---

① 意思是悄然无声，没有任何交谈。

里去看看，以便全身心沉浸于我的爱，我还打算再去她的住处走走。

这座花园坐落于城中最为偏僻的地方之一，四周零星散布着些无法再供人居住的老房子。我一边遐想，一边从柱廊残垣下走过。这时，我听到身后有人跟着，又感觉腰下被人用剑击了一下。我猛然转身，剑执于手。我发现对面正是我方才跟您提到的那个年轻法国人的仆人。他刚刚突袭我，我很想至少还击他一下。不过，他边跑边躲闪，我追出去很远却没能追上他。他主子从柱廊残垣下走出来，从背后袭击我，重重击打我的头，又朝我的大腿狠狠来了一下，把我打倒在地。种种迹象都表明我不可能逃出他们的掌心，会被就这样抓住。不过，人在为恶时很难一直保持准确的判断力。仆人弄伤了他主人的右手。

与此同时，山上天主圣三堂的两名低级司铎途经此地，他们从远处看到有人谋杀我，就跑来营救。凶手逃走了，我被刺中三剑受了伤。这些善良的教士是法国人，这对我来说是天大的幸事。要知道，在如此荒凉偏僻之地，若是个意大利人看到我这副糟糕状态，他可能会离我而去，而不是前来施救，免得对我施以援手却反被当成凶手。在其中一位仁慈的修士让我坦陈事情始末时，另一个则跑到我的住处，将我的不幸告知了旅馆老板。店老板即刻赶了过来，让人把半死不活的我抬到了床上。伤痕累累，又情深成痴，没一会儿我就发烧得厉害。

我这条命怕是没指望了，众人都灰了心，我也心灰意冷。只是，莱奥诺尔的爱从未离我远去。随着我的力气一天天减少，我对她的爱却日益增多。如此重负，让我不堪承受，却又无法摆脱。若没能告诉莱奥诺尔我只想为她而死，我下不了决心死去，我便跟人要来了一支笔、一些墨。众人皆以为我是梦中呓语,但我语气非常坚决,强烈抗议道,若是拒绝我的要求,就是把我往绝望处推。斯蒂芬诺老爷深知我对爱情的炙热,又极富远见,估计是料定了我的心思。他让人把书写用具都给我,仿佛早已知晓了我的意图似的,独自留在我房里。我重读了前不久写下的文字,这些对同一主题的看法能帮我找回些思绪。下面便是我写给莱奥诺尔的信:

> 初见第一眼,我便不由自主地爱上了您。我的理智也不曾提出反对:它和我的双眼一样,皆向我诉说您是这世间最惹人爱的,却未曾劝诫我不配爱您。这理智,只会让那些无用的药加剧我的痛,让我经历几番挣扎后,不得不屈服于爱您的需要,所有见过您的人无不为您所折服。故此,美丽的莱奥诺尔,我爱您,可我是那么敬重您,纵是我冒昧地向您吐露了我的爱,您也不该因此恨我。若能为您而死,怎能不以此为傲!您都无暇来指责我,让您原谅我的罪过得有多难啊!的确,因您而死是一种补偿,要想得到,非得费一番功夫不可,也许您后悔曾不假思索地将此福分给了我。楚楚动人的莱奥诺尔,别觉得我可怜,您再不能让我失去这福分了,这可是命运给予我的唯一恩赐。这命运无法偿清对您功德的亏欠,只得为您派去诸多远胜于我的爱慕者,而这世间所有的美,却皆远不及您的。所以,幻想得到您的哪怕最轻微的怜悯也是徒然……

我没法继续写完这封信。蓦地,我一点儿力气也没了,笔从手中滑落，千头万绪齐涌心头，我的身体跟不上思想了。如若不然，高烧和爱情纷纷来激发我的想象，我方才读给您的这开端长文只会是此信最微末的部分。我昏厥了很长一段时间，没有任何生命迹象。斯蒂芬诺老爷发现后，打开了我的房门，又让人去找神父。同一时刻，莱奥诺尔和她母亲来看我了。她们听说我遇刺了，觉得我是想要帮她们才遭此祸端的，她们便无辜地成了我的死因，未加思索就来看看我的状态如何。我昏迷了那么久，还尚未苏醒，她们就离开了。众人笃定，我怕是再无痊愈的可能了，她们因此悲伤不已。

　　莱奥诺尔和她母亲一起读了我写的信。母亲比女儿更好奇，就又读了散落在床上的纸，其中有一封我父亲加里格的来信。我在生与死之间徘徊良久，最终，年轻还是最强大的（力量）。两周后，我脱离了危险。又过了五六个星期，我便能下床在房里走动了。旅馆老板常给我带来一些莱奥诺尔的消息。他跟我说了莱奥诺尔和她母亲那次善意的探访，让我分外高兴，只是她们读了我父亲的信让我有些顾虑，但令我心满意足的是，她们也读了我的信。

　　每当我与斯蒂芬诺独处时，除了谈论莱奥诺尔还是莱奥诺尔。有一天，我想起莱奥诺尔的母亲曾跟我说过可以告诉我她是谁，又是因何故她才留在罗马的。我恳求旅馆老板把他知道的都告诉我。老板跟我说，莱奥诺尔的母亲是布瓦西埃太太，是跟法国大使的夫人一起来的罗马。一位世家公子——大使的亲信——爱上了她，她也不讨厌这公子，两人便秘密结了婚。旅馆老板还告诉我，这位大人跟整个大使府邸都闹翻了，不得不离开罗马，跟这位布瓦西埃太太到威尼斯小住些日子，以便使馆的事能过去。之后他又带布瓦西埃太太回了罗马，置了处房产，添置了家具，过着显贵人家的生活。后来他父亲让他回法国，回去的时候，他不敢带上他的情人，若您乐意，也可以说他的女人，要知道他这场婚姻不被任何人认可。

坦白跟您说，我有时禁不住希望莱奥诺尔并不是世家公子的合法女儿，如此一来，她身世的缺陷与我卑微的出身便更相像了。但我很快就后悔自己竟生出了这么罪恶的想法，我愿她吉人天相，她值得这些，哪怕这会让我心灰意冷。我爱她胜过我的生命，我可以清楚地预见若没有她，我的人生将永不会幸福，可若拥有她，又难免会给她造成不幸。待我痊愈的时候，这可怕的疾病让我整个人只剩下一脸惨白。这是失血过多的缘故。

我年轻的主子们从威尼斯人的部队里回来了。整个黎凡特①都被瘟疫笼罩着，他们无法继续彰显自己的勇气了。韦维尔依然爱我，正如平素那般，圣法尔也还未对我表现出之前一贯的厌恶。我跟他们讲述了最近发生在我身上的一切，唯独保留了我对莱奥诺尔的爱。他们流露出强烈的欲望想要了解莱奥诺尔，我添枝加叶地夸大这对母女的美德。永远不要在亦有可能爱上我们所爱之人的人面前称赞我们的爱人，爱情可以像通过眼睛一样，通过耳朵进入灵魂深处。这种激动之情常会让那些放任自流的人吃苦头，您将看到我这是不是经验之谈。

圣法尔日日都问我何时带他去布瓦西埃太太家里。一日，他

---

① "黎凡特"一词原本指"意大利以东的地中海土地"，在中古法语中，Levant 一词意为"太阳升起之处""东方"。历史上，黎凡特于西欧与奥斯曼帝国之间的贸易中担当重要的经济角色。黎凡特是中世纪东西方贸易的传统路线，阿拉伯商人通过陆路将印度洋的香料等货物运到地中海黎凡特地区，威尼斯和热那亚的商人从黎凡特将货物运往欧洲各地。

的强迫胜过以往，我对他说我不知她是否欢迎我们，因为她格外深居简出。他立即反驳说：

"我很清楚你爱上了她女儿。"

后又说，没有我他也能去看她。他如此粗鲁地正面挑衅我，见我这般震惊，也就不再怀疑我还有什么事瞒着他。随即，他对我百般嘲讽，让我深陷窘境，韦维尔甚至都要怜悯我了。韦维尔把我从这粗暴之人身旁拉开，带到院子里。我伤心至极，难为了韦维尔好心来宽慰我这个与他年纪相仿、出身却有着云泥之别的人。但他这粗暴的哥哥并不罢休，非得他满意了为止，将我毁灭了才肯作罢。

圣法尔去了布瓦西埃太太家。起初，别人错把他当成了我，这是因为他是跟旅馆老板的仆人一起去的，这仆人曾数次陪同我去布瓦西埃太太家。我觉得若不是这仆人跟着，人家是不会接待圣法尔的。看到一名陌生男子，布瓦西埃太太非常惊讶。她对圣法尔说，她并不认识他，不知道他前来拜访是出于什么缘故。圣法尔毫不迟疑地说，他是那个因帮了她们个小忙而受伤的年轻小伙的主子。这么个让母女二人都觉得不快的开场，我早就预料到了。面对这个看着不甚聪慧的人，两位聪明人并不担心自己的才德之名会有什么风险。粗鲁汉与她们在一起觉得十分无趣，她们对粗鲁汉则厌烦不已。更让圣法尔怒不可遏的是，他甚至都没看到莱奥诺尔的脸。他多次急切地请求莱奥诺尔摘下她一直戴着的面纱，就像罗马的某些身份高贵的未婚女子做的那样。终于，这位风流公子觉得厌倦了，回到了斯蒂芬诺老爷那里。她们摆脱了他这不知趣的造访，对我的恶意之举并未让圣法尔赢得什么好处。

正像所有粗鲁之人都极有可能再次伤害那些曾经被他们伤害过的人一样，自那以后，圣法尔对我极尽鄙夷之能事，几乎令人无法忍受。他屡屡冒犯我，让我得有逾百次差点儿忘记对他这种身份高贵的人应有的尊重。若不是韦维尔三番五次地好心帮我，我又如何能忍受得了他哥哥的暴行？尽管我常常能感受到圣法尔造访布瓦西埃太太导致的后果，但我现在尚不清楚他做了什么邪恶之事。我发现布瓦西埃太太对我比最初更冷淡了，不过依旧谦恭有礼，没让我觉得自己是一种负担。至于莱奥诺尔，她母亲在的时候她总神色迷离。她母亲不在的话，她脸上的哀伤似是有所消减，看向我的目光也会更友好。

天命如此讲述着他的故事，女演员们专心致志地听着。子夜两点的钟声响起，她们仍没表露出想去歇息的欲望。洞穴太太提醒天命，明天他要陪同拉皮尼尔勒前往城外两三古里处的一座宅院，拉皮尼尔勒允诺，要让他们感受射猎之趣。于是，天命跟女演员们辞别，回到自己房中，似是睡下了。女演员们也都去睡了，下半夜的旅馆在一片宁静中度过，幸好，诗人没再作新诗。

第十四回

栋弗龙神父遭绑架
拉皮尼尔勒恰路过 [①]

那些有足够时间可以消磨、读了前面章回的读者应该知道，若他们还没忘记他，栋弗龙神父此刻正在先前的一辆板车里，另还有四辆板车同行。因为某次不可思议的相遇，它们一起进入了一个小村庄。但是众所周知，四辆板车比四座山更容易相逢。这位神父与我们的演员们下榻在同一家旅馆，他让勒芒的医生诊断他的肾结石，医生们十分优雅地用拉丁语跟他说他有肾结石（可怜人对此再了解不过了），此外还做了一些超出我认知范围的检查。

神父从旅馆离开的时候是上午九点钟，之后上了由他的教民们驾驶的车。他的一个侄女，很年轻，衣着打扮都是富家小姐的样子。不管她是否真的是富家小姐，她此刻正坐在车头，就坐在这位身材短小又肥胖的老人脚边。一个名叫纪尧姆的农民小心翼翼地在前面依着神父的指示牵马络头，总生怕马儿行将踏错。神父的仆人名叫朱利安，朱利安从后面赶着马，马老是逡巡不前，朱利安不得不时不时地拍打马屁股赶着它往前走。

---

① 原标题是"绑架栋弗龙神父"。

神父的夜壶是黄铜制的,像金子一样闪闪发光,这是因为已经在旅馆里擦洗过了。这夜壶被系在车子右侧,比左侧还更显威风,左侧只有装着帽子的盒子装饰。这盒子是神父从巴黎的信使那里得来的,是给他的某个绅士朋友预备的,这绅士的家就紧邻着栋弗龙。在距离这座城市一古里半的地方,车马扈从皆走在一条坑坑洼洼、满布着比墙还厚实的篱条的路上。三位骑士,外加两个步兵,把这古老的板车给拦下了。其中有一人看上去像是这些长途跋涉的运动员的头目。这人用可怖的声音说道:

"谁想死!哪个出声我就先弄死他!"

他把枪口指向赶车的农民纪尧姆,枪口离纪尧姆的双眼也就两根手指的距离。另一个人也这样指着朱利安。一个脚夫瞄准了神父的侄女。这时,神父正在马车里酣睡,也就避开了这狭小而又太平的车厢里笼罩着的可怖的恐惧。这些卑鄙的家伙使劲地赶马车,不听话的马儿们很不情愿。在这类暴力行动中,从不曾见过这般的安静。神父的侄女吓得半死,纪尧姆和朱利安看到了恐怖的火器,吓得哭泣却又不敢张开嘴。神父则一直在睡觉,我跟您说过的。这些人中有位骑士猛地飞奔,勇往直前,离开了大部队。

车驶进树林,刚到林子入口,前面这马仿佛跟驾驶它的人一样也吓得半死,又或者它是故意的,跑得太快可不符合它迟钝又懒惰的性格。所以,这可怜的马儿把脚踏进了车辙里,猛地一下马失前蹄,神父先生醒了过来,他侄女从板车上掉下来,落在了那匹瘦马的屁股上。这个老好人叫着朱利安,朱利安却不敢应答。他又叫他侄女,他侄女却不欲开口。农民的心与其他人的一样坚硬。神父真的怒了。或许会有人说他说了渎神的话,但我无法相信这是下曼恩的神父会做的事。神父的侄女从马腚上起身，回到了自己的位置上，不敢看她叔叔。马猛力起身，比以往任何时候跑得都快，才不管神父用他唱诗班的嗓音大喊着：

"停！停！"

他反复的叫喊声刺激了马儿，所以它跑得更快了，这下神父又得喊得再大声些。他一会儿叫朱利安，一会儿叫纪尧姆，不过他叫他侄女的次数比叫其他人更多，叫她的时候还频频使用"下贱胚子"一词。不过，若她想，她其实是很能言善道的，可这时，之前让她保持沉默的那人，恰巧来跟前面这些离马车仅四五十步之遥的骑马之人会合，见到马枪时的恐惧让她完全无视她叔父的辱骂。最终，见众人丝毫不听从于他，她叔父开始吼叫，大喊"救命""杀人了"。

这时，走在前面的两位骑士与紧跟他们步伐的步兵折回板车并让车停下来。其中一人可怕地对纪尧姆说：

"是哪个疯子在里面喊叫？"

可怜的纪尧姆回道："哎呀，先生，您比我知道得清楚。"骑士用枪尾顶了他的牙，又把枪指向那个侄女，命令她把面纱摘掉，说出她是谁。神父从马车里看到了发生的一切。他与一个名叫洛纳①的邻居有官司，以为是这邻居想杀他。于是他开始喊道：

"洛纳先生，您若杀我，我就到上帝面前揭发您。我是名卑微却神圣的司铎，您会像狼人②一样被逐出教会的。"

就在此时，神父的那个可怜的侄女摘了面具，骑士看到了一

---

① 洛纳(Laune)这个名字很常见，属于曼恩的旧家族，1670年在勒芒有一位议事司铎叫这个名字。
② 狼人(loup-garou)，专指被女巫变成狼的男人或女人，17世纪时人们仍然相信狼人的存在。

张饱受惊吓的陌生人的脸。此举产生了令人意想不到的效果。这个怒气冲冲的男人朝着前面正在拉车的马儿的肚子开了一枪，又拿起放在马鞍架上的另一支手枪朝其中一位步兵给了一枪，说道：

"这就是出馊主意的下场。"

神父倍觉惊恐，马车里的恐惧气氛也陡然增加。神父请求忏悔，朱利安和纪尧姆跪了下来，神父的侄女站到她叔父旁边。不过让众人皆感恐惧的人此刻已经离开，离他们远得马儿都追不上了，空留下那个被一枪杀死的步兵。朱利安和纪尧姆颤颤巍巍地站起身，对神父和他侄女说骑兵已经走了。得把后面的马套卸了，免得马车前倾得太厉害。纪尧姆被派去到隔壁镇子另寻一匹马。

神父只顾着回想刚才发生的事情。他猜不出这些人为什么绑架他，又为什么没抢劫就走了，这骑士怎么还把自己人给杀了。不过最让他气愤的还是他的马被杀了，自己的马儿好像并没招惹这怪人。他念念有词道，定是洛纳想杀他，这是说得通的。他侄女坚称绝不会是洛纳，还说她很清楚这点。但神父希望这就是洛纳做的，这样他就能起诉洛纳，还将会是重要的刑事诉讼。神父相信自己能雇到证人，他打算到戈龙①去雇，那儿有他的亲戚。

正当他与侄女争论之际，朱利安看到远处的几个骑兵，撒腿就跑了，要多快有多快。神父的侄女见朱利安跑了，觉得朱利安逃跑定是有缘由的，所以她也逃跑了。这让神父摸不着头脑，这么些不可思议的事，他不知道该如何思量了。后来，他也看到了朱利安之前看见的骑兵，更糟糕的是，他们径直朝他走来了。

---

① 戈龙(Garron)，原是法国下曼恩的一座小城，现在是马耶讷省的一个市镇，位于该省西北部，属于马耶讷区，居住在此地的人常被认为靠作伪证获取报酬。

这支队伍由九匹或十匹马组成,队伍中央,一个蓬头垢脑的男人被捆绑在一匹劣马上,像是要被带去绞刑。神父开始祈求上帝,心虔志诚地祷告着,另外还不忘记为他的马儿也祈祷祈祷。不过,当他认出这是拉皮尼尔勒和他的几个警务员时,很是吃了一惊,这才安下心来。拉皮尼尔勒问神父在这儿做什么,是不是他杀了这个身体僵硬、倒在马的尸体旁边的男人。神父跟拉皮尼尔勒细说了一番所发生之事,最后不忘总结说,这是洛纳想杀他。拉皮尼尔勒做了翔实的诉讼笔录。一个警务员匆忙赶到隔壁村子,并设法把这具尸体弄走。

神父的侄女和朱利安是跟这个警务员一起回来的,二人总算放下心来,路上还碰到了牵着马回来的纪尧姆。神父回到了栋弗龙,没再遭遇任何不幸。只要他还活着,他就跟人反复讲述他被绑架的经历。死去的马儿可能是被狼或猎犬吃了,被杀死的人的尸体被葬到何处了我并不知晓。拉皮尼尔勒、天命、纪仇、奥利弗、警卫员们,以及被捕的囚犯,都回了勒芒。好了,这就是拉皮尼尔勒和演员们猎获的成果,没抓到野兔,反倒抓了个人。

第十五回

江湖术士到临旅馆
小情侣的故事后续①

　　希望您还记得在上一回中,绑架栋弗龙神父的那些人中有一位骑士飞速离开了他的同伴。到底去了哪里,我无从得知。眼下他正火急火燎地赶着马,在一条坑坑洼洼又极其狭窄的小道上疾驰。他远远地就看到一些骑着马的人朝他这边过来,想掉头避开他们。时间那么紧,他又把马驾得那么急,马儿突然直立,它的主人因此跌落在地。

　　他看到的正是拉皮尼尔勒一行人。拉皮尼尔勒和他的队伍看到这个人如此飞快朝他们驰来,却又以同样的方式迅速掉头,觉得非常奇怪。本就十分敏感的拉皮尼尔勒遂心生疑窦。再说,工作性质使然,拉皮尼尔勒愈加觉得眼前并不是什么好人。更让拉皮尼尔勒狐疑的是,当他靠近这个男人时,他发现这人的一条腿被压在自己的马下,而此人被人发现时的恐惧比他坠马时的惊惧还更甚。既然无须冒险就能增添他的恐惧,拉皮尼尔勒又比这个国家的司法官吏更懂得如何更好地履行职责,拉皮尼尔勒便靠

---

① 原标题是"一名术士来到旅馆;天命和星星小姐的故事后续;小夜曲"。

近他，对他说：

"好小子，你被捕了。啊！我会把你带到不会害你重重跌倒的地方①。"

此言比坠马更让这个倒霉的人惊愕。拉皮尼尔勒和警卫员们注意到，这张焦灼不安的脸上满是惊慌，哪怕不似拉皮尼尔勒那么胆大的人也会毫不犹豫地逮捕他的。拉皮尼尔勒命令警卫员把这人扶起来后再把他绑了，然后捆到马背上。不多会儿，他们遇到了栋弗龙神父。那混乱场面您方才已经见识过了，死了一个男人，之外还有一匹马被人拿手枪射杀。拉皮尼尔勒确信自己未被轻视：犯人的恐惧明显比最初更强烈了。天命比其他人更专注地看着这人，觉得似曾相识，但又记不起在哪里见过。一路上天命试着回忆，却徒劳无果。最后，他们回了勒芒，拉皮尼尔勒让人把犯人关进了监狱。

演员们明日有演出，遂回旅馆布置准备，他们跟旅馆老板言归于好了。那个像其他诗人们一样慷慨的诗人想请大家用膳。拉戈旦此刻正在旅馆，自从爱上星星后他就再没走远过，因此也受到了诗人的邀请。这诗人，疯了似的，邀请了所有观看昨夜演员与旅馆老板夫妇之衬衣大战的观众。

晚饭即将开席，下榻在旅馆的这行人里又多了名江湖术士，此外这名江湖术士的车马扈从（其中包括他的妻子、一位年迈的摩尔女佣、一只猴子②、两个仆从）也都跟来了。纪仇和术士是老相识，二人十分亲热地问候着。诗人也凭着浮夸的赞美之词很快

---

① 据奈德莱克考证，此处指的可能是黑牢。

② 跟如今一样，这类人喜欢用怪异道具吸引人的注意，而猴子则常常被用作此途。拉封丹、西哈诺（Cyrano）等人笔下也有类似的描述。

与他们熟络起来，不离术士和他妻子半步。除了那句"若能同他们一起用餐，他便觉得荣幸之至"外，诗人尽说些无关痛痒的话①。

饭间之事皆不足为道，众人喝了很多，也吃了不少。拉戈旦贪婪地欣赏着星星的容颜，星星小姐的秀色就像他吞下的酒一样令他心神陶醉。饭桌上，诗人大肆批评泰奥菲尔的诗，而拉戈旦又是泰奥菲尔的忠实崇拜者②，面对这么个完美的争论素材，拉戈旦却言辞寥寥。女演员们与术士的妻子攀谈了会儿天。这是个西班牙女人，并不招人厌。

随后，女演员们回了房间，天命领着她们继续听他讲述自己的故事，洞穴和她女儿有些迫不及待。星星这会儿已经在研究她的角色了。洞穴和她女儿坐在床上，天命拿了把椅子坐在床边，开始续述他的故事。

现在你们已经看到了我对莱奥诺尔深深的爱。忧心忡忡的我，不知莱奥纳尔和她母亲看过我的信后会有什么想法。你们会发现我是这世上最为深情却也最为绝望的男人。我每日都去看望布瓦西埃太太和她女儿，我的热情蒙蔽了我的双眼，使得我丝毫没感觉到大家对我的冷淡，甚至我都没意识到我太过频繁的到访最终会惹得她们厌烦。自圣法尔告诉布瓦西埃太太我的身份后，她便生厌了。后来我因她们受了伤，有了这遭遇，布瓦西埃太太也就不好将我拒之门外。而她女儿，据她这些天的举止来看，我能断定她是同情我的，她对我的感觉跟她母亲不同，她母亲无

---

① 在神犬巴里（Barry）、阿里松（Alison）的故事中可以看到演员与术士之间的亲密关系，他们共同生活在一起，关系十分亲密，像同行一样。
② 1645年前后，诗人泰奥菲尔因不合规则和漫不经心的风格被人抨击，但斯卡龙仍对其大为赞赏。拉戈旦喜爱泰奥菲尔很正常，这与他的双重身份（落后的外省人与精神世界强大之人）相符。

时无刻不在盯着她,免得我找到单独与她接触的机会。实话跟你们说,这个美丽的姑娘其实并不想像她母亲那样对我冷冰冰的,只是她在她母亲面前不敢表现出来罢了。于是,我像个坠入地狱的魂灵一样忍受着苦楚,我的频频造访换来的只是我欲取悦之人的厌恶。

一天,布瓦西埃太太收到一封法国来的信,她不得不为此出门。刚看完信她就派人租了辆马车,然后就去找斯蒂芬诺老爷让他陪同前往。自上次那场苦闷的相遇,我替她们解了围之后,她便不再独自出行。我比她让人去寻的那位老爷准备得更充分,也更适合做她的侍从,但布瓦西埃太太丝毫不愿意接受一个她想摆脱之人的帮助。幸运的是,她四下都找不到斯蒂芬诺的影子,便不得不向我倾诉,说她找不到可以陪同她的人,希望我能够提供帮助。我欣然接受了,无奈的她只好同意让我陪同。

我陪她去了一位红衣主教那里,此人是当时法国的庇护者①。很幸运地,她提出请求后即刻便受到召见。他们所谈之事想必很紧要,而且她并不能从容应对,否则二人不会在这岩洞样的地方单独交谈那么久。也许那是一处有顶的喷泉,就坐落在一座分外美丽的公园中央。红衣主教的随行人员皆在各自喜欢的公园角落里悠闲散步。我和美丽的莱奥诺尔并排走在一条种满橙树的小径上,就像我无数次期盼的那样,只是我从未如此小心翼翼过。我不知道她是不是觉察到了,才出于好意率先开口对我说:

"今天我母亲有理由找斯蒂芬诺老爷好好理论理论了,都是

---

① Protecteur de France,即法兰西庇护主教。当时几乎所有国家在罗马教廷都有自己的庇护主教,这些红衣主教为国家精神层面的利益代表,路易十三时期在罗马教廷负责捍卫法国利益的红衣主教是弗朗切斯科·巴贝里尼(Francesco Barberini)。

因找不见他的人影才害得我们给您添了这么多麻烦。"

我不假思索地回复她道："我非常感激他给了我这次机会，这是我从未有过的莫大幸福。"

她立马回道："我亏欠您太多了，但愿能尽一切可能做出对您有利的事。如果这是姑娘家可以知道的，请您告诉我，您得到了什么幸福，也让我感受下您的幸福。"

我对她说："我怕您会终止我的幸福。"

她继续道："我！我从不曾妒忌过谁，我可能会因着什么心生嫉妒，但我无论如何都不会妒忌曾为我豁出性命的人。"

我回答她道："您不会出于嫉妒这么做。"

她又道："那是出于什么动机我要妨碍您的幸福呢？"

我道："出于鄙夷。"

她继续道："若您不告诉我我鄙视您什么，我又是怎么鄙视您的，我做了什么事让您不舒服了，您这样说会让我很难受。"

我说："让我解释很容易，但我不知道您是否乐意听。"

她说："那就什么也别说。当我们怀疑别人是否真的想听某件事的时候，这表明它并不怎么为人所理解，也不怎么讨人喜欢。"

我得跟您承认我惊讶了不下百次。我不知道该怎么回答她，跟她说话时，我并没像跟她母亲说话时那样思忖再三。她母亲可能会回来，这会让我失去向她表白的机会。最终，我鼓起勇气，没继续在这不能表露心意的对话上耽搁太久。我没答复她最后的这些话。我跟她说长时间以来我一直在找机会跟她说话，想告诉她之前给她写信太过冒昧，若不是知道她读了我的信，我绝不敢这么大着胆子写。我当即向她复述了先前写下的大部分内容，跟她说我要走了，去参加教皇对抗意大利数位王子的战争①。既然我配不上她，也就下定决心赴死一战。我恳求她告诉我她对我是什么感觉，我的命运与爱她的勇气之间是否有更多关联。她红着脸对我说她决不会对我的死无动于衷。她又说：

"您既这么肯为朋友付出，就让我们继续拥有这么个朋友吧，这对我们很有用。或者，若您那么急着赴死，出于某个比您刚才告诉我的更充分的理由，也还是等我们回到法国后您再去死吧，不久之后我就得跟母亲回法国了。"

我催促她说得再清楚些，告诉我她对我是什么感觉。但当时她母亲离我们很近，她不能说出她想对我说的。可能是因为见我跟莱奥诺尔单独交谈了好一阵，布瓦西埃太太对我板着张冷脸。我感觉这个美丽的姑娘——莱奥诺尔——有些难为情，这正是我在她们家只敢稍做停留的原因。离开她们时，我仿若这世上最快乐的人，我觉得根据莱奥诺尔的答复，我的爱会有个令人欣慰的结果。

翌日，我按照以往的习惯去看她们。有人告诉我她们出门了，后面连着三天都这么对我说。我只得回去，但并没有心灰气馁。最后斯蒂芬诺老爷建议我别再去了，布瓦西埃太太不允许我见她女儿，还说他觉得我明知会被拒绝还要前往是不是太不理智了。他跟我说了造成我的不幸的原因：莱奥诺尔的母亲发现了一封莱奥诺尔写给我的信，之后就对她非常严苛，每次我去拜访的时候，她都命令底下人跟我说她们已经不住在那里了。这是圣法尔给我造成的不幸，自他那次造访起，我每次前去都惹得这位母

---

① 此处影射教皇乌尔班八世（Urbain Ⅷ，1623 年当选罗马主教）对抗帕尔马-皮亚琴察公国王子的战争，其实这只是帕尔马公国王子［奥多亚多·法尔内塞（Odoardo Farnese）为其代表人］与巴贝里尼家族（Famille Barberini，乌尔班八世为其代表人）之间的一次对抗。在下文叙述中，天命再次提及"帕尔马之役"。

亲厌烦。至于莱奥诺尔，斯蒂芬诺代她安慰我说，若她母亲像她一样，并不是个精于算计的人，我的功绩会弥补我单薄的家底儿。

我不会告诉您这些令人气愤的消息让我多么绝望。我虽从不曾奢望能拥有莱奥诺尔，但如此不公地拒绝将她嫁给我，这令我悲痛欲绝。我冲圣法尔发火，甚至打算找他决斗，不过最终我还是要顾及他的父亲和弟弟，只能独自默默流泪。我像孩子般地哭了，一切无法独处的地方都让我心烦意乱。我得离开了，再不见莱奥诺尔。我随教皇的部队征战，战场上我想尽一切办法让人杀死我。在这件事情上命运总是与我作对，就像它在别的事情上也总刁难我那样。我寻死不成，不曾想却获得了些荣誉。虽然后来的某个时刻我对此感到称心，但此时的我，除了回忆莱奥诺尔，对什么都兴味索然。

韦维尔和圣法尔不得不回法国了，对孩子们百般疼爱的阿尔克男爵来接他们。我母亲对我十分冷淡，我父亲去了格拉鲁斯伯爵家里，伯爵让他给自己的儿子做管家。阿尔克男爵得知了我在意大利战争中的表现，知晓了我甚至还解救过韦维尔的性命，他便想让我做他的高级侍从。他允许我去巴黎看望我父亲，父亲待我比他妻子待我还更冷淡。另一个世家老爷也有个像我这般优秀的儿子，他把他儿子介绍给苏格兰郡①的伯爵，而我父亲却连忙将我从伯爵的宅子里拉出去，像是怕我给他丢脸似的。路上他责备了我上百遍，说我太过英勇无畏，说我一脸的自命不凡，说我去谋份职业也要比整日舞刀弄剑好得多。您可以想象这些话对一

---

① Comte Ecossois(英语 shires of Scotland,苏格兰盖尔语 Siorrachdan na h-Alba),苏格兰自中世纪至 1975 年的行政区划单位。郡最初是出于司法目的建立的,从 17 世纪开始,它也作为地方行政区划单位。

个受到良好教育的年轻人来说是多么令人不快,况且他还在战场上获得了荣誉,还勇敢地爱上了一位貌美无比的姑娘,甚至还向这位姑娘吐露了自己的爱。我得向您承认,哪怕对父亲应保有尊重和友善,也无法阻止我把他当作让人恼火的老头儿。

他带我溜达了两三条街,一路上他安抚①我的方式我刚跟您说过了,随后他突然离我而去,走前特别叮嘱我不许再来看他。对我来说听从他的命令并不十分困难。离开他后,我去看望圣·索沃尔先生,先生像一位父亲一般接待了我。他对我父亲的粗暴行为十分愤慨,向我保证说决不会抛弃我。

阿尔克男爵有些事情要处理,他便不得不在巴黎耽搁些时日。男爵住在圣·日耳曼郊区的一处新落成的漂亮房子里,那儿有许多新造的房子,使得这郊区跟市里一样美。圣法尔和韦维尔忙着调情、去街上闲逛②或造访朋友,做一些他们这种身份地位的年轻人在这座大城市③中都会做的事情——相比之下,这个国家其他城市④的居民都成了乡下人。我呢,不陪他们时,就去各大厅练习击剑,或是去剧院看戏,许是这个缘故,我勉勉强强可以算是个演员。

一天韦维尔拉我单独谈话,他告诉我他疯狂地爱上了一名住在同一条街上的女子。说她是萨尔塔尼家的,有个哥哥,另还有个姐姐,她哥哥萨尔塔尼唯恐失去她们姐妹俩,善妒得就仿佛他

---

① 原文中使用的"caresser"(抚爱、亲近)这个词具有反讽意味。
② 原文直译是"去庭院"。在斯卡龙的时代,巴黎的面貌发生了很大变化,尤其是在旧教士牧场(Pré-aux-Clercs)上修建的圣·日耳曼郊区和沿着塞纳河修建的雷恩林荫大道,很快成为时髦的散步场所。
③ 此处指的是巴黎。
④ 指巴黎以外的城市,即外省地区。

是她们的丈夫。韦维尔还跟我说他有了很大进展,已经说服这女子同意明晚让他进入她的花园。花园的后门朝着田野,就像阿尔克男爵家的一样。向我吐露了这个秘密后,韦维尔让我陪他一起前往,还让我尽可能取得陪同萨尔塔尼小姐前来的侍女的好感。鉴于一直以来韦维尔对我的友谊,我无法拒绝他想做的任何事情。

晚上十点钟的时候,我们从自家花园后门出去,在另一座花园里,韦维尔的情人和她的侍女接待了我们。可怜的萨尔塔尼小姐颤抖得像一片叶子,不敢开口说话,韦维尔也没比她镇定多少,侍女只字不言,我不过是来陪同韦维尔,也就一言不发,我不想说话。最终,韦维尔尽力把他的情人领到一条隐蔽的小路上,让我和侍女帮他们好好望风。我和侍女俩人认真观察着,一起走了很长一段时间,却彼此都没说话。在一条小径的尽头,我们遇到了这对年轻情侣。韦维尔大声问我是否听过马德隆女士。我回答他说我觉得她不会有什么怨言。这丫头立马回道:

"未必,他可半句话都没跟我说。"

韦维尔笑了起来,向这位马德隆保证说我虽是个极为忧郁的人,却很值得结识。萨尔塔尼小姐接过话头,说她的贴身侍女不是能让人这般轻视的。说到这儿,这对幸福的情人离开了,叮嘱我们要注意别让人撞见他们。当时我担心会被这侍女烦透,怕她一直问我工资多少,认识这街区的哪些女仆,会不会些新歌,能不能从主子那里捞到外快。我还担心被迫听她说萨尔塔尼家的种种八卦,以及萨尔塔尼和他妹妹们的所有弱点,因为很少有仆人聚在一起时不谈论他们主子的事儿,也很少有仆人不聚在一起无所顾忌地指摘主子们是多么轻视自己和底下人的生活境况。但我与侍女的谈话并非如此，让我很是惊讶。她先开口对我说：

"闷葫芦，我给你驱驱邪，让你向我坦白你到底是不是仆人。如果是，究竟是因着怎样的美好品德，你到现在都不跟我说你主子的坏话？"

这些不同寻常的话从一个侍婢口中说出来让我吃惊不小，我问她是谁给她的权利来给我驱邪的。她对我说：

"我很清楚你是个顽固不化的人，咒语得翻倍才行。所以，你这反骨，我以上帝赋予我的掌控自命不凡的仆人们的力量要求你，告诉我，告诉我你是谁。"

我回答她说："我是个穷小伙子，只想回床上好好睡一觉。"

她立即反驳说："我是看清楚了，想要了解你可得费一番功夫。不过至少我发现了你毫不风流倜傥。"她又道："不该是你先跟我搭话，再同我说些柔情蜜语，而后想要牵起我的手，再后来我给你两三个耳光，又踹了你几脚，还把你抓伤，最后你像个幸运万分的人回到家中吗？"①

我打断她说："在巴黎是有些姑娘我很乐意为其所伤，可还有些姑娘我从来都不考虑，因为我害怕会做噩梦。"

她又说："你是想说我丑吗？呵呵！刻薄的男人，你不知道晚上所有的猫都是灰的吗？"

我回答说："我不会在晚上做任何会让我白天懊悔的事情。"

她对我说："如果我很漂亮呢？"

我对她说："你那么聪明了，若还漂亮，定是值得更多殷勤的优雅女人，就会以为是我怠慢你了。"

---

① 斯卡龙在他的剧作中不止一次勾勒了这类轻则侮辱、重则拳打脚踢的场景，比如《可笑的继承人》第二章。

她问我:"你不会对值得的女子①献殷勤吗?"

我回答她说:"只要我爱她,我会比世上所有男人做得都好。"

她又问:"只要被爱,别的又有什么要紧呢?"

我反驳说:"需要两人互相爱慕,我才会投身其中。"

她说:"不得不说,若要凭仆人来判定主子,韦维尔先生对我主子是个好的选择。作为侍婢,得你温柔相待,我自是可以引以为傲的。"

我对她说:"只听我说是不够的,还要看着我。"

她反驳说:"我看两样都不必。"

这时,萨尔塔尼先生猛地用力敲门,我们的对话便没再继续下去。他妹妹让大家别急着开门,她需要些时间回房间。小姐和女仆着急忙慌地离开了,甚至没跟我们道别就让我们出了花园。我们回到住所,韦维尔想让我陪他去他房间。我从未见过如此钟情一人、如此志得意满的男人。韦维尔夸大其词地赞美他情人的温娴灵动,说我竟没见到,让他很不高兴。最后,他整个晚上都反反复复地跟我絮叨这事,说了不下百遍。天破晓了,我才得以去睡觉。我这厢,与这么位伶俐女仆相谈甚欢让我感到很是惊讶,我得跟您承认,纵然我对莱奥诺尔念念不忘,对每日在巴黎看到的任何漂亮姑娘也都没兴致,可我还是想知道这侍女是否真的漂亮。

我和韦维尔歇下了,一直睡到了中午才起身。韦维尔刚一醒来就去给萨尔塔尼小姐写信,写完又让个仆从去送信。这仆人已

---

① fille/femme de mérite 直译是"有功绩的女子"。17 世纪的法国社会刮过一阵"才女"之风,这些太太/闺秀多是知识女性,她们以才华著称,常常举办沙龙。

经送过几次信了，跟小姐房中的侍女有过接触。这是个来自下布列塔尼①地区的仆人，面色看着让人很不舒服，心思更让人讨厌。见他出门，我心想，若昨晚跟我交谈的侍女见他这副粗鄙样，再跟他聊一阵，这侍女定会发现昨夜并不是他陪同韦维尔的。作为蠢货，这大傻子把任务完成得不错。他见到萨尔塔尼小姐与她姐姐在一起，便一直候着等萨尔塔尼小姐的回复。萨尔塔尼小姐的姐姐名叫莱莉，萨尔塔尼小姐正是向她吐露了韦维尔对她的爱。仆人听到萨尔塔尼先生在楼梯上唱歌，在他走进这对姐妹的房间时，布列塔尼人被藏到了衣橱里。这位兄长没在这对姐妹这里耽搁太久，不一会儿便走了，布列塔尼人从藏身之处走出来。萨尔塔尼小姐在一个小隔间里写信答复韦维尔时，莱莉小姐与布列塔尼人交谈了一阵，不过这个布列塔尼仆从似乎丝毫也不能为她解闷。她妹妹写好了信，莱莉小姐这才摆脱了这个笨头笨脑的家伙，又让他拿着短笺去找他主子，说她会同一时间在同一个花园里等他。

您可以想象这个场景：夜幕刚刚降临，韦维尔已准备妥当，正等着召唤。我们被引入花园，我迎头遇上了上次跟我谈话的那个侍女，之前还曾觉得她有几分聪慧。我觉得她这次比先前还更聪明伶俐些。坦白跟您说，她的嗓音，她说话的方式，都让我希冀着她是个美人。不过她丝毫不相信我就是她见过的那个下布列塔尼人，还说她不明白为什么夜里的我比白天的我更为才思敏捷。布列塔尼人跟我们说过，萨尔塔尼先生去他妹妹们的房间这事让

---

① 下布列塔尼（Bas-Breton/Basse-Bretagne）指普洛埃梅勒（Ploërmel）以西的布列塔尼地区，那里是传统上讲布列塔尼语的地方，与这种语言相关的文化最为丰富。这个地区与布列塔尼的东部上布列塔尼地区有所区别，后者主要是浪漫文化。

他受了很大惊吓,当我很荣幸地站在这位风趣的侍女面前时,我便故意跟她声辩,说我其实并不那么害怕萨尔塔尼小姐。此举打消了她的疑虑,便不怀疑我就是韦维尔的仆从。我注意到,这一刻,她才开始跟我说一些真正属于侍女的闲话。

她告诉我萨尔塔尼先生是个可怖的人,他父母很早就去世了,给他留了许多遗产,但他却没什么亲戚朋友。他对他的妹妹们非常专横暴虐,强迫她们入教,不仅蛮不讲理地让她们视之如父,还像个善妒且让人不堪忍受的丈夫一样管教她们。轮到我开口时,我跟她谈起阿尔克男爵和他的孩子们。花园的门未掩,微风轻抚,门被吹开了,萨尔塔尼先生走了进来。只见他身后还跟着两个仆役,其中一人手持火烛。他是从街尾的一处宅子里出来的,那宅子跟萨尔塔尼家、男爵家,都在同一条线上,众人日日在此赌钱耍玩,圣法尔也常去那里消遣。

那天他们又到这地儿赌钱,萨尔塔尼早早地就把钱输了个精光,便从后门回了住处。以往,这门总是敞开着。我刚跟你们说了,他的到来让我们吃了一惊。当时我们四人正走在一条小径上,因有些遮挡物掩映着,萨尔塔尼和他仆人进来时,我们才得以躲开。萨尔塔尼小姐仍立在花园里,她借口说自己出来呼吸些新鲜空气。为了看起来更真实,她开始唱歌。你们可以想象,她其实并没什么唱歌的欲望。韦维尔则从葡萄架攀上围墙,翻到了墙外。但此刻萨尔塔尼的三个仆役还没进得里来,仆役们看到韦维尔跳下来,赶忙过来告诉他主子,说刚才看到一个男人从花园的围墙上跳下后,到街上去了。就在这一刻,众人看到我重重地掉进花园里,那拯救了韦维尔的葡萄藤很不幸地被我弄断了。我坠落的声音加上仆役的报告,令花园里的所有人都十分震惊。萨尔塔尼循声跑过去，他的三个仆役跟在后面。萨尔塔尼看到一名手持宝剑的男子（因为我刚爬起来就立即进入了自我防御状态），冲在仆役们前面向我袭来。很快我让他们见识到我并不是个好欺负的。那个拿火烛的仆役靠得比别人近，这让我得以看清萨尔塔尼的脸，我认出这就是在罗马时曾因我阻止他对莱奥诺尔实施暴力而试图杀害我的那个法国人，我之前给你们说过的。他也认出我来了，深信不疑地以为我是来寻求报复的，他冲我大吼说我这次定逃不掉了。他使出了浑身的气力，我却太过于着急，摔倒的时候差点儿摔断一条腿。

逃脱后，我进到一个隔间，我看到韦维尔的情人泪眼婆娑地走了进来。尽管我后来已经离开了，她还一直待在这个隔间里，许是她没来得及反应，或是她太过恐惧，所以才一动未动。我呢，当我发觉我顶多也就是被狭窄的房门撞着时，我的勇气大增。只一只手我便打伤了萨尔塔尼，又抢起一条胳膊重伤了他那个最不屈不挠的仆役，这让我能稍做喘息。然而，我并不打算逃走，只求待我用剑好好将他们收拾一顿后，他们能用手枪射杀我。但韦维尔折回来救我了。他不欲舍下我一个人回住处。听到喧闹声和剑刺声，他想着是他害我陷入危难的，便欲来解救我，或是与我共患难。韦维尔之前和萨尔塔尼认识，萨尔塔尼便以为韦维尔是以朋友或邻居的身份过来给他帮忙的，心里十分感激，走上前对韦维尔说：

"先生，您看，我竟在自个儿家中遭人刺杀！"

韦维尔明白他心中所想，毫不迟疑地回答萨尔塔尼道，他愿为他的仆人攻击其他任何人，无论面对的是谁，他都打算为我进攻。萨拉塔尼因弄错了人而震怒，骂骂咧咧地要亲手解决这俩叛徒。这让韦维尔也一脸怒容，猛烈还击他。我从小房间里出来与韦维尔会合时，突袭了持火把的仆役，我没想杀死他。我用长剑朝他头部刺了一剑，他受惊过度，匆匆跑出花园，抵达田野之前，大喊着：

"抓小偷！"

其他仆役也都逃遁了。火光熄灭之际，我看到萨拉塔尼摔倒在篱笆上，可能是韦维尔伤了他，也可能是其他什么缘故。我们并没打算把他扶起来，只想着赶快撤离。萨尔塔尼的妹妹从隔间出来，她很清楚她哥哥的种种暴行，泪流满面地低声恳求我们带她一起离开。情人顺了他的心意，韦维尔喜出望外。我们家的花园门跟来时一样虚掩着，其实是为了方便出去时不用费劲开门，就没有关上。家中花园里有一间低矮的客厅，与整座房子的其余部分是隔开的，粉饰雕绘得十分精美，夏日里众人会在此用膳。我和我年轻的主子们偶尔在此练剑，又因整座房子里就数这儿最舒适，阿尔克男爵和他的孩子们，以及我，每人都有一把钥匙，其他仆人一概不能进去，以确保里面的书籍和家具陈设完好如初。

我们便是把萨尔塔尼小姐安置在此处的，眼下她仍心神不定。我告诉她我们会确保她的安全，也会考虑自己的安全，过会儿再来看她。韦维尔花了不止一刻钟才把他那吃醉了酒的布列塔尼仆从叫醒。仆人刚一点亮火烛，我们就开始商量该怎么安置萨尔塔尼小姐。最终我们决定把她安顿在我房里，我的房间位于整座房子的顶层，只有我和我仆人才会去。借着光我们回了花园的客厅。韦维尔进去时大喊了一声，让我吃惊不小。我还没来得及问他怎么了，就听到火烛熄灭的那一刻客厅门口有人说话。韦维尔问：

"谁在那儿?"

他哥哥圣法尔答道:"是我。这时候了你们不掌灯,在这里搞什么鬼?"

韦维尔回道:"我睡不着,在跟加里格说话。"

圣法尔说:"我也睡不着,就来客厅坐坐,请你让我自己一个人待着。"

我们没让他重复第二遍。我尽可能麻利地把萨尔塔尼小姐领出来。就在这时,圣法尔进来了,我便夹在了二人中间。我把萨尔塔尼小姐带回了自己屋子,她却依旧灰心丧气。我又回到韦维尔的房间,仆人再次把火烛点上。韦维尔神情哀伤地跟我说他要再去一趟萨尔塔尼家。我问他:

"您要去做什么,了结他吗?"

他喊道:"啊,我可怜的加里格! 若我不将萨尔塔尼小姐从她哥哥的魔爪里解救出来,我将会是这个世上最不幸的人。"

我问他:"她还在那儿? 她不是在我房里吗?"

他一边叹息,一边对我说:"要是这样就好了。"

我反驳他说:"您这是在做梦。"

他回击说:"我绝不是在做梦,我们把萨尔塔尼小姐的姐姐错认作她了。"

我立刻问他:"什么! 在花园的时候你们不是一直在一起吗?"

他说:"没什么比这更确定的了。"

我跟他说:"那您为什么又想去萨尔塔尼小姐家找打呢? 您要找的妹妹正在我房里。"

他又一次喊叫起来:"啊,加里格,我很清楚我所见的。"

我说："我也是。为了向您证明我并没弄错，跟我一起去看看萨尔塔尼小姐。"

这个世上最悲伤的人跟在我身后，说我疯了。但当我看到自己房中这个素未谋面的女子时，我的震惊绝不比他的悲痛少半分，房中这女子定不是我带来的那个。韦维尔和我一样惊讶，不过不同的是，他现在是世上最心满意足的了，因为他终于和萨尔塔尼小姐团聚了。他跟我坦言，是他弄错了，可是我无法回答他，因为我无法理解究竟是什么魔法让一直在我身边的女子转身化作了另一个，也不能明白她又是如何从花园的客厅来到我房中的。我仔细打量着韦维尔的情人，她绝不是我们从萨尔塔尼手中解救下来的那女子，甚至她跟萨尔塔尼一点儿也不像。韦维尔见我如此迷惘，问我：

"您是怎么了？我跟您说了是我弄错了。"

我回他说："倘若萨尔塔尼小姐是跟我们一起来此的，我比您错得更厉害。"

他问："那是跟谁一起？"

我对他说："我不知道，没人知道，甚至小姐自己也不知道。"

这时萨尔塔尼小姐对我们说："若不是跟这位正在谈论我的先生一起来的，我也不知道我是跟谁一起来的。"她又说："并不是韦维尔先生把我从哥哥手里解救出来的，你们走后没多久，一个男人进到我们家里。我不知是不是我哥哥痛苦的呻吟声引来的，还是说他跟此时进门的仆役一起进来的，仆役们跟他说了发生的事，他让人把我哥哥抬回房间。女佣过来告诉我刚才我跟你们复述的事情，她发现这个男人与我哥哥相识，是我们的一个邻居。我到花园中等他，恳求他让我去他家里待着，待到次日我就能去朋友家中躲一躲，避开我哥哥的愤怒，我跟他吐露了所有关于我哥哥的可怕的事。这男人文质彬彬，他带我去了所有我想去的地方，还答应我说哪怕让他付出生命他都会保护我，免得我再受到我哥哥的伤害。正是由他带着我才来了此处，我听到韦维尔与这个男人说话，我认出了韦维尔的声音，紧接着我便被人带到你们刚才见到我时的房间。"

萨尔塔尼小姐所说之事并没有完全消除我的疑惑，但我大体上揣摩出来了这究竟是怎么回事儿。韦维尔只顾着全神贯注地端详他的情人，对她所言之事没怎么上心。甘言蜜语满肚肠的韦维尔，对萨尔塔尼小姐是如何来到我房中的不甚在意。我去拿烛火，留他们俩独处，之后我回到花园的客厅，打算去跟圣法尔聊聊。当然，他总是要对我说些冒犯之辞。不过让我惊讶的是，我并没见到圣法尔，反而看到了那个由我从萨尔塔尼家带来的女子，我很清楚正是她。更让我震惊的是，我见她全身衣衫凌乱，像是刚刚被强暴了：她的头发凌乱，喉咙那儿渗着血，她拿手绢遮着，脸上也有几处血淋淋的。她刚一看见我就对我说：

"韦维尔，你若不是来杀我的，就别靠近我半步。你最好还是不要再施暴。我之前能自卫一次，上帝就会赐我力量让我防卫第二次，哪怕不能取你性命，怎么也能剜掉你的双眼。"

她又哭着说："这就是你对我妹妹疯狂的爱？天呐！我纵容她的疯狂，却让我付出了如此惨痛的代价。你这个有违君子之道的人，必将遭到最可怕的恶报！"

见我一脸惊讶，她又对我说："你又在盘算什么？对你的不义之举你不觉悔恨吗？若你感到内疚，我会好心把它忘了。你这么年轻，是我太大意了，不该深信像你这个岁数的男人。请你把我送回我哥哥那里,他虽是粗暴,但我对他的惧怕远不及对你的恐惧。你这个粗鲁汉,你是我们家的死敌,引诱了位小姐、刺伤了名绅士还觉得不够,难道你还想继续犯下更大的罪行?"

言毕,情绪过于激烈的她,哭了起来。声势如此浩大,我从未见过这般的悲痛欲绝。我跟你们说,正是于此时,面对这场混乱,我失去了最后一丝理智。若她一直不停地讲述她自己,我绝不敢打断她,只是她这么对我横加指责,让我很震惊,也不知道她哪来的这威势。我回答她说:

"小姐,先不说我并不是韦维尔,我敢向您保证绝不是韦维尔犯下了您所说的恶行。"

她回道:"什么!你不是韦维尔?我从未在我哥哥手底下见过你?当时没有个绅士过来帮你?不是你应了我的请求,把我带到这儿来的?不是你想对我施暴,哪怕与我们彼此身份不符?"

痛心疾首的她无法继续说下去。我则从未这般难受。我不理解为什么她既与韦维尔相识,却对他丝毫都不了解。我跟她说她所遭受的暴行我毫不知情,既然她是萨尔塔尼小姐的姐姐,若她愿意的话,我可以带她去找萨尔塔尼小姐。我刚一说完,就看到韦维尔和萨尔塔尼小姐走进客厅,萨尔塔尼小姐非要让人把她姐姐送回她哥哥那里。我不知道她从哪里冒出来这么个危险的想法。俩姐妹一见面就拥抱在一起,而后又竞相哭泣。韦维尔恳求她们回我房间,又向她们指明,先不说她们在一个粗暴之人手中会遇到的危难,如今萨尔塔尼先生家中已经警备起来了,想进去十分困难,待在韦维尔的家里,她们不会被发现。天就快亮了,到时再根据打听到的萨尔塔尼那边的消息,商量该怎么办。韦维尔没太费劲便让她们接受了他的计划。这对可怜的姐妹,二人一起的话也就都安下心来。我和韦维尔回了我的房间。好好审视了一番我们费尽心力取得的怪异胜利之后,我和韦维尔认为对莱莉小姐施暴的必是圣法尔。我们非常肯定,仿佛亲眼所见了一样。我和韦维尔清楚地知道,圣法尔能做出更恶劣的事来。

我们猜得没错,圣法尔也去了让萨尔塔尼输个精光的那家赌场赌钱。我们在萨尔塔尼家花园中制造混乱后不久,圣法尔路过花园,遇到了萨尔塔尼的仆役。仆人们跟他讲述了发生在他们主子身上的遭际,他们信誓旦旦地为自己开脱,说卑鄙地抛下主子是因为遭到了七八个劫匪的谋杀。圣法尔觉得作为邻居他必须施以援手,也就没抽身离去,他让人把萨尔塔尼抬回房间,出门时萨尔塔尼小姐请求他帮她避避她哥哥的暴行,萨尔塔尼小姐便这样跟圣法尔一起走了,就像她姐姐跟我们一起走了那样。圣法尔想把她安置在我们当时所在的花园的客厅里,我方才跟你们说过那里的。不过他不像我们这么担心自己带来的小姐被人发现。巧的是,在他正要进来、我们正欲出去时,这两个姐妹彼此紧挨着,我拉住了圣法尔带回的小姐,同时,圣法尔也这样认错了人,领走了我们带来的姑娘。这样一来,俩姐妹被调换了。尤其是我当时熄了灯,她们姐妹俩又穿着相仿,就更容易搞错。姐妹二人像我们一样懵然,不知道自己做了什么。

我们刚一离开圣法尔,把他留在客厅,他见自己是与如此美丽的姑娘独处,生理本能便越过了理性,不过他也不值得这么委婉的说法,说白了,就他那粗暴德性,丝毫不考虑会造成何种无可挽回的后果,想着趁机凌辱他臂弯中的像是得了他庇佑的大家闺秀。他的粗暴行径得到了惩罚:莱莉小姐像头母狮子一样自御,咬他、抓他,害得他血流不止。这些风浪过去后,他只得径自去睡了,睡得那么安稳,似乎他从未犯下这世间最蛮横无理的行径。

你们或许不太清楚萨尔塔尼在花园撞见我们时莱莉小姐怎么也在那里,莱莉小姐去花园的目的自然跟她妹妹迥异。我也跟你们一样不解,不过我从她们二人口中得知莱莉小姐陪她妹妹去花园是因为她怕侍女守不住秘密,其实她就是那个之前跟我说话、名为马德隆的侍女。我便不再诧异自己怎么可能真会在一位侍女身上看到那么多聪敏机智了。莱莉小姐跟我说,花园的那番谈话过后,她觉得我比一般仆人更有思想见解,她认为韦维尔的那个仆人胸无点墨。次日,她还以为韦维尔的那个仆人是我,为此大吃一惊。

自这一刻起,我们彼此之间不仅仅是尊重了,我敢说若我们中谁是仆从或女佣,我们便能更平等地、更深情地相爱,她对此至少会跟我一样欢喜。天亮时分大家还守在一起。我们把两位小姐留在我房间里,她们若想睡觉就可以睡,我和韦维尔去商量该怎么办。我呢,不像韦维尔那般情深义重,我快困死了,但也绝不可能抛下朋友让他独自面对如此沉重之事。

我有个仆役,为人思虑周全,却也跟韦维尔房中的仆人一样笨手笨脚。我尽力调教他,派他去打听看看萨尔塔尼家中有什么事情发生。他很机灵地完成了任务,跟我们汇报说,萨尔塔尼的人说有小偷把萨尔塔尼重伤了。大家对他的妹妹们只字不提,仿佛他不曾有过姊妹,个中缘由,要么是他对她们毫无牵挂,要么是他禁止大家谈论她们,以便压制对他不利的议论。

这时韦维尔对我说:

"我清楚地看到这里有打斗的痕迹。"

我回他道:"可能是谋杀。"

　　说到这儿，我便告诉他萨尔塔尼就是在罗马时想杀我的那个人，又跟他说："我们认出了彼此。"

　　我继续补充说："既已有很多迹象表明，若他觉得是我想要谋害他性命，他必然不会怀疑到他的妹妹们如此聪明地跟我们走了。"

　　我去知照可怜的姑娘们打听到的事情，韦维尔去找圣法尔了，探探他的情绪以推断我们的猜测是否正确。韦维尔看到圣法尔的脸被抓得血肉模糊，问了他几个问题，也没套出什么消息。不过，赌钱回来的路上，韦维尔看到萨尔塔尼家花园的门敞开着，家中一片嘈杂，萨尔塔尼受了重伤，底下人架着他的胳膊，带他进了房间里。韦维尔对圣法尔说：

　　"这么大的事故，他的妹妹们想必会为此伤心欲绝，都是那么美的姑娘，我想去拜访她们。"

　　粗暴的人回答道："关我什么事？"

　　随即他吹起了口哨，对他弟弟置若罔闻。韦维尔离开他哥哥来到我房中，此时我正舌绽莲花，设法安慰悲伤的美人们。她们心灰意冷，只等着萨尔塔尼那古怪脾气掀起的腥风血雨，这个人恐怕是这世间最大的情绪之奴隶。我的仆役到隔壁小酒馆①给她们找了些吃的，接下来的两周她们一直躲在我房里，幸运的是因我的房间在整个房子的顶层，远离其他房间，她们丝毫没被发现。她们不抵触住进某所修道院，但因之前有过些令人不快的遭遇，她们很怕做了修女后，再想从修道院出来就难了。这厢，萨尔塔尼的伤大有好转，我们紧盯着的圣法尔每日都去看望萨尔塔尼。

---

① 此种小酒馆（cabaret）提供食物和酒水，而另一种小酒馆（taverne）只为社会下层的人提供酒水。

整座宅子里并没谁留意我的房间,韦维尔则寸步不离此地,习惯了整日靠阅读或与我谈心打发时间。他对萨尔塔尼小姐的爱与日俱增,而小姐也像他爱她这般爱着他。我没惹姐姐莱莉小姐不快,她对我也并不算冷漠。但这并不意味着我对莱奥诺尔的热情有所消减,只是不再奢望什么。哪怕有一天我能拥有她了,爱面子的我,也想让她变得像我这般不幸。

一日,韦维尔收到萨尔塔尼的短笺,说想与韦维尔比剑,他会和一位朋友在格勒纳勒平原①等着韦维尔。他在这张短笺里还叫韦维尔不要带除了我以外的其他人,这让我不由得怀疑他想将我俩一网打尽。我的怀疑是有理有据的,毕竟我已经历过一次,见识过他的所做所为。但韦维尔并不理会我的怀疑,下定了决心要千方百计讨好萨尔塔尼,甚至还想向他提出娶他妹妹的请求。尽管家里有三辆马车,韦维尔还是派人另租了一辆。

我们去了萨尔塔尼指定的地方,韦维尔吃惊地看到他哥哥成了他的敌人。投降啊,恳求啊,我们想方设法地想达成和解。最后,还是得跟这世间最无理的俩人做斗争。我拔剑抗议圣法尔,跟他说拿剑对他实属绝望。他之前屡屡挑战我的耐心,对我各种侮辱,我一贯都是屈服或恭敬地迎合。最终,他突然对我说我总惹他不快,为了赢回恩宠,我得让他刺上两三剑。正说着,他就怒气冲冲地朝我走来。躲闪片刻后,我决定冒着受伤的风险与他动手试试。上帝眷顾我的善念,圣法尔倒在了我脚下。我给他起身的机会,他却更猛烈地攻击我。后来,我的肩膀受了点儿伤,他像

---

① 格勒纳勒平原,位于巴黎西南部,属于第十五区,是传统的决斗之地。

持剑的仆役①一样朝我大喊，我挺住了，这么咄咄逼人、怒气冲冲，让我不耐其烦。我步步紧逼，让他失了方寸，我便幸运地占了上风，甚至能抓住他的剑颚。我跟他说：

"您憎恶至此的人，好歹给您留了条命。"

他还不识相地拼命挣扎。这个粗暴的人，任我怎么跟他说，要把纠缠在一起、在地上打滚的韦维尔和萨尔塔尼分开，他都不开口说话，我只得换个方式跟他周旋。没再手下留情，我一个猛力，差点儿打折他的手，顺道又夺了他的剑，远远丢在一边。之后，我立即跑过去帮韦维尔，他正与对方搏斗。靠近他们时，我看到远处有些骑马的人朝我们赶来。萨尔塔尼丢盔卸甲了。在此之际，我感到身后被人刺了一剑。正是宽仁的圣法尔，卑鄙地用我留给他的剑刺的我。怒不可遏，我再也控制不住自己的愤恨；我一剑刺中圣法尔，重伤了他。

这时阿尔克男爵突然赶来，见我伤了他儿子，他之前对我的千般好如今都变成了万般坏。他快马疾驰而来，朝我的头刺了一剑。随他来的人也都照着样子向我猛扑过来。我很幸运地摆脱了这么多敌人，但他们人数众多，若不是韦维尔——世上最勇敢的朋友——冒着生命危险站在我和他们中间，我怕是不得不屈服。一个仆人自告奋勇地紧追着我不放，韦维尔用长剑刺他的耳朵。我把我的剑交给了阿尔克男爵，但这并没让他心软半分。他骂我是忘恩负义的混蛋，又把所有能脱口而出的脏话都骂了个遍，甚至还威胁说要让人绞死我。我傲慢地答道，我就是这个

---

① laquais 原指步行的信使，这里指的是穿号衣的家丁，他陪同主子外出或替主子走访，常在主子的马车旁随行。

彻头彻尾的忘恩负义的混蛋，但我原本给他留了条命，是他背信弃义地偷袭我，我这才把他打伤的。韦维尔跟他父亲说我没有错，但他父亲反复重申说他再也不想见到我。萨尔塔尼和阿尔克男爵一起上了马车，圣法尔也被抬进马车里，韦维尔不愿弃我而去，让我随他上了另一辆马车。圣法尔安排我在某个王子的酒店下榻，他那儿有朋友，之后他便回了他父亲那里。当晚，圣·索沃尔也派了辆马车来，悄悄把我接去他的住所，像待自己儿子那般照顾我。次日，韦维尔来看我，跟我说他父亲在我房中发现了萨尔塔尼姐妹，听她们讲述了我们的斗争。随后韦维尔又高兴地对我说他哥哥并未伤及要害，待他哥哥一康复，这件事便可以通过两次婚姻得以解决。韦维尔说若我与萨尔塔尼不合，他定是一心向着我。他父亲已经不生气了，那般苛待我，他懊丧不已。韦维尔说他希望我能尽快好起来，好能同他分享诸多喜悦。我对他说，我不想继续待在这个总有人指责我出身低贱的地方，就像他父亲先前那般。我告诉他，不久后我将离开这个国家奔赴战场，要么战死沙场，要么成为像他一样功名富贵中人。或许，我的决定让他难过，不过一个深情的男人并不会被除爱情以外的情感占据太久。

天命继续这样讲述着他的故事。忽地，有人听到大街上传出一声火枪响，旋即有人演奏管风琴。在旅馆门口听到这种乐器声，估计是史无前例的。被枪声惊醒的人迅疾跑到窗前。演奏继续，内行人注意到这是一首教堂圣歌。听到这虔诚的小夜曲，众人皆愣住了，甚至一时都没发觉这是首圣歌。但当两个刺耳的嗓音响起时，也就不疑惑了。一个高声，一个低声，两个唱诗班的嗓子与管风琴的声音交汇，像是一场音乐会，直让这个国家所有的狗都狂吠起来,他们唱道:"去吧/美妙的嗓子/象牙的鲁特琴①/去让神灵迷醉……"②这首过时的老歌唱毕,众人听到有人低声嘀咕着什么,尽力压着嗓子指责唱诗班老唱同一首曲子。可怜的歌手们回复说,他们并不知道大家想听什么。那人便又用半高不低的声音回复道:

"既然你们收了钱,唱就是了。"

这是最后一次被打断,之后,管风琴变了音调,众人听到一首动听的《聆听》③,唱得十分虔诚。观众怕这音乐被打断,没人敢出声,直至不愿为了大伙保持缄默的纪仇在这万籁俱静的时刻大声呼喊道:

"这是要在大街上举行神圣仪式吗?"

听众中有人接茬,说道,"确切说可称之为《歌颂黑暗》④",又一人接话,说这是夜间的仪仗队⑤。最后,旅馆里爱说笑的人纷纷开始调侃这音乐,却没人猜得出是谁作的这曲子,更没人知道是为谁而作、因何而作。《聆听》继续着,倏地,十条或十二条公狗随着条不幸的母狗走来。这群狗跟在它们主人身后,来到音乐家们脚跟前。就像数个对手相逢,和睦不免短暂,一阵互吼和恶语诅咒刚一结束,这些狗突然气势汹汹、满怀恶意地朝音乐家们扑过来。音乐家们担心自己的腿,就四下跑开了,留下管风琴由这群

---

① 鲁特琴(luth),也称琉特琴,是一种曲颈拨弦乐器。一般这个词主要是中世纪到巴洛克时期在欧洲使用的一类古乐器的总称,是文艺复兴时期欧洲最风靡的家庭独奏乐器。

② 这首曲子出现在 1640 年无名氏作的《曲剧》(*La Comédie de chansons*)一书中,在夏尔·索雷尔《费朗西荣的滑稽故事》第九篇中费朗西荣和他的朋友演奏过这支曲子。

③ 《聆听》,《圣经·诗篇》第十九篇中的内容。

④ 此处作者玩笑似的影射课和不属于宗教仪式的歌曲,被称为"黑暗"是因为祈祷结束后,祭坛的所有光都灭了。

⑤ procession,不同于军队中的仪仗队,多指宗教事务中的仪式队列,一边祈祷一边歌唱。

狗随意处置。这些不知轻重的情人实在不懂得演奏,它们打翻了摆放声音悦耳的乐器的桌子,我不想咒骂,只是这些该死的狗,有几条抬起腿尿在了倒翻的管风琴上,这些畜生天生爱撒尿,尤其是当它们知道哪条母狗渴望进行物种繁殖的时候。音乐会就这么被破坏了。旅馆老板让人打开门,想把管风琴、桌子、支架放到安全的地方去。见旅馆老板和仆人们十分仁慈地负责这伟大工作,演奏者由三人陪着回到了管风琴前。这三个人中有一男一女,男人把鼻子藏进外套,此人正是拉戈旦。他原想为星星小姐演奏一首小夜曲,为此还专门去找了个身材矮小的尖嗓子①,即教堂里演奏管风琴的人。刚才就是这个不男不女的怪物唱的高音部,也是他演奏的仆人带来的管风琴。此外,唱诗班一个变了嗓子的孩子唱低音部。所有这些共计值两个泰斯通②,这在曼恩地区已经很贵了。旅馆主人刚一认出这首小夜曲的作者们,就故意扯大嗓门好让旅馆窗口的人都能听见,言道:

"拉戈旦先生,原来是您在我门口唱晚祷啊,您最好还是去睡吧,也好让客人们好生安歇!"

拉戈旦回答说,老板认错人了。不过他越是这么说,越让人觉得他是想掩饰,所以才矢口否认。这时候,演奏者发现他的管风琴全被折断了,非常生气,像没长齐毛的动物一样,边咒骂边对拉戈旦说得赔他。拉戈旦应声说他才不放在眼里。尖嗓子反驳道:

---

① 尖嗓子(châtré),被阉割过的人。起源于意大利的做法,让阉人做歌手或音乐家,后来扩大到其他领域,在法国持续了很长时间,比如尖嗓子贝托德(Blaise Berthod,又叫Berthod l'incommodé,Berthod le châtré)便是为国王演奏音乐的,另外,路易十四时期马扎然手下的歌剧演员中也有类似的尖嗓子。
② 泰斯通(teston),路易十二时期制造的货币,后被亨利三世废除。

"这不是开玩笑，我要求赔偿！"

旅馆主人和仆人们都替尖嗓子说话，但拉戈旦装作不懂，对他们道，小夜曲可不会这么演。言罢，自视风流的拉戈旦骄傲地离开了。尖嗓子的仆人身后背着管风琴，音乐声扬起。回家路上，尖嗓子的心情糟透了。他把桌子扛在肩上，唱诗班男孩扛着两个支架，在他后面紧紧跟着。旅馆的门再次关上了，天命跟女演员们道了晚安，再有机会，他就会把自己的故事讲完。

第十六回

昨夜小曲引发讨论
蹩脚诗人一通吹嘘①

次日,演员们一大清早就聚集在他们下榻的旅馆的一间房子里排练午饭后要上演的剧。拉戈旦事先跟纪仇透露了小夜曲一事,纪仇假装难以置信,却又去提醒同伴们,说小个子男人待会儿定会来接受大家对他优雅风度的吹捧,后又说每次拉戈旦想谈及此事,他都要巧妙地改变话题。

正在这时,拉戈旦走进了房间,简单问候了演员们后,就想去跟星星小姐聊聊他的小夜曲。于他而言,星星小姐就像一颗流浪的星星。这么说是因为,他屡次三番问星星小姐几时睡的觉,昨夜过得怎样,星星小姐却换了位子坐,几次都没应他。拉戈旦离开了星星,转而找安热莉克小姐,安热莉克没跟他搭话,只专心研究她的角色。他又去找洞穴,洞穴甚至看也没看他一眼。演员们个个儿都谨遵纪仇的指令,对拉戈旦避而不答,或者,每当他想谈论前夜之事,大家就换话题。最终,受了虚荣心驱使的拉戈旦再也不能忍受放任自己的声誉受损,他高声对在场所有人道:

---

① 原标题是"剧院开场及其他并非全然无足轻重之事",除了体现文体风格外,还表明了作者的自谦,小说中常出现类似表达。

"你们想听我说出真相吗?"

有人回答他说:"您乐意的话就说吧。"

拉戈旦又道:"昨晚是我为你们演奏了一首小夜曲。"

天命问他道:"所以此地都是用管风琴演奏小夜曲吗? 您这小夜曲是为谁准备的呢?"

天命继续问道:"难道是为了那个有那么多忠诚的狗一齐为她作战的美妇?"

奥利弗说:"这点毋庸置疑。除非这些天生咬人的畜生是拉戈旦先生的对手,甚至嫉妒他,所以才没搅乱这支和谐的音乐。"

又一个人接过话说,他毫不怀疑拉戈旦和他情人的关系不好,他对她的爱不怀好意,所以才公开去她那里。总之,除了很荣幸地得了他信任的纪仇饶了他,房间里所有人都你一言我一嘴,让他再没了继续谈论小夜曲的欲望。若不是那个跟拉戈旦一样愚蠢、一样自负,能够从所有事情里获取满足自己虚荣心的素材的诗人,用一种正人君子的语气打断(或者说是瞎指挥)了这个围绕着狗的话题的讨论,这些有关狗的幽默笑话会让房间里的所有人都笑死的。诗人道:

"说到小夜曲,我依然记得,我的婚礼上连续演奏了两周由上百种乐器组成的小夜曲。整个玛黑区①都流传着这首曲子,小夜曲不仅得到了皇家广场②上最有风韵的夫人们的认可,一些风流

① 玛黑区(Le Marais,意为沼泽,又译为玛莱区)是法国巴黎的一个区域,横跨巴黎右岸的第三区和第四区,为传统的布尔乔亚街区,街道林立着买手店、咖啡馆、画廊和美术馆,也是巴黎前卫艺术街区。

② 皇家广场(Place Royale),现称作孚日广场(Place des Vosges),是法国巴黎最古老的广场,位于玛黑区,跨巴黎第三区和第四区,由亨利四世建于 1605 年到 1612 年。奥地利的安妮(Anne d'Autriche,1601—1666,路易十三的王后、路易十四的母亲,是 17 世纪欧洲最著名的女性之一)统治时期,皇家广场以及整个玛黑区是著名的集会中心,一些贵族大臣、庄园主或出身高贵的夫人曾在此留下足迹。

公子也引以为傲,甚至有个身份高贵的男子还对此生了妒忌,找来人指控为我演奏小夜曲的人。但他们并没得逞,这些演奏者都是世上最勇敢的人,他们全都来自我的家乡,我们那儿①发生暴乱时组建了兵团,他们大都曾是这兵团的军官。"

对拉戈旦,纪仇克制住了自己天生嘲讽者的性子,但对诗人他就没那么好心了,总是步步紧逼。

纪仇接过话茬,对缪斯的宠儿②说:

"您的小夜曲演奏成那样,敲打锅碗瓢盆似的嘈杂一片,贵族子弟早就觉得腻烦了,怕是会派家仆让那演奏者住嘴或是把他赶远点儿。我这么认为,更是因为您妻子是寿终正寝,用您那诗人式的言辞,是婚媾后六个月。"

诗人说:"她的死更多是因她的母亲——子宫之故。"

纪仇回复说:"您可以说更多是她祖母、曾祖母或高祖母的缘故。"

纪仇又道:"自亨利四世执政以来,子宫就不再使坏了③。纵使您常常吹嘘,为了向您证明我知道的比您还多些,我想告诉您一件您永远不可能知道的事情:在玛格丽特王后④的后宫……"

这个美好的故事开头吸引了房间里的所有人,众人围绕在纪仇身边,他们很清楚纪仇的记忆中有些反人类的经历。诗人很害

---

① 诗人罗克布吕讷来自加斯科涅(Gascogne,法国西南部旧省名),是个以吹牛的人、冒充好汉的人数量众多而出名的地区,加斯科涅人被视作夸口吹牛者,加斯科涅人的承诺则是无法兑现的诺言。
② 此处作者使用的是"诗人"的替代词。巴那斯山缪斯的宠儿(nourrisson des Muses du Parnasse),是对文艺复兴时期的诗歌的滑稽模仿,典型的滑稽讽刺语言风格。
③ 此处指的是子宫问题,比如痛经问题。
④ 玛格丽特王后,即著名的玛戈王后(reine Margot),是亨利四世的第一任妻子,1599年被休,1605年回到巴黎。她有个著名的庭院,聚集了一些诗人、小说家和知识分子。

怕,打断他说道:

"我用一百皮斯托尔作赌,事情不是这样的。"

诗人下的这个注让在场所有人都笑了,他也因此被请出了房间。事情往往如此,可怜人通过数额巨大的赌注来为他整日的夸张辩护。不算谎言,单说夸张之举,他每个礼拜干下的鲁莽事便能达一千或一千两百件。纪仇是个总指挥,能控制诗人的言语和行为,他对诗人的掌控力如此强大,我都敢拿天资卓越的奥古斯都对安东尼①的影响作比,两者可谓不分伯仲,不过我还是别将剧团的两个演员与这两位伟大的罗马人相提并论。

纪仇开始他的叙述,我跟您说过,纪仇被诗人打断的时候,所有人都恳求他把故事讲完。纪仇向大家表示歉意,承诺说下次再向大家叙述诗人的一生,连诗人妻子的事儿也不会落下的。问题是这天他们还得在隔壁的老式网球场排练。整个排练过程乏善可陈。午后演出开始,众人演绎得有声有色。凭借出众的相貌,星星小姐让在场所有人都心醉了。安热莉克也有自己的支持者,她们二人的表演得到了场下所有人的一致好评。

天命和他同伴们的表演也异常出色,听众中那些常去巴黎听戏的人打着包票说,国王的演员②也没他们演得好。拉戈旦满脑子都在想他挖空心思为星星小姐准备的礼物。纪仇从他面前走过。纪仇日日都向拉戈旦保证,一定会让女演员接受他。若不是

---

① 奥古斯都(Auguste Bevilacqua,公元前 63—公元前 14),尤里乌斯-克劳狄乌斯王朝的创始人及罗马帝国的第一位皇帝。公元前 36 年,奥古斯都在亚克兴战役中打败了马克·安东尼(Marc Antoine,公元前 83—公元前 30),消灭了古埃及的托勒密王朝。奥古斯都结束了长达一个世纪的内战,创造了罗马和平时代,他去世后罗马元老院将他列入"神"的行列,并将 8 月称为"奥古斯都"月,这便是欧洲语言中"8 月"的来源。此处斯卡龙拿两位罗马人做比较,是典型的滑稽讽刺式比方。

② 此处暗指勃艮第府剧团的演员们,只有他们才有此称谓。

有这个承诺，绝望很快就会向这个恶毒的小个子律师袭来，让他
成为悲剧故事①的主人公。我不会透露男演员们为勒芒的名媛贵
妇们流下的眼泪是否跟女演员们为男人们流下的眼泪一样多。
我若知晓某事，就会对此绝口不提，这是因为哪怕最睿智的男人，
也有无法掌控他的舌头的时候。我把本回写完，免得吊人胃口。

---

① 这种悲剧故事主要指的是罗塞（François de Rosset，1571—1619，法国作家、翻译家）的
作品，是一种被当时的社会精英和文学界所鄙视的体裁，但对斯卡龙的读者来说很为
著名。

第十七回
拉戈旦屡行虚礼
跌倒的不止一片

　　天命刚一脱下他的旧式刺绣戏服换上日常装束，拉皮尼尔勒就带他去了小城的监狱。栋弗龙神父被绑架的那天他们抓获的那个凶手想跟天命聊聊。其间，女演员们跟一群勒芒人一起回了旅馆。洞穴太太从老式网球场出来时，拉戈旦紧挨着她站着。尽管拉戈旦更希望为星星小姐效劳，却还是把手递给洞穴，要为她领路。此外，他又为安热莉克小姐做了同样的事情。如此一来，拉戈旦便一左一右，同时要为两个人服务。这种双重礼仪造成了三重不便，洞穴走在街道高处①，拉戈旦为了防止安热莉克小姐踩进水沟，就去挤高处的洞穴太太。此外，这个小个子男人身高还不及她们腰部，每次他用力牵着她们的手时总在往下拽，她们可得费一番心思才能避免栽倒在他身上。更让她们感到不便的是，拉戈旦发现他身后的两个男人正在对星星小姐献殷勤，还不顾她的意见，想把她带走，拉戈旦便无时无刻不转过身去瞅星星小姐。

---

① 　街道高处(le haut de la rue)，位于街道两侧，这个位置常是留给有身份的、受人尊敬的人。沿着建筑行走时，可以避免行走在道路的中央部位，因为道路中央有冲走垃圾污秽的排水沟及拥堵的车辆，只有路面两侧的部位才是干净且干燥的。

可怜的洞穴母女多次尝试着摆脱拉戈旦的手,但他攥得那么紧,就好像她们很喜欢被羊跖骨①绳牵着一样。她们恳求他逾百次,说没必要这么费事,他每次只是答道:

"请,请②!"

这是他平常惯用的客套话,说罢他又更紧地抓牢她们的手。故而,她们若想要走回房间得花上很多耐心,她们希望到房间后就能自由了,但拉戈旦并不是这样的人。不管她们跟他说什么,他就一直只道:"请,请!"他总抢先与女演员们并排走,但由于楼梯太窄,三人无法并肩而行,洞穴只好背靠着墙,第一个上楼,洞穴身后牵拉戈旦,拉戈旦身后牵着安热莉克,安热莉克谁也没牵,却早已止不住笑了起来。

另还有一处不便,在离房间还有四五级台阶时,他们恰好碰上旅馆小厮扛着一袋沉重的燕麦下楼。小厮费劲地跟他们说,由于他负荷过重,没办法返回楼上去,他们得下去,好给他让路。拉戈旦想辩驳,小厮直接大骂起来,说要把袋子砸他们身上。他们庄重整齐的阵容迅疾就这样被打乱了,可拉戈旦仍不愿松开女演员们的手。扛着袋燕麦的小厮使劲挤他们,拉戈旦一个趔趄,却并没摔倒,还依旧牵着女演员们的手站立着。拉戈旦的身体朝洞穴身上倾斜,因位置优势,洞穴对拉戈旦身体的支撑比她女儿的更多。于是,洞穴摔倒在了拉戈旦身上,踩到了他的胃和肚子,拉

---

① Osselets,仿羊的跖骨做成的掷骨游戏,这里指的是一种由羊跖骨收紧的囚犯之间相互牵引用的绳子,以此迫使犯人跟着前面带路的人走。

② 此处法语原文中的"Serviteur, serviteur",指的是"仆人、仆从""我是您的仆人"。这句话的含义是模棱两可的,既可以指愿意为某人服务,又可能是一种讽刺,表达完全相反的意思。拉戈旦则是两者之间,他既想为女士们服务,却又丝毫不听取别人对他说的话,机械式的重复,以至于令人讨厌。

戈旦的头猛地撞向了安热莉克的头，洞穴和安热莉克便纷纷倒下了。小厮觉得这些人一时半会难以迅速重新站起来，无法承受燕麦重量的他，一边把袋子卸下放在楼梯台阶上，一边像旅馆仆人那样骂骂咧咧。不幸的是，燕麦袋子开了或裂了，旅馆老板赶了过来，老板冲小厮发火，小厮冲女演员们发火，女演员们冲拉戈旦发火，拉戈旦冲所有这些发火的人发火。

拉戈旦发火的对象不止一个，是因为星星小姐正巧在这个时候走了过来，亲眼见证了这场灾祸，这灾殃简直跟数日前被人拿剪刀剪烂帽子时一样令人不快。洞穴发毒誓说，再也不让拉戈旦为他领路，说着便把自己青肿的双手递给星星小姐看。星星对洞穴说，她令拉戈旦神魂颠倒，已经遭到上帝的惩罚。拉戈旦之前在剧院门前叫住她，说要为她引路，结果却食言了，如今看到这个小个子男人的遭遇，她很开心。这些话拉戈旦一句也没听到，是因为旅馆老板让他赔偿燕麦，同样为了燕麦，旅馆老板想把那个喊拉戈旦"无用的律师"的小厮揍一顿。轮到安热莉克开火了。安热莉克指责拉戈旦把她当作万不得已时的备选。事已至此，结局已经明了，纪仇承诺拉戈旦让他成为包括佩尔什①和拉瓦勒②在内的整个曼恩地区最幸福的情郎，这些诺言已经没有任何实现的可能。

散落的燕麦被捡起，女演员们陆续回了房间，没再发生什么别的不幸事。拉戈旦没跟她们一起，我不太清楚他去了何处。晚饭时间到了，众人在旅馆里用的餐，饭后各自散去。天命跟女演员们回了房间，继续讲述他的故事。

① 佩尔什（Le Perche），又称佩什，法国曾经的一个行省，并不等同于佩尔什地区。
② 拉瓦勒（Laval），法国西北部城市，属于马耶讷（Mayenne）省。中世纪后，拉瓦勒所属的曼恩省逐渐分为两部分，其中拉瓦勒地区因为经济相对落后而被称为"下曼恩"，法国大革命结束后，拉瓦勒所在的"下曼恩"地区成立了马耶讷省，拉瓦勒成为省会。

第十八回

游船时再遇宿敌
新桥上丢失宝盒①

上一回我写得比较简短，本回或许可以再写长一些，不过我并不是十分确定，我们且写且看。

天命回到了他的老位子上，以这种方式继续讲述他的故事：

我尽量简明扼要地讲完我的人生，你们怕是早已经听得不耐烦了。韦维尔来看我，我跟你们说过了，他没能说服我回他父亲家里。我的这个决定让他与我辞别时显得十分难过。他回到家后不久，便与萨尔塔尼小姐成了婚。圣法尔也与莱莉小姐结了婚。莱莉小姐机智聪慧，圣法尔却没什么头脑，我很难想象两个如此不搭调的人是如何协调在一起的。其间我已经完全康复，宽仁的圣·索沃尔先生同意我离开这个国家，又给了我些盘缠路上用。韦维尔虽是结了婚也丝毫没把我忘了，送给了我一匹好马和一百皮斯托尔。我借道里昂回意大利，打算途经罗马，这样便能在战死于坎迪亚②之前见莱奥诺尔最后一面，如此也不至于太过

---

① 原标题是"天命与星星的故事后续"。

② 坎迪亚之役，见前文。

不幸。在讷维尔①，我下榻在一家临河的旅馆。我早早地就到了，等待用餐之际不知道靠什么打发时间，便穿过卢瓦尔河去一座石桥上散步。有两名女子也在桥上闲步，其中一位看上去病恹恹的，走起路来似乎有些吃力，正依偎在另一位女子身上。我向她们致意，但并没有细看她们，从她们身旁走过后，我又在桥上溜达了些时间。除了回想自己的不幸命运，大多数时候我都在思念我的爱人。彼时我穿着十分优雅，这是非常必要的，因为对于有身份地位的人来说，衣不得体是件不容宽恕的事。当我再次打她们身旁走过时，我听到一个半高不低的声音说道：

"若他没死的话，我觉得就是他。"

我不知道自己为什么回头，本没有必要搭理这些话的。但她们说的不是别人。我看到布瓦西埃太太脸色苍白、面容憔悴，正是她靠在她女儿莱奥诺尔身上。我径直走向她们，比我之前在罗马时的步伐镇定自若得多。在巴黎的这段时日让我的精神和肉体都得到了重塑。我发现她们是如此惊讶、如此惊恐，我想倘若布瓦西埃太太尚能奔跑的话，她们已经逃走了。这也令我很惊讶。我问她们究竟是怎样幸福的邂逅让我能够再次遇上这世间对我来说最珍贵的人。听到我的话她们安下心来。布瓦西埃太太跟我说，若她刚才看我的目光流露出某种震惊，我不应觉得奇怪，还说斯蒂芬诺老爷给她们看了我在罗马时跟随的一位名流的信，她们从信中得知我在帕尔马之役②中战死。布瓦西埃太太又

---

① 讷维尔(Nevers)，法国中部城市，卢瓦尔河流经此地。历史上曾因加工彩釉(faïence)而著名，自16世纪起，成为法国彩釉之都，出产的彩釉以蓝色为基调，被称为"蓝金"(or bleur)。

② 帕尔马之役(la Guerre de Parme)，见前文。

说道,得知这样一个令她悲痛万分的消息并不是真的,她很高兴。我回答她说死亡对我来说并不是最大的不幸,我将去往威尼斯,会用更多事实让此类消息继续流传。她们为我的决定感到悲伤,莱奥诺尔的母亲竟不同寻常地抚摸我,我猜不出其中缘由。

后来,我从布瓦西埃太太那儿得知了令她变得如此谦恭的原因。我可以继续为她效劳,她现在的状态已经不允许她像之前在罗马时那样给我摆臭脸、对我不屑一顾了。她们遭遇极大的不幸后陷入困境,变卖了所有精美且优质的家具后,和一位服侍了她们很长时间的法国女佣一起离开了罗马。斯蒂芬诺老爷把自己的仆人给她们使唤,仆人跟斯蒂芬诺一样也是弗拉芒人,想回自己的家乡。仆人和女佣相爱了,打算结婚,但他们的爱并不为人所知。布瓦西埃太太来到罗阿讷①后,临河安顿下来。在讷维尔时布瓦西埃太太的身体状况很糟糕,不能出门远行。生病期间的她很难伺候,用人无法按照往常的习惯来照看她。一天早上,仆人和用人都不见了,更让人生气的是,这位可怜的女士的钱也都不见了。痛苦加重了她的病情,她不得不在讷维尔等候巴黎的消息,她希望能从巴黎获得些让她继续旅途的费用。

布瓦西埃太太用几句简短的话向我概述了这令人恼火的遭遇。我把她们送回旅馆,正是我下榻的那家。与她们一起耽搁片时后,我回了自己的房间,让她们自个儿用晚饭。我呢,什么也没吃,直到五六点钟了我才吃饭。她们刚让人来跟我说欢迎我去探访她们,我就立即去看她们了。我见这位母亲正躺在床上,女儿呢,之前她的神情里有多少欢喜,现在她脸上就有多少悲伤。她

---

① 罗阿讷(Rouane,现写作 Roanne),法国中东部城市,位于卢瓦尔河畔,属于奥弗涅-阿尔卑斯大区,距里昂约 84 公里。

母亲的悲伤比她更甚，我是这么猜测的。一段静默，彼此相顾无言。最后，布瓦西埃太太把她收到的来自巴黎的信递给我看，这些信让她和她女儿成了这世上最悲痛的人。布瓦西埃太太跟我说了让她伤心至极以至热泪盈眶的原因，我看到她女儿也这样痛哭流涕。我被深深触动了，我把所有家当都给了她们，又让她们相信我的坦率，可我还是觉得自己没能更好地向她们表达我的苦痛。我跟她们说：

"我尚不知何事让你们这么悲痛，不过，若我的命能够减轻你们的困苦，你们尽可以放下心来。所以，太太，告诉我吧，我该做些什么。若你们缺钱，我这里还有些；若你们遇到了敌人，我有勇气。只要能为你们提供帮助，我便心满意足了。"

这副神情，这番言辞，让她们认清了我的灵魂，她们的悲恸也稍稍得以缓和。布瓦西埃太太给我读了一封信，信中她的一位朋友的妻子书面告知她："那个人"接到命令后离开了宫廷，去了荷兰。布瓦西埃太太不愿说出此人姓名，我清楚这人正是莱奥诺尔的父亲。这样一来，可怜的女士在这个陌生的地方，没了钱也没了希望。我把我能给的都给了她们，加在一起有五百埃居，我跟她说我可以带她去荷兰，哪怕天涯海角，只要她想去。最后，我安慰她说我会像仆人一样侍奉她，会像儿子一样爱她、尊重她。说出"儿子"这两个字的时候，我脸红得厉害，但我已经不再是那个在罗马时被人在门口拦下的讨厌的男子了，那时的我是见不到莱奥诺尔的。而布瓦西埃太太对我来说也不再是一位严厉的母亲。每次我为她效劳的时候，她总回复我说莱奥诺尔会非常感激我的。这一切都以莱奥诺尔的名义进行着，就好像这位母亲不过是替女主人传话的侍婢。确实，大多数人都只看对自己有没有用来判断一个人。我给了她们极大的宽慰，回到房间的时候，我觉得自己是这世上最快乐的人。是夜，虽说熬了半宿，躺到床上时已经很晚了，天蒙蒙亮了才刚刚入睡，可我心里十分愉悦。

翌日，我感觉到莱奥诺尔的装束比前一天更为用心，她也能清楚地发觉我并没有不修边幅。我带她去望弥撒，她母亲太虚弱了，没跟我们一起。我们共进了晚餐，自这时起我们便成了一家人。布瓦西埃太太对我给予她的帮助表示非常感激，经常跟我说她不会忘恩负义地就这么死了。我把我的马卖了，待病人恢复差不多后，我们即刻搭乘小船①，顺流而下到了奥尔良。我们在水上泛舟而行的这段时间里，除非这极乐之事被她母亲打搅，我总能够与莱奥诺尔交谈。我觉得这位美丽女子的思想和她的双眸一样闪闪发光。我呢，也许在罗马时她对我尚抱有迟疑，不过我并不惹她厌烦。我还能再跟你们说些什么呢？她像我爱她那般爱着我。你们见到我们二人，便一眼就能明白了。我们对彼此的爱，这相互的爱，分毫未减。安热莉克打断叙述：

"什么！所以星星小姐就是莱奥诺尔？"

天命回道："就是谁？"

星星小姐接过话，说她同伴有理由质疑她是否就是这个莱奥诺尔——这个天命在小说里塑造的美人。

安热莉克反驳说："绝不是如此，只是我们很难相信一件我们一直期盼的事。"

洞穴太太说她一点儿也不怀疑，她不想继续深入这个话题，好让天命继续讲述他的故事，天命便又讲起来。

① cabane，原义为简陋小屋、窝棚等，此处指的是主要见于卢瓦尔河上的一种有篷的平底船（见弗雷蒂埃的《通用词典》）。

　　我们到了奥尔良。刚进城的时候很有趣，我想跟你们说说这些特别的事。一群脚夫在港口等着自水上而来的人，想替人拿衣物，他们一窝蜂地涌进我们的篷船。三十来个人来卸两三个小包裹，其实他们中力气最小的那个夹在胳膊下就能把这些包裹全拿走。我若是独自一人，怕是难以保持理智不冲这些蛮横的人发火。他们中有八个人抓住了一个小首饰箱，其价值不超过二十利弗尔，这些人假装费了很大力气才把箱子从地上抬起来，再把首饰箱抬高过他们的头顶，抬到了他们中间，每个人都只用手指尖支撑着箱子。港口的混混们全都大笑起来，窘迫的我们不得不跟着笑。这么多人一起招摇着穿过整座城市，我羞得满脸通红。其余衣物，只需一人就能拿完，却有二十多个人来抬。我仅有的几把手枪是由四个人抬着的。接下来我跟你们说一下我们进城的顺序。八个醉醺醺的壮汉，或者说恐怕是醉了的壮汉，抬着一个小首饰箱，就像我刚才跟你们说的那样。我的几把手枪一把接一把地[1]跟在后面，每侧都有两个人架着。布瓦西埃太太跟我一样愤怒，立刻紧随其后。她坐在一个高大的麦秸椅上，椅子由船夫的两根粗棍支撑着，四个男人轮流替换着抬椅子，抬椅子的对她说了无数蠢话。其他衣物跟在后面，其中包括一个小行李箱和一个裹着布的包裹，路上遇见七八个小赖皮一个个地扑向别人，像是在玩打罐子游戏[2]。我牵着莱奥诺尔的手，为这支胜利之师领路。我没什么心情，莱奥诺尔却笑开了怀，弄得我也要跟着一起

---

[1]　"我"有几把手枪，每把手枪都由两人抬着，一起排着队进了城。从上下文推断，应是共计两把枪。

[2]　打罐子游戏(au pot cassé)，用绳子将旧罐子悬挂起来，所有人蒙住眼睛，轮流用手中的棍棒去打碎罐子，罐子破碎，碎片溅到身上，发出一阵嘈杂声，击中罐子的人能赢得抵押物。拉伯雷在《巨人传》中曾提及这种游戏。

把这欺诈之举当成乐事。在我们前行途中，街上路过的人纷纷驻足来仔细端详我们，弄出的喧闹声引起了窗前所有人的注意。最后我们到了巴黎附近的一个郊区，身后有许多顽童跟着。我们在"皇帝"①旗下的旅馆住下，我把女士们领进一间低矮的客厅后，郑重其事地去威胁这些淘气的小鬼，他们收到我给的微不足道的东西后非常开心，旅馆老板和老板娘把他们训了一通。

　　没有什么比不再身无分文更让布瓦西埃太太感到快乐的了。太太的身体已大好，有了足够的气力乘坐马车。我们预定了三个位子，次日就出门。幸运的是，两日后我们便到了巴黎。下车歇脚的时候，我认识了跟我们一样从奥尔良来的纪仇，他的大型旅行马车与我们的四轮豪华马车同行。他听到我打听加莱的马车驿站的位置，便对我说他也在同一时间去那里，若我们没处歇脚，他能带我们去歇息，我们愿意的话，可以住在他认识的一个女人家里，房间家具物什俱全，能够住得非常舒适。我们信了他，觉得这住处确实很好。这女人是个寡妇，她男人的一生，时而给剧团当看门的，时而当个布景师，甚至还曾尝试过诵台词②，却没成功。纪仇为演员们收拾了些生活用品后，也要留宿在这里，房间已经置备妥当，又有人负责膳食，他便能落个轻松自在。我们租了两间非常便利的房子。布瓦西埃太太之前从莱奥诺尔父亲那里获得的不幸消息，现已得到了证实，此外她又获悉了些别的消息，她瞒着我们，可这些消息让她十分悲痛，以至于又一次病倒了。她原已决定让我带她去荷兰，眼下我们去荷兰的时间不得不调整。

_____

① 此处"皇帝"所指应是一家连锁旅馆的名称，此处原文首字母大写可能是因名气较大。
② réciter 这个词的意思是朗诵、唱，在本书中出现过数次，尤其是描写演员们的仆人们也诵读，天命的仆从听得多，朗诵得很好，也是用的这个词。可以看出，朗诵在本书中指的是像演员一样诵读台词。

纪仇也要去那里与一个剧团会合，我允诺他会支付费用，他便乐意等我们一同前去。布瓦西埃太太的一个朋友常来看她，此人曾经跟布瓦西埃太太一起侍奉过罗马的大使夫人，她们都是大使夫人的贴身侍女，在莱奥诺尔的父亲与布瓦西埃太太相爱的那段时间里，她甚至曾是布瓦西埃太太的密友。布瓦西埃太太正是从她这里得知自己的所谓的丈夫远走他乡了，我们在巴黎时得到了她数次帮助。我怕被哪个熟人撞见，尽可能不出门。能跟莱奥诺尔在一起，看家护院也都不觉得苦，加上我对她母亲的照顾，我在她心目中的印象越来越好了。

一天，在说服了我刚刚跟你们提到的那个女人后，我们决定去圣克卢①散步，好让病人呼吸些新鲜空气。女店主和纪仇也都一起去了。我们叫了只船，先在一个美丽的花园里散了步，又去用了些点心，而后纪仇领着我们这支小队伍向船边走去。我当时一直在这么个小篷船里跟一位非常不讲道理的女老板争辩，我跟她讨价还价，想尽量少付些，没想到被她耽搁了那么久。摆脱了她后，我才返回来找我的同伴。但令我非常意外的是，我见那船早早就下了水，众人在河上泛舟，却没有带上我，也没给我留下个小跟班拿我的剑和外套。彼时我在岸上，无从知晓他们为什么没等我就走了。

忽地，我听到篷船里传来一阵巨大的吵嚷声，船向我靠近时，我看到两三名绅士，或者是看上去像绅士的人，正欲殴打一个不愿尾随我们的船行驶的船夫。在这只船正欲离岸之际，我想着碰碰运气，便跳了上去，就是这船上的船夫怕挨打。若是因被同伴

---

① 圣克卢(Saint-Cloud)，巴黎的一个郊区，属于法兰西岛上塞纳省的布洛涅-比扬古地区。

丢在圣克卢而让我感到难堪的话,当我发现这正是让我怀恨在心的萨尔塔尼造成的时候,我则更觉窘迫了。在我认出他的时候,他从他站着的位置,也就是船尾处,走到了我站的位置,我用身体挡住了他。我尽可能把脸遮住不被他看到,可我距离他那么近,想不被他认出来是不可能的。我手里没剑,只得做了个这世上最绝望的决定。其实若不是夹杂着嫉妒,单是憎恨是不会让我做出这举动的。在他认出我的那一刻,我迅疾抓住了他的身体,跟他一起跳进了河里。他抓不住我,许是因他的手套①碍事,又或许是因为他太过于震惊。从没有人像他那样在距离岸边一步之遥的地方被淹死。大部分船只都赶来救他,所有人都以为我们落水是出于意外,只有萨尔塔尼知道是怎么一回事,但他现在来不及申诉,也无法去追赶我。我没费太多力气便游回了岸边,身上的薄衫丝毫不妨碍我游泳,问题是要尽快离开。

在萨尔塔尼被人从水中打捞上来以前,我已经离圣克卢很远了。如果他被救上来了,就会说是我冒险把他拖下水的,但我想别人是不会相信他说的,我又没什么要隐藏的秘密。我绕了很大一圈回了巴黎,等到了晚上才进的城。太阳的照射,再加上我奔跑时的剧烈运动,我的衣服早已不再是湿漉漉的了,用不着烘干。终于,我再次见到了亲爱的莱奥诺尔,我发现她真的是伤心欲绝。纪仇和女店主见到我非常高兴,布瓦西埃太太也开心不已,为了能让纪仇和女店主更加相信我是她儿子,布瓦西埃太太还流露出了慈母般的悲痛。她特地为没有等我这事跟我道歉,说对萨尔塔尼的恐惧让她无暇顾及我。若我跟萨尔塔尼打起来,除了纪仇,

———————

① 在当时,手套常常坠有许多流苏和刺绣,使得手套光鲜亮丽的同时又非常不便。

我们队伍里的其他人怕都会来阻止我。

用完餐，走出旅店（或篷船）的时候，我方才得知萨尔塔尼这个风流种之前曾尾随他们直到船边，还非常无理地让莱奥诺尔把面罩摘了，莱奥诺尔的母亲认出这正是在罗马时就心怀歹意的那个人。她十分惊恐地返回船上，没等我就让船开走了。萨尔塔尼找来两个身强体壮的人，在河岸听取了些建议后，跟他们一起上了船，就是那个时候我看到他威胁船夫把船朝莱奥诺尔划去。

有了这次险遇，我比以前更少出门了。布瓦西埃太太不久后又病了，多半是忧郁所致。如此一来，我们只得在巴黎度过些许冬日。一位从西班牙来的意大利主教提醒我们前往弗拉芒得途经佩罗讷①，纪仇的护照上注明了他的演员身份，他很有信心能够带我们前去。一日，我们去了这位意大利主教家里，他家住在塞纳街。晚上，出于客套，我们跟纪仇认识的一些演员在圣·日耳曼郊区一起吃了饭。深夜时分，我和纪仇路过新桥②，有五六个拦路抢劫的袭击了我们。我奋力防御，纪仇则尽显英雄好汉本色，甚至还救了我一命。不过，即便如此我仍没能摆脱被这些强盗抓住的命运，很不幸地，我的剑掉在了地上。纪仇英勇地同他们搏斗以甩开他们，却还是被夺去了件破旧的外套。我呢，除了身上穿的衣服，其他所有东西都被抢劫一空了。更让我绝望的是，他们抢走了那个装着莱奥诺尔父亲的肖像的珐琅盒子，以及布瓦西埃太太委托我帮她变卖的珠宝首饰。我在新桥尽头的一名外科大夫家里找到了纪仇，他的胳膊和脸都受了伤，我的头上有轻微

① 佩罗讷（Péronne），法国上法兰西大区索姆省的一个市镇。
② 新桥在当时是著名的游手好闲之徒集聚地，也是巴黎最为人流密集的地方，白天的时候有许多走方郎中、歌手、街头艺人，晚上则有大胆的扒手、骗子聚集。

的擦伤。

丢失了肖像,布瓦西埃太太更悲伤了,不过想着不久后便能见到莱奥诺尔父亲本人,也算是个慰藉。后来,我们离开巴黎去了佩罗讷,之后又去了布鲁塞尔,再从布鲁塞尔到了海牙①。可是莱奥诺尔的父亲两周前去了英国,去帮国王对抗议会。莱奥诺尔的母亲因此悲伤过度,病倒后去世了。她去世的时候我很难过,就像是她儿子那样悲痛。她把她女儿托付给我,让我保证绝不会抛弃她女儿,还让我承诺会尽一切可能去寻找莱奥诺尔的父亲,把莱奥诺尔交还到她父亲手上。之后不久,一个法国人偷走了我剩下的所有的钱,这般困境之下,亏得纪仇斡旋,我跟莱奥诺尔这才加入了你们剧团。余下的险际你们都知道了。这一路走来,直到图尔,我们都是一路同行,有着共同的遭遇。我觉得我在图尔时又见到了恶魔萨尔塔尼,若我没弄错的话,不久我就会在此地再次遇上他。我自己倒不怕什么,可我担心莱奥诺尔若是失去我,或者是什么不幸把我俩分开了,她便会失去一位忠实的仆人。

如此,天命讲完了他的故事。不幸的回忆涌上心头,星星小姐不住地哭泣,仿佛这些不幸才刚刚开始。天命安慰了一番星星小姐后,辞别了女演员们就去睡了。

---

① 海牙(La Haye),亦称作斯赫拉芬哈赫,是荷兰继阿姆斯特丹和鹿特丹之后的第三大城市,也是荷兰唯一一个临海的大城市。

第十九回
纪仇遇上黄昏恋
拉戈旦困于前桥①

　　爱情，年轻人为之赴汤蹈火，上了岁数的人为之忘记一切；爱情，特洛伊之战爆发的诱因，以及其他万般我不愿费心思去回忆的诸事之因。在勒芒这座小城，爱情，它想要证明自己在这家默默无名的旅馆中的威力并不比在其他任何地方差。爱情，它并不满足于让拉戈旦情根深种以至食不知味，它还激发了张狂的拉皮尼尔勒②成千上万个放荡的欲望；爱情，它让罗克布吕讷爱上了术士的妻子，让他变得更虚荣自负、更无所畏忌、更诗情画意，爱情——这第四种疯狂③，让他陷入了双重不贞，他之前曾与星星和安热莉克谈情说爱，不过她们都一一奉劝他别费心思爱她们。不过这些与我将要跟您说的相比，都微不足道。爱情，它战胜了纪

---

① 原标题是"一些并非不合时宜的思考；拉戈旦别的倒霉事及其他；请您品读"。Disgrâce 一词，在17世纪法语中业已存在，但指称"不幸""倒霉"这种含义，是受到《堂吉诃德》的影响，但锣鼓腰的不幸又与骑士式的不幸截然不同。

② 斯卡龙首次为诗人命名：罗克布吕讷。

③ 此处是在调侃柏拉图在《斐德若篇》(*Phèdre*)中提到的人类的四种"疯狂"(délires/mania)。

仇的麻木不仁和阴郁孤僻,让他爱上了术士①之妻,同时,诗人罗克布吕讷也爱上了这个女人,为了洗清他的罪过,也为了让他赎清那些他写的烂书的罪,这世上最恶毒的男人成了他的对手。

术士的妻子名为伊内斯拉·德·普拉加②太太,是马拉加②人。她丈夫,或者说她所谓的丈夫——费迪南多·费迪南迪大人,是一名于诺曼底卡昂出生的威尼斯绅士。这家旅馆里还有些其他人也遭受到了同样的病痛,而且他们遭遇的病痛程度少说也跟我刚向您透露的秘密中提及的这些人的程度相当,时机成熟的话,我们会让您一一了解的。

拉皮尼尔勒看了星星小姐扮演诗曼纳③,便心生爱意。于是,他打算向纪仇袒露心声,他觉得纪仇为了钱什么都干得出来。神奇的诗人罗克布吕讷则正在想象着他是如何征服了一位与他的勇气相般配的西班牙女人。纪仇这厢,我不太清楚这个外国女人身上有什么魅力竟让他这个愤世嫉俗的老男人爱上她。这位上了岁数的演员,在时间面前成了个受苦的灵魂,其实我想说,他在临去世前成了骏女痴儿。

这时,饱受爱情折磨的拉戈旦像是腹痛一样,过来找纪仇。眼下纪仇还在床上躺着,拉戈旦求纪仇可怜可怜他、帮他出出主意。纪仇允诺拉戈旦,说若不在星星小姐跟前帮拉戈旦美言几句,这日子是没法过的。正在这时,拉皮尼尔勒来了纪仇的房间。纪仇刚穿戴整齐,就被拉皮尼尔勒拉到一边。拉皮尼尔勒跟纪仇

---

① 在夏尔·索雷尔的《费朗西荣的滑稽故事》中也有一位小说人物是意大利裔的诺曼底术士。
② 马拉加(Málaga),位于西班牙南部安达卢西亚、地中海太阳海岸的一个城市。
③ 诗曼纳(Chimène),高乃依悲剧《熙德》中的女主角。

吐露心事，说若纪仇能帮他得到星星小姐的青睐，无论是低级警务员的职位还是他侄女的婚姻，只要他能办得到，没什么是他答应的。况且，他没有孩子，将来他侄女就是他的继承人。奸诈的纪仇，有些事儿他没答应拉戈旦，却应下了拉皮尼尔勒，令这位"刽子手先驱"生出了不少期待。

罗克布吕讷也来求神降示。此人自以为是到简直不可救药，这绝不是加斯科涅一带的人。他想象着，他所说的一切别人都信以为真，那些名门望族、财富、诗歌和才华，沉醉其中的他，丝毫没为纪仇无休止的折磨或不绝于耳的猛烈抨击而恼怒。罗克布吕讷觉得纪仇①这么做只是为了延长对话，况且他比上流社会的人更能经得起玩笑，纵使这些笑话会越传越盛，他也能以基督教哲学家的姿态去忍受。他觉得所有演员都喜欢他，甚至觉得对万事万物一贯都没什么兴致的纪仇也喜欢他，事实却是纪仇对他这个野苣-月桂②远谈不上赞赏。纪仇充分调查了他的来历，当他随时随刻引证他们那里的主教、庄园主们，仿佛这些人都是他的亲属时，纪仇便能够核实这些人是否真的与他同族同源。这个疯子，满嘴姻亲、纹章，又编造了其他诸多事物，结成一棵巨大的家族系谱树，他也因此获得了古老的贵族头衔。

罗克布吕讷总喜欢贴着耳朵跟人窃窃私语，可他的秘密从不是什么真的秘密，所以尽管他见到纪仇身边另有他人，纵是很生气，却也没像其他人那样觉得窘迫。他特意把纪仇拉过来，迫不及待地跟纪仇说，他很想知道医生的妻子是否聪慧，他跟各个国

---

① 原文的很大一个特点是作者在人称的使用上，很少会直接指明人物名，多用"他"替代，尤其是在长篇幅的对话或描写中，因法语语法结构复杂，造成了阅读障碍，然而亦有可能是作者有意为之。译文中为了方便读者阅读，译者酌情将这些指代进行了还原。

② 野苣-月桂(mâche-laurier)，龙沙(Ronsard)起的外号来形容蹩脚诗人。

家的女人都谈过,却唯独没跟西班牙女人处过对象,他想知道这医生的妻子是否值得他花心思。他说每次艳遇他都要散几百皮斯托尔,这也不会让他变穷,对他来说都很稀松平常,就跟谈论他的显赫家族一样。纪仇跟他说,自己对伊内斯拉太太了解不多,不能很好地答复他。不过,倒是常与伊内斯拉的丈夫在这个国家的大城市中相聚,她丈夫在城里出售耐毒药①。此外,纪仇还告诉他,若想打探他欲了解之事,只能他自己亲自与她沟通,她的法语勉强过得去。罗克布吕讷意在跟这个西班牙女人倾吐他祖上的贵族头衔,从而向她炫耀他那辉煌的家族背景。但纪仇告诉他这更可能会让他成为马耳他②骑士,却并不能为他赢得爱情。这时,罗克布吕讷做出了个像在数钱的动作,对纪仇说:

"您很清楚我是什么人。"

纪仇回答道:"是,是,我不仅清楚您是什么人,还很清楚您这一生都将会是什么样的人。"

诗人像来时那样回去了。他的情敌兼密友纪仇则向拉皮尼尔勒和拉戈旦走去,这两人彼此也是情敌,却都还不自知。这个老纪仇,除了人们都很容易厌恶那些与自己的抱负一致的人之外,他还从骨子里仇恨所有人,他对诗人一直很反感,哪怕诗人这次向他吐露心事,也丝毫未能消减他的厌恶。所以,纪仇打算把他能想到的所有花招都对诗人使一遍,他那猴子般的诡计多端可是举世无双的。为了不浪费丁点儿时间,从当日起,纪仇就态度极为恶劣地着手向诗人借钱,又拿这钱让人给他裁衣服,从头到

---

① 耐毒药(mithridate),一种含阿片的复方软糖剂或解毒药,根据在古医书上记载的药方,此药可用于解毒或防毒。

② 马耳他,位于南欧的共和制的一个微型国家,是一个位于地中海中心的岛国,有"地中海心脏""欧洲的乡村"之称。

脚把自己打扮一番，之外，他还没忘记定做衬衣。纪仇这一生都
没穿过什么干净衣服，但爱情创造了伟大的奇迹，让他在岁暮残
年开始关心自己的形象。他经常穿白衬衫，这在以往是很少见
的，而且这类服饰也不适合他这个年纪的老演员。他还染了头
发，刮毛的次数也那么频繁，每次刮得又那般细致，他的同伴们都
注意到了这些。

　　一天，城中某个十分富有的市民把演员们留下了，请他们到
家中演出。这市民不仅在家中举办了盛大的筵席，还为一位世家
小姐举办了婚礼舞会。这小姐是他的亲戚，他是她的监护人。舞
会是在距离城中约莫几古里处的一座房子里举行的，我不太清楚
具体在哪个方位，但这是此地最漂亮的房子。布景师和细木工匠
一早就去搭建舞台。整个剧团的人分乘两辆马车过去。他们凌
晨两点①就从勒芒出发了，以便在午饭前及时赶到目的地。西班
牙女人伊内斯恳求纪仇和女演员们，得到应允后也加入了
队伍。

　　得了消息的拉戈旦，把借来的那匹俊马拴在一处朝街的矮厅
的栅栏上后，就去镇子尽头的旅馆里候着，等待演员们的马车的
到来。他刚坐下来正准备用午饭，就听人说马车快到了。他长剑
在侧，短枪在肩，跨上骏马，插起爱神的翅膀，飞奔而去②。他从不
肯坦白为何带这么多防御武器去参加婚礼，甚至他亲爱的密友纪
仇也不知他为何如此。他刚一卸了马笼头，马车便纷纷停靠在他

---

①　1651 年版本写的是上午十一点，1655 年版本改成了凌晨两点。

②　此处原文的表达是"Il vola à son cheval sur les ailes de son amour"，莎士比亚在《罗密
　　欧与朱丽叶》中写道，"Des ailes de l'amour j'ai volé sur le haut de ces murailles, car des
　　barrières de pierre ne sauraient interdire l'entrée à l'amour"（我借着爱神的翅膀飞越围
　　墙，这石墙无法阻挡爱情的大门），两者有异曲同工之妙。

身边,害得他没时间去好好思量该怎么充当矮子版的圣乔治①。他并不擅长骑术,也没准备好在众人面前展露他的才能,马的腿那么长,可他的腿却那么短,各种动作丝毫没有优美可言。他故意在马镫上摆出英勇无比的造型,把右腿放在马鞍的另一侧,但马鞍的肚带有些松了,这下可把这个小个子男人害惨了:在他正要骑到马身上的时候,马鞍开始在马背上打转。

目前这些还算好的。该死的,他肩上斜挂着的短枪,挂在脖子上时就像挂了条项链,趁他没注意,短枪伺机成功溜到了他的两腿之间,于是,他的屁股就难以触碰到马鞍座子。鞍座并不十分平坦,短枪能从马鞍的前桥一直穿到后鞴。他觉得不自在,哪怕伸直了脚也够不到马镫。这当口,武装他短小双腿的马刺刺痛了马的某个部位,一般人骑马时,马刺是绝不会刺到那儿的。马儿受了刺激更兴奋了,可这欢腾对只能坐在短枪上②的小个子来说有些过火了。拉戈旦夹紧双腿,马炮起蹶子,拉戈旦沿着因重力自然形成的斜坡下滑,坐到了马脖子上,把他的鼻子擦破了,他冒失地猛拉缰绳,马抬起了头,他想补救,又猛地勒紧缰绳,把马笼头套上。马跳了起来,他连着整个马鞍一起,一屁股坐到了马腚上,短枪一直夹在他双腿中间。这马还没习惯驮东西,一个双腿后蹬,拉戈旦又重新坐到了马鞍上。恶毒的骑士再次夹紧双腿,马又一次用力抬屁股,不幸的人被马鞍前桥夹住了腚。

---

① 圣乔治(Saint Georges),欧洲神话故事"圣乔治屠龙"中与恶龙搏斗的骑士。传说欧洲有一座城堡,堡主的女儿十分美丽善良。恶龙得知后便威逼堡主将其女儿作为祭品献给它,就在恶龙准备接收这份"祭品"时,上帝的骑士圣乔治以主之名突然出现,经过一番激烈搏斗,终于将其凶残的恶龙铲除,同时一地的龙血渐渐形成一个十字形。此外,意大利文艺复兴时期艺术家拉斐尔绘有油画作品《圣乔治大战恶龙》。

② 此处作者是在嘲笑拉戈旦骑马的时候被夹住屁股,短枪溜到大腿之间,又被他坐在了屁股下面。

　　暂且把他留这儿吧，我们也顺道在马鞍前桥①上歇息片刻。我以名誉起誓，我很看重这段描写，比其余章回都更珍视，只是仍觉不太满意。

---

① 原文为"comme sur un pivot pour nous reposer un peu"，直译是"就像我们可以在轴承上歇息片刻"，此处的轴承指的是马鞍前桥，不擅骑马的人很容易被马鞍夹住屁股。

第二十回

拉戈旦失足后续
诗人同为沦落人①

我们之前把拉戈旦留在了马鞍前桥上坐着,不知所措的他,对自己接下来的遭遇忧心忡忡。在我糟糕的记忆里,故去的法厄同②驾驶他父亲的四匹烈马时,会比我们的小个子律师坐在一匹温和得像头驴一样的马身上时更为窘迫。若他没像这大名鼎鼎的莽夫一样付出了生命代价,他的命运便都系在我心血来潮的想法上了。我若不好心地把他从眼下的危难里解救出来,就会有一大片美丽的田野可以躺下来休憩③,料不定会生出想法呢。不过,目下我们的剧团就快回到勒芒了,我们还有一堆事儿要做。

---

① 原标题是"本书最短部分:拉戈旦失足后续及罗克布吕讷遭遇的类似事"。此处原文依然保留了"一些无关紧要之事"这种表达,正如前文中的"一些细枝末节"这种说法一样,是作者的自嘲,也是滑稽讽刺的特征。

② 指传说中太阳神赫利俄斯之子法厄同对人夸耀自己是太阳神的儿子,别人不信。他去向父亲太阳神请求,得后者发誓给他想要的任何东西。他于是要求:驾驶父亲的太阳车一天,从东方日出处到西方日落处。太阳神百般劝解,说他没有这个能力,这样反而会给自身和人类带来祸害。法厄同不听。结果到了那天,他慌乱中失去了对拉车白马的控制。太阳车先是升得太高,大地骤然变冷;然后又突然降低,烧焦了地上的草木,非洲的大片地方变为沙漠,把埃塞俄比亚居民的皮肤烧黑。最后,宙斯不得不亲自动手,用闪电把法厄同击死。法厄同的尸体掉进一条大河(天上的波江座或意大利的波河)。

③ 此处的意思是如果我不是必须得把拉戈旦从灾难中解救出来,我还有很多关于命运的反复无常这方面的内容可以展开来讨论。

　　不幸的拉戈旦习惯于坐在全身最肥硕的两块部位之上，待他刚一意识到马鞍前桥夹在了这两坨肉中间，他的反应就像其他理性动物①那样。我想说，当他刚一发觉自己只是坐在这么小的东西上时，他就像富有判断力的人那样，当即决定松开缰绳。他抓住了马鬃，马随即奔跑起来。正在这时，短枪响了。拉戈旦以为子弹穿过了自己的身体，他的马也这么以为。猛地，马失了前蹄，拉戈旦失了充当座子的前桥。拉戈旦在马鬃上悬挂了好一会儿，只见他一只脚因马刺挂在了马鞍上，另一只脚和身体的其他部位等待着这只被刮住的脚脱钩，结果他的短枪、长剑、肩带、皮背带此时却一并掉在地上。最后，他的脚从马鞍上脱了钩，双手松开了马鬃，他从马上摔了下来。坠马时的拉戈旦十分敏捷，比他上马时灵巧多了。

　　这一切都发生在停下来准备向他施以援手的马车跟前，又或许，大部分马车只为了看个热闹。拉戈旦冲着马痛骂，自他坠落马下后，马就不摇晃了。为了安慰他，众人把他扶进马车，让他坐到诗人的位子上。诗人很乐意骑马，这样就能够向坐在马车门口的伊内斯拉献殷勤。拉戈旦让出了他的剑和火器，诗人雄赳赳地将它们插在身上，伸开马镫，调整马笼头，毫无疑问，比拉戈旦更加敏捷地骑上了他的畜生。不过这倒霉的动物似乎中了什么魔法，马鞍捆得乱七八糟，像拉戈旦之前遇到的那样，来回转圈。诗人用来绑紧身长裤的系带断了，马驮着他的时候，他的一只脚在马镫里，另一只脚却成了马的第五条腿，帕尔纳斯山居民②身体的

①　此处将人与动物做对照，人是有理性的动物。

②　帕尔纳斯山（Parnasse）居民，戏谑语，希腊神话中太阳神和文艺女神们的圣地，可指诗坛、诗人、诗集。19世纪下半叶，法国兴起"帕尔纳斯运动"（mouvement Parnassien），该运动受到诗人泰奥菲尔·戈蒂耶"为艺术而艺术"的影响，注重主观抒情和浪漫主义情感，波德莱尔、魏尔伦、马拉美等人都曾参与过该运动，它逐渐消亡后，又发展为象征主义运动。

后半部分①全都赤裸裸地暴露在一众目击者眼前,他的长裤掉在马的飞节上。起先是怕拉戈旦伤着,所以才没人笑话他出的状况,但罗克布吕讷的意外就不一样了,马车里传出嘈杂的大笑声。车夫们勒住马儿,以便趁此笑个够。罗克布吕讷身后传出在场所有观众的一片喝倒彩的声音,直到他们来到一座房子跟前,他才得以解救,之后便任由着马儿爱干什么干什么了。只是这马并不省心,自个儿回了城里。拉戈旦怕付租马的钱,就从马车上下来,在车后面跟着。诗人把臀部遮住,回到了其中一辆马车里。窘迫不堪的诗人,也令跟着拉戈旦南征北战的其他伙伴儿为难。这是拉戈旦第三次在他的女主人面前出丑了,第二十回就以此结束吧。

---

① 戏谑语,指诗人的屁股。

第二十一回
雷恩议员论创作
伊内斯拉述故事①

演员们得到了房主的热情款待。此人谦谦有礼,颇为当地人所敬重。房主给他们安排了两个房间,一间用来放置行囊衣物,另一个间供他们排演当晚要演的戏。之外,他还特意让人为他们备了午饭。饭后,他们若想去散步,可以选择一片高大的树林,抑或是一个美丽的花园。

雷恩议会的一位年轻议员是这家主人的近亲。这议员走上前与演员们搭讪,后又驻足同他们交谈。他发现,天命思维敏捷,女演员们不仅非常漂亮,还能跟他谈论一些除了牢记于心的诗词歌句之外的事。他们谈论着些人们与演员们常聊的话题,比如剧本,或者写剧本的人②。这位年轻的议员谈及了许多话题,其中他提道,合规的剧本里写的一些重大题材,全都上演过了,故事也已枯竭了,最终总免不了要避开二十四小时规律③。况且,平民及社

---

① 原标题是"可能不那么有趣的事"。
② 这段简短的关于剧本和小说的讨论是对塞万提斯的追忆。
③ 二十四小时规律是 1630 年由让·夏普兰在回复安托万·戈多的信中讨论的规则,直至 1640 年后才被人接受。这里涉及的是关于戏剧理论中"三一律"的讨论,此理论最初由亚里士多德在《诗学》中提出,后被法国新古典主义作家接受并推行。"三一律"要求戏剧创作在时间、地点和情节三者之间保持一致性,即要求一出戏所叙述的故事发生在一天(二十四小时)之内,地点在一个场景,情节服从于一个主题。

会大众大都对这严苛的戏剧规则一窍不通。观众更乐意看的是表演，而不是听叙述。既是如此，倒不妨写些能被大众广泛接受的剧本，别再陷入西班牙人荒谬怪诞的浩繁卷帙中去，也不必继续忍受亚里士多德的严规戒律。

说完戏剧，众人又来聊小说。议员说：

"没什么比某些现代小说更适合供人消遣的了，法国人自己就能写出优秀的小说，西班牙人掌握创作短篇故事的秘密，他们将其称为短篇小说①。这些短故事，比那些充斥着过分谦逊守礼的君子、多多少少有些不合时宜的想象中的古代英雄人物事迹，更贴近我们的习俗，也更容易让人接受。总之，这些可供模仿的范本起码跟那些我们难以构思的小说一样大有用处。"

最后，议员总结道："若我们用法语写的短篇小说可以与米格尔·德·塞万提斯②的相媲美，这些短故事就会跟英雄小说③一样有市场④。"

罗克布吕讷不同意他的这个观点，大声疾呼道：

"若小说不是描写王子或王公贵族的历险故事，那就没什么值得一读的。是以，《阿丝特蕾》中只有几处让他感兴趣。"

议员反驳他说："人们在哪些故事里能找出足够的国王和皇帝供您创作新的小说？"

---

① 法文是 nouvelles。

② 塞万提斯的短篇故事大概首次被翻译并发表于 1615 年。

③ 此处的英雄小说（roman héroïque）特指法国 17 世纪（1640—1660 年前后）的一种文学样式，该体裁结合了传奇式虚构（fiction romanesque）和史诗（épopée），大段地讲述神话中的历史英雄为了爱情赢得的功绩。

④ 斯卡龙自己便做了这些尝试，他写的短故事常常能大获成功，在他的《悲喜故事》（Nouvelles tragi-comiques）中，他从西班牙故事中汲取灵感，然后进行改编或翻译，让小说人物自身来讲述这些故事。这种做法并不独属于斯卡龙一个人，17 世纪的其他作家也曾做过类似的尝试，尝试用资产阶级小说或通俗小说来替代英雄小说。

罗克布吕讷说："得去创作才行,就像那些完全虚构的神话小说,都是没有任何历史根据的。"

议员又道："我清楚了,《堂吉诃德》这样的书恐怕对您并不太适合。"

罗克布吕讷说："我从没见过比这本更愚蠢的书,尽管不少有头脑的人可能会喜欢它。"

天命说："注意,您不喜欢是您的错,不是它的错。"

罗克布吕讷要是听到天命说了什么,他定会更巧妙地反驳。但他忙着向几位朝女演员们走去的太太讲述自己的英勇壮举,还不忘允诺她们,说要创作一本长达五部的小说,每部又分十卷。他的这本小说,将令《卡珊德拉》①、《克莱奥帕特》②、《波莱藏德勒》《阿勒塔梅讷或伟大的西吕斯》全都凋零、磨灭。尽管最后这本冠着"伟大的"之名,也就跟矮子丕平的儿子③似的。其间,议员对天命和女演员们说,他曾仿着西班牙人,写了些短故事,他想跟他们分享几篇。伊内斯拉接过话来,用夹杂着刺耳的加斯科涅口音而非西班牙口音的法语说道,他这是夸海口,她第一任丈夫的作品备受西班牙王室宫廷推崇,他写了大量的短篇小说且都很受欢迎,如今她手头还有一些,若能将其很好地译成法语,定会大获成功。议员对她提及的这类书非常好奇,他向西班牙女人表示,若能给他读上一番,则会令他无比快乐。她恭敬地拿给了他,接着又说道:

---

① 《卡珊德拉》(*Cassandre*),法国通俗小说家拉·卡尔普莱尼德(La Calprenède)的小说。
② 《克莱奥帕特》(*Cleopâtre*),拉·卡尔普莱尼德的另一部小说,又译作《克娄巴特拉》《克劳巴特》。
③ 矮子丕平(Pépin le Bref,714—768),又称丕平三世(Pépin III),他的儿子是中世纪让法兰西成为强权国家的查理大帝。

"我对此的了解并不逊于其他人。在我们国家，有些女人也写作，或短篇或诗句，跟她们一样，我也曾想过创作，回头我给你们看些我的拙作。"

照罗克布吕讷的性子，恐怕会草率地把它们译成法语。伊内斯拉可能是穿越比利牛斯山脉来到法国的西班牙女人中最放得开的。她回复道，只会法语是不够的，还要懂西班牙语，等她的法语流利到可以判断他是否有能力翻译的时候，再把她的故事拿出来给他翻译绝不成问题。纪仇之前一言未发，这时他开口道，这没什么好质疑的，诗人曾是印刷所的校对员。一言未了，他就想起来自己还欠罗克布吕讷的钱，他便不像以往那样对诗人步步紧逼了。诗人被驳得哑口无言，支支吾吾道，他确实曾在印刷厂里做过一段时间校对，但他只校对自己的作品。这时，星星小姐对伊内斯拉太太说，既然她知道那么多奇闻趣事，以后要常打扰她，听她讲故事了。西班牙女人说哪怕即刻就讲也没问题。众人把这话当了真，都来围着她，她便讲起故事。她的遣词造句跟您在下一回中看到的绝不是一回事，她用词非常巧妙，看得出她的西班牙语很有造诣，哪怕是用她尚未掌握其美妙之处的外语①，她都能精彩呈现。

---

① 意思是伊内斯拉用法语向大家讲述。

第二十二回

《行骗者终将被骗》[①]——故事

托莱多[②]地区有一位年轻的太太，名为维多利亚，出身于古波托卡雷罗家族[③]。她住在距离托莱多半古里的塔霍河[④]附近，过着离群索居的生活。她的兄长是荷兰骑兵部队的上尉，此时不在家中。她十七岁时便成了一位在秘鲁一带发迹的老绅士的遗孀，这老绅士在他们婚后六个月时遭了海难，给他妻子留下了大笔财产。这位漂亮的寡妇自她丈夫离世后，就回到了她兄长身边。彼时她的生活方式堪称典范，人人都交口称赞。桃李年华的她，由此便成了母亲们眼中女子之楷模，丈夫们心里妻子之典范，风流才子们梦里之佳人，仿佛征服她就意味着战功赫赫。她的避世离俗虽多次让情郎们寒了心，却也赢得了世人更多的敬重。她在这

---

① 该故事改编自西班牙作家阿利维奥·德·卡桑德拉（Alivios de Cassandra）的《行骗者终将被骗》(A un engano otro mayor)，无中译本。
② 托莱多(Tolède)，又译托雷多、托利多，西班牙中部的自治市，在腓力二世前为卡斯提亚王国首都。
③ 波托卡雷罗家族（maison de Portocarrero），西班牙最有权势的家族之一，包括许多分支。
④ 塔霍河(Le Tage)，也称塔古斯河或特茹河，是伊比利亚半岛最大的河流。它发源于西班牙阿尔瓦拉辛附近的山脉，向西流淌，最终在葡萄牙里斯本注入大西洋。

田间屋舍里，感受着乡野间的自由与快乐。

　　一日上午，她的牧羊人将两个一丝不挂的男人带到她跟前。牧羊人发现这两人被剥光衣服绑在了树上，他们是在树林里过的夜，他便给他们每人一件破旧的牧羊人的披风遮体。这两人便是以如此狼狈的装束出现在美丽的维多利亚面前的。寒碜的衣服难掩年轻男子的俊朗容颜。他彬彬有礼地道了声问候，跟她说他来自塞维利亚①，是科尔多瓦②的一名绅士，名叫堂·洛佩兹·德·贡戈拉。他说他来马德里是有些要事要处理；他在托莱多耍了半日钱，白天他还在那儿用午膳，一下就入夜了。当时他和仆人正在等后面的骡夫，盗贼们见他睡着了，便将他绑在了一棵树上，也把他的仆人给绑了，还将他们的衣服从头到脚扒光，只给剩了衬衫。维多利亚丝毫不怀疑他所言的真实性：他那俊俏的脸庞能替他说情，总有人会对遇上这种不幸困境的陌生人慷慨解囊。巧的是，在她哥哥交她保管的旧衣物里，能找出几件衣服：西班牙人做了新衣也绝不丢弃旧衣③。大家从中挑了件最好、最适合他的身材的给他，也立即给他的仆人换上了尽量合身的衣服。

　　午饭时间到了，维多利亚让这个外乡人上桌跟她一起用膳。在她眼中，他是那么俊秀，谈笑风生里尽显才华，为他提供帮助是再好不过的。这天余下的时间，二人一直待在一起。是夜，两情相悦的他们比以往睡得都少。外乡人想派仆人去马德里弄些钱

---

① 塞维利亚（Séville），西班牙安达鲁西亚自治区和塞维利亚省的首府，西班牙第四大都市。
② 科尔多瓦（Cordoue），又译作哥多华，是西班牙安达卢西亚自治区的一座城市，也是科尔多瓦省的首府。
③ 可能是马德里一带的人的习惯。意大利人或者西班牙人，他们长期使用固定的仆人，尽管仆人岁数大了依然不会与他们分开，而且他们会将自己的旧衣物留给仆人。

来，让人给裁剪些新衣裳，或者，至少也要做做样子。美丽的寡妇不准许，说她会替他操办。这一日起，他便跟她谈情说爱，她都欢喜地听着。后来，两周之后，天时地利，珠联璧合的两个年轻人，一个是信誓旦旦，一个是直率轻信，在维多利亚的老仆从和女佣的见证下，两人在订婚典礼上彼此许诺，情定终身。凡此种种，皆导致她犯了个惊天的错误，让这幸福的外乡人拥有了托莱多地区最美的太太。整整一星期里，都只是年轻情侣间的干柴烈火、访雨寻云。别离之际，惟有泪千行。维多利亚本可以挽留他，但外乡人强调，为了爱她，哪怕耽误要事他也不顾惜，赢得她的心，比赢得他在马德里的诉讼案件更重要，甚至比他对宫廷的所求还重要。她第一个催着他启程离开，她对他的爱不至于盲目到要牺牲他的前程来换取二人的寻欢。她着人到托莱多给主仆二人裁了些衣裳，又给了他些钱财，数目由他定。他骑上一头漂亮的母骡子去了马德里，他的仆人也骑了一头。他走的时候，可怜的太太伤心欲绝，他呢，并不十分难过，不过是用这世间最大的虚伪装样子罢了。他离开的当天，一位女佣整理他住过的房间时，在一封信里找到了个袖珍肖像盒①。女佣把这些一应都拿给了她的女主人，女主人看到肖像盒里是一张极为年轻漂亮的脸，又在信中读到了以下的话：

堂兄大人：

　　我把美丽的埃尔维拉·德·席尔瓦的肖像寄给您。见

---

① 袖珍肖像盒（boître à portrait）是法王路易十四喜爱的装饰物。在 17 世纪上半叶，这种盒子主要用于装很小尺寸的肖像，盒子形状有圆的、方的、椭圆形的，是一种寄托情思之物（objet de sentiment）。自 1660 年起，路易十四将其赐予达官显贵或战功赫赫的人，也会将其分发给某些忠实于君主的仆人。

到她时,您会发现她本人还更美,画师是画不出她的美的。她父亲堂·佩德罗·德·席尔瓦正在恭候您。婚礼的一应物什都是照您的心愿布置的,我觉得您定会非常喜欢。以上所言,都只为盼您尽快启程。

堂·安托万·德·里贝拉
某月某日于马德里

此信是写给塞维利亚的费尔南多·德·里贝拉的。您想象一下维多利亚读到这样一封信时的震惊。所有迹象都表明,这封信只可能是写给她的洛佩兹·德·贡戈拉的。她发现得太晚了,这个在短时间里受了她那么多恩惠的外乡人,隐藏了他的真实姓名,这般乔装,令她不得不相信他的不忠。且不说肖像上那位太太的美,光这场一切准备妥当的婚礼,就足以让她心灰意冷。再没有这般悲伤的人儿了。声声叹息让她透不过气,泪水永无止境地流淌着,哪怕头痛不适仍不得消减。"我是多么可怜啊!"她时而这么喃喃自语着,时而在见证了她的订婚仪式的老仆从和女佣面前这么说。她说:

"枉我聪明一世,难道就为了犯下今日这无可救药之错?我该拒绝众多相识的、视我为幸福源泉的高门子弟,把自己交付给这么个陌生人吗?也许,在令我此生不得安宁后,他还在嘲笑我愚蠢,这个让我陷入不幸的人!托莱多的人会说些什么呢?整个西班牙的人又会怎么笑话我呢?这个卑鄙的年轻人,这骗子,他会低调行事吗?不知道他是否爱我之前,我该向他吐露我的爱吗?他若真诚,又为何对我隐瞒姓名?之后,我该希冀他隐瞒了他的优势条件吗？我现在做出了这等事，兄长会如何不顾一切地反对呢？若我让他在整个西班牙颜面尽失，他在弗拉芒取得的荣耀又有何用？"

"不，不，维多利亚，既然都烟消云散了，就要做好一切准备。在完成复仇、最终了结之前，要巧妙弥补因不慎犯下的过错。没有任何期望时，也就不怕迷失。"

维多利亚头脑清醒，面对这样一件糟糕事，她能当机立断，做出正确决定。她的老侍从和女佣想替她出谋划策。她跟他们说她很清楚他们要对她说什么，但现在的问题就只是行动起来。当日就见到一辆四轮运货马车和一辆双轮运货马车载满了家具、地毯之类的东西。维多利亚在家丁中放出消息，说因她兄长的紧急事务，她要进宫。她和老仆从、女佣一起上了马车，取道马德里，行李则紧随其后。

刚一抵达马德里，她就去打听堂·佩德罗·德·席尔瓦的住所。得知地址后，她便在同一个街区租了套房子。她的老仆从名为罗德里格·桑蒂利亚，小时候是被维多利亚的父亲抚养长大，他爱他的女主人就像疼爱自己的女儿一样。他的青春是在马德里度过的，所以对此地非常熟悉。不消多时，他便打听到堂·佩德罗·德·席尔瓦的女儿嫁给了一位塞维利亚的绅士，人们称他为费尔南多·德·里贝拉。他的一位堂弟，跟他同一个姓氏，促成了这桩婚事。堂·佩德罗已经着手替他女儿物色贴身人选。

待到第二天，罗德里格·桑蒂利亚是一身正派装束，维多利亚则穿成朴素的平民寡妇模样，她的女佣碧雅翠丝扮成她继母，也就是罗德里格的妻子。他们一起来到了堂·佩德罗家中，说有事求见，要与他商谈。堂·佩德罗非常周到地接待了他们，罗德里格言之凿凿地跟堂·佩德罗说，他是托莱多山区的一位穷苦绅士，发妻给他留下了个独女，就是维多利亚。她丈夫不久前在他所居的城市——塞维利亚——去世了，见女儿成了寡妇又没什么钱财，他把她带到宫里想为她谋个身份。他听人说起堂·佩德罗，以及佩德罗不日就要出阁的闺女，他便想着让这位年轻寡妇给这对新人做女傅①是再合适不过了。他说他女儿品行端正，他这才大着胆子推荐他女儿，佩德罗至少会像对自己的英俊外表那样满意她的。

进一步深入前，我得跟那些不知道西班牙的太太们身边常有女傅作陪的人解释下，这类保姆就像我们在身份尊贵的太太身边见到的女管家或傧相一类的人。我还得告诉他们，这些陪媪或女傅常是些严苛古板、易发怒的动物，比继母还更让人畏惧②。罗德里格把他的角色演得很好，维多利亚美丽依旧，她身穿简单的素衣，让人看着觉得很舒服。这在堂·佩德罗·德·席尔瓦眼中是个吉兆，他当即决定留下她给他女儿用。他甚至还在家中给罗德里格和他妻子留了位子。罗德里格致歉道，出于某些原因他不能接受他的美意，不过他住在同一个街区，但凡佩德罗需要，他随时都乐意效劳。于是，维多利亚进了堂·佩德罗家中，深得堂·佩德罗和他女儿埃尔维拉的喜爱，仆役们都对她十分艳羡。

堂·安托万·德·里贝拉促成了他那不忠的堂兄和堂·佩德罗·德·席尔瓦的女儿的婚礼，他常来跟佩德罗的女儿说他堂哥已经在路上了，从塞维利亚动身时他就跟堂兄写了信，可眼下迟迟不见他这位堂兄的身影，这令他十分头疼。堂·佩德罗和他

① 女傅，西班牙等国旧时雇来监督少女、少妇的年长妇人。
② 这句听上去似乎有些不妥的讽刺话，与斯卡龙自身经历有关。

女儿日日思忖,维多利亚却不以为意。堂·费尔南多不可能这么快赶来:他从维多利亚家中离开的当天,上帝便惩罚了他的背信弃义。抵达伊列斯卡斯①的时候,一条狗出其不意地从家中跑出来,害得他骑的那头母骡子受了惊,费尔南多的一条腿撞到墙上后,整个人被甩到了地上。他的一条大腿脱臼了,从骡子上坠落疼得他再不能去往别处。他在当地医生和外科大夫的手里熬了七八日,这些大夫的医术算不得高明,他的病痛一日胜过一日,病情愈加危险了,他便把他这不幸告知了他堂弟,请求他派人送个板车过来。听到这个消息,众人为他摔伤一事感到难过,却也很高兴瞧瞧他变成了什么样子。维多利亚还爱着他,故而牵挂不已。堂·安托万派人去医治费尔南多。费尔南多被带到了马德里。这厢正为他和他的扈从制作十分华丽的衣服(家里宠他,他又那么富有),另一厢,比伊列斯卡斯的外科大夫技术更娴熟的马德里大夫,将费尔南多彻底治愈了。堂·佩德罗·德·席尔瓦和他女儿埃尔维拉得知了堂·安托万·德·里贝拉将带他堂兄费尔南多来他们家中的日子。

费尔南多的外表让埃尔维拉无法视而不见,也令维多利亚激动万分。维多利亚看到这个不忠的男人把自己打扮成新婚燕尔的样子,若他那衣不得体、一团糟糕的模样曾让她倾心,如今身着新婚礼服的他则是这世上容貌最美之人。堂·佩德罗对他是再满意不过了,他女儿若是吹毛求疵,那就是她太难缠了。下人们全都瞪大眼睛看着他们年轻的女主人的"仆人",除了维多利亚,全府上下都为此心花怒放,维多利亚的心此刻已经紧紧揪在一

① 伊列斯卡斯(Illescas),西班牙托莱多省的一个市镇。

起。堂·费尔南多被埃尔维拉的美貌迷住了,他对他堂弟说她比画像中更美。他先是说了些谦谦君子总说的客套与恭维话,又尽可能避免说那些男人在求婚时在未来岳丈和未婚妻跟前通常会说的蠢话。堂·佩德罗·德·席尔瓦把这俩堂兄弟和一位管事的领进一个小房间里,关上门,跟他们说起婚礼上还短缺的物什。其间,埃尔维拉待在自己房里。她被一群女人围着,她们拿她"仆人"的俊俏模样跟她说笑。众人中,形单影只的维多利亚显得冷淡、漠然,却又严肃、持重。埃尔维拉注意到了这些,把维多利亚拉到一边,跟她说自己很诧异,为什么维多利亚对她的幸福选择没什么要说的,她父亲的女婿那么优秀,哪怕是说些恭维话,或者仅仅出于礼节,她也该说些什么。维多利亚对埃尔维拉道:

"太太,您的'仆人'显然是那么优异,我没任何必要再在您面前称赞他。您注意到了我的冷淡,但我绝不是无动于衷。我没能参与到令您感动的事情,自是我不值得您对我的好。可若我并不那么了解这个即将成为您丈夫的人,这场婚礼,我便能跟其他人一样,替您高兴。我丈夫是塞维利亚人,家离您'仆人'的父亲家不远。您的'仆人'家境优渥,很有钱,长相也出众,我相信他也是个有头脑的人。总之,他配得上您。不过,您值得一个男人全身心的热爱,他不能给予您他没有的东西。我努力控制自己不要告诉您这些可能会让您不快的事,但我若不把自己知道的关于堂·费尔南多的事情全都告诉您,那便是我没能尽职尽责,这件事将决定您一生的幸或不幸。"

埃尔维拉对女管家说的话非常惊讶,她让维多利亚即刻就事无巨细地把她脑海中的疑问全都向她解释清楚。维多利亚跟她说这件事不能当着她的女佣们的面说,而且这也不是三言两语就能说清的。埃尔维拉假装在房里有事要做,待房中只剩下她们两人时,维多利亚立即告诉她,费尔南多·德·里贝拉在塞维利亚的时候爱上了一位虽家境贫寒却非常讨人喜欢的小姐,名叫卢克蕾丝·德·蒙萨尔维。订婚后,他们有了三个孩子,费尔南多的父亲活着的时候,这事被秘密瞒着,他父亲死后,卢克蕾丝要求他履行诺言,他却变得异常冷漠。卢克蕾丝把这件事交由与她父母相识的两位绅士处理,此事在塞维利亚引起很大反响。为了躲避四下追踪并扬言要杀了他的卢克蕾丝的亲戚,堂·费尔南多在他朋友的建议下,消失了一段时间。维多利亚又说道,她离开塞维利亚的时候,此事便是这么个情况。大概一个月前,她听人说起堂·费尔南多要在马德里成婚了。

埃尔维拉禁不住问她这个卢克蕾丝是不是非常漂亮。维多利亚跟她说卢克蕾丝只是缺钱,这让她想入非非,打算赶紧告知她父亲她刚刚听到的事。正在此时有人来叫她,让她去找她的"仆人",她"仆人"与他父亲特意在小房间里商量的事已经谈完了。埃尔维拉走了过去,维多利亚在候客厅站着,正在此时,她见到那个不忠的男人的仆从进来了,之前她在托莱多附近的房子里慷慨地接待的正是他们俩。这仆从给他主人送来了一包信,是在塞维利亚邮局的时候别人给他的。寡妇维多利亚的发型全都变了,仆从没能认出她。仆从求她让他过去告诉他主人说有信给他。她对仆从说他不能与他主人多说,不过若他把信包交给她,等能跟他主人说上话的时候,她会把包裹转交给他主人的。仆从不觉得为难,便把信包放到了她手里,之后就走开去忙自己的事情了。

维多利亚巨细无遗,回到楼上自己的房间后,她打开信包,眨眼间又迅速封上。她在信包里放了一封自己匆匆忙忙写的信。其间,两位堂兄弟的拜访结束了。埃尔维拉看到女管家手中拿着的堂·费尔南多的包裹,问她那是什么。维多利亚淡然说道,这是堂·费尔南多的仆从交给她的,让她转交给他主子,她过会儿就给费尔南多送去,她不知道他是什么时候出去的。埃尔维拉对她说打开这个包裹不会有什么风险,或许还可以从中发现一些她已经了解到的事。维多利亚没多说什么,再次把这个包裹打开了。埃尔维拉看着这些信,目光落在了那封女人字迹写给马德里的费尔南多·德·里贝拉的信上。下面就是她读到的内容:

> 您的销声匿迹,以及您要在宫廷里成婚的消息,将让您失去一个爱您胜却生命的人,您得尽早来劝醒她,别再推迟您的诺言了,或者,不要无情地拒绝她、公开背叛她。倘若流传的关于您的事是真的,若您只考虑自己却不顾及我和我们的孩子,您至少也要顾虑自己的性命,因为如果我最后不得不去求助我的堂兄弟,他们很清楚该如何让您失了性命,只有在我的恳求下,他们才会放过您。

> 卢克蕾丝·德·蒙萨尔维
> 某月某日于塞维利亚

读完这封信后,埃尔维拉再不怀疑女管家所言之事了。她把信拿给她父亲看,她父亲非常震惊,一位身份高贵的绅士竟如此卑鄙地背弃一位与他登对又为他生儿育女的小姐。当下,这位父亲就去向一位塞维利亚的绅士打听各种情况,由此他得知了堂·费尔南多的财产情况和所涉事务。佩德罗刚出去,堂·费尔南多就过来要他的信,他身后跟着他的仆从,仆从之前对他说他未婚妻的管家负责把信转交给他。他在客厅找到了埃尔维拉,还是用他方才跟她说话的方式跟她说道,两次到访还望她见谅,不过这次他只是来拿他的信,他的仆从把信交给了她的管家。埃尔维拉回答说她把信包拿去了,出于好奇她就打开了包裹。她觉得像他这个岁数的男人在塞维利亚这样的大城市有些风流韵事牵绊着并不稀奇,若她的好奇心惹他不满意,作为补偿,她可以告诉他那些彼此还不了解便成婚的人冒的巨大风险。她随即又补充道,她不想再耽误他读信,说罢便把信恭恭敬敬地交到了他手里,不等回复就跑开了去。

听完他未婚妻的话,堂·费尔南多一脸茫然地呆在那里。他读了那封伪造的信,发现有人想靠些小伎俩破坏他的婚姻。他对站在客厅里的维多利亚说(目光没在她的脸上过多停留),哪个情敌或哪个狡猾的人伪造了他刚才读的信。他惊愕万分地喊道:

"我,有个妻子在塞维利亚!我有孩子!啊!若这不是这世上最恬不知耻的欺诈,我愿让人把我的头砍了!"

维多利亚跟他说他可能是无辜的,但她的主人不得不把事情弄清楚。堂·佩德罗已经差人特地去向他的朋友——一位塞维利亚的绅士打探了,要看看这所谓的诡计是不是谋划的,若不能得到这位绅士的证实,这场婚礼肯定是办不成的。堂·费尔南多回答说:

"我正希望如此,如果在塞维利亚真有一个名叫卢克蕾丝·德·蒙萨尔维的太太,我愿永无体面!"

他又说:"如果您真的顾念埃尔维拉,我不怀疑这点,但还请您坦白告诉我这一切,求您在她身边帮帮我,替我说说好话。"

维多利亚回答说:"不是吹嘘,若她拒绝我,她也定会拒绝别人,我了解她的脾气。若她觉得被冒犯了,是不会轻易消气的。我的命运完全取决于她对我的善意,我定会好意提醒她,以便她念及您的好,我会冒险去她身边,即便会遭到指责或别的什么惩罚,我也要试图打消她欲怀疑您的真诚的念头。"

她又说:"我是穷苦之人,假如做事情没有回报,对我来说便意味着巨大的损失。如若她之前答应让我再嫁的话不能兑现,我这一生都要做个寡妇了。尽管我还那么年轻,可能还有机会得到一些忠厚男人的欢心,但有句老话说得好,没钱……"

她正欲喋喋不休地陈述一位女管家的长篇大论(为了扮管家扮得像模像样,要说许多话),但堂·费尔南多打断了她:

"按我说的帮我,您的报酬会比在您主子那儿得到的还多。"

他补充道:"为了向您证明我并不只是空口说白话,给我拿纸墨来,您想要什么我都会允诺。"

"上帝啊!先生,"假扮的女管家对他说,"君子之诺便足够了,不过若您乐意,我这就去取您要的东西。"

她带着做千金之诺所需的东西回来了。堂·费尔南多是个风度翩翩的人,或者说他只顾着心中念念不忘的埃尔维拉,所以他在纸上留下的是空白承诺,想凭着这信任让维多利亚好好为她效劳。瞧,维多利亚大喜过望,她向堂·费尔南多许下种种承诺,跟他说她若不把这件事当成自己的事去办,她就会是这世上最可憎之人,而且她从不撒谎。

堂·费尔南多怀揣着希望离开了。那个扮作她父亲的老仆从罗德里格·桑蒂利亚来了,他想看看她的计划进展得如何了。她跟他详述了情况,把签了字的白纸给他看。他们一起称赞上帝,她说似乎一切都称人心意。为了不浪费时间,他回到维多利亚在堂·佩德罗家附近租的住所,我前面跟您说过那里的。到住处后,他依着维多利亚在她乡野间的房子里接待这个不忠之人时的情况,在堂·费尔南多签了字的纸上写了一封婚书承诺,又附上证婚人并注明日期。他写得跟那西班牙男人一样好,他还仔细研究了堂·费尔南多手写给维多利亚的诗所用的字体,堂·费尔南多自己都会真假难辨的。

堂·佩德罗·德·席尔瓦没寻见被他派去打探堂·费尔南多婚姻情况的绅士,便在他家留了张便笺后就回了自己家里。当天晚上,埃尔维拉向她的女管家敞开了心扉,对她说她宁可违背父亲的意志也不愿嫁给堂·费尔南多,还跟她说她早已与一位名叫迭戈·德·马拉达斯的男子私订终身。为了让父亲高兴,她已经强迫自己顺从他的心意,既然现在上帝让堂·费尔南多的罪恶昭彰,她相信应该听从神的旨意拒绝他,神谕似乎在为她指示另一个丈夫。

您应该相信维多利亚让埃尔维拉更加坚定了自己的决心,而不是按照堂·费尔南多的意愿跟她说些什么。埃尔维拉对她说:

"堂·迭戈·德·马拉达斯因为我听从父亲的想法要离开他而对我心生不满,但只要我给他一个肯定的眼神,我相信一定会让他回心转意的。他现在躲我就像堂·费尔南多躲他的卢克蕾丝一样。"

维多利亚说:"小姐,您给他写封信,我会替您把信交给他的。"

埃尔维拉见女管家这么为她着想,心里很高兴,让人为维多利亚备好马车。维多利亚带着一只送给堂·迭戈的漂亮小鸡①上了马车,在她"父亲"桑蒂利亚家里下车后,她打发马车先回去,跟车夫说她走着去就好。善良的桑蒂利亚把他写好的婚书给维多利亚看,她立马写了两张信笺,一个写给迭戈·德·马拉达斯,另一个写给佩德罗·德·席尔瓦,她主子的父亲。在这两张署有维多利亚·波托卡雷罗的信笺上,她指明了她的住址,请他们来此见证一件对他们来说极其重要的事情。派人去送信笺的时候,维多利亚脱下了她的寡妇式素衣,盛装打扮一番,露出她的秀发,挽了个风韵十足的太太模样的发髻。堂·迭戈·德·马拉达斯没过多久就到了,他很好奇这位素昧平生的太太想让他做什么。维多利亚非常周到地接待了他。他刚在她身边的椅子上坐定下来,就有人来传报说佩德罗·德·席尔瓦请求见她。她让堂·迭戈·德·马拉达斯到她的凹室中躲一躲,又嘱咐他听听她跟堂·佩德罗的谈话,说这对他至关重要。堂·迭戈没有反对如此美丽、俊俏的太太的要求。

堂·佩德罗被领进维多利亚的房间,她的发饰跟之前她在他家中的样子全然不同,而且如今的她衣着雍容华贵,让她的倾城容颜更添韵致,整个人的气色都变了,堂·佩德罗没能认出她来。维多利亚让堂·佩德罗在一个堂·迭戈能听到他们谈话的位置坐下来,对他说了下面这些话:

"先生,我想我首先得告诉您我是谁,免得您等太久失了耐心,您应该知道这些。我来自托莱多的波托卡雷罗家族,十六岁成的婚,婚后六个月丧夫成了寡妇。我的父亲配有圣雅各十字勋

---

① 漂亮小鸡(un beau poulet),旧时用来指称情书、书信、调情的信笺等。

章,我的哥哥有卡拉特拉瓦勋章①。"

堂·佩德罗打断她,跟他说她父亲曾是他的密友。维多利亚
回答他说:

"您刚跟我说的这些让我满心欢喜,因为在我接下来要告诉
您的这件事中,我需要很多朋友的帮助。"

她随即告诉堂·佩德罗她跟堂·费尔南多之间发生的事情,
把桑蒂利亚伪造的婚书递到他手中。他刚读完,她就接过话对
他说:

"先生,您知道的,荣誉对于像我这样身份地位的人来说意味
着什么。如若正义不站在我这边,我的亲戚朋友们都是有声望的
人,他们会设法扩大这件事情的影响。先生,我认为我得告知您
我的意图,以便您不再继续干涉您女儿的婚礼。她值得更好的
人,而不是这样一个背信弃义之徒。我相信您是个聪明人,不会
固执地给她找一个会遭人非议的丈夫。"

堂·佩德罗回答说:"若他是个不义之徒,我决不会让他做我
女婿。他不仅不会迎娶我女儿,我还会把他赶出家门。至于您,
太太,我愿给予您信任和友谊。我已知晓他是个四处拈花惹草之
人,哪怕冒着荣誉尽失的风险也要寻欢作乐。他这样的品性,即
使他不是您的丈夫,他也绝不会是我女儿的。上帝保佑! 我女儿
在西班牙王室绝不缺丈夫。"

见维多利亚没什么要对他说的了,堂·佩德罗便没再继续在
她这里耽搁。维多利亚让堂·迭戈出来,他在凹室后面听到了维
多利亚和他情人的父亲的所有谈话,她便不再跟他重述她的事。

———————————

① 卡拉特拉瓦勋章(ordre de Calatrava),设立于 12 世纪,是西班牙第一个荣誉军事勋章。

她把埃尔维拉的信交给他,这让他喜出望外,他猜不出这封信是通过什么途径到达他手上的。维多利亚向他吐露了她化身为女傅的秘密,她知道他跟她一样愿意保守这个秘密。在辞别维多利亚之前,堂·迭戈给他的情人写了一封信。他的希望重新被点燃,让他开心不已,从他欣喜若狂的样子可以看出他之前绝望时的痛苦。他与美丽的寡妇道别,寡妇立即换上了自己的管家装束,回到堂·佩德罗家中。

其间,堂·费尔南多·德·里贝拉和他堂弟堂·安托万去了她的女主人家里,费尔南多试图修复他与埃尔维拉因维多利亚伪造的信而遭到破坏的关系。堂·佩德罗和他女儿出来见了他们。堂·费尔南多的辩白,埃尔维拉压根不愿理睬,俩堂兄弟便只好询问他们在塞维利亚打探消息的情况,哪怕从不曾有一个名为卢克蕾丝·德·蒙萨尔维的小姐。他们在堂·佩德罗面前煞费苦心为堂·费尔南多辩白,堂·佩德罗回复说,若他与塞维利亚太太的纠葛真是欺诈,他很容易便能将谎言摧毁,但他刚去见了一位来自托莱多的名为维多利亚·波托卡雷罗的太太,得知堂·费尔南多曾对她许下婚诺,对她所欠甚多,她曾慷慨解囊,却不为人所知。费尔南多对此无法否认,是因为堂·佩德罗把一封手写的婚书递给他,又说一个已经在托莱多有婚约的正人君子绝不会再想着来马德里成婚。说完这些话,他让这俩堂兄弟看看那封正式的婚书。堂·安托万认出那是他堂哥的字迹,堂·费尔南多也错以为是他自己写的,尽管他很清楚他从未写过这样的婚书,所以他现在成了世上最困惑的人。这对父女非常冷淡地跟他们打过招呼后便走开了。

堂·安托万跟他堂哥起了争执,责备费尔南多让他去办一件事而他自己却计划着另一件事。他们回到了马车上，堂·安托万让堂·费尔南多坦白他对维多利亚的恶劣行径，反复痛斥堂·费尔南多行为卑劣，又跟他分析会给维多利亚造成的不幸后果。安托万跟他说别再想着结婚了，不仅是在马德里，在整个西班牙也都别再结婚了，去迎娶维多利亚吧，除非他愿意付出流血或牺牲生命的代价，事关荣誉，维多利亚的哥哥是不会轻易罢休的。这时堂·费尔南多缄默了，他堂弟对他百般指责。他的良知让他不得不承认自己欺骗并背叛了一个曾给予他恩惠的人，但这纸婚书让他发狂，他想不通究竟是什么魔法使得他写下它的。

维多利亚穿着寡妇服饰回到堂·佩德罗家中，又把堂·迭戈的信交给埃尔维拉，埃尔维拉跟她说那俩堂兄弟来自证清白，但还有另一件比堂·费尔南多与塞维利亚的太太之间的爱情更受人指摘的事情。随后埃尔维拉跟维多利亚说了后者再清楚不过的事情①。维多利亚表现出十分震惊的样子，诅咒了逾百遍堂·费尔南多的劣迹。当天，埃尔维拉被邀请去亲戚家中看戏。维多利亚脑子里都是自己的事，她相信若是埃尔维拉愿意相信戏中所言，这出剧便能够帮她实现计划。她对自己年轻的主子说，若她想跟堂·迭戈一起去看就再好不过了。她"父亲"桑蒂利亚家是他们这次会面的最理想之地。戏剧直到子夜才开始，她可以早早出门，先去见堂·迭戈，只要别太晚去她亲戚家就好。埃尔维拉真心爱着堂·迭戈，之前答应嫁给堂·费尔南多只是听从她父亲的意志，但现在她丝毫不抵触维多利亚给她的建议。

等堂·佩德罗刚一睡下，埃尔维拉就上了马车，在维多利亚

---

① 如译序中提及的那般，斯卡龙在人称代词的使用上比较"混乱"，此处作者全都是使用的"她"，翻译时做了调整。

租的住所前下了车。作为家主，桑蒂利亚的礼仪周到得体，碧雅翠丝扮作他的妻子、维多利亚的继母，帮他打下手。埃尔维拉给堂·迭戈留了信笺，随即派人送出去。维多利亚也以埃尔维拉的名义给堂·费尔南多留了信，让他尽快赶来，说让她挂怀的是他们尚未完婚，她不想为了顺从脾气糟糕的父亲而让自己陷入不幸。维多利亚在这封信笺上做了非常明显的标记，费尔南多不会找不到她家的。在埃尔维拉写给堂·迭戈的信送出去后不久，第二张信笺也被送了出去。维多利亚又写了第三封，由桑蒂利亚亲自带给佩德罗·德·席尔瓦，信中她以女傅和傧相的身份告诉佩德罗·德·席尔瓦，他女儿并没有去看剧，而是被人带到了她"父亲"家中。还说他女儿让人去找堂·费尔南多说要嫁给他，维多利亚很清楚佩德罗不会同意的。维多利亚说她觉得自己应该提醒他，让他认识到选择她给他女儿埃尔维拉当管家是个很好的决定，他没有看错人。另外，桑蒂利亚告诉堂·佩德罗来的时候不能不带个警官，在巴黎的话，叫作警务专员。

　　堂·佩德罗已经睡下了，他急忙穿上衣服，现在的他是这世上最怒不可遏的人。其间，他穿好衣服，派人找来一名警官，然后折回维多利亚家中去看看发生了何事。很幸运地，两份信笺送到了两个情人手中。堂·迭戈收了写给他的信笺，第一个来到传讯处。维多利亚接待了他，让他和埃尔维拉待在同一个房间里。我不跟您消磨时间絮说这两个年轻情人之间的温情脉脉了。堂·费尔南多急切地敲门，都没给我留时间。维多利亚亲自去开的。她之前给了他莫大的帮助，眼下深情的绅士对女管家维多利亚千恩万谢，对她许下更多诺言。维多利亚把他领进一个房间，说让他在此等候埃尔维拉，还说她就快来了，随后便把门关上了，也没留灯。维多利亚跟他说这是她女主人所希望的,他们还不曾被人看到过单独在一起,一位年轻的世家小姐毕竟矜持,如此大胆之举,总要费工夫适应,哪怕这是她想为她喜欢的人做的。

维多利亚尽可能地小心谨慎,她把自己打扮得非常雍容华贵,又在极短的时间里尽量调整自己的状态。维多利亚走进了堂·费尔南多在的房间,他丝毫没有怀疑她不是埃尔维拉。她们一样年轻,衣服和香水也都是时下西班牙最时髦的,这些东西会让最普通的女仆都能看上去像个贵人。

正在这时,堂·佩德罗、警官和桑蒂利亚都到了。他们进了埃尔维拉和她的"仆人"①所在的房间。这对年轻情侣非常震惊。堂·佩德罗的雷霆之怒一触即发。丧失了理智的佩德罗恨不得拔剑刺向眼前这个他以为是堂·费尔南多的男人。警官认出这是堂·迭戈,便拉住佩德罗的胳膊,冲他大喊,让他留心自己在做什么,说并不是费尔南多·德·里贝拉跟他女儿在一起,而是堂·迭戈·德·马拉达斯——跟费尔南多一样身份尊贵且一样富有的人。堂·佩德罗恢复了理性,把跪在他面前的埃尔维拉扶起来。堂·佩德罗觉得,如果他费力阻挠他们的婚姻,也是给自己添堵,让他来选择的话,他也没有更好的主意。桑蒂利亚请堂·佩德罗、警官以及房间里的所有人都跟他过去,之后把他们带到了堂·费尔南多与维多利亚关在一起的房间。众人以国王的名义打开门。门开了,堂·费尔南多看到堂·佩德罗在一名警官的陪同下走进来,他跟他们说他很确定自己是跟他妻子埃尔维拉·德·席尔瓦在一起。堂·佩德罗回答说,他弄错了,自己女

---

① 此处指的是堂·迭戈。文中多处将一名女子的情人、未婚夫称为该女子的仆人。

儿是跟另一个人结的婚。佩德罗又说道：

"您呢，这下再无法否认维多利亚·波托卡雷罗是您妻子了。"

维多利亚让她的这位不忠的情人认出了自己，这时的费尔南多成了世上最羞愧的人。维多利亚指责他的背信弃义，他对此无话可说，对警官更没什么好说的。警官对他说，必须要把他关进监狱。最后，费尔南多的良心受到谴责，他觉得懊悔，可又怕进监狱，加上堂·佩德罗诚恳的劝诫和维多利亚的眼泪（她的美丝毫不亚于埃尔维拉），堂·费尔南多灵魂里残存的最后一丝宽仁（纵使他年轻时放荡无度），以及其他万般种种，都在迫使他依从理性，屈服于维多利亚的美德。费尔南多温柔地拥抱维多利亚，她在他怀中心花怒放，他的吻让她情不自禁。堂·佩德罗、堂·迭戈和埃尔维拉见证了维多利亚的幸福，桑蒂利亚和碧雅翠丝眉开眼笑。堂·佩德罗对堂·费尔南多痛改前非大加赞赏。两位年轻的女子拥抱在一起，流露出深厚的情谊，之后又各自亲吻了自己的情人。堂·迭戈·德·马拉达斯保证绝对服从他岳父，至少很快佩德罗就会成为他的岳父。堂·佩德罗在和女儿一起回家前，发话说让他们所有人次日都去他家中吃饭，他要大办两周宴席，好让喜悦冲淡之前他们所经历的忧虑。警官即刻得到邀请，他保证定会出席。堂·佩德罗把警官领回自己家中，堂·费尔南多与维多利亚在一起。眼下值得她高兴的事，与之前令她难过的事一样多。

第二十三回

安热莉克被掳
演出只得取消①

伊内斯拉巧妙地讲述了她的故事。罗克布吕讷对此非常满意，他捧起她的手，深深地亲吻。伊内斯拉用西班牙语对他说世人皆受大庄园主和疯子之苦，又说纪仇又因何对她不胜感激。虽然这个西班牙女人的脸庞已经失去了光泽，不过我们仍能看出这是一张美丽的脸。虽说她的美貌有所减损了，可她的精神却比她年轻时的容颜更让人欣喜。这些人听完她的讲述，都觉得她用自己尚未掌握的语言给大家讲了个令人喜爱的故事。她说法语的时候，免不得夹杂着些意大利语、西班牙语，好让大家能听明白她在讲什么。星星小姐跟伊内斯拉说，与其说星星得向她致歉害她废了这么多口舌，不如说是星星在等她致谢，若不是星星，大家便看不到她的思想之精深。

午饭之后，众人聚一起谈天。直到晚饭前，花园里还都满是城中的太太和绅士们。晚饭是勒芒流行的菜式，皆是美味佳肴。洞穴太太和她女儿不见人影。大家派人去寻她们，半小时后还没

---

① 原标题是"意外不幸导致演出取消"。

有消息。后来,众人听到客厅外面传来巨大的嘈杂声,几乎就在同时,大家看到可怜的洞穴进来了。只见她蓬头乱发,面部青肿,身上血淋淋的,她发了疯似的大喊着有人掳走了她女儿。她因抽噎喘不上气来,说话十分吃力,众人费了番功夫才从她口中得知,一些陌生人从后门进了花园,当时她跟她女儿正在排练,有个人抓住了她,她正想去戳这人的眼睛的时候,看到两个人带走了她女儿。抓她的人把她放在刚才众人发现她的地方后,就骑上了马,他的同伙也都骑上了马,他们中有一个人抓住了她女儿,走在前面。她跟着他们一直走了许久,边走边大喊抓贼,但是没有人听到她的呼救,她便折回来求救。说完这些,她大声痛哭起来,惹得大家一阵同情。

在场所有人都被打动了。天命骑上拉戈旦从勒芒过来时的那匹马,我不知道这匹跟上次把拉戈旦甩到地上的那匹是不是同一匹。另有几个年轻人也尽快找来了马骑上去,跟在已经走远了的天命后面。纪仇和奥利弗是跟在骑马的人后面走着去的。罗克布吕讷则过去跟星星和伊内斯拉一起去安慰洞穴。这下便有人指责罗克布吕讷没跟同伴们一起去救洞穴女儿。有些人说他胆小怯懦,另一些人更宽容些,觉得他陪在女士们身边也没什么错。其间,本来要演的剧简化成舞蹈,演员们在歌声中起舞,既是喜剧,屋主便没让人准备小提琴。

可怜的洞穴状况很不好,此刻正躺在衣物间的一张床上。星星像照顾自己母亲那样照料她,伊内斯拉也非常殷勤。病人请求大家让她一个人待着,罗克布吕讷把两位女士带到剧团演出用的客厅。她们刚坐下来,一位女仆就对星星说洞穴叫她。星星对诗人和西班牙女人说她过会儿再回来,之后就去找她的同伴洞穴了。倘若罗克布吕讷是个精明人，眼下他便可以利用这个机会，向惹人怜爱的伊内斯拉表达他的诉求（即表白）。其间，洞穴刚一看到星星，就请她关上房门，让她靠近床边来。洞穴见星星朝她靠近了，她做的第一件事就是哭，仿若一切才刚刚开始。她抓住星星的手，眼泪把星星的双手都浸湿了，以最令人哀怜悲悯的方式，一边大哭一边抽噎。星星想安慰她，就设法让她相信她女儿很快就能找到了，那么多人都去找寻绑匪了。洞穴回答她说："我希望她再也别回来。"说着这些话她哭得更厉害了，重复说希望她女儿再也别回来了，接着又道："我只是为她感到惋惜，但我还是要责备她，我该恨她，我后悔把她带到这世上。"

洞穴拿出一张纸给星星，对她说：

"给您，看看您这个老实的伙伴，读读其中我的死亡判决和我女儿的羞耻事。"

洞穴又开始哭泣，星星读了下面您将要读的内容，若您愿意费心读的话：

> 您丝毫都不应该怀疑我对您说过的我的家世显赫、资产丰厚，我绝不会欺诈我只想用我的真诚去打动的人。是以，美丽的安热莉克，我配得上您。当您不再怀疑我的身份时，您才会允诺我，早些答应我的请求吧，不要拖延。

星星刚读完这封信，洞穴就问她是否认得上面的字迹。星星对她说：

"看着太熟悉了，是莱昂德尔的，他是我哥哥的仆人，是他刻画了我们的所有角色。"

可怜的洞穴回复星星说："正是这个阴险的叛徒让我痛不欲生。"后又道："您瞧瞧他干的好事儿。"

言罢，洞穴把莱昂德尔的另一封信放到星星手中。白纸黑字如下：

> 若您仍像两日前那样坚决，我的幸福则皆系于您。我父亲的佃农借了钱给我，他给了我一百皮斯托尔和两匹骏马，我们需要更多东西才能前往英国。倘若一位爱他的独子胜过自己生命的父亲，不能屈尊满足他儿子所愿好让他儿子尽快回来，那我便大错特错了。

"好吧！您对您的同伴、您的仆人、我悉心教导的女儿，以及这个思想与智慧都令人赞叹的年轻人怎么看？最让我惊讶的是，从没人看到他们在一起说过话。我女儿性子活泼，也从未让人怀疑过她喜欢上了谁。可她却偏偏动情了。亲爱的星星，如此疯狂的爱，更多只是狂热而不是爱。我刚才无意中撞见她正在给莱昂德尔写信，字句之间流露的热情让我难以相信我曾见过这样的话。您从未听人严肃地说过这样的话。啊！真的，她的信中完全是另一种语言，如果我没有撕碎我从她手中夺来的信，您跟我说说，十六岁的她怎么跟那些卖弄风情的老女人一样知道那么多？我把她带到这个小树林里来，想趁着没人责备她，可她却在此地被人绑走了，让我用她遭受的种种痛苦来狠狠地惩罚我。"

洞穴又道："我把一切都告诉您了，您看看有哪个闺女不该更爱她母亲？"

面对这般合情合理的抱怨，星星不知如何作答。最好让这激动的情绪平复一会儿。

洞穴又说:"假若他那么爱我女儿,为什么要谋杀①她母亲?他的同伙抓了我又残忍地打了我,我已经不做抵抗了,他还穷追猛打了很长时间。如果这可恶的小伙很富有,他为什么像强盗一样绑我女儿?"

洞穴又抱怨了很久,星星尽可能安慰她。房主来看看她怎么样了,跟洞穴说若她想回勒芒,马车已经备好了。洞穴请他允许她在此过夜,主人欣然同意了,星星也留下来跟洞穴做伴。勒芒的数位太太让伊内斯拉上了她们的四轮马车,伊内斯拉不想与她丈夫分开太久。罗克布吕讷不敢理直气壮地离开女演员们,他为此非常恼火,不过这世上并没有十全十美的事儿。

(第一卷　完)

---

① 斯卡龙在本书中多次使用"谋杀"一词,这个词汇的含义在17世纪法语与现代法语中有所差异。当时的人对这个词的使用和接受都更为广泛,现如今则只指称那些实现了的谋杀或最终致死的谋杀。

第二卷

献给总监夫人

致总监夫人^①

夫人：

　　您的性情跟总监大人一样——不喜恭维。将此书献给您,这般殷勤,怕是会烦扰到您。没有不含逢迎之词的题献。纵使不将此书题赠给您,世人谈起您,亦皆是赞美之词。像您这般的世之典范,蒙众人颂赞,理所应当。您对这些歌颂当之无愧,是因您只做值得颂扬之事,甚至,您亦可自我称赞,应该像对他人一样公正地对待自己;偶尔不太谦逊总比表里不一更容易让人接受。我尚未思量清楚自己是否有资格评判他人声誉,无论好坏名声,我一直都小心翼翼地忖度哪些事是值得尊敬的,哪些又该遭受斥责。我谴责过于愚蠢之事,将它生生地劈裂开给人看,但我也出色地描述了我自认为值得着墨的事。我无意于满腔热情地进行激烈讨论。我觉得自己更像是好朋友,而非强大仇敌,虽说朋友并没什么用,敌人也无甚可怕。是故,您可以尽一切权利来阻止我,阻止我将我所能给予的全部赞美献给您。但我不得不说,这些赞美对您来说,确是实至名归的。美而不妖,英而不糙,恭而不谄,富

---

① 总监(surintendant)指的是从 16 世纪至 1661 年间法国旧制度之下的财政总监,负责国家的财政支出。这时的总监是尼古拉斯·富凯(Nicolas Fouquet),随着富凯的下台(被捕),该职位在 1661 年被废除,并设立了一个新职位,即财务总司。此时的总监夫人为玛丽-玛德莱纳·德·卡斯蒂耶-维勒马伊(Marie-Madeleine de Castille-Villemareuil,1633—1716),是富凯的第二任妻子,法兰西岛大区维勒马伊市(Villemareuil)弗朗索瓦·德·卡斯蒂耶(François de Castille)爵爷的女儿,其祖父为圣德尼的呢绒商,1575 年为法国教会税务员,1580 年任法国国王秘书。总监夫妇对诗人皆颇为赏识,斯卡龙普受到总监夫人的馈赠。

而不骄；您虽年纪尚轻，但知耻明辱，虽才华出众，却无意显露，您家族显赫，所得荣耀却毫无污点。您的夫君是本世纪最杰出的人物之一，他功勋卓著，品德更是高尚，人人爱之，无人厌之，他的灵魂那么伟大，一直以来，他择善而行，就像只为给人带去希望。总之，夫人，您无比幸福。"幸福"二字绝不是微不足道的颂扬之词，因为对于像您这样的人，上苍已经给予了诸多恩赐，便不再总一直赐予幸福。

上述之言，许是人云亦云，然承蒙夫人前来探望，吾深感荣幸，必铭记于心，故特此谨致谢忱。虽以往亦有贵人光临寒舍，无论男女，相见之时，皆不若与君相会之欢喜。

夫人，大千世界，我便是您最卑微、最顺从的仆人。

斯卡龙

第一回

日月星光
引言罢了

　　太阳直直地落在我们的对跖点①上,借给月亮②的只是些许微弱之光,以便指引着它在这漫漫黑夜中独自前行。寂静笼罩着大地,偶有蟋蟀、猫头鹰和其他一些不知名的演奏者,在茫茫夜色中合奏小夜曲。大地沉睡,万籁俱寂。是夜,除了间或几个艰难地构思晦涩诗句、夜不成寐的诗人,数个灵魂被诅咒了的不幸情人以及粗野却又充满理性的动物们③有些事情要做,其余万物皆在这沉寂的大自然中入眠。没必要告诉您,天命便是其中夜不成眠的人,那些劫持安热莉克小姐的人也是如此。天命策马奔腾,迅疾而过,夜空中的云不时地遮住了幽微的月光。

　　洞穴太太是个十分讨喜之人,天命知道自己颇得她青睐,故

---

① 对跖点,原文为 antipode,意思是位于地球直径两端的点或对立面。意思是在地球的另一端是白昼,此时"我们"已经是深夜时分。

② 月亮,即罗马神话中的月亮女神和狩猎女神狄安娜(Diane),众神之王朱皮特和温柔的暗夜女神拉托娜的女儿,太阳神阿波罗的孪生妹妹,象征着处女、青春、想象力,在第一卷开篇有类似表述。在罗马时代,月亮和狩猎女神狄安娜,吸收了希腊神话中的阿尔忒弥斯和月之女神塞勒涅两种神职。

③ animaux raisonnables,具有理性的动物,指的是人类。这里是亚里士多德的观点,将动物与植物区分开来,同时又将动物分为具有理性的动物和没有理性的动物,前者是指人,后者是指粗野的未开化的动物(animaux bruts)。

而对她也颇具好感,对她女儿安热莉克亦是十分看重。之外,星星小姐得演剧,她在乡下所有剧团中都找不出像洞穴及安热莉克这般品德高尚的女演员。这并不意味着从事演员职业的人缺乏美德,而是在世人看来(或许世人也会弄错),女演员们的品德,还没有她们的胭脂水粉及锦绣团花的旧戏服多。

骁勇的天命紧紧追击劫持者,比追赶人头马的拉皮斯人①都更加勇猛、更为激烈。他先是穿过了那条朝向花园大门的狭长小道——安热莉克就是从那里被劫持的,而后又策马疾驰,偶然之间,深入了一条低洼不平的路。曼恩地区大部分道路都这样。这条路上满是车辙印,又布满了各式碎石,纵然月色清朗,脚下之路依旧显得无比悠长、深邃。天命虽骑着马,却也不比走着快。正当他诅咒这条烂糟糟的路时,突然感觉什么人或什么鬼跳到了自己屁股后面,还用双臂缠绕自己的脖子。天命惊恐万分,马儿也深受惊吓。天命若不是被围困他的这幽灵扼住了,让他不得不稳稳当当地坐在马鞍上,马儿便差点儿就将他甩到了地上。天命的马,跟受惊了一样。天命拿马刺踢它,催促它前行,他并不清楚这么做的后果。两只光溜溜的胳膊缠绕着天命的脖子,一张冰冷的脸贴着他的面颊,不时传出的呼吸声与马奔腾的节奏一致,这让天命觉得很不舒服。

前路漫漫,是因为这条路并不短。最终,在一块荒野入口处,马儿放慢了它猛烈奔腾的脚步,天命的恐惧也渐渐减弱,随着时间的推移,哪怕是最让人难以承受的万恶之恶,人也会逐渐习惯

① 拉皮斯人(Lapithes),古希腊神话人物,希腊人的祖先,半人半马的形象,以骁勇善战而闻名于世,曾参加特洛伊战争建立战功。人头马(Centaures)曾在拉皮斯人的国王皮瑞苏斯(Pirithoüs)婚礼上抢夺新娘,后拉皮斯人大战人头马,此事迹常被当作雕塑作品题材。

的。月光皎洁，天命看清楚了，眼前这位是个身强体壮的裸体男人，他丑陋的脸庞紧挨着天命的脸。我不知道是否出于谨慎，天命没问他是谁。天命一直驭马疾行，马儿已气喘吁吁。马不再想前进的时候，骑士一屁股跳到了地上，然后开始放声大笑。之后，天命动作优美地骑上马，走了。他回首时，看到身后的幽灵拨开了腿，朝他来时的地方全速跑去。天命坦诚道，自己从未如此恐惧过。百步之遥处，天命发现了一条通往小村庄的路。天命途经这里时，村子里所有的狗都被惊醒了，天命认为那些绑匪应该来过这里。为了弄清这点，天命叫醒了在这条路上住着的三四户人家。屋里的人正在酣睡。除了不绝于耳的犬吠声，没人招呼他。最后，天命听到最后面一户人家里孩子的哭闹声，在天命的再三威胁下，一位身着衬衫的妇人来给天命开了门。这妇人也不言语，只是不住地颤抖。最终，天命从她口中得知那些"精骑兵"不久前刚路过这个村子。这些人还携着位女眷。女子一直痛哭流涕，他们也束手无策。天命跟妇人说起刚才遇到的那个裸体男人，妇人跟他说，那是他们村子里的人，发了疯后就总在田野里狂奔。妇人说那些骑马的人途经过这个村子，这让天命有了继续前行的勇气。天命让牲畜加快脚步。

我不会告诉您天命挥鞭策马共计多少次，也不会告诉您马儿对天命的绰绰身影是多么恐惧。您只要知道，天命在一片树林里迷了路。一会儿黑天摸地，一会儿有月光洒下几缕清辉。在一处田庄外，晨光熹微，天命决定让马儿在此吃个饱，我们就先让他待在这儿吧。

第二回

老纪仇施诡计偷皮靴
拉戈旦受鼓舞咏诗篇①

    天命这厢正摸索着怎么追上那些劫走安热莉克的绑匪，纪仇和奥利弗却不像天命这么把这劫持之事放心上，也不像天命那样对绑匪穷追不舍。况且，他们二人是走来的，也就走不了太远。他们发现附近镇上有家小旅馆还没关门，询问过店家后，他们决定在此歇脚。店家把他们领进一间客房，房内已有一位要夜宿的客人。这是位已经用过晚饭的贵族，抑或是平民，赶着处理些超出我认知范围的事，准备等天一破晓，就离开。演员们的到来，对他一大清早就骑马离店的计划很是不利。这位客人被吵醒了，心里可能正骂骂咧咧呢。不过，许是眼前这两位面色姣好，他便没表现出不悦之色。纪仇走上去跟他攀谈，先为打扰他休息向他致歉，后又问他打哪里来。他说他从安茹②来，去诺曼底有些急事。见人在烘被单，纪仇便把衣服脱了，又继续提问。不过，他的问题对两人来说都毫无意义。这个被吵醒的可怜的男人没落得好，请

---

① 这个标题将本回与一些觊觎某个东西的骗子的搞笑故事联系起来。

② Anjou，法国西北部古地区名，是法国旧制度下的行省，省府为昂热，因高卢人的一组安德卡夫人而得名。在中世纪，安茹是一个伯爵领地，后为公爵领地。安茹伯爵支配附近的南特、旺多姆、曼恩等伯爵，是当时法国最大的行省之一。

求纪仇让他去睡觉。纪仇亲切地向他致歉，同时，自尊心驱使他忽略别人的自尊，他企图私吞旅馆伙计刚拿到房里来的一双清洁干净的新靴子。奥利弗只想好好睡上一觉，躺到床上去了。纪仇围在火堆边上，不是为了看那刚点燃的薪柴燃烧殆尽，而是为了满足他那高贵的雄心壮志——在牺牲别人的情况下，获取一双崭新的靴子。纪仇意欲盗窃。发觉此人已经熟睡，便拿走了床脚的新靴子，径直套到自己光着的脚上，甚至还系好了马刺。穿好皮靴、系好马刺的纪仇，朝奥利弗走过去。得相信纪仇是沿着床边的，免得他全副武装的腿碰到同伴的光腿。倘若奥利弗发现了纪仇这新奇的裹床单的方式，绝不会保持缄默，到时纪仇的计划就会失败。

后半夜相对平静。纪仇睡着了，或是假装睡着了。公鸡打鸣，天破晓，与演员们在同一个房间歇着的男人，让人点了灯后开始穿衣。现在该穿靴子了。女佣给他递来纪仇的旧靴子，他一脸嫌弃。女佣坚持说这就是他的，他便升起怒火，恶魔般地吵嚷着。旅馆主人来到房间，对他发誓道，不仅在这里，哪怕在整个村子里，都找不到除了这双旧靴子以外的其他靴子，这里的神父甚至都从未骑过马①。说到这里，旅馆老板便想跟他谈谈神父的美好品质，跟他说说神父是如何获得本堂区的神父职位的，又是从何时起成为神父的。旅馆老板絮絮叨叨，让他失去了耐心。纪仇和奥利弗在一片吵闹声中睁开眼。了解到发生了何事后，纪仇夸张地说，这件事过于骇人听闻，又对旅馆老板说这实在是卑鄙可耻。这个被偷走靴子的倒霉人，对纪仇说道：

---

① 这种皮靴是专门为了骑马用的，是当时最为讲究的装饰之一，穿上皮靴、系上马刺，是为了显摆，有些人哪怕步行、从不上马，也作此打扮。

"新靴子在我眼里也不过是破鞋子，不过，对这双靴子的身份高贵的主人来说，这是关乎体面的大事，哪怕冒犯家父，我也不愿冒犯他；谁若卖我一双哪怕是世上最丑陋不堪的靴子，我也会超出报价把它买下来。"

纪仇将身子挪到床边，不时地耸耸肩，没吱声，目光贪婪地欣赏着：旅馆老板和女佣白费力气地找靴子，丢了靴子的不幸人诅咒人生或别的什么要命事。这时，纪仇边假装快要困死了似的钻进被子里，边高声喊道（此举之慷慨可谓史无前例、非比寻常）：

"见鬼！先生，别再为靴子闹这么多动静了，把我的拿去吧，但有个条件，别打扰我们睡觉，您昨天对我也是这么希望的。"

不幸的人，既是有了靴子穿，也就没那么不幸了。纪仇这席话，让他觉得难以置信。他胡乱致谢，说了一堆含混不清的话，语气那么激动，以至于纪仇都怕他到床前来跟自己拥抱。纪仇遂发起火来，很有学问地骂道：

"唉！见鬼了！先生，不管是丢失靴子，还是感谢送您靴子的人，您总是那么让人恼火！以上帝之名，把我的靴子拿去吧。只求您最后一件事，让我们睡觉吧，再或者，把我的靴子还我，您想造多大动静就造多大动静。"

被偷了靴子的人张大嘴巴正欲辩驳，纪仇大喊道：

"啊！老天！愿我能好好睡觉，或者愿我的靴子依然归我！"

店老板见纪仇说话如此专横，对纪仇生出许多的敬意。店主见得了靴子的客人还站着，别人这么慷慨地把自己的靴子给他，他却还心怀不满，便把这客人推出房间，让他离开此地，到厨房穿靴子去。眼下，整晚都没睡好的纪仇终于安静地睡下了。袭来的睡意，没再被偷靴子的欲望及担心被人抓住的恐慌打败。奥利弗比纪仇更好地享用了夜晚，一大清早就起床了。他让人开了瓶红酒，喝着消遣，没什么比这更惬意的了。

纪仇一直睡到了上午十一点。正穿衣服的时候，拉戈旦来了房间。早晨，他去看望了女演员们，星星小姐责备了他，说没跟其他同伴一样去追劫持安热莉克小姐的人，说不再把他当朋友。拉戈旦跟星星保证，若是打探不到消息，他就绝不回勒芒。不过拉戈旦既没找到可以租赁的马，也没能借到马，若磨坊主没把骡子借给他，他就无法履行诺言。拉戈旦没穿马靴，骑上骡子，来到我方才跟您说过的两位演员夜宿的小镇。纪仇心思活络，见拉戈旦穿着皮鞋过来，想着这是自己藏匿赃物的绝佳机会，为此他花费的可不是丁点儿功夫。纪仇先让拉戈旦把他的皮鞋借给自己，又请拉戈旦穿上他的马靴。纪仇给的靴子是新的，之前还划伤过他的一只脚。拉戈旦很高兴地同意了，因为他骑骡子的时候，扣针刺到了长筒袜，他后悔没穿靴子。

至于午饭，拉戈旦替演员们结了账，也结了骡子的午餐费用。自上次马失前蹄、短枪在他两腿之间走火后，拉戈旦便立誓，若没有十全的保障措施，他就再也不骑任何需要费力才能跨上去的牲畜。所以拉戈旦更倾向于骑他眼前的这头畜生。他小心翼翼，却还是费了不少力气才坐到驮骡上。他纵是思维活跃，也没能合理判断。他冒失地将纪仇的皮靴翻过来，靴子一下到了他腰部，膝关节都不能弯曲了。不过，他那两条腿也不是全省最健硕的。最后，拉戈旦总算骑上了骡子，跟步行的演员们一起，沿着遇到的第一条路前行。

半路上，拉戈旦跟演员们说他想跟他们一起演戏，还跟他们保证，不久后他定能成为全法国最优秀的演员。他对这份职业不谋求任何报酬，只是出于好奇才想做的，他想要证明，无论他想做什么，天生就是那块料。纪仇和奥利弗的鼓舞让他沉浸于自己的宏图愿景，两人再三吹捧并不断鼓励他，让他心情非常愉悦，开始在骡子上吟诵诗人泰奥菲尔的《皮拉姆和提斯柏》①里的诗句。一些农民赶着载得满满的马车跟他们走在同一条道上，见他如痴如癫地夸张朗诵，以为他在宣讲神谕。他一开始诵读，这些农民就脱帽致敬，仿若他是云游四海的布道者。

---

① 《皮拉姆和提斯柏的爱情悲剧》，见前文。

第三回

洞穴述昔年故事
猎犬藏床角一边

　　我们之前按下未表的两位女演员，是在安热莉克被劫持的那
座房子里歇下的。她们二人也没比天命多睡多少。为了不让洞
穴独自一人陷入绝望，也为了劝她别过度悲伤，星星小姐跟洞穴
歇在了同一张床上。后来，因洞穴的情绪是这么正当，免不了各
种理由来辩护，星星小姐也就不与她论辩了。不过，为了替洞穴
排解愁闷，星星开始抱怨自己的不幸，就像同伴诉说自己的不幸
一样。如是，星星便机智地讲出了自己的故事，说得那么轻松，洞
穴觉得难以忍受，不能接受别人说自己比她更可怜。于是，洞穴
擦干了她那丰沛的①泪水，好好地长叹一声（免得过会儿又得悲
叹），开始讲述她的故事。

　　我生来就是女演员。父亲是演员。我从没听他说过有什么
从事别的职业的亲戚。我母亲是马赛商人的女儿。战舰上的一
名军官喜欢我母亲，外祖父却憎恨这人。冲突中，我父亲豁出性
命救了外祖父，外祖父便把母亲许配给父亲以作回报。对我父亲

---

① 原文"en grande abondance"（大量的、丰沛的）一般用来指蔬菜、粮食，作者在此用来形
　容洞穴的眼泪，营造了一种喜剧效果。

来说,这是件走运的事。他不曾奢求,别人就给了他一位年轻、美丽、超出他这个乡下演员之想象地富有的女子做妻。他的岳丈尽可能帮他摆脱原有职业,给他推荐商业领域更赚钱、更体面的工作。但我母亲对戏入了迷,不许父亲放弃演戏。父亲对他岳丈的主意毫不抵触,他比他妻子更清楚,戏剧演员的漂泊生活并不像看上去的那般幸福。婚后不久,父亲离开了马赛,带着母亲第一次出演。母亲比父亲更没耐心,很快就成了位优秀的女演员。

婚后第一年,母亲怀孕了,在剧院后面生下我。又一年后,我有了个弟弟,我很喜欢他,他也很喜欢我。我们的剧团由我们一家和另外三个演员组成,其中一个与演配角的女演员结了婚。一个节庆日,我们路过佩里哥①的一个镇子。我、母亲和另一个女演员坐在马车上,车上载着行李,男人们步行护送我们。忽然,七八个醉醺醺的下流男人袭击了我们,他们朝空中射了一枪,想震慑我们。铅砂落了我一身,母亲的胳膊因此受了伤。父亲和他的俩同伴还未来得及防卫,就被抓了,被狠狠地揍了一顿。我弟弟跟年纪最小的演员一起逃跑了,从此我就没听人提及过我弟弟。镇上的居民与这些残忍的施暴者汇合后,逼着我们调转车头跟在他们后面。他们神情高傲,步履匆匆,像是掠了大量财物的人想把赃物放到安全的地方。他们造出那么大动静,谁也听不见彼此。一小时后,他们把我们带进一座城堡。刚一进去,就听到几个人高兴地大声呼喊:

"抓到波希米亚人②啦。"

---

① 佩里哥(Périgord)是法国的一个传统地区,也是历史上的一个行省,大致对应今天的多尔多涅省,该地区多为乡村地区,有大量的文化遗产和考古发现。

② 在15世纪的法国,波希米亚人不受信任,17世纪的时候,他们常被演义成长途跋涉旅途中的强盗。

　　意识到他们抓错人了，我们稍感安慰。拉车的牝马因过劳倒下了，之前它曾被鞭打、催促得太厉害了。牝马的主人是名女演员，她把马租给了剧团。此时，她发出凄厉的哭喊，引人生怜，仿佛死了丈夫一样。正在这时，我母亲因胳膊疼痛昏了过去。见母亲昏厥，我声嘶力竭地喊叫，我为母亲发出的叫喊比女演员为马儿的叫喊更响亮。我们弄出的动静以及那些把我们带过来的粗暴的人、酗酒的人制造的声响，惊动了城堡主，他从一间低矮的客厅走出来，身后跟着四五个身穿火枪手大袖口上衣或骑警队红色上衣的人，这些都是一副臭脸。他先是问抓到的波希米亚小偷在何处，这让我们心惊胆战。不过，见我们都是金黄色头发的人，城堡主便问父亲他是谁。知道我们不过是可怜的演员后，他的雷霆震怒倒让我们吃了一惊。他以我闻所未闻的狂怒之势咒骂着，又猛地拔剑攻击那些把我们抓来的人。一眨眼，这些人都躲开了去。最后，一些人受了伤，另一些人惊恐万状。

　　城主将父亲和他同伴松了绑，又命人把女人们带到一个房里去，再把我们的行李放到安全的地方。几名女佣过来伺候我们，为我母亲铺了张床。母亲的胳膊受了伤，整个人状态很不好。一个面相上看着像是膳食总管的男人代他主人为之前发生的事来跟我们致歉。他跟我们说，此前没弄清状况的混蛋们已经被赶走了，不少人挨了打，有的甚至都被打废了；还说已派人去隔壁镇上找外科大夫替我母亲包扎胳膊，后又恳切地问我们是否有人拿了我们什么东西，建议我们检查检查，看看有没有少了什么行李。晚饭的时候，有人把食物送到我们房里。派人去寻的外科大夫到了。母亲等胳膊包扎好后，发着高烧就睡下了。

　　次日，城堡主人把演员们叫到他跟前。他询问了母亲的健康状况，说希望在她没痊愈之前不要离开他家。他还好心地让人到附近去找获救的小演员和我弟弟。四处都找不到他们，母亲的高烧更重了。他们找来了隔壁小城里的一位医生和一位外科大夫，这位外科大夫比上次那个来包扎伤口的更有经验。后来，热情款待下，我们很快便忘记了之前加诸的暴力。我们在这位极其富有的绅士家里住下。这个地区的人对他的恐惧多于爱戴。他就像是边陲地区的地方长官一样，一切行为皆充满暴力，骁勇之名则穷极所能。他是斯歌纳男爵。我们住在他家的时候，他起码是名侯爵。那个时候，他是佩里哥地区真正的暴君。一群波希米亚人在他的地盘歇脚，偷了离他的城堡一古里外的种马场的马。他派人过去，结果就像我前面跟您说的，这些人错认成了我们。我母亲恢复得很好；父亲和他同伴受到了热情招待，很是感激，可怜的演员们，想尽自己所能，只要男爵觉得好，他们就在城堡里演戏。

一个年长的侍从①（起码得有二十四岁了，必得是整个王国所有青年侍从中资格最老的），身后跟着位绅士模样的，俩人一起学习扮演我弟弟以及跟他一起逃跑的演员的角色。一群演员将在斯歌纳男爵家中演戏的消息在此地传开了。佩里哥地区的不少贵族都得到了邀请。侍从知道了自己的角色。这个角儿对他太难，不得不为他删减句子，缩减成两行。我们演的是诗人加尼耶的《罗杰与布拉达曼特》②。观众们衣着光鲜，大厅照得通亮，剧场非常舒适，舞台布景也很贴合主题。我们每个人都竭力表演，演出很成功。我母亲像天使一样美，大病初愈的她武装成女战士，

---

① 年轻侍从（le page），中世纪在宫廷中学习礼仪、受骑士训练的青年贵族。
② 罗贝尔·加尼耶（Robert Garnier, 1545—1590），文艺复兴时期法国悲剧诗人、剧作家，作品常效仿古典时期作家，1582 年发表悲喜剧《布拉达曼特》（Bradamante），描写罗杰（Roger）和布拉达曼特之间的爱情故事。

脸色稍有些发白，她的面颊比所有灯光照耀的大厅更加神采奕奕。虽然我最近遭遇了些沉重悲苦之事让我很难过，每每想起侍从那天的可笑表演，我却总是禁不住想笑。这么有趣的事不该被我糟糕的心情淹没。或许您不觉得那么好笑，但我可以肯定地告诉您，所有人都笑作一团。自此，一想起来，我就会笑上好一阵。或许这其中真的有值得一笑的，也或许是，我是那种对不起眼的事都会发笑的人。这侍从演的是老艾蒙公爵①的年轻侍从，整场剧里只有两句台词：因为女儿爱着罗杰，不愿嫁给皇帝的儿子，老头儿朝她女儿大发雷霆。这时，侍从对他主人说：

先生，我们进去吧，我怕您摔着；您脚下踩得不稳当。

这个蠢笨至极的侍从，他的台词很容易记住，不会有人曲解。只见他整个人抖得跟个罪犯似的，不情愿地念道：

先生，我们进去吧，我怕您摔着；您腿上踩得不稳当。

这蹩脚的韵律②让众人吃了一惊。演艾蒙的演员倏地大笑起来，无法继续扮演生气的老头儿了。席下观众也都笑个不停。我将头探出帷幔，看到了台下众人，观众也看到了我。我笑得太厉害了，任由自己跌坐地上。房主是那种忧郁寡欢之人，不苟言笑，

---

① 多尔多涅省的艾蒙公爵（duc Aymon）出现在武功歌和意大利浪漫史诗中，描写查理大帝及其骑士的冒险经历。

② 原文中第二句句尾的"脚"（pied）与首句句尾的"摔倒"（tombiez）在发音上相近，形成尾韵，但仆从说错台词后，"腿"（jambe）与"摔倒"（tombiez）的发音相去甚远，毫无韵律，故而引得众人发笑。

也很少有什么事情能让他发笑。见自己的侍从记忆混乱,台词念得又那么糟糕,他觉得好笑,可他一直克制自己,保持严肃,如此一来,他差点儿没被憋死。最终,他也跟其他人一样大笑起来。他手下的人跟我们说,从未见他这么笑过。再者,出于他在这一地区的权威地位,或是恭敬,或是景仰,无人不像他那样笑得那般开心,抑或是比他笑得还灿烂。

洞穴接着说道:"我很怕自己像某些人一样,说'我跟你们讲个笑死人的故事',却不守承诺。我承认,我让大家对仆从的故事期望过高了。"

星星回答说:"不,我觉得这故事正合我的期待。的确,亲眼所见可能会比听人叙述更好笑。不过,这仆从的笨手笨脚①足以让他的故事更添可笑。况且,时机适宜、理由充分,本性所趋,见别人笑,我们不自觉地也会跟着一起笑,这都会让本没有那么好笑的事情变得更为可笑了。"

洞穴没再继续为她的故事致歉,从方才打断的地方重新讲述。

演员和听众们都竭尽所能地发挥自己哂笑之能,罢了,斯歌纳男爵希望他的仆从重返舞台以弥补过失,或不若说是让大家再开怀大笑一次。不过,这仆人,我从未见过这等粗汉,不管他那严肃的主人怎么命令他,他都无动于衷。他主人的反应也是情理之中,也就是说,他主人很生气。若这主子是个讲理的,最多是微微不悦,而他的愠怒,却让我们自此最为不幸。演出赢得了在场所

---

① 此处原文使用的是"action"(行为、动作)一词,指的是演说者的动作和姿势,包括语言和肢体语言,意味着从语言艺术转变为表演艺术。

有人的掌声。跟其他地方(巴黎除外)一样,闹剧比戏剧更解闷①。斯歌纳男爵和邻里的绅士们看得那么开心,他们还想看我们表演。诸位绅士依着自己灵魂的慷慨程度,给演员们凑了份子钱。男爵身先士卒,第一个解囊,给他人做了示范。大戏将在下个节日开演。

我们在这些佩里哥贵族面前演了一个月的戏,男男女女都争先恐后地要款待我们,甚至剧团还收到了些半旧不新的衣物。用餐时,男爵让我们与他同席而坐,他的下人们殷勤地侍奉我们,还总说很感激我们给他们主子带来好心情,说是自看戏起,他们主子整个人都变了,变得更通人情了。只有先前那个仆从,觉得是我们让他曲解了诗句、害他丢了面子,家中所有人,乃至厨房最低等的小学徒,都无时无刻不在他跟前吟诵他篡改的诗句。这无休止的纠缠,每次都像匕首一样残忍地刺痛着他,最后,他决定报复剧团的某个人。

一天,斯歌纳男爵召集了他的邻居和农民们去树林里捕狼。很多狼在林中猖狂作乱,给此地带来许多不便。我父亲和他同伴,人手一把火枪进了林子,男爵的全部家丁亦皆如此。那个坏仆从也在其中。他以为找到了机会,可以实施他的邪恶计划——报复我们。见我父亲和同伴们陆续给火枪上了膛,又分了些火药和铅弹,而后各自分开了,他即刻从一棵树后面拔枪射击,两颗子弹穿透了我不幸的父亲。同伴们忙着扶他,丝毫没想着先去追凶手,刺客逃跑了,自此离开了这个地区。

---

① 在洞穴讲述的故事中的年代,许多伟大的剧作常常伴有一出娱乐大众的闹剧,这种做法后来于1645年前后逐渐消失,尤其是在巴黎,勃艮第府剧院许多伟大的闹剧演员去世之后。

　　两日后,父亲不治而亡。母亲悲伤过度险些过世,又病倒了。我的悲痛,是我这个年纪的女孩所能流露的最大限度的。母亲的病拖了很久,剧团里的男女演员们纷纷向斯歌纳男爵辞别,打算另寻他处,加入别的剧团。母亲病了两个多月,在斯歌纳男爵的慷慨照料和善意帮助下,最后终于痊愈了。他这慷慨与善意,与他的残暴之名相悖。虽说他是这个地区最残暴之人,可此地的绅士大都倾身于残暴之道,他的残暴之名便也不让人觉得有多恐惧了。在仆人们眼中,他一直都是个不通人性、傲慢无礼的人,见到他与我们相处的方式——他待我们可谓世上最为殷勤客气的,仆人们十分惊讶。大家觉得他喜欢我母亲,但他从未跟她说过话,也从未进过我们房间。自父亲去世后,他便让人伺候我们在房里用餐。不可否认,他常派人来打听母亲的消息。后来我们才得知,那时闲言碎语不断。母亲无法继续留在这种身份的男人的城堡里,不合礼仪,她已打算离开,计划回到马赛她父亲那里。母亲将此告知了斯歌纳男爵,感谢他对我们的百般照顾,感谢他的所有恩情,又请求他额外施恩,为我们娘俩提供去往某个城市所需的坐骑,要去哪个城市我不知道,之外,还需要个马车装行李。母亲打算把我们的行李卖给遇到的第一个商人,行李那么微薄,直接给他都行。男爵对我母亲的计划十分诧异,他既没同意也没拒绝,母亲为此吃惊不小。

　　第二天,男爵所辖领地上的一位堂区神父,由他侄女陪着,到我们房间来看我们。那是个善良可人的姑娘,我很高兴与她结识。我俩留他叔父与我母亲待在一处,我们则去城堡的花园中散步。神父与我母亲交谈甚久,晚饭时间才从她那里离开。我见母亲陷入沉思,问了几次她怎么了,她都没作答。见她落泪,我也跟着哭了。后来，她让我把房门关上。她哭得越发厉害了，跟我说，神父告诉她，斯歌纳男爵疯狂地爱着她，还跟她保证，男爵是那么敬重她，若不能娶她，男爵绝不敢跟他说，也不敢让他转达男爵对母亲的爱。说罢，母亲不住地叹息、抽噎，她差点儿没喘过气来。我又问她到底怎么了。她对我说：

"怎么！闺女！我没告诉你吗，你不觉得我是这世上最不幸的人吗？"

我说，于一位女演员而言，成为身份高贵的女人并不是多大的痛苦。

她对我说："啊！小可怜，你这么说就像是个毫无经验的小女孩！"

她又说道："如果他骗了这位好心的神父，好来欺骗我，倘若他并不打算娶我，只是想让我上当，面对这么个完全为情欲所控的男人，我得有多害怕，那得是怎样的暴力啊！如果他真的想娶我，我也同意了嫁他，当他的幻想消失的时候，我将会面临何等不幸啊。若是哪天他后悔爱上我，他又会如何厌憎我啊！不，不，闺女，好运不会像你以为的那样光顾我的。不过，可怕的不幸，已经让我失去了本与我相爱的丈夫，如今又要强加给我另一个，也许，这个人会恨我的，或是会让我恨他的。"

在我看来，母亲的痛苦毫无缘由。在我帮她脱衣服的时候，愈演愈烈的悲伤让她差点儿窒息。我尽可能地安慰她，想尽我这个年龄的女孩能够拥有的全部智计来消除她的不快，还不忘告诉她，这个最不温柔的男人，跟我们相处时却始终殷勤且恭敬，在我看来，这是个好的征兆，尤其是他不敢冒昧向一个女人示爱，况且，这女人的职业并非一直受人尊重。母亲由着我去说，她太痛苦,躺到床上去了。又因过于悲痛,整宿未眠。我想克制睡意的,最后却不得不屈服。她睡得有多差我便睡得有多香。她一早就起来了。我醒来时,见她已经穿戴完毕,十分平静。我很难弄清楚她到底怎么决定的。给您说实话,我正沉浸在对未来的想象中,倘若斯歌纳男爵所言皆是他的真情实感,若母亲能遂男爵所愿,她将会有怎样的锦绣前程。听人称母亲为男爵夫人的想法占据着我的大脑,让我觉得十分愉悦,这个野心渐渐地攫取了我年轻的头脑。

洞穴如是叙述着她的故事,星星认真地听着。听到有人走进房间,她们很是诧异,她们清楚地记得关了门、插了插销。可是,她们总听见有人在走路。她们问是谁在那儿。没人作答。过了会儿,洞穴看到个人影。床上的帷幔敞开着①,这人倚着床脚,她听到这人的叹息。她支起身子,想靠近些,看看是什么让她觉得恐惧。她决定开口跟他说话。她探出头,朝房里望去,她什么也没看到。有时候,几许陪伴便能给人以安慰,但也有些时候,恐惧并不因分享而减少。洞穴因什么都没看见而深感恐惧,星星因洞穴的恐惧而恐惧。她们往床里边靠,用被子蒙上头。两人紧紧挨着彼此,满心恐惧,几乎不敢说话。最后,洞穴对星星说,她可怜的女儿死了,这是她的魂儿来找她,跟她哀叹呢。星星可能正要回她,她们便听到仍有人在房里走动。星星又朝床里靠了靠。想着这是女儿的魂灵,洞穴反而胆大起来。她又起身,跟之前一样支着身子,看到还是那个身影在倚着床脚叹息。她把手伸过去,摸到个毛茸茸的东西,她吓得惊叫起来,整个人仰面朝天从床上

---

① 床的四周可能是有帷幔的,帷幔拉上的时候,可谓之"关闭了",相反,帷幔拉开,床便呈"大开"之状。

跌到地上。正在这时,她听到房里的犬吠声,像是狗在深夜里遇着了让它害怕的东西。洞穴还是很勇敢地去看看是什么东西,只见一只巨大的猎兔犬冲着她狂吠。她尖着嗓子吓唬它,它则边吠边朝房间一角跑去,之后就消失了。英勇的女演员下了床,借着穿窗而落的皎皎月色,她看到,在房间角落里,就是刚才猎兔犬的影子消失的地方,有一处通着暗梯的小门。她很快明白,这只猎兔犬便是从那儿进入她们的房间的。这猎兔犬原本想去床上睡觉,见她们已经躺在床上了,它不敢不经她们同意便躺床上去,只好发出狗的叹息。它把前腿支开,靠在床腿上,这张床跟所有老式的床一样,床腿比狗腿还高,洞穴初次探出头朝房里望的时候,没看到它,是因为它躲在下面呢。星星总以为这是幽灵,很久之后,洞穴才让星星明白这是只猎兔犬。

悲伤不已的洞穴嘲笑着同伴的胆怯,决定等回头她们不像现在这般倦意十足的时候,再把她的故事讲完。她们睡下时,天已微微亮了。待她们再起来的时候,已是十点钟了。有人来告诉她们,前去勒芒的马车已备下,她们随时可以出发。

第四回

天命苦寻终得果
莱昂德尔吐真言

其间，天命一个村一个村地挨个打听，始终杳无音信。他马不停蹄，遍寻四处。两三个小时后，人疲马乏，他不得不回到刚离开的镇子。这是个颇大的镇子，他找到了一家不错的旅馆。旅馆开在大马路上，他没忘记打听，是否有人听说过劫持了个女人的队伍骑马路过。村里的外科大夫在场，大夫对天命说："上头有位绅士可以跟您透露些情况，他就住那儿。"后又道："我觉得这绅士跟那伙人起过争执，估计被他们折腾过。我刚给这位绅士涂了止痛膏药，他颈椎那里有个青灰色肿块，我还给他包扎了枕骨处的一个很大的伤口。见他全身布满挫伤，我本想给他放血①，但他不愿意。他急需放血。他估计是被人摔倒在地上了，又遭人痛打。"

尽管天命已经离开了，没人听了，这位乡村外科大夫依旧滔滔不绝地倾倒相关术语，直到有人来找他为一位垂死的中风女子放血，他才停下来。眼下，天命来到了大夫说的那个人的房里。他见到一位穿着讲究的年轻男子，头上缠着绷带，正躺在床上休

---

① 欧洲中世纪前后，术士（兼理发师）常使用放血疗法。流浪汉小说中多出现术士（外科大夫）的形象，他们大都区别于现代意义上的医生，很多人以放血的方式为病人治病。

息。天命跟他说，不确定他是否乐意就进了他的房间，很是抱歉。乍听到天命的这番客套话，男子很吃惊。男子从床上起身，过来拥抱天命，跟天命说，他就是仆人莱昂德尔。没跟天命辞行他就离开了，走了四五天了，洞穴以为是他掳走了自己女儿呢。见他衣着讲究，面容俊朗，天命不知道该用什么方式跟他说话。趁着天命打量他的间隙，莱昂德尔渐渐安下心来，起初他看上去完全怔住了。他对天命说：

"我很惭愧没能跟您坦诚相待，我敬重您，应该对您以诚相待的。不过，我希望您能原谅一个未经世事、毫无经验的年轻人。尚未与您熟识之前，我以为您跟您这行中的人一样，也就没敢告诉您，这决定全部人生幸福的秘密。"

天命对他说，只有他自己清楚他哪里不够真诚。

莱昂德尔答道："我还有许多事要同您讲，或许您还不知道这些，但这之前，我先要知道是谁领您来这儿的。"

天命跟莱昂德尔讲了安热莉克是如何被劫持的，自己紧追着劫持者。到旅馆的时候，天命听人说他见过这些人，能告诉自己些消息。莱昂德尔边叹息边说道：

"我的确见过他们，且曾以一人之力抵挡他们数人，但我的剑在我刺中第一个人身体的时候断了，我没能为安热莉克小姐做什么，也未能为她殉身，这儿那儿都还等着我拿主意。他们把我打成那副模样，您刚才见到的。我的头被长剑击中，整个人晕头转向的。他们以为我死了，又急着去别处，就离开了。这就是我知道的所有关于安热莉克小姐的事情。我在此等候一个仆人，他能多告诉您些。许是我的马不值什么钱，他们把它丢下了。这仆人帮我找回马后，就远远跟着他们了。"

　　天命问他,为什么不辞而别?他到底是谁?从哪儿来?不再怀疑他曾隐瞒了自己的身份和姓名。莱昂德尔承认说,他确实藏着些事儿呢。他受了伤,太过痛苦,只得躺在这儿。天命在床脚边坐下来。下一回中,您将读到莱昂德尔跟天命讲述的内容。

第五回

莱昂德尔身世显
为爱甘作他人仆

　　我是名绅士，出生在外省的一户显赫人家。只要父亲去世，我就可以希冀哪天我能年入最少一万两千利弗尔。如今他已经八十岁了，这让所有依附于他或跟他有牵扯的人都很愤怒。他身体十分硬朗，我并不担心他永远都死不了，只是不知道哪天我才能继承他的三块沃土，那全都是他的财产。父亲想让我成为布列塔尼议会的议员，便早早让我进校学习，但这并非我所愿。你们剧团①来这里演出时，我还是拉弗莱什学校的学生。我见到安热莉克小姐，深深地爱上了她。除了爱她，我什么都做不了了。不仅如此，我还郑重地告诉她我爱她，她丝毫没被触怒。我给她写信，她收下了我的信，没再对我冷着脸。你们在拉弗莱什的时候，洞穴太太染了疾，只得卧病床榻。这样我和她女儿沟通起来就方便多了。洞穴太太曾阻止我与安热莉克来往。虽然干她这一行的似乎都没什么顾忌，也不是那么严肃正经，可她对我十分苛刻。自从爱上她女儿，我便不再去学校了。我每天都去剧团，一日不

---

① 本回是莱昂德尔向天命讲述的自己的故事，所以此处用的是"你们剧团"（votre troupe）。

215

曾落下。耶稣会的神父想让我继续学业,但自从选择了这世上最有魅力的情人后,我就再不想听从这些讨人嫌的先生们的命令了。你们的仆人在剧院门口被一些布列塔尼学生杀害了。当年,这是拉弗莱什最大的骚乱事件。这些学生人数众多,拉弗莱什的酒又很廉价。这也是你们离开拉弗莱什前往昂热的部分原因。我没能与安热莉克小姐好好道别,她母亲丝毫不让她离开自己的视线。所有我能做的,只是看着她满脸失落、双目浸满泪水地离开。安热莉克的神情如此哀伤,差点儿让我难过得死掉。我把自己关在房里,整整一个下午,整整一个晚上,我都止不住地落泪。

翌日一早,我便换上了仆人的衣服。仆人的身高体型与我相当,我让他留在拉弗莱什,变卖掉我的学生用品,又给他留了封信,让他转交给我父亲的佃农,我开口借钱,这佃农便会借给我的。我让仆人到昂热去找我。我是在你们走后才上路的。几个有身份的人在迪尔塔勒①狩猎雄鹿,你们在此耽搁了七八日,我便赶上了你们。我帮了您忙,许是您觉得没个仆人不方便,也或许是我的样貌颇得您喜欢,没得挑剔,您便收了我做仆人。我把头发剪得短短的,安热莉克小姐身边之前常见到我的人都没能认出我来。之外,我又穿了破旧的仆人装,一番乔装后,与之前的我大不相同了,我先前的衣服是比普通学生装束还要好看的。安热莉克小姐先认出我来。她对我说,我舍下一切追随她,她便再也不怀疑我对她的感情,相信定是强烈而又炽热的。她很善良,想打消我的念头,让我回归理性。她很清楚我失去了理智。她让我经历了很长时间的残酷考验,若不是像我爱得这么深,定会因此心

---

① 迪尔塔勒(古 Duretail,今 Duretal),法国曼恩-卢瓦尔省的一个市镇,属于昂热区。

灰意冷的。不过最终，因为我太爱她了，我向她保证会像爱她一样爱自己。

您跟那些身份尊贵的人一样聪慧，不久便发现我并不像普通仆人那般。我赢得了您的宠信，剧团里的先生们对我印象都很好，甚至连那位不喜任何人、憎恶所有人的纪仇都不厌憎我。我决不浪费时间跟您赘述两个年轻人相爱的事。相爱的人每次重逢时说的话，您很是清楚的。我只跟您说，洞穴太太许是猜到了我和安热莉克的关系，或者说她不再怀疑我们的关系了，便禁止她女儿同我说话。她女儿没听从，她又撞见她女儿给我写信，不管是私下里还是公开场合，她对她女儿都变得很粗暴。所以，我没费什么力气便让她女儿下定决心让我绑走她。不怕跟您坦言，我知您宽仁至极，却莫若我情根深种。

听闻莱昂德尔最后这些话，天命的脸涨得通红。莱昂德尔继续叙述。他对天命说，留在剧团，只是为了更好地实施自己的计划。他父亲的一个佃农答应借钱给他，此外，他还希望能从一位圣马诺商人的儿子那里再得些钱。莱昂德尔跟这商人之子的交情甚笃，这人前不久刚失了双亲，继承了财产。莱昂德尔接着说道，有了朋友这笔钱，前去英国时也许能更便宜些。他希望到了英国后，能跟父亲和平相处，别让安热莉克小姐受他父亲的气。他父亲很可能会动用一位富有且身份贵重的人的一切手段，向安热莉克及她母亲——这两个可怜的女演员——施压。

天命让莱昂德尔明白，他这么年轻，又身份尊贵，他父亲定会指控洞穴太太诱拐的。天命没想让莱昂德尔忘记爱情。他知道，坠入爱河的人，除了心中所爱，是听不进其他任何建议的。说是惹人指摘，毋宁说更令人怜惜。但天命坚决反对莱昂德尔逃至英国的计划。天命让他想象两个相爱的年轻人身在异国他乡的境况：身心疲惫且前途未卜，在一段充满偶然与未知的海上航行结束后，遭遇钱粮不足时的困窘；安热莉克小姐那么美，两人又那么年轻，不知会遇着什么事。

莱昂德尔没有加以辩驳。他再次向天命致歉，这么久一直瞒着天命。天命答应他，会想尽办法改善洞穴太太对他的态度。天命还对他说，若他决意非安热莉克小姐不娶，他就决不该脱离剧团。天命提醒他，说他父亲会有去世的时候，他的热情会有消减的时候，甚至会有消失的时候。这时，莱昂德尔大声喊道，他绝不会如此。天命说：

"那好吧！既然害怕这种事发生在您的情人身上，就不要错过她。来跟我们一起演戏吧。您不是唯一一个这么做的，您能做得更好。写封信给您父亲，让他相信您去参军了，设法就此弄些钱。其间我会视您为手足，还请忘却之前我不知您身份时对您的怠慢。"

若不是先前挨了揍，苦不堪言的身体不允许，莱昂德尔怕是会跪倒在天命脚下。莱昂德尔毕恭毕敬地向天命致谢，又情真意切地向他保证他们的友谊，说他从此会得到一位正直之人所能赢得的全部爱戴，这爱戴来自另一位正直的人。后来，他们又谈及寻安热莉克小姐的事。一阵嘈杂声打断了他们的谈话。天命遂走下楼去，来到旅馆的厨房。厨房里发生的事儿，您且在下一回中见分晓。

第六回

旅馆主人之死
其他难忘之事

　　两个男人。一个身着黑衣，乡村教士模样。另一个通身灰色，面相上看着，很可能是位执达官①。俩人揪着头发、扯着胡子，还不时地给对方重重一拳。衣如其人，两人也正如其衣着和面色所表现出来的一样。身着黑色的那个乡村教士，是神父的兄弟。一身灰色的，是同村里的执达官，也是旅馆老板的兄弟。

　　彼时，旅馆老板身处厨房边上的房里。他因发热，烧得太厉害，人有些糊涂，快要翘辫子了，此刻正拿自个儿的头砸墙呢。正发着烧，又受了伤，让他颓丧起来，一副低迷的样子。等他那股癫狂劲儿过去，发现自己只能干等着归天西去，他可能就不会这么眷恋他的那些不义之财了。他曾长年佩带武器②，后来年岁大了，回了村子。他虽满载着岁月而归，通身上下却没承载多少刚正不阿。可以说，他虽穷困潦倒，可他的正直比他的钱财还要寡薄。不过，总有些女人会被本不值得的事物吸引。他那散

---

① 执达官（sergent），类似现在的执达员，属于司法机关的低级士官，负责传达指令。执达官的名声跟行政或司法官吏和司法机构的其他官吏的名声一样臭。
② 即当兵多年。

兵样的①头发,比村里农夫们的都要长。他的士兵式的宣言,高耸的羽毛②帽子,纵是无雨的日子,也不逢节庆,他也是这般装束。尽管他没有马匹可骑,却仍配着把锈迹斑斑的剑,那剑还不时地戳打他的旧皮靴,这些便是他在那个开旅馆的老寡妇眼中的形象。

这妇人,村里那些顶有钱的农夫都曾追求过她,这倒不是说她有多少美貌,而是因为她与她已故的丈夫曾靠着高价出售劣质酒水和燕麦,积累了不少财富。陆陆续续地,她拒绝了无数的追求者,到了最终,竟是这位上了年龄的老兵俘获了这位上了岁数的旅馆女老板的心。这位经营旅馆的美人,脸虽是曼恩地区最小的,肚子却是最大的,而这一地带,是有很多大腹便便之人的。让博物学家们去找寻个中缘由吧,另外也顺道看看这里的阉鸡为何这么肥腻。

现在我们重新说回这个肥胖的小个子女人。几乎每次我一想起她,就会看到她。未曾知会家里人,她就与这老兵结了婚。之后,与他一起携手人生、慢慢变老,其间自也遭了许多罪,所以眼见着他砸破了头快去世,她竟觉得痛快。这得归功于上帝的正义审判,让他之前老砸她的头。天命来到旅馆厨房的时候,旅馆女主人正和女佣一起,帮着镇上的老神父将打架斗殴的人分开。这些人像两艘相连的战舰一样紧紧扣着,而天命的威胁及其言辞

---

① 从词源上来看,drille 这个词出现于 1628 年,在当时颇有争议,是军队行话。先是可以指称散兵(soldat vagabond),也可以指粗野的军人(soudard),在当地居家中自取食物酒水。

② 从当时的版画中可以看出,戴羽毛的习惯流传甚广,帽子上佩带的羽毛被称作羽饰(plumet),举止高雅之人在帽子上装饰着长长的白色羽毛。

之威严,完成了耶稣基督①的劝导也无法达成之事——把两个死敌分开来。两人吐了半口的牙齿,血淋淋的,鼻子、下巴、光秃秃的头顶,全都渗着血。神父是个老实人,十分通晓人情世故。他彬彬有礼地向天命道谢。为了讨好神父,天命让才方抱在一起、要扼死对方的两人,情谊融融地拥抱彼此。

神父调解纠纷的时候,旅馆主人结束了他的暗淡人生。他的去世并没有引起朋友们的注意。如是,待风波平息、大家进入他的房间时,只得将他葬了。神父为他的死亡祷告。祈祷很短,所以神父很认真。正当神父的助理来跟他换班,寡妇肆无忌惮地大叫起来,叫嚷声里掺杂着虚荣与炫耀。死者弟弟看上去非常悲痛,或是真的很悲伤。仆人和女佣们几乎也都如他这般悲伤。神父跟着天命进了房间里,帮着忙活儿了阵。随后,神父又这样去帮莱昂德尔。之后,他们俩留神父一起用饭。天命整日都没吃东西,又操持甚久,狼吞虎咽地吃了一顿。莱昂德尔沉湎于他的爱情漫想,这比肉糜更让他痴迷。神父讲的比他吃的多。他给大家讲了数以百计的有关死者之吝啬的故事。这些让人啼笑皆非的故事,有些是他跟他妻子的纠葛,有些是他跟邻里的纠纷,全都是因他最大的热情——吝啬——闹出的。

神父跟大家讲起他和他妻子的拉瓦勒②之旅。说是回程路上,那匹驼着他们夫妇二人的马,有两个蹄子上的包铁掉了,更糟糕的是,这些用来包马蹄子的铁丢了。他让他妻子牵着马,在一棵树下等着,他回拉瓦勒去找包铁。他把所有包铁可能掉落的地

① 此处原文使用的是"le bon pasteur",指具有至高无上权威之人,暗指耶稣。
② 拉瓦勒(Laval),法国西北部城市,卢瓦尔河地区大区的一个市镇,是连接巴黎和布列塔尼半岛的交通要塞。

方都仔细找遍了，不过只是徒劳。足足两古里，他走着回来的，他妻子等得快没了耐心，很焦急。她见他赤着双脚，手里拎着皮靴和齐膝短裤，这副新奇模样让他妻子十分惊讶，但她不敢问他原因，这是屈服于无休止的战争的结果，他也由此可以在家里发号施令。他让她也把鞋子脱了，她甚至不敢反驳，也没问是因为什么。她只是揣测，这可能是出于某种宗教虔诚。他让他妻子牵着马笼头，自己跟在后面赶。于是，没穿鞋的男人和女人，跟掉了马蹄包铁的马儿一起，经历了好一番磨难后，赶在天黑前回到家中。马疲人倦，夫妇二人的脚全都磨掉了皮，几乎两个星期内都不能行走。后来想起这件事，男人从未如此洋洋自得过，他笑着对他妻子说，从拉瓦勒回来时，若他们当时没把鞋子脱了，除了马的两个包铁，他们可能还会再废掉两双鞋。

对于神父好心跟他们讲述的故事，天命和莱昂德尔并不怎么为之所动。要么是因为他们觉得这故事并不像神父说的那么有趣，要么是因为他们此刻并没有心情说笑。神父是个十分健谈的人，不想在那儿杵着不动，便转而对天命说，刚才所述之事没有死者的完美死法来得有趣，他要跟天命讲死者是怎么准备赴死的。神父继续说道：

"四五日前，他感觉自己躲不过这劫了。他再也不用为家里的开支感到痛苦了。生病期间吃了那么多新鲜鸡蛋，令他十分懊悔。他想知道自己的丧葬费能有多少，甚至在我为他祷告的那天，他还想着跟我讨价还价。最后，既然已经开了头，也就只好把它做完。临去世前两个小时，他当着我的面让他妻子用一条已经千疮百孔的旧床单来为他裹尸。他妻子跟他说这样可能会裹不好，他执拗地说再无须其他物什。他妻子不同意，尤其是见他再不能与她打斗，遂愈加决绝地坚持己见。她之前从未如此跟他犟过。不过，不管她丈夫是否生气，她依然保留了一个正直本分的女人对丈夫应有的尊重。最后，她问他，用一块丑陋不堪的床单裹尸，肩膀处还尽是洞，他怎么能出现在乔萨帕特山谷①呢？他又打算借助什么复活呢？病重之人怒了，咒骂起来，像往常一样，适应了身体情况的他，大声嚷着：'啊，见鬼！卑鄙无耻，我才不想复活呢。'我先是费力忍着别笑出来，后又这么费力跟他解释，让他明白，他生气便是冒犯了上帝。而他对他妻子说的那番话②，在某种程度上，亦有些亵渎宗教。他为此表示忏悔，不过仍得跟他保证，除了他选的那条床单，绝不会用别的来为他裹尸。我的兄弟，见他如此声音响亮地明确拒绝复活，开怀大笑起来。而且，每次一想起来，我兄弟就忍不住大笑。旅馆老板的兄弟被触怒了。我兄弟和他兄弟，一个比一个粗暴，二人你一言我一语，针尖对麦芒、互不相让。一阵拳打脚踢后，又撕扯在一起。若没将他们二人分开，怕是还要继续掐上一阵儿。"

到此，神父结束了他的叙述。见莱昂德尔不怎么上心，神父便去跟天命说话。神父帮演员们忙活了好一阵后，跟他们辞别。天命试着去安慰悲伤的莱昂德尔，尽可能地给予他最美好的希望。可怜的小伙，几近肝肠寸断。他不时地朝窗户望去，想看看他的仆人是否回来了，仿佛这仆人本该早早就回来的。只是，当我们焦急地等待某人的时候，最智慧的人也会十分愚蠢地望着所盼之人归来的方向。第六回就此结束。

---

① 乔萨帕特山谷(la vallée de Josaphat)，最后的审判所在地，该山谷一直延伸到地平线。

② 旅馆老板骂其妻子时说的"见鬼"(morbleu)，来自 mortdieu，由"mort"("死")和"dieu"(上帝)组成，是为了避免冒犯、亵渎上帝而采用的委婉叫法。在某种程度上，这也是一种渎神。

第七回

拉戈旦惊吓过度
亡者尸体历惊险①

　　莱昂德尔透过窗户，望向窗外仆人归来的方向。转头时，他看到小个子拉戈旦来了。只见拉戈旦骑着头小骡子，皮靴一直提到了腰里。马镫处，纪仇和奥利弗分列两侧，二人活脱脱像是他的武装侍从。他们挨个村子地打听天命的消息，一直不停地寻找，最后终于找到了他。天命从楼上下来，迎着他们走过去，把他们领进房内。莱昂德尔的样貌变了，衣着也变了，一开始，他们丝毫没有认出他来。为了不让人发现莱昂德尔的真实身份，天命建议莱昂德尔，让他以之前惯用的口吻着人去备晚膳。演员们由此认出了莱昂德尔。不等演员们谈及莱昂德尔考究的衣着，天命便先开口替他回答了。天命跟演员们说，莱昂德尔有位叔父在下曼恩地区，是个有钱人，是他将莱昂德尔从头到脚打扮一番的，也就是他们现在看到的这样。这位有钱的叔父甚至还给了莱昂德尔一笔钱，想以此迫使他离开剧团。莱昂德尔不愿意这么做，就不辞而别了。天命等人互相询问着各自打探的消息，却都没说什

---

① 原标题是"拉戈旦的惊恐与不幸；死尸的冒险；拳脚风暴；及其在这个真实的故事中值得占据一席之地的惊人事件"。

么。拉戈旦向天命保证，说他离开的时候，女演员们虽因安热莉克小姐被劫悲伤不已，但健康状况良好。

夜幕降临。众人用膳。新到的人喝得很多，其他人喝得很少。拉戈旦心情很好，向所有人挑战饮酒。他像是个在小酒馆里自吹自擂的人，不顾众人，自个儿唱着歌，逗着乐儿，只是没人为他捧场。旅馆女主人的婆家兄弟提醒剧团人员，在死者面前这么放纵无度很不适宜，拉戈旦便少弄些动静，多喝些酒。众人就寝。天命和莱昂德尔歇在他们原来就占着的房间里，拉戈旦、纪仇和奥利弗睡在厨房边上的一间小屋子里。屋子隔壁停放着尸体，现在还没用裹尸布遮住。旅馆女主人歇在楼上房里，她的房间紧挨着天命和莱昂德尔的。她这么做，一是为了避免已故丈夫的不祥之物出现在她眼前，二是为了接待众多前来吊唁的朋友。作为镇上最胖的女士之一，她丈夫有多为人所厌恶，她便有多为人所爱戴。

旅馆里一片沉寂。狗儿们睡了，不闻犬吠声，别的动物也都睡着了，又或者，它们理应都睡了。这静谧一直持续至凌晨两三点钟，直至忽地一声，拉戈旦声嘶力竭地大叫起来，说纪仇死了。霎时间，拉戈旦叫醒了奥利弗，又去叫天命和莱昂德尔起身，让他们下楼来他的房间，前去哀悼纪仇，或者，至少来看看纪仇——这个刚刚在他身旁猝死的人。

天命和莱昂德尔跟着拉戈旦过去。走进房间时，他们首先看到的就是，纪仇正安然无恙地在房间里踱步，尽管这对一个刚刚猝死的人来说很困难。拉戈旦是第一个进来的，还没看清楚，他就下意识地往后退，仿佛踩在了一条蛇身上，或是把脚伸进洞里去了。拉戈旦大叫起来，脸色发白，跟个死人似的。由于身体失重,走出房间时,他猛地撞到了天命和莱昂德尔身上,差点儿没把他们撞倒在地。眼下,拉戈旦异常恐惧,直躲到了旅馆花园里藏着,身子险些冷僵过去。天命和莱昂德尔问纪仇,他的死究竟是怎么回事。纪仇跟他们说,他知道的并不比拉戈旦多,又说拉戈旦这个人没脑子①。这时,奥利弗笑得跟个疯子一样,纪仇则跟以往一样,沉着冷静,默不作声。奥利弗和纪仇都不再多言。

莱昂德尔跟在拉戈旦身后,发现他躲在一棵树后面。即便穿着衬衣呢,惊惶的拉戈旦浑身颤抖着,比冷得哆嗦时抖得还厉害。他满脑子都以为纪仇死了,见到莱昂德尔,他最初还以为是纪仇的鬼魂。莱昂德尔靠近他时,他本打算逃跑。正在这时,天命来了,他以为又是个鬼魂。他们想问拉戈旦什么事儿,却没能让他说出哪怕半句话来。后来,他们架着他的胳膊,准备把他带回他房间。不过,正当他们走出花园的时候,纪仇出现了。

纪仇这时正欲进花园。拉戈旦对架他的人心存防备,眼神迷离地看了眼身后的人,倏地钻进了一大片茂盛的玫瑰丛。他抱着头、拢着脚。他逃得不够快,被纪仇赶上了。纪仇叫了他上百次疯子,还说得用链子把他锁住。他们三人合力将拉戈旦从藏身的玫瑰丛中拉出来。纪仇朝他裸露在外的皮肤上生生给了一巴掌,好让他看清楚自己没死。最后,这个惊恐的小个子男人被带回了自己的房间,放在了床上。登时,隔壁房里传来一片嘈杂声,都是女子的声音。他们因而猜测发生了什么。这绝非女子悲痛时的呻吟声,而更似数个女人一起发出的可怖的喊叫声,好像她们都恐惧不安。天命走过去,发现四五个女人正跟旅馆女主人一起,

---

① 没脑子(n'être pas sage),指这个人是个疯子,是委婉说法。

在床下寻摸什么。她们正盯着壁炉，看上去十分惊惧。天命问她们怎么了，女主人边嚎叫边说道，她不知她那可怜的丈夫的尸体怎么样了。言罢，她又开始吼叫。其余的女人也是，像场音乐会似的，众人和着她的节拍。在场的所有女人一起，发出震耳欲聋的嘈杂声、哀怨声，引得旅馆里的人全都来到这间房里，还有些邻居和路过的行人也进了旅馆。

正在这时，一只"猫主子"逮住了女佣放在厨房桌上的鸽子，鸽子里已经加塞了猪膘，猫带着它的战利品逃到了拉戈旦的房间，藏在了拉戈旦与纪仇共用的床底下。女佣拿着柴火棍，追着猫过来。她向床下望去，想看看她的鸽子变成什么模样了。女佣发现了主人的尸体，便使出浑身解数大叫起来。她反反复复嚷着，旅馆女主人和其他妇人也都来到了她跟前。女佣扑到女主人跟前，跟她说自己找到了主人。这么大的欢喜，让可怜的寡妇吓得不轻，怕她丈夫复活了。这么说是因为，女主人脸色变得苍白，像个被判了罪的人。后来，女佣引着大家朝床底望去，他们在那儿发现了让他们忧心的死者尸体。虽然尸体挺沉的，但从床底把它拉出来，并没有找出是谁把它放进去的那么难。大家把尸体抬到房间，开始裹尸。

演员们离开了，去了天命歇息的房间，天命对这些怪事完全无法理解。至于莱昂德尔，他满脑子里只有他亲爱的安热莉克，这让他跟拉戈旦一样恍恍惚惚。拉戈旦生气纪仇没死，众人的取笑让他备感耻辱。以往他总是喋喋不休，任何对话，也不管是否适宜，他都要掺和进去，现如今却不再说话。纪仇和奥利弗对拉戈旦的这番惊慌失措不以为奇，对在不借助任何人力的情况下，一具尸体被人从一个房间转至另一个房间，二人也不觉惊奇。至少就我们所知是如此。天命怀疑他俩充分参与了这奇异事件。至此，旅馆厨房里发生的事逐渐明朗了。

一个犁地的仆人从田里回来吃午饭，听见一个女佣惊恐万分地讲道，他们主人的尸体自己站起来了，还独自行走。他跟她说，天破晓时，他路过厨房，看到两个穿衬衣的男人肩扛着尸体，去了他们后来发现尸体的那个房间。死者的兄弟听闻仆人这些话，觉得此举十分恶劣。寡妇立时也知道了，她的朋友们也是。四下里的人都对此感到十分愤慨，众口一词地认为，这俩男人是利用尸体行恶毒之事的巫师。正在大家对纪仇评头论足时，纪仇走进厨房，让人把午饭送到房里去。死者的兄弟问纪仇，为什么把亡者尸体抬到他自己的房间。纪仇无意回复，看也没看他一眼。寡妇也问了纪仇同样的问题，纪仇对她也是一样冷漠。这个好女人却没有这样对纪仇。她扑到纪仇眼前，怒气冲冲，像是被夺了幼崽的母狮子（我担心这个比喻用在此处不是很美）。她婆家兄弟朝纪仇给了一拳，女主人的朋友们也毫不心软，女佣和仆人们也纷纷加入，对纪仇拳脚相加。眼见纪仇一人之身无以容纳那么多袭击者的拳头，混乱之下，这些人相互打起来。

纪仇一人抵数人，也就是说，数个人对抗他一个人。纪仇没被敌人的数量所震撼，无奈之下，他便煞有介事地上阵。他竭力挥舞上帝赐予他的手臂，余下的则全听凭偶然。从来没有比这更引争议的不平等战斗。纪仇也是，只见他危难中依旧保持着判断力，充分利用自身的敏捷与力量，慎重出击，让每个拳头都尽可能发挥最大价值。他打出的耳光，不会垂直地落在遇到的第一张脸上，而是要滑出去（若得这么说的话），直至第二张脸上，甚至是落在第三张脸上。这是因为，他大都是先单脚旋转半圈才把拳头伸

出去，这样一来，一记耳光打了三个人的下颌骨，发出三种不同的
声音。在打斗者的一片喧杂声中，奥利弗下楼来到厨房。他几乎
没时间去辨认这些打斗者中哪个才是他同伴，仿佛这些人是冲着
他来的一样，他感觉自己要挨打，可能会被打得比纪仇还惨，纪仇
的顽强抵抗已经开始让人害怕①了。许是为了讨回本，被纪仇打
得最惨的三两个人朝奥利弗扑过来。打斗声越来越大。就在这
时，旅馆女主人的小眼睛被人打了一拳，她觉得有十万支（相较于
不确定，这是个确数）蜡烛在眼中闪烁，只得退出战役。此时她的
哭嚎声比她丈夫死的时候更大、更果决。她的喊叫吸引了周围人
的注意，天命和莱昂德尔下楼来到厨房。虽然他们是想来安抚情
绪的，这些人不宣战，就向他们开战。拳脚纷至，朝他们袭来，他
们也予以还击，绝不放过。旅馆女主人和她的朋友们、女佣们，不
再只做看客，一起大喊着抓小偷。她们有的被打得眼睛青肿，有
的鼻子流血，还有的下颌骨碎了，全都头发凌乱。邻居们站在女
主人这边，帮她攻打那些被她称作小偷的人。

　　须得有个比我文笔更好的人来描述他们的打斗。最后，敌意
和盛怒成了他们的主人。他们开始去抓身边够得着的铁钎或家
具扔到对方头上。神父这时走进厨房，试着让战斗停止。其实，
大家对神父还是有些尊重的，可若不是众人已疲劳，他也很难将
这些人分开。双方纷纷停止了敌对行为，但嘈杂声却没有消失。
每个人都想第一个开口说话，女人比男人更多，又用假声，可怜的
老好人不得不堵住耳朵，退到门口去。如此一来，最吵闹的人也

---

① 根据热拉尔·热内特（Gérard Genette）的叙事学理论，这里作者运用的是预叙
（prolepse）手法，或者说是叙事的提前（anticipation du récit），此处斯卡龙则是让故事
中的人物——奥利弗来"预叙"，但这些动作并未真实发生，而是奥利弗的想象。

都噤了声。神父重又进入战场,旅馆主人的兄弟听从神父的命令开始发言。他跟神父控诉说,死者的尸体被人从一个房间挪到了另一个房间。若他咳血咳得没那么厉害,他会进一步夸大这恶劣行径的。只不过,他的鼻子也还在流血,他又没法止血。众人归的罪,纪仇和奥利弗都认了,可却又辩称他们没有恶意,仅仅是想吓唬吓唬一个同伴,正如他们所做的那样。神父严厉地指责了他俩,让他们知晓这事的严重后果,明白这玩笑开得过分了。

神父是个正人君子,在教民中有很高的声望,没费太大力气,他便平息了争议。这种纷争,越是过多地参与其中,越是声名狼藉。然而,不睦女神①的蛇发还没有完全在这座房子里施展开来,尚未达到她想要的效果。楼上房间里传出巨大的吼叫声,此声音与割喉杀猪的声音一般无二。这是小个子拉戈旦发出的声音。神父、演员以及另外几个人,朝拉戈旦跑过去。他们看到,除了头外,拉戈旦的整个身子都陷到了旅馆盛放衣物的一个大木箱里。更让这个关在箱子里的人恼火的是,箱子上端又重又结实,掉下来砸在了他腿上,让他苦不堪言。众人进来时,看到箱子不远处站着个身强体壮的女佣。见她情绪激动,都怀疑是她把拉戈旦弄成这样的。正是她,她对此十分自豪。所以,她只顾忙着铺床,不敢看大家是如何把拉戈旦从箱子里拽出来的,别人问她刚才的声音是从哪里传出来的,她也不作答。其间,半身人被人从陷阱里拉了出来,脚下还没站稳,他就跑去拿剑。众人拦住了他取剑,却阻止不了他去找那个高个子女佣,而他也未能阻止这女佣朝他头

---

① 不睦女神(la Discorde),黑夜的女儿。奥古斯都时代古罗马诗人维吉尔的《埃涅阿斯纪》中刻画的不睦女神是满头蛇发的形象。在《乔装打扮的维吉尔》(Le Virgile travesti)第六章中,斯卡龙写道:"不睦女神/及腰的长毛/带毒液的头发。"

部重重一击，使得他的"狭窄理智"之"广阔天地"就此瓦解①。他往后退了三步，但这退步是为了更好地跳跃。若不是奥利弗扯住了他的紧身长裤，他会像蛇一样冲向他可怕的敌人。虽是徒劳，他却十分勇猛。他的裤腰带断了，在场的人皆从沉默中放声大笑起来。神父忘了庄重，旅馆主人的兄弟忘了表现悲伤。

唯独拉戈旦不想笑，他的怒气转到了奥利弗身上。奥利弗感觉受了辱，便把拉戈旦整个儿地（就像巴黎人常说的）举了起来，把他扔到女佣刚铺好的床上。拉戈旦的皮带刚才已经断了，奥利弗以海格力斯②之力，将拉戈旦的紧身长裤脱掉了，他那汗毛浓密的瘦小双手上上下下，落在了拉戈旦的大腿及其周围的地方，霎时间，手掌所及之处通红一片，一抹猩红。莽撞的拉戈旦慌忙下床，未等这鲁莽之举取得成功，就见他很不幸地，一脚踩进床沿边的夜壶中。踩得那么深，哪怕借助另一只脚也拔不出来。他不敢离开床沿，生怕引得众人再次发笑，让自己成为笑柄，他对此道的了解不比任何人少。

见拉戈旦方才还情绪激动，眼下却忽然这般安静，众人皆感惊讶。纪仇觉得这不会是无缘无故的。半是好意，半是强迫，纪仇将拉戈旦从床边拖出来。这一下，所有人都看到了拉戈旦被马蹄铁弄伤的口子，又见到这个小个子男人的金属脚，全都禁不住大笑起来。让拉戈旦用他的妙脚去踩躏锡铁吧，我们去迎接此时来到旅馆的一行人。

---

① 意思是让他残存的理智全部因此瓦解。此处原文使用了两组对照词汇——"狭窄理智"（son étroite raison）及"广阔天地"（le vaste siège），其中 raison 和 siège 都是多义词。此处是省略了的对照（antithèse）——文体学中的一种修辞手法，只是这种逻辑不顺的比较，更多是为了突出人物的蠢笨。
② 海格力斯（Hercule），希腊神话中天生神力、勇猛善战的大力士。

第八回

拉戈旦脚陷夜壶
新人新面进旅馆

若是拉戈旦未经朋友帮助,单凭自己就把脚从可恶的夜壶中拔出来了(他之前不幸地踩进去了),估计他的怒意会整日难消。不过,他此刻不得不压抑着自己高傲的本性,尽量表现得低声下气,毕恭毕敬地恳请天命和纪仇帮他把左脚或右脚——我也不知道是哪一只脚——解救出来。因为他刚跟奥利弗发生过不快,也就没找奥利弗。但奥利弗不请自来,主动过来帮他,奥利弗和另外这两位同伴都尽可能地安慰拉戈旦。

小个子男人为了把脚从夜壶中拔出来,做了许多努力,却导致他的脚肿胀起来,而天命和奥利弗的努力,则让他的脚肿得更厉害了。纪仇先把手放进去,动作却十分笨拙,或者说其实是非常狡黠,拉戈旦觉得纪仇想让他彻底残废。拉戈旦不停地请求纪仇别再掺和了,也请其他人不要再弄了。他躺在一张床上,等人为他请锁匠来锉开他脚上的夜壶。

旅馆里,这天中余下的时间很平静,天命和莱昂德尔两人却很难过。他们中一个为仆人着急,到现在仆人都没按照约定回来,没给他带来情人的消息;另一个因为远离亲爱的星星小姐怎么都高兴不起来,况且他还要参与安热莉克小姐被绑架之事。莱昂德尔对天命表示同情,他见天命脸上的所有神情都在表明他现在很悲伤。纪仇和奥利弗与村里的几个居民一起玩滚球游戏,拉戈旦忙活了会儿他的脚,余下的时间都在睡觉,可能是他想睡,也可能是遇到这么些糟心事后,不在众人面前露脸能让他自在些。旅馆主人的尸体被放回原处,至于旅馆女主人,尽管她对她丈夫之死怀有一些美好的①想法,却也不能让两个从布列塔尼前往巴黎的英国人付出太大代价②。

　　太阳刚刚下山了,天命和莱昂德尔还守在窗前,一辆四匹马驾驶的马车来到旅馆,三个骑马的男人和四五个仆役紧随其后。一个女佣过来请天命他们把房间让出来,好留给刚来的车马扈从。如此,拉戈旦便不得不再次出现在众人面前,尽管他想留在这间房里,最后还是跟着天命和莱昂德尔去了他们的房间。前一天拉戈旦在那里看到纪仇,以为纪仇死了。旅馆厨房里,一位从马车上下来的先生认出了天命,这人正是之前那个雷恩议会的议员,上次婚礼期间认识的,彼时可怜的洞穴还遭遇了不幸。这位布列塔尼议员向天命询问关于安热莉克的消息,得知还没把她找回来后,对此表示了沮丧。这位议员名叫加鲁费耶尔③。这个名字让我觉得他更像昂热人而不是布列塔尼人,在下布列塔尼地区没有人的姓是以凯尔(ker)开头的,但昂热地区有些名字却是以

---

① 形容词“美好的”用在此处,更多是揶揄之口吻。

② 原文中用的是 payer en Arabe,阿拉伯一词在这里指的是花重金、付出大价钱,敲诈勒索、索取高价。

③ La Garouffière,地名,此处音译为加鲁费耶尔。

耶尔（ière）结尾的。诺曼底以-ville 结尾，皮卡底①以-cour 结尾，加龙河附近居民的名字则是以-ac 结尾。

说回加鲁费耶尔先生。就像我之前跟您说的，他头脑灵活，言谈举止竟丝毫不像是个出身平凡的外省人，他在巴黎的酒馆里的花销，远不是任职了六个月的议员能够负担得起的。每次宫廷举丧的时候，他也穿上丧服②；如果非要查找记录、细细考证一番③，许是能够找出些证明文件来佐证他的身份。若我有胆量说的话，他其实并非真正的贵族，而是属于富民阶层（资产阶级）。另外，他还是个才子，主要是因为几乎人人都为自己能够感知精神层面的娱乐活动而自鸣得意，不管是对此真正了解的行家里手，还是那些对诗歌与散文妄加评判，或自以为是、或粗鲁不堪的无知之徒，甚至他们还觉得写作是不体面的，必要的时候，他们还大肆指责那些"写书的人"，说他们像在"制造假币"④似的。

演员们的境况尚好，在有演出的城市，他们都得到了友好招待，这是因为，他们像鹦鹉或椋鸟一样模仿诗人，甚至其中某些人天生聪慧，偶尔还能参与戏剧创作，或靠自己的底子，或部分地借鉴别人的，让人心生一种想去结识或频繁地造访他们的志趣。现如今人们对他们的职业有了较为公正的认知，不像以前那样看待他们了。的确，喜剧更多是为了娱乐一些最简单无知的人，有时会有说教和逗趣的效果。现如今，至少在巴黎，喜剧中下流淫秽

---

① 皮卡底（Picard，也译作"皮卡第"）是法国的一个地区，历史上曾经是法国的一个省。该地区位于法国的北部，由现在的埃纳（Aisne）、瓦兹（Oise）和索姆（Somme）三省组成。
② 意思是他像朝臣一样，每次宫廷有丧事，他也穿上丧服，以显示他经常出入宫廷，而事实却并非如此。
③ 古时贵族的头衔都是记录在册、有记可考的。
④ 在当时制造假币是重罪，哪怕是绅士阶层的人也会因此获罪。

的内容都被清除了。倘若能够像穿件外套那样轻易地将喜剧中有关骗子、侍从、仆人及其他人性丑恶面的内容清除，且还能让喜剧比昔日闹剧中的笑话更吸引人，则是再理想不过了。如今闹剧像是被废除了，我敢说，在一些特别的剧团里仍能看到四处散播的污秽下流的双关话。这些双关话曾在勃艮第府剧场的包厢里引起愤慨。

不扯远了。加鲁费耶尔先生在旅馆碰到天命很高兴，他让天命答应晚上跟刚到的这行人一起吃饭。这一行人里有一对新人，新郎来自勒芒，新娘是拉瓦勒一带的，另外还有新郎的母亲（我听新郎说的）、外省的一位绅士、加鲁费耶尔先生及其法律顾问。他们每个人都相互沾亲带故，都是天命在安热莉克小姐被劫的那天举行的那个婚礼上见到过的。之外，我刚才点到的每个人，还都得再配有一位女佣或贴身侍女。您可以看到载他们的马车满满当当，尽管牛夫人①（大家对新郎母亲的称呼）是全法兰西最矮小的人之一，却也是全法最肥的女人之一。有人告诉我说，无论好坏年头，她身上通常都会有三十公担②的肉，这还不算人体组成中其他有分量的物质或固体。听我跟您说完这些，您不难想象得出，她是非常多汁的，就像流言蜚语中的其他女人一样。

晚饭就位。脏兮兮的衣服丝毫无法遮掩天命的英俊面容，在莱昂德尔映衬下，天命显得更为白净。按照以往，在跟其他喜欢高谈阔论的人在一起时，天命寡言少语，可能是他不想像他们一

---

① 薄维庸夫人，法文原文使用的 Bouvillon 一词指的是阉割过的小公牛，用这个名字指代牛女士，极具讽刺意味。根据一份重要手稿，斯卡龙将其命名为 Bouvillon 是为了嘲讽法国在阿朗松（Alençon）的一名财务官的妻子，后者于 1709 年去世。此处从读者角度出发，为了更好地体现讽刺及戏谑效果，将其译作"牛夫人"。

② 公担（quintaux），1 公担等于 100 公斤。

样净说些无用之事。加鲁费耶尔把桌上最好的食物都盛给天命，牛夫人也争先恐后地效仿，几乎毫不避讳，以至于桌上所有的菜瞬间就被清空了，而天命盘中则满满堆着鸡翅、鸡腿。我不禁惊讶，他们是如何偶然地在一个底部很小的盘子里建造了这么高的肉糜金字塔。加鲁费耶尔没留意到这些，他正专心致志地忙着跟天命讨论诗句，向天命显露自己的远见卓识。牛夫人也有自己的盘算，她总不停地为演员天命效劳，再没有鸡可切的时候，就将羊后腿切成片盛给他。天命不知道该把肉片放何处，他的每只手里都拿着一片肉，想找地方把它们放下。

见此状，那位胃口受了影响的绅士不想保持缄默，他面带微笑地问天命能否把盘中食物全都吃光。天命看了看，吃惊地发现加鲁费耶尔和牛夫人打造的战利品——切碎的肉块已经堆到了他的下巴。天命红着脸，忍不住笑了，牛夫人泄了气，加鲁费耶尔捧腹大笑，引得在场的人跟着反反复复哄堂大笑了四五次。主人不笑了，又轮到仆人笑了起来。新娘觉得好笑，刚要举杯喝酒，扑哧一声又笑了，新娘的酒洒了她婆婆和她丈夫一脸，她丈夫的一大半脸都埋进了酒杯里，余下的酒又都洒在了其余在座之人身上。大家又开始笑起来，牛夫人是唯一一个丝毫都没笑的，她的脸涨得通红，怒目斜视着她可怜的儿媳，儿媳的欢喜便因此减弱了。最后大家都笑够了，也不能总一直笑，众人擦擦眼睛，牛夫人和她儿子擦掉眼睛和脸上流淌的酒。新郎向大家致歉，却又忍不住笑起来。天命把他的盘子放在桌子中央，每个人都从他的食物中取一些出来。

进餐时没再谈论他事，无论好孬笑话，都被抛却脑后，牛夫人不合时宜的严肃在某种程度上影响了众人的快乐。餐具刚撤下，女士们便离开回了房间，律师和绅士拿了纸牌，去玩皮克牌游戏。加鲁费耶尔和天命不是那种不玩游戏时便无所事事的人，他们共同进行了一次非常深刻的思想交流，这些对话可能是最高端的、下曼恩地区的旅馆里从未有过的。加鲁费耶尔存心谈论一些他认为对一位演员来说最隐秘的事情，通常演员的思维比其记忆更狭窄，而天命却像个八面莹澈、洞悉世事的人那样与他交谈。之外，天命能凭他那令人难以想象的判断力，区别出哪些女子只是表面上看着有才华，哪些是真的才华横溢，哪些只是在需要时才会显露出聪慧；哪些羡慕恶俗的逗趣的人，或觉其风趣，或视若良伴，说一些或含沙射影的笑话，或下流污秽的暧昧双关语，甚至拿她们自己打趣，总之，她们都是街区的活宝，天命能够区别出哪些才是世上最可爱的人，可视之为最好朋侪的人。

　　天命还说起那些像男人一样从事写作的女人，她们写得跟男人一样好，且她们不矜不伐，从不将自己的思想结晶公之于众。加鲁费耶尔是个老实忠厚之人，对正人君子们的行事做派很是了解，他不理解一位乡下演员是如何能够对真正的忠贞正直了解得那么透彻的。正在加鲁费耶尔暗自钦佩天命之际，律师和绅士因翻的一张牌起了争执，便不玩牌了，二人现在哈欠连连，想去睡觉。床已经铺好了，共计三张，就在他们用晚饭的这间房里。天命回了房间，与莱昂德尔一起歇下了。

第九回

拉戈旦上当受骗
不幸事接二连三

　　纪仇和拉戈旦是在同处歇下的。奥利弗夜里的大部分时间都在缝衣服,这是因为之前他与怒气冲冲的拉戈旦扭打作一团的时候,他的衣服脱线裂开了。那些熟悉拉戈旦——这位小个子勒芒人——的人发现,每次拉戈旦与人打斗,要么是全部地,要么是部分地,总能把对方的衣服弄脱线或撕扯烂。战斗中,拉戈旦凭着精准还击,挡住了冲他而来的拳头,这才护住了自己的衣服,就像别人拿起武器保护自己的脸颊。睡前,纪仇见拉戈旦脸色很难看,便问他是不是不舒服。拉戈旦回答说,自己的状态从未这么好过。

　　不久,二人便睡着了。亏得纪仇对刚来到酒馆的这行人颇为尊重,不想打搅众人休息。若非如此,小个子男人此夜怕是难以成寐。其间,奥利弗忙着缝缀衣服,一切拾掇停当后,奥利弗拿起拉戈旦的衣服,像裁缝一样灵巧地将拉戈旦的紧身短上衣和紧身长裤改小了,改完后又把它们重新放回原处。这一晚,大部分时间里奥利弗都在缝缝补补,缝了又拆、拆了又缝,最后在拉戈旦和纪仇歇着的床上睡下了。

　　一大清早众人就都起来了，就像我们在旅店里总见到的，天方破晓，就有嘈杂声传来。纪仇又对拉戈旦说他脸色很差，奥利弗也如是附和，拉戈旦便真的开始觉得自己面色差。之后拉戈旦又发现自己衣服的四角都变窄了，也就更深信不疑了。不过是睡了一觉，这么短暂的时间，自己的身体便肿胀成这副模样，这令拉戈旦骤然感到恐惧。纪仇和奥利弗总不停地夸张说他的脸色多么可怕，之前提醒他不要被假象迷惑的天命和莱昂德尔也跟他说他变了很多。可怜的拉戈旦泪蕴于眶。天命忍不住笑他，他更生气了。

　　拉戈旦来到旅馆的厨房，厨房里的人也跟演员们一样，都说他脸色很差，甚至马车里一大早起来忙着赶路的人也这么说。他们让演员们跟着一起用早饭，所有人都祝病人拉戈旦身体健康，拉戈旦并不跟他们嘘寒问暖，一边低声嘟哝埋怨他们，一边满脸忧愁地去了镇上的外科大夫家里，跟医生说了自己的浮肿情况。外科大夫询问了他不舒服的原因及症状，这大夫对疑难杂症知之甚少，整整一刻钟的时间里，他都在用他的专业术语说一些不着边际的话，背离了约翰长老①对他的教诲。拉戈旦没了耐心，焦急地问大夫，让大夫本着对一个矮子的友善向上帝发誓，是不是再

---

① 　约翰长老（prêtre Jean，又称约翰长老、传教人约翰），于 12 世纪至 17 世纪盛行于欧洲的传说人物，内容是传闻于东方充斥穆斯林和异教徒的地域中，存在由一名基督教（宗主教）之祭司兼皇帝所统治的神秘国度。关于这个王国的记载，见于中世纪流行的多部虚构作品。甚至在马可·波罗的游记中也提到了他。据称，祭司王约翰是东方三博士的后裔，是一名宽厚和正直的君主，统领一片充满财宝和珍禽异兽、圣多马曾居住的土地。该国内有亚历山大之门和青春之泉等胜地，边疆更为乐园所包围。他拥有的宝物包括一面可看见每一寸国土的镜子。他的王国富庶得难以想象。据说他是中亚的基督教捍卫者，曾经大破波斯军，之后大军直抵耶路撒冷，但因底格里斯河结冰无法渡过才作罢。还有传说认为，耶稣基督曾应许使徒约翰将活着见到他的再临，因此约翰长老，便是那位拥有不老不死之身的使徒约翰本人。

没别的什么能告诉他了。外科大夫还想据理力争，若不是他卑躬屈膝地安抚这位怒气冲冲的病人，拉戈旦怕是已经把他给打了。大夫抽了他三小瓶①血，又为他拔了火罐，一个比一个有效。

神父刚结束工作，莱昂德尔过来对拉戈旦说，若拉戈旦保证绝不生气，莱昂德尔就会告诉他众人对他做的一件坏事。拉戈旦信誓旦旦地保证，诅咒都超出了莱昂德尔的预期，拉戈旦发誓倘若自己不能信守诺言将永坠地狱。莱昂德尔跟拉戈旦说他的誓言需要证人，便把拉戈旦带回旅馆，当着所有主子、仆人的面，拉戈旦再次发誓，莱昂德尔这才告诉他有人把他的衣服改小了。拉戈旦的脸先是因羞耻涨得通红，后又因生气脸色发白，他违背了自己可怕的诅咒，七八个人同时过来告诫他，场面十分激烈，尽管拉戈旦用尽全力咒骂，大家还是什么都听不到。拉戈旦不再说话了，但其他人仍继续在他耳边大喊，让他很长一段时间失去了听觉，可怜的小个子。最后，让众人意外的是，拉戈旦转身走开了，他使出浑身气力唱着脱口而出的歌谣，人声嘈杂转而成为一片喧闹的嘲笑声。从主子到仆人，旅馆的所有角落里，各种各样的话题吸引着各色各样的人。这么多人一齐哄笑的声音渐渐降了下去，消散在空气中，发出类似的回声。无论读者是否自主自愿地阅读，忠实的纪事者要在大家正读得津津有味的时候结束本回了，或许，这也恰是天注定的。

---

① 此处原文 palette，是一种小瓶子，容量为 4 盎司，即 120 克左右。

第十回

见色起意牛夫人
袒胸露乳诱天命①

马车早早便备下了,漫长的旅途正等着它。七个人有条不紊地将马车装好,然后又拥挤着上了车。马车驶离,在离酒馆十步之遥的地方,车轴从中间断开了。车夫抱怨命不好,其他人则来责骂他,仿佛他应对车轴的寿命负责似的。车夫不得不穿过一辆辆马车,再次踏上去往旅馆的那条路。听人说整个地区除了离此地三古里的一个大镇子上有个修理工,别处再没有车匠,耽搁在马车里的人感到沮丧。无可奈何的他们,见马车的状态不比昨日,只得听从别人的建议。牛夫人是一家之主,家中财产尽数归其所有,所以她的话对她儿子很有威慑力。她命她儿子骑上仆人的一匹马,让她儿媳骑另一匹,一起前去拜访她的一位年迈的叔父,此人正是修车匠所在镇子上的神父。这个镇子的领主是议员的亲戚,律师和绅士也都认识。绅士请他们陪他一道前去此镇拜访。旅馆女主人让人给他们找来了些牲口,抬高了点儿价格租给他们,于是,牛夫人便成为整支队伍中唯一一个留在旅馆的。她

---

① 原标题是"牛夫人饥渴难耐,前额起了肿块。"

有些累了，或是佯装疲倦了，又或者是因为，即便大家已经十分努力地把她抬起来了，她那圆滚滚的身材还是不允许她骑上一头驴。牛夫人让女佣去请天命，让天命与她共进午餐。等待期间，她重又梳了发髻，烫发、扑粉，穿上罩衫和带花边的披肩，她用她儿子的热那亚式衣领①做了个圆锥形的帽子，又从她儿媳的首饰箱里拿出一条婚礼用的裙子，盛装打扮一番后，化身为一个胖乎乎的小个子美人。

天命很想跟同伴们一起自在地享用午餐，但该怎么拒绝牛夫人的这个低声下气的卑微女佣呢？饭菜刚摆好，她就被牛夫人派来寻他了。天命吃惊地发现，牛夫人的穿着竟如此大胆。牛夫人笑盈盈地招待他，拿起他的手让人给他擦洗，复又捧起他的双手，就像是有什么话要说似的。天命不关心吃什么，只想知道为什么自己被邀请过来，但牛夫人总说他怎么都不吃呢，天命便不知该怎么作答。除了回她说他天生寡言少语外，天命不知道能与她说些什么。牛夫人总能巧妙地找到聊天素材。一个喋喋不休之人遇上个不言不语的人，两人面对面坐着，天命不搭话，牛夫人便说得更多。牛夫人按照自己的理解来评判他人，见人没反驳她，她就继续高谈阔论，想必是出于同样的原因，她觉得自己的言辞没能取悦她这位无动于衷的听众，便想着弥补说过的话犯下的错，可往往是，她说出的话还没有原先说过的有价值，但凡有人在听，她就绝不会住口。

也许我们是能够抽身而去的，这些不知疲倦的人，一旦有人为伴，就自顾自地说个没完。我觉得与这种人相处，我们所能做

---

① 意大利花边风潮起源于16世纪末，一直持续至17世纪末，主要流行于热那亚、威尼斯、拉古萨等地。

的，最好就是跟他们一样口若悬河，有可能的话，比他们更为滔滔
不绝才好。侈侈不休的人，若是身边遇上另一个喋喋不休、总打
断他、迫使他当听众的，哪怕众人皆在，他怕也会按捺不住。我的
这番见解是建立在数次经验之上的，甚至，我都不确定我自己是
否也位列其中，也属于遭我抨击的这类人。至于天下无双的牛夫
人，她才是最厉害的夸夸其谈高手，反反复复絮说毫无意义之事，
她不仅自顾自说话，还自问自答。天命的沉默寡言造就了一出好
戏。为了取悦天命，牛夫人东拉西扯把能说的话题都说了个遍。
她跟天命讲述发生在拉瓦勒城里的一切，她曾在拉瓦勒逗留过。
又说些骇人听闻的故事，她拣有利于自己的内容说，但所说之事
却并无特别之处，也没什么家族秘史，每次她意识到前面说错了
的时候，她总会辩解，可她越辩越糟，她也不知道自己错在何处。
起初天命就觉得十分煎熬，索性一句也不作答。后来他觉得自己
得不时地微笑一下，或者偶尔说"这很有趣"或"这太奇怪了"，更
多时候，他一会儿说前一句，一会儿说后一句，就没有用恰当的
时候。

　　天命不再进餐，餐具便被撤下了。牛夫人让天命靠近她在床
脚边坐下，她的侍婢让旅馆的佣人们都退下后，自己也出了房间，
走前把门关上了。牛夫人觉得天命可能注意到了这些，便对
他说：

　　"瞧瞧这冒冒失失的，竟把门给我们关上了！"

　　天命回道："我去把它打开。"

　　牛夫人止住天命，说道："我不是这个意思。您知道两个人关
上门待在一处，他们可以做任何他们喜欢的事情，也可以说是任
何他们想做的事情。"

天命反驳道:"您不是这样的人,不会这么鲁莽行事的。"①

牛夫人说:"我不是这个意思,对于那些诽谤中伤,我们很难预防。"

天命反击道:"那也要有些事实依据,您和我之间,大家都很清楚,一名可怜的演员和像您这等身份地位的女人之间没什么可能的。"

天命继续说道:"我能去把门打开吗?"

牛夫人走过去把门闩插上,跟天命说:"我不是这个意思。"又说:"或许门关上了就不会有人留意这边,无论到底关不关门,最好还是在我们的意见达成一致的时候再把它打开。"

她按着自己说的去做了,她那欲火中烧的脸朝天命靠近,一双小眼睛闪烁着光芒,天命不得不仔细思量该如何从她为天命设下的战场上光荣地撤离。好色的胖女人把她脖子上的围巾取下,将她那重达至少十古斤②的乳头,也就是将她乳房的三分之一袒露在天命眼前,其余的重量平摊在两个胳肢窝下面。天命没显出一丝喜色。牛夫人因为自己的龌龊想法红了脸,放荡的她,胳肢窝也红了,喉咙跟脸一样红,从远处看,通红的脸和喉咙连在一起,就像顶猩红色帽子③。天命的脸也红了,但他跟牛夫人不同,他是因羞耻才脸红的,牛夫人已经没有羞耻心了,至于她为什么脸红,我让您自己去想。她嚷着自己背上有几只小跳蚤,说小畜生们在她衣服里乱动,类似那种痒痒的感觉,她请天命把手伸到

---

① 两人关在房中的时候,牛夫人想与天命发生性关系,但天命并无此意,天命此处的回复是一种恭维,说牛夫人不是那种随便的人。
② 古斤(livre),在此处指的是法国古代的重量单位,在巴黎为 490 克,其余各省为 380 克至 550 克。
③ 原文 tapabor 是一种英式帽子,白天夜晚都可以戴,帽檐可以遮风挡雨。

她衣服里面去。可怜的小伙子颤颤巍巍地照做了，与此同时，牛夫人去摸天命的肋骨，天命没穿紧身短上衣，牛夫人问他是不是一点儿都不怕痒。该反抗还是屈从呢？

就在这时，门外传来拉戈旦的动静。拉戈旦手脚并用地拍着门，像要把门打破似的，他朝天命大喊，让他赶快开门。天命把自己的手从牛夫人汗涔涔的后背里拿出来，去给拉戈旦开门，拉戈旦总能弄出魔鬼般的嘈杂声。天命想尽可能敏捷地从牛夫人和桌子之间穿过去，免得碰到她，他脚下碰到了什么东西令他一个趔趄，头突然撞在了一个长凳上，让他晕头转向了好一会儿。在此之际，牛夫人匆匆把围巾重新戴上，去给急躁的拉戈旦开门，此刻，拉戈旦在门外使出全身力气推门。拉戈旦动作生猛粗暴，可怜的女士，脸撞在了门上，鼻子都给压扁了，额头还起了个肿块，大得跟个拳头似的。牛夫人大叫着她要死了。一脸茫然的小个子拉戈旦连最起码的道歉都没有，手舞足蹈地重复说道："安热莉克小姐找到了，安热莉克小姐在这儿呢。"为此，天命差点儿光火。天命尽可能大声地唤牛夫人的女佣来给她主子帮忙，但拉戈旦的动静太大了，用人并没听见。后来，女佣总算拿来了些水和一条白毛巾。天命和女佣尽可能地弥补刚才那猛地被推开的门给牛夫人带来的不幸。天命迫切地想弄清楚拉戈旦所言是否属实，却还是不急不躁地，等牛夫人的脸被清洗干净、擦拭完毕，且额头上的肿块用绷带缠好后，他才离开。天命频频喊拉戈旦冒失鬼，纵是如此，拉戈旦还是领着天命去了他想去的地方。

第十一回

本卷无趣之言
星星无端遇险

　　安热莉克小姐确是刚到,乃是莱昂德尔的仆人领她来的。这仆从很机智,丝毫没向安热莉克小姐透露他主子就是莱昂德尔。纪仇和奥利弗之前对莱昂德尔衣着如此考究感到很惊讶,安热莉克小姐很聪明,也对此故作吃惊。莱昂德尔假装这仆人是他的朋友。正在莱昂德尔询问仆人是如何、在哪里找到安热莉克的时候,拉戈旦就跟凯旋似的,领着天命进来了。或者说,天命是被拉戈旦拖拽着过来的,这是因为天命的速度跟不上兴致勃勃的拉戈旦。天命和安热莉克热情相拥,尽显深情厚谊。久别之后,或是原以为再不能相见,却因某次意外邂逅而再次重逢,须此情境下,才能感受到这种亲切。莱昂德尔和安热莉克虽只是刹那间的四目相对,但二人彼此相望时,眼睛里满是温柔,传达着更多东西。余下的,且待二人私下会晤时再说。

　　其间,莱昂德尔的仆人佯装是在跟朋友说话那样跟他主子讲述道,他按主人要求,前去追劫持安热莉克小姐的人,直到抵达夜宿之地,这些人都没离开他的视线。第二天,他又追着那些人来到了一片树林里。在林子入口,他惊讶地发现了泪落如雨的安热莉克小姐独自一人在林里走着。仆人又道,他对安热莉克小姐说自己是莱昂德尔的朋友,是依莱昂德尔所求来跟随她的。安热莉克深感宽慰,恳求他把她带到勒芒。或者,如果他知道怎么能找到莱昂德尔,就把她带至莱昂德尔身边。仆人继续说道:

"让安热莉克小姐告诉你们那些人因何绑了她又把她丢下吧。这一路上,我见她悲伤,总怕她抽抽噎噎的,会让她窒息,没敢跟她提及这件事。"

众人中最没好奇心的人,也都焦急万分地等着安热莉克小姐跟他们讲述这看似十分诡异的险遇。试想一下,谁会极其暴力地绑架了个姑娘,却又把她还回来,或者说,这么轻易地把她丢下,除非这些劫持者是被迫的?安热莉克小姐请大家许她去睡觉,但旅馆已经客满,善良的神父让她住到客店隔壁他姐姐家中去。他姐姐是个寡妇,丈夫是这个地区最富有的佃农之一。安热莉克睡意不浓,但她需要休息。故而,天命和莱昂德尔去找她的时候,一下就猜到她在床上。虽然天命知晓了她的心意,这让她很高兴,但此刻见着天命,却依旧红着脸。见她这般羞愧,天命有些同情。为了让她摆脱窘境,天命让她忙活别的事,请她给他们讲莱昂德尔的仆人没能告诉他们的内容。以下是她的讲述。

想必你们很容易想象到我和我母亲的惊讶。那时我们正在下榻的客店的花园里散步,忽然看到朝向田野的角门敞开了,有五六个人从小门进来。他们抓住了我,却没怎么理会我母亲。我被吓得半死,被人带到了他们的马前。你们知道的,我母亲是这世上最果决的。她疯狂地朝她遇到的第一个人扑过去,死死地抓住那人,让他无法从她手中逃脱,可怜的他只得叫同伴来帮忙。来帮他的人非常懦弱,不敢打我母亲。其实这人正是整个事件的始作俑者,我听到小径上传来他的声音,他在跟人吹牛,并没有靠近我。夜幕降临,整个夜间我们都在行走,就像那些被人追赶的在逃人员。倘若我们途经有人居住的地方,我的喊叫声一定能被听见,但除了一个小村子外,他们尽可能避开所有会遇到的村子。我的叫喊声把这个小村子里的人全都吵醒了。

天亮了,劫持者朝我走过来。看了我一眼,他立时大叫了一声,把所有的同伴召集过来,一齐开了会。我估计,大概持续了半个小时。劫持者怒火中烧,我则悲痛不堪。他厉声咒骂,听者皆感恐惧,以至几个同伙差点儿跟他起争执。后来,乱哄哄的会议结束了,我不知道他们做了什么决定。接着我们又继续赶路,他们不像之前那样尊重我了。一听到我呻吟,他们就训斥我,诅咒我,好像是我害得他们遭了不幸似的。如你所见,他们劫持我时,我穿的是戏服,为了遮住戏服,他们给我披上了件大袖口上衣。路上,他们遇到一个人向他们打听事。我很惊讶地看到,这人正是莱昂德尔。我以为他认出我来会很惊讶,就故意把戏服露出来给他看。他对这件戏服非常熟悉,他不仅看见了它,还看到了我的脸。莱昂德尔会告诉您他做了什么的。

我被人抱上马时,见数把利剑朝莱昂德尔刺去,我在劫持者的手臂里昏了过去。醒来时,我发现我们正走在路上,没了莱昂德尔的影子,我便加倍尖声叫喊。劫持者中有个人受了伤。昨天他们骑马穿过田野,在一个村子停驻,像战场上的军人那样在村里歇宿。今晨,在树林入口处,他们遇到一男子骑着马载着位小姐。他们让这女子摘了面具,认出她来后,他们很开心地发现他们要找的人就在眼前。他们朝这男子给了几拳,之后就带上这位小姐走了。这位小姐像我一样大声喊叫着,我听她的嗓音,似乎有些熟悉。我们在林中前行了不到五十步，我跟你们说过的那个人，他是所有人的主子，他走近抓着我的人，说道：

"把这个总叫唤的女人放下来，让她走。"

抓我的人听从了。他们把我放了，之后离开了我的视线。我独自一人走在路上，若是在远处一直尾随（就像他对你们说的）、把我带来这里的先生没找到我的话，林中独行的恐惧足以把我吓死。剩下的事你们就都知道了。

不过，她转向天命继续说道：

"我觉得得告诉您，他们更喜欢的那位小姐，像是您妹妹——我的伙伴。两人说话声音一样，我都无法相信，跟她一起的那个男人像是莱昂德尔离开之后您新雇用的仆人。我总觉得就是他，而且无法摆脱这种想法。"

忧心忡忡的天命此时说道："您这是在说什么？"

安热莉克回答他道："说我心中所想。"

她继续道："我们可能会因长相相似认错人，但我很怕并不是我认错了。"

天命回答说："我也很害怕。"

他的脸色完全变了，说道："这个省里怕是有我的敌人，让人恐惧的敌人。但是谁把我妹妹放在林子入口的呢？拉戈旦是昨天离开去勒芒的吗？我去求个朋友尽快赶过去，我在此候着，到时再根据得到的信息，看看我能做些什么。"

言罢，天命就去街上喊人。他从窗户望去，但见加鲁费耶尔先生刚拜访神父回来。他跟天命说自己有要事要对他讲。天命留莱昂德尔和安热莉克待在一起，他随加鲁费耶尔出去了。如此，经历了艰难的别离后，莱昂德尔和安热莉克终于有了自由空间来彼此温存,分享对彼此的思念与感受。我觉得听听他们说些什么还是很有趣的,但对两人来说,会面最好是悄悄地进行。

其间,天命问加鲁费耶尔想告诉他什么。加鲁费耶尔问他:

"您认识一个名叫韦维尔的人吗？他是不是您的朋友？"

天命说:"他是在这个世界上我最为感激的人,最让我引以为傲的人,我觉得他也不讨厌我。"

加鲁费耶尔回道:"我相信。今天我前去拜访一位绅士,在这绅士家中见着他了。饭间,我们谈到了您,之后,韦维尔就只顾着聊您了,再没跟我谈及他事。他问了我上百个关于您的问题后,还是不满足。虽然他还有些事情要处理,可若不是我答应他会带您去找他,他就直接跟我来这儿了,他毫不怀疑您肯定会去找他的。"

天命谢过加鲁费耶尔给他带来这些消息。如今他知道了到哪里能找到韦维尔,便决定去见他,他希望能从韦维尔那里打听到些关于敌人萨尔塔尼的消息。天命毫不怀疑萨尔塔尼就是绑架安热莉克的主谋,倘若安热莉克之前见到的真是星星小姐,他亲爱的星星也定是在萨尔塔尼手中。天命让同伴回勒芒告诉洞穴,她女儿找到了,又让他们承诺尽快派个人来,或者他们中的某个人折返回来,以便告诉他星星小姐的状况如何。天命跟加鲁费耶尔打听,去那个能找到韦维尔的镇子该走哪条路,又让神父保证,在大家去勒芒找到星星小姐之前,他姐姐会照顾安热莉克。而后,天命骑上莱昂德尔的马,朝镇子驶去。约莫在暮色降临时,到了镇子上。因为担心萨尔塔尼在此地,天命遂没打算亲自去找韦维尔,他怕与韦维尔会面时碰到萨尔塔尼。于是,他在一家不起眼的旅馆住下,派了旅馆的伙计去告诉韦维尔先生,他等候的

那位绅士求见他。韦维尔过来找他，紧紧抱住了他的脖子，满怀
柔情的拥抱持续了很久，让他快不能说话了。让这两个彼此喜爱
的人拥抱吧，他们原以为彼此再不会相见，如今竟又遇到了。让
我们进入下一回。

第十二回

只怕是乏味如前
天命终寻回星星

　　韦维尔和天命分别尽叙对方不知晓之事。韦维尔说了他哥哥圣法尔的粗暴壮举，以及遭他哥哥粗暴对待的妻子之品德。他夸张地叙说拥有自己的妻子是如何幸福，还告诉了天命有关阿尔克男爵和圣·索沃尔先生的消息。天命跟他讲述了自己的险际，没有丝毫隐瞒。韦维尔跟他坦言说萨尔塔尼就在这个地方，这个人从不守信且十分危险。韦维尔跟天命保证说，倘若星星小姐在萨尔塔尼手中，他会尽一切可能找到萨尔塔尼，包括他自身、他的朋友们，都将为天命驱使，他会动用一切关系帮助天命解救星星小姐。韦维尔对天命说：

　　"此地并无别的藏身之处，除非是我父亲那里，或者哪个远不及我父亲的绅士家中。这人并不是家主，是家族中幼子的幼子①，若他住在这个省，理应拜访我们。姻亲之故，父亲和我们只得忍受他。尽管圣法尔还跟此人有些联系，但他不喜欢这个人。所以，我建议您明天跟我一起来，我知道把您安置在何处，只有您想

---

① 旧制度下的法国，家中幼子往往没有继承权。

见的人才能见到您。其间我会让人留意萨尔塔尼的，如此近距离的侦查，无论他做什么我们都将一清二楚。"

天命觉得他朋友的建议很有道理，决定听从他的意见。韦维尔回去跟此镇的领主共进晚餐。这老者是韦维尔的亲戚，韦维尔欲继承他的财产。天命在旅馆找来些东西，吃罢就早早睡下了，免得第二天让韦维尔等他，韦维尔得准备一大早就回他父亲那里。他们在约定时间出发，三古里地之后，他们开始谈论之前没时间讨论的话题。韦维尔把天命安置在一个婚后在这镇上定居的仆人家里，这个仆人有个舒适的小房子，距离阿尔克男爵的城堡约五百步。韦维尔命令这仆人道，天命在他这里一事须得保密，又跟天命保证说过会儿来找他。韦维尔从离开再返回不过两个小时，走上前跟天命说，他有许多事情要对天命讲。天命脸色发白，事先难过起来，韦维尔安慰天命，让他对接下来听到的不幸做好心理准备。以下便是韦维尔对天命所述。

我脚刚着地就遇到萨尔塔尼了，四个人抬着他进了一间低矮的房子。他的马在距此地约一古里处突然倒在他身下，把他摔了个底儿朝天。他说有事要与我说，让我在外科大夫看完他的腿之后就去他房间找他。坠马后他的腿扭伤了，伤势很重。我们单独在一起的时候，他对我说：

"尽管您是我的所有批评者里最不宽容的，而您的才智又总让我为自己的疯狂之举感到恐惧，我还是要向您坦白我犯的错。"

说罢，他跟我坦言说，他劫持了一个女演员，他非常爱她，终其一生的爱。他跟我讲起这次绑架的特别之处，让我吃惊不已。我跟您说过的那个绅士，他说那是他的朋友，此人在整个省里都没能给他找到一个藏身之处，这位绅士不得不离开他，还要带上绅士替他找来为他办事的那些人一起走,这是因为这位绅士的一个弟兄参与制作假盐,受到盐税局警务员的监视,需要朋友庇护。圣法尔对我说道:

"我做的事弄出了很大动静,如此一来,哪怕在最小的城市里他们也不敢露面,我便带着我的猎物来了这里。我请我妹妹——你妻子,把我的战利品带到她的住处去,那儿远离阿尔克男爵的视线,我害怕他,他太严厉了。我恳求你,既然我不能把她安置在这里,而且我只有两名仆人,又都是这世上最愚蠢的,请你把仆人借给我,让他们和我的仆人一起护送她到我在布列塔尼的领地去,一旦我能骑马了,我就会过去的。"

萨尔塔尼问我,除了我的仆人外,是不是真的再不能给他几个人了。我那仆人晕头晕脑得厉害,他觉得在姑娘不同意的情况下,让这三个人带着一个劫持来的姑娘出远门非常困难。至于我,我让他相信事情很容易办成,很快他就相信了,就像疯子很容易期待。他的仆人你一个都不认识,我的仆人都很敏捷,而且对我都十分忠诚。我让人对萨尔塔尼说,一个朋友将会跟他一起上路,帮衬他解决些问题,那个朋友其实就会是你,此外,会有人通知你的情人。

今晚,他们会借着澄澈的月光走上很长一段路,她会在途经第一个村子时佯装生病,便得在此停歇。我的仆人会灌醉萨尔塔尼的人,这很容易,也能方便你营救星星小姐。到时候就骗两个酒鬼说你已经走了,引导他们跟你走相反方向的路。

天命发现韦维尔给的建议里很多地方似曾相识,他派出去的仆人在这个时候来到了房里。他们聚在一起商议接下来怎么做。这一天中剩余的时间,韦维尔都与天命在一起。久别之后,不忍再别,况且日后可能更难相见。的确,天命希望在波旁^①见到韦维尔,他接下来要去那里,天命与剧团的人约好了在那里相见。

夜幕降临了。天命与韦维尔的仆人到了约定的地点,萨尔塔尼的两个仆人也到了那儿,韦维尔亲自把星星小姐交到他们手中。您能想象出,两个彼此深爱的情人相见时的欢心,哪怕默然不语也会烈如暴雨。在距此半古里的地方,星星开始抱怨,大家劝她说努力坚持坚持,到了两古里地之外的镇子,她就能好好休息。她装作越来越不舒服的样子。为了不让萨尔塔尼的仆人感到异常,纳闷怎刚出发就得停下,韦维尔的仆人和天命一齐做了很多努力。最后,他们到了镇上,跟店家说要住宿。幸运的是这家酒馆里客很满,且到处都是酗酒的人。烛光下的星星小姐比在黑暗中更添病态。她和衣而睡,请众人允她单独休息一个小时,还说她觉得休息过后她就能骑马了。萨尔塔尼的仆人喝得酩酊大醉,一切任由韦维尔的仆人操办,后者遵着他们主子的命令行事。萨尔塔尼的仆人很快被四五个跟他们一样喝得烂醉的农民扣住了。他们不管不顾地重又一起喝起来,管它天翻地又覆。

韦维尔的仆人偶尔跟他们喝上一盅,之后借口说要去瞧瞧病人怎么样了,看看他们能不能提前动身出发。仆人让星星上了马,天命也骑上马,又叮嘱他们该走哪条路。他自己返回酗酒者中间,对他们说他发现星星小姐睡着了,这表明很快她就能骑马了。他还对他们说天命也躺床上去了。之后他就开始喝酒,祝萨尔塔尼的两个健康状况很不好的仆人身体安泰。他们饮了太多

---

① 波旁(Bourbon),古代法国中部的一个行省,位于卢瓦尔河的左岸,其省会是穆兰,基本上相当于而今的阿列省,面积共有约 8000 平方公里。1327 年,波旁被提升为一个公爵领地。从这个领地诞生了后来占据法国、西班牙和卡斯蒂利亚王位的波旁王朝。这个公爵领地在法国大革命后被取消。

酒,已经醉成一摊泥,无法从桌子前起身了。他们把原本提供给他们歇息的床弄坏了,便被人带进了一间谷仓。韦维尔的仆人烂醉如泥,一直睡到天明。他猛地把萨尔塔尼的仆人们给吵醒了,一脸忧伤地对他们说,小姐被人解救了,他已经让人去追了,又说得骑上马分头去找,免得追不上她。他花了一个多小时才让他们明白他在说什么。我觉得这场大醉持续了不止八天的时间。因为这一晚旅馆里的所有人都喝醉了,包括旅馆女主人和女佣都是,甚至都没人想过询问天命和星星小姐他们怎么样了。我觉得大家有可能都不记得他们是谁了,毕竟也都没见过他们。其间,许多人休息后酒醒了,韦维尔的仆人表示自己很担忧,催促着萨尔塔尼的仆人出发,但这两个酒鬼并不怎么着急。天命与他亲爱的星星顺利离开了此地。天命非常高兴把星星找回来了,他丝毫不担心韦维尔的仆人是否让萨尔塔尼的仆人们走上一条与他们的方向截然相反的路。月色清朗,他们走在一条宽阔的大路上,这条路通向一个村子,我们在下一回中讲述他们在村子里遇到的事。

第十三回

拉皮尼尔勒长官
好一个无恶不作

因担心有人跟踪,天命心急火燎地询问亲爱的星星因何出现在林子里,萨尔塔尼又是怎么在那里抓到她的。他一心拍马,这畜生却不太听话,他口中急切催促着,又折了根冬青枝条执在手中,拍打着星星的这匹强壮的溜蹄马①。最后,两个年轻的情人安下心来,说了些体己话(此番境遇,他们有理由说些私话,虽然我并不了解详情,但我对此深信不疑)。说完暖心的话,他们彼此的心都被对方融化了。星星跟天命细说了她对洞穴的帮助,她对他说:

"我从没见过谁这般情凄意切,生怕她忧愤成疾。我呢,亲爱的兄长,你能想象得出,我跟她一样需要慰藉。自你的仆人替你给我送来一匹马,告诉我你已经找到了劫持安热莉克小姐的人,还说你为此受了重伤……"

天命打断她:"我受伤了! 我从未受伤,也没遇到什么危险,更没给你送过马。这里有些隐情我一无所知。我方才还很惊讶,

① 溜蹄马(haquenée),多为步伐缓慢的母马,同侧两腿同时举步,中世纪时期常为妇女所骑。

你为何总问我身体怎样,还问我这么疾行可有不便。"

星星答道:"真是让我欢欣又忧虑。之前听说你受伤,我担忧不已。眼下,依你所言,我怀疑是你的仆人被我们的敌人收买了,许是心怀不轨,想对我们不利。"

天命回道:

"更可能是哪个跟我们走得近的朋友把他收买了。除了萨尔塔尼我并没有别的敌人,但不可能是他让仆人背叛我的,因为我知道在他找到你的时候,他还打了这仆人。"

星星问他:"你怎么知道的呢?我不记得跟你说过这些。"

"你很快就会知道的。先告诉我在勒芒时你是怎么被人劫走的。"

星星说:"除了刚才所说的,没有别的了。洞穴和我,我们回到勒芒的那天,替你给我送马的仆人十分悲伤地对我说,你被劫持安热莉克小姐的人伤得很重,还说你让我去找你。虽然天色已晚,我还是立即骑了马出发。我在距离勒芒五古里的地方歇下,我也不知那是何地。次日,在一树林入口,我被一些素不相识的人拦住了。见这仆人与他们打斗,我深为感动。我瞧见他们非常粗鲁地将一名女子从马上丢下来,我认出这是我们的同伴。但我自顾不暇,又很担心你,我便不太顾及得到她。那些人把我放到马上,就是她之前的位置,后来一直前行,直至天黑。一路鞍马劳顿,还不时地穿过田野。后来,我们在夜色中赶到了一位绅士家中,此人并不想接待我们。也是在这个时候,我认出了萨尔塔尼。见到他让我非常绝望。我们又走了很长时间的路,最后有人把我秘密地送去了一户人家,你就是从那儿把我解救出来的。"

星星说完她这些遭遇时,天刚蒙蒙亮。他们此刻正行走在勒芒的一条大道上,天命更用力地拍打着马儿,想尽快赶到前面的镇子。天命急切地想把仆人抓过来,看看到底是哪个敌人,还是可恶的萨尔塔尼在使坏。他和星星在此地应该小心提防,但绕了这么大一圈后,并无可疑迹象,便就此安顿下来。天命将自己所知的关于安热莉克的事情,尽数告诉亲爱的星星。正在这时,篱笆附近横躺着的一个人惊了他们的马,马儿往后退去,把星星甩到了地上。天命因星星坠马惊恐不安,他尽快把她扶起来,可他的马边打着鼾声往后退,边喘着粗气,随后马失了足,像匹受惊的马似的,它也确是受了惊。

星星小姐毫发未损,马儿们不再惊惧。天命前去看看这横陈的人是死了还是睡着了。我们可以说他死了,也可以说他是睡着了,不过他喝得烂醉,鼾声震耳,表明他还活着。天命费了很大力气让他醒过来。最后,因被再三纠缠,这人睁开了眼,天命发现这正是他一心想找的仆人。这个混蛋,醉得瘫成一团,不一会儿认出了他主子,心慌得紧。天命看到他,之前还只是猜疑,现下再不怀疑正是他背叛了自己。天命问仆人为何跟星星小姐说他受伤了,又为何让她离开勒芒,是想把她带去哪儿,谁给他的马。许是因仆人喝得太醉了,又或是因他假装自己醉得厉害,天命最后什么话都没问出来。天命发起火来,用剑背打了他几下,把他的手绑在自己的马笼头上,牢牢拴住这个罪犯。他折了节树枝,只要仆人不好好走路,他就把这截长长的树枝当棍棒来用。天命帮星星小姐骑上马,他也骑上他的马继续赶路,他的囚犯在他身侧充当猎犬。天命看到个镇子,两天前他就是从此镇离开的,当时他把加鲁费耶尔和他同伴留在了这个镇上。他的同伴们应该还在这儿。

牛夫人因来势汹汹的霍乱病倒了。天命到镇上时,没寻见纪仇、奥利弗和拉戈旦,他们回勒芒去了。莱昂德尔不愿离开他亲爱的安热莉克。我绝不会告诉您安热莉克是如何迎接星星小姐的。我们很容易能够想象出,两个互相钦慕的姑娘相见时应是怎样的温柔情谊,况且她们都是历经险遇后重又被觅回。天命跟加鲁费耶尔先生单独沟通了会儿,告诉他此行顺利。众人把天命的仆人带到旅馆的一间房内。天命在房里再次询问他,可他还是保持缄默,大家让人拿来一支枪,夹紧他的拇指①。见到火器,仆人跪了下来,痛哭流涕,请求他主子原谅,他跟他主子坦白说,这一切都是拉皮尼尔勒让他做的。拉皮尼尔勒还允诺他,作为补偿,他可以效忠于拉皮尼尔勒。众人从仆人口中得知,拉皮尼尔勒正在距此两古里之外的一座房子里,那房子是他从一位可怜的寡妇那里侵占来的。

　　天命又单独跟加鲁费耶尔先生谈了会儿,加鲁费耶尔随即派一名仆役去跟拉皮尼尔勒说,加鲁费耶尔要来找他算账。这位雷恩议员对这位勒芒长官来说可谓威严十足。加鲁费耶尔曾让他免于在布列塔尼被处以车轮刑,还总在他沾惹的各种刑事案件中保护他。并不是加鲁费耶尔不知他是个恶贯满盈的无赖,而是因为拉皮尼尔勒的妻子跟加鲁费耶尔沾亲带故。派去寻找拉皮尼尔勒的仆役发现他骑上马正准备去勒芒。刚一听说加鲁费耶尔先生找他,拉皮尼尔勒立即赶过来了。其间,自称才思隽秀的加鲁费耶尔,拿出文件夹,从里面找出好的差的各色诗句,欲读给天命听。之后他又读了个他从西班牙语翻译过来的小故事,下一回中您将会读到。

---

① 指将指头夹在机枪的药池和撞针之间。枪的撞针拍击小的金属片后迸发的火花点燃药池里的火绳。在当时的制度下,这种惩罚并不算是令人震惊。

第十四回

《自身案件的法官》①——故事

　　这是在非洲,地处大海边上的岩石之间,离大城市菲斯②不远,也就一小时路程。摩洛哥国王的儿子穆莱王子狩猎迷路后,在夜里独自行走。天空中没有一丝的云,大海十分平静,月亮和星星照耀得海面微波粼粼。这一晚,跟热带地区的其他夜晚一样美好,比我们严寒地带最美好的时日都更加宜人。这位摩尔王子沿着海岸疾走,仰望着月亮和星辰散心。月亮和星辰洒在如镜子般的海平面上,一阵刺耳的叫喊声透入他的耳朵,他好奇地走过去,直到他觉得人可能走远了。

　　他拍了拍自己的马,如果大家想知道,这是匹柏柏尔马③。在岩石之间,他发现一名女子正拼尽全力对抗一个想绑住她双手的男人,另一名女子正试图用一件衣服堵住她的嘴。年轻王子的到

---

① 这个故事改编自"El juez de su causa",是西班牙作家玛利亚·德·萨亚丝(Maria de Zayas,1590—1647)的《爱情小说典范》(*Nouvelas amorosas y ejemplares*)汇编中的一篇。
② 菲斯(Fez),摩洛哥历史文化名城、当下摩洛哥的第三大城市,曾为摩洛哥最古老的皇城。
③ 一种阿拉伯地区的马,在摩洛哥非常流行。

来阻止了这场暴行，让被他们粗暴对待的女子稍稍缓了口气。穆莱问她大喊什么，又问其余两人他们想做什么。男人没应答，却手持弯形大刀朝穆莱走来，提刀砍了下去。若不是马儿躲闪得快，避开了，他就会被重伤。穆莱朝这男人喊道：

"可恶，你竟敢袭击菲斯王子！"

摩尔人回答他说："我认出你了，正因你是王子，我才要取你性命，否则你日后惩办我，我将难逃一劫。"

言罢，他便一怒之下，朝穆莱冲过去。这么出其不意，王子这般机警的人都没想着他会突然进攻，刚还只是在想面对这么个危险的敌人该怎么自卫。两个女人的手缠在一起，其中刚刚以为自己完蛋了的那个抓住另一个不让她逃走，就仿佛她毫不怀疑保卫她的人一定会取得胜利。绝望给人带来勇气，有时甚至能给那些最没信心的人带来力量。王子英勇无比，比对手勇敢多了，且他气势逼人，又异常敏捷，他冒着一切风险想让摩尔人得到应有的惩罚，这让他充满了勇气和力量，很长时间里王子和摩尔人之间胜负难料。但通常情况下，老天总会更眷顾那些比一般人更高贵的人。很幸运地，王子的人马就在这附近，他们听到了打斗声以及两个女子的叫喊声。这些人跑过来帮助他们的主人。他们手中都执有武器，全都去攻击摩尔人，把他撞倒了。王子把他按在地上，不想杀死他，打算留着他好向人展示什么是模范惩罚。王子不许手下人对此人动手脚，只是将他绑在马尾巴上，这样他既不能攻击自己，也不能袭击其他人。两名骑兵保护两个女人，让她们坐上马屁股。

穆莱一行抵达菲斯时，天刚拂晓。年轻的王子在菲斯城内有着绝对权威，仿佛他已经是国王了。王子命人把摩尔人带到自己跟前。这人名叫阿梅，是菲斯城中最富有的一户人家的儿子。没人认识这俩女人，这是因为摩尔人是世上最善妒的人，他们极尽所能地把女人和奴隶们藏起来不让任何人瞧见。王子救下的那名女子的美貌让他惊讶不已，整个王宫里的人也都为她的美丽容貌所惊叹。是那种比非洲所有人都更令人惊艳的美，充满威严，在欣赏她的人眼中，奴隶的破衣烂衫依旧藏不住她的绝色容颜。另一名女子身着此地名门淑女式样的服饰，虽没有前面那位女子那样美丽动人，却也颇具姿色。只是恐惧导致她脸色苍白，让她的美打了折扣，而前一个女子的羞涩与腼腆，衬得她脸红的样子美极了，光彩耀人。摩尔人像个罪犯那样来到穆莱面前，眼睛一直盯着地面。穆莱告诉他，若不想受尽折磨痛苦而死，便自己招认罪行。他骄傲地回答说：

"我很清楚等着我的是什么，该遭受什么惩罚，若我什么都不招还尚有些余地，不会遭受任何折磨。但我曾打算置你于死地，终是免不了一死的。我想让你知道，没能杀死你的愤怒给我带来的痛苦超过你的刽子手们对我的所有折磨。"

他又说道："这些西班牙人曾是我的奴隶：一个已经学会了拿主意并适应了命运，嫁给了我哥哥扎伊德，另一个坚决不愿改宗，也不愿顺从我的意志接受我的爱。"

纵是受到威胁，他也不愿再多说了。穆莱让人把他丢进装满铁具的黑牢。背教者——扎伊德的妻子，被带进分隔开的监狱。美丽的奴隶被领到一个名叫祖莱玛的摩尔人家中。祖莱玛的身份显贵，祖籍西班牙，因为不愿成为基督徒便离开了西班牙。他来自显赫的扎格力斯家族①,昔日在格拉纳达②享有盛誉。他的妻子佐尔阿依德也来自同一个家族,被视为菲斯最美的女人,她不仅美丽动人,还蕙质兰心。她先是被基督徒奴隶的美貌所吸引,浅谈后发觉这是个心地美好的人。倘若这位美丽的基督教徒接受他人的宽慰,她会因佐尔阿依德的亲切友善感到慰藉。但是,她拒绝一切能够缓解她痛苦的事,只愿独自一人兀自悲伤。在佐尔阿依德面前,她竭力克制叹息或哭泣。穆莱王子很想了解她的遭遇。与祖莱玛无话不谈的穆莱,将自己内心的迫切告诉了祖莱玛,向祖莱玛坦言自己爱上了这位美丽的基督教徒。他还说本该将此事早点告诉祖莱玛的,可是见美丽的基督徒看上去承受着巨大痛苦,他便担心自己在西班牙或许有个素不相识的对手。此人虽遥不可及,可哪怕他在这个国家有着绝对权力,却依旧担心此人会阻挠他的幸福。祖莱玛好生交代了他妻子,让妻子从基督徒那里打听她命中遇上了什么不寻常之事,因了什么缘故使她成了阿梅的奴隶。佐尔阿依德像王子一样迫切地想知道这些。西班牙奴隶觉得不该拒绝给予自己那么多友善和温情的人,佐尔阿依德便没费太大力气就让西班牙奴隶下定决心向她吐露真相。奴隶告诉佐尔阿依德,什么时候佐尔阿依德想知道,她会满足其

---

① 扎格力斯(Zegris)家族源于非洲的阿文塞拉赫斯(Abencérages)家族,在格拉纳达地区有着重要影响力。

② 格拉纳达(Granade)是西班牙安达卢西亚自治区内格拉纳达省的省会,著名的摩尔人皇宫阿尔罕布拉宫就在格拉纳达,这里融汇着伊斯兰教、犹太教和基督教风格的著名历史古迹。摩尔人的失败是格拉纳达历史上最重要的事件之一。基督徒君主的《阿尔罕布拉法令》使得大部分的穆斯林皈依天主教,或回到北非。阿拉伯语失去了在日常生活中的地位,而被西班牙语取代。格拉纳达的陷落在 15 世纪下半叶的诸多具有重大意义的事件中占有重要的位置。它结束了伊斯兰教在伊比利亚半岛 800 年的影响,解除了内部的纷争,统一的西班牙开始了它在全球范围内最大规模的扩张时期,以至伊莎贝拉女王资助哥伦布到达了美洲,随后开始了在美洲的殖民,使得西班牙帝国成为此后数百年世界最大的帝国之一。

好奇心的,只不过她能说的都只是些不幸,她怕是会讲述一个非常无聊的故事。佐尔阿依德回复她说:

"您放心,我不会觉得无聊。我会认真倾听,您会发现您再也找不到比我更爱您的人来吐露您的秘密。"

言毕,她拥抱了基督教徒,恳求她别另择他时了,现在就满足她吧。她们独自待在一处,美丽的奴隶回忆起过往的不幸时,眼泪潸潸落下。她擦干泪水,开始叙述,接下来您就能读到她的故事。

我叫苏菲,西班牙人,出生在瓦伦西亚①,在富贵人家被悉心抚养长大。作为父母亲婚姻的第一个结晶,我自幼便备受宠爱。我有个比我小一岁的弟弟,非常可爱,讨人喜欢。弟弟对我的爱比我对他的还要多,我们不在一起时,两人都会面露哀愁和忧虑。哪怕是对我们这个年纪的人来说最有趣的消遣,都不能让这忧愁散去。我们俩的友谊深厚至此,便不再有人敢把我们分开。我们一起学习名门望族子弟应习得的所有知识,并不区分是适合男子还是女子的,使得人们惊讶地发现我在所有与骑射有关的活动中的表现并不比他差,他对一切名媛应习得事务也了如指掌。这种独特的教育方式令父亲的一个朋友羡慕不已,这位绅士决定让他的孩子们跟我们一起长大。他向我们的父母提议,父母同意了,左邻右舍也都尽力促成。这位绅士的财产与我父亲的不相上下,身份地位上也不输于他,且绅士也只一双儿女,俩孩子的年龄又与我和我弟弟相仿。在瓦伦西亚,所有人都觉得有一天我们两家

---

① 瓦伦西亚(Valence),西班牙第三大城市、第二大海港,号称欧洲的"阳光之城",位于西班牙东南部,东濒大海,背靠广阔的平原,四季常青,气候宜人,被誉为"地中海西岸的一颗明珠"。

会结亲,亲上加亲那种。

堂·卡洛斯和露西(这是他们姐弟俩的名字)也很招人喜欢:我弟弟喜欢露西,露西也喜欢他;堂·卡洛斯喜欢我,我也喜欢堂·卡洛斯。我们的父母对这些很清楚,从未加以指责,若不是我们太年轻,他们早就为我们举办婚礼了。但是我们天真烂漫的幸福爱情因我弟弟之死被搅乱了:他发烧得厉害,熬了一星期就去了,这是我遭的第一件不幸事。露西深受打击,要皈依宗教,谁也拦不住她,我病入膏肓,堂·卡洛斯也病重,致使他父亲害怕自己也会没了孩子。我弟弟死了,他那么爱我弟弟,我又身处危难之中,他妹妹又做了那般抉择,这都让他心痛不已。终于,年轻的力量治愈了我们,时间缓和了我们的悲伤。堂·卡洛斯的父亲不久后去世了,给他儿子留下许多财产,没有丝毫债务。财富让堂·卡洛斯找到了可以抚慰情绪的东西。他对我的百般殷勤让我的虚荣心得到满足,他公开表白,我对他的爱也愈加深重。堂·卡洛斯屡次跪在我父母脚下,恳求他们不要再推迟把我嫁给他,好让他能够得到幸福。其间他风流倜傥,挥金如土。我父亲怕他败尽家财,便决定把我嫁给他,这让堂·卡洛斯以为不久后自己就能成为他的女婿。堂·卡洛斯给我带来的快乐非比寻常,本是能显出他爱我胜过他的生命的,可我当时并未能意识到。他为我举办舞会,邀请了满城的人。

我们的不幸,皆由一位来西班牙处理重要事务的那不勒斯伯爵所起。伯爵觉得我美得让他心生爱怜,得知我父亲在瓦伦西亚王国的地位,这伯爵便求我父亲把我嫁给他。我父亲被这外乡人的财产和身份冲昏了头,无不应其所求,当天就知会堂·卡洛斯别再想着娶他女儿,还禁止我与堂·卡洛斯来往,让我多考虑这个意大利伯爵,他认定伯爵结束马德里之旅后就会迎娶我。在父亲面前,我掩藏了自己的悲伤,独自一人时,堂·卡洛斯便宛若世间最可爱的人那般走进我的脑海里。我思索着意大利伯爵的种种令人讨厌的行为,内心对他十分憎恶,我觉得我比堂·卡洛斯认为的更爱他,没有他我不可能活着,更不可能幸福地与他的情敌一起生活。我终日以泪洗面,如此才稍稍减轻我的痛苦。这时,堂·卡洛斯像之前那样没经允许来到我房间,见我哭成了泪人儿,他也禁不住抹眼泪。弄清了我的真实感受后,他才向我吐露了心里的谋划。他跪到我面前,拿着我的手去擦拭他的眼泪,对我说道:

"苏菲,我要失去您了,一个素昧平生的外乡人将会比我更幸福,只因他更富有?他会娶您,苏菲,您会同意的!我那么爱您,您也让我相信您是爱我的,您父亲曾答应把您嫁给我!可是,啊!不公正的父亲,唯利是图的父亲,他不遵守对我的承诺!"

堂·卡洛斯继续说道:"若您是财宝,是可以估价的,只有我的忠心才能与之相配,倘若您还记得对我许下的爱的承诺,您将依然独属于我,而不是其他谁。"

他大喊着:"不过,您觉得一个有勇气垂涎您的男人,会没有勇气向您倾心的人复仇吗?您觉得一个失去一切的可怜人不管不顾起来很是荒唐吗?啊!这个幸福的情敌,您是希望我独自去死,留他活着,他更得您欢心,您会保护他;而堂·卡洛斯令您讨厌,您将他抛弃,让他陷入绝望,您的厌恶足以令他痛苦身亡。"

我对他说:"堂·卡洛斯,您遇到一位不公正的父亲和一个我不爱却总纠缠我的人,您把错误归咎于我,可我何尝不是像您一样不幸呢?可怜我吧,别再控诉我,想想用什么办法能将我留在您身边，而不是一味地指责我。我会对您更加公平的，您得承认，您对我的爱不够，因为您从没真正了解我。但我们没时间在这些无用的话上面浪费口舌了。我愿意跟您浪迹天涯，不管您带我去何地，我都将随您前去，我答应为您付出一切，您也要承诺为了确保我们能彼此厮守，敢去做任何事情。"

听完我这席话，堂·卡洛斯心里很是宽慰。心驰荡漾的他，眼下的愉悦与他之前的痛苦一样强烈。他为刚才将自己遭受的不公发泄在我身上向我致歉，又告诉我，若不设法将我掳走，我定会听从父亲的安排。我赞同他的所有建议，答应他第二天晚上，我会准备好跟他一起走，去任何他带我去的地方。没什么能难倒一位情郎。堂·卡洛斯在一天内打点好所有事务，准备了银钱和租赁巴塞罗那小船①的预付金，我们将会在某个时间起航。其间，我把所有宝石和值钱的东西都带在身上，虽还很年轻，可我很清楚怎么掩饰自己的计划且让人丝毫不起疑心。没人监视，趁着夜色，我从花园的门出去，在此处我见到了卡洛斯的侍从克劳迪奥。因他嗓子好，唱歌好听，很得卡洛斯器重，他的言行举止中无不显露着他的聪明、正直、懂礼貌，以上皆是他这个年龄与身份的侍从通常所不具备的。他跟我说他主人派他来接我，让他领我去船上，堂·卡洛斯在那里等我呢，他说出于某些原因堂·卡洛斯没能亲自来接我，而这其中的缘故我是知道的。一个我很熟悉的堂·卡洛斯的奴隶来跟我们汇合。因指引妥帖，我们没费力气便出了城，不久便看到锚地上泊着一艘大船，一个小艇在海边等着。

---

① 巴塞罗那是西班牙的主要港口之一，以无甲板的小船著称，在航海大纪事中非常有名。在 16 世纪中叶，本故事发生的时代，布拉斯科·德·加拉里（Blasco de Garay）在查理五世面前第一次进行了蒸汽船试验。

有人告诉我说亲爱的堂·卡洛斯很快就来，我只需先上船就好。奴隶把我带上小艇，之前在岸边的几个我以为是水手的人，也让克劳迪奥上了小艇，我觉得克劳迪奥看似是在反抗，挣扎着不愿进去。这让我更疑心堂·卡洛斯为何还不来。我问奴隶，他傲娇地对我说，再也见不到堂·卡洛斯了。此际，我听到克劳迪奥一声疾呼。她边哭边对奴隶说道：

"叛徒阿梅①！这就是你答应我的，帮我除掉情敌，让我跟我的情人在一起？"

奴隶回他说："冒失的克劳迪娅②，对叛徒还需要守信吗？我该盼着对主子不忠的人会遵守承诺不去通知海岸的卫兵来抓我，不会从我手中把我爱得胜过我自己生命的苏菲夺走？"

这些话是说给一个女人听的，我曾将她当作了男人，我完全不知其所云，我痛苦极了，像死了一样倒在阴险恶毒的摩尔人怀里，他对我寸步不离。

我昏迷了很长时间。再次醒来时，我正躺在船上的一个房间里，船已经行驶在茫茫大海上了。您能想象，我是何等绝望，没有堂·卡洛斯的我，周身都只是些信仰不同的敌人。我发现自己在摩尔人手里，奴隶阿梅对这些人有着绝对权威，他哥哥扎伊德是这艘船的船主。这个蛮横无理的人并不看我，只让我听他说。寥寥数语中，他透露出很久以前他就爱上我了，他的热情促使他绑架我并把我带到菲斯去，他说在菲斯我能否像在西班牙那般快乐取决于我自己，因为我是否仍对堂·卡洛斯存有遗憾并不取决于

① 阿梅（Amet），与堂·卡洛斯的仆人克劳迪奥一起绑架苏菲的奴隶的名字，深爱着苏菲。
② 克劳迪娅原是女儿身，扮作卡洛斯的仆人后，化名为克劳迪奥。

他。我朝他冲过去，尽管昏厥后的我虚弱不堪，我的力量和敏捷让他出乎意料，这是我所受的教育带给我的，我之前已经跟您说过。我把弯形大刀拔出鞘，向他的背信弃义复仇，若不是他哥哥扎伊德及时抓住了我的胳膊救了他的命，我便完成了复仇。我一击未中，很快被缴械，面对这么多敌人，我的努力只是徒劳。阿梅，我的决绝让他害怕，他让所有人离开我身处的房间，留我一个人陷入绝望，您能够想象得出，命运经此残酷巨变，我该是多么万念俱灰。整个夜晚我都十分悲痛，第二天我的痛苦仍丝毫未减。时间常能抚慰类似的悲伤，但对我却没有任何效果。

船在海上航行的第二日，我比之前愈加悲伤了。阴森的夜晚，我失去了自由和希望，不再期盼着能见到堂·卡洛斯，余生我将不再有片刻喘息。阿梅每次出现在我面前时，都觉得我很恐怖，后来便不再来了。有人偶尔给我带些食物，我固执地拒绝吃东西，这让摩尔人担心起来，以为白白绑架了我。船驶过一个离菲斯海岸不远的海峡时，克劳迪奥来到我房里。我刚一看到他，就对他说：

"可恶！是你背叛了我，我究竟对你做了什么让你把我变成这世上最不幸的人？为何把堂·卡洛斯从我身边抢走？"

他回道："他太爱您了，可我也和您一样爱他，我只是想让我的情敌离他远去。虽然我背叛了您，但阿梅也背叛了我，若不是想着我并不是唯一的悲惨之人能让我找到些许安慰，我可能会跟您一样悲伤。"

我对他说："把这些谜团解释给我听，告诉我你是谁，也好让我明白自己是否有你这么个雌雄难辨的敌人。"

他对我娓娓道来。

苏菲,我的性别跟您的一样,而且我也像您一样喜欢堂·卡洛斯。若我们燃烧着同一把爱情之火,定不会都取得同样的成功。堂·卡洛斯一直都爱您,也一直以为您爱他,但他从未爱过我,也从不相信我会爱上他,在他眼中的我从不是真实的样子①。我跟您一样,都是瓦伦西亚人,我绝不是出生时就如此身份低贱、了无财产,也不会让堂·卡洛斯因为娶了我而招致漫天指责。但他对您的爱占据了他的全部身心,他的眼中只有您,并不是我的双眼没能尽其所能地流露我对他的爱意,免得不知耻地直接开口向他吐露心迹。我把所有他可能去的地方都走遍了,坐在他能看到我的地方,按照他的要求为他做所有的事,若他像我爱他一样爱我,他本应为我这么做的。在我很小的时候父母就不在了,我一个人处置家产,自己照顾自己,常有人给我介绍相配的对象,但我一直都希望堂·卡洛斯能爱上我,这种想法让我不愿接受其他人。爱情的不幸并没有让我心灰气馁,像其他有着优良素质的人一样,为了不被人瞧不起,我对堂·卡洛斯的爱是因为我很难得到他的爱而被激发的。最后,为了防止因细节疏忽导致满盘皆输,我把头发剪掉,乔装打扮成男人,借由家中一位老仆人引荐,来到堂·卡洛斯跟前。这老仆人是来自托莱多山区的绅士,假称是我父亲。我的脸,我的面容,您的情人对此皆不反感,他决定收下我。尽管他之前见过我很多次,可他这时丝毫没认出我来。后来他很快为我的机智折服,他对我的美妙嗓音很满意,觉得我的唱法也很称心,且我还能灵活使用贵人们消遣时使用的各种不失

---

① 即女人的样子。这位仆从女扮男装成为堂·卡洛斯的仆从。

体面的乐器①。他在我身上发现许多普通侍从不具备的品质，我向他证明自己十分忠诚且谨慎，他待我越来越像密友而非仆人。您很清楚，依我刚才跟您说的，我假扮成男仆，世上没人不上当。您自己不也当着我的面频频向堂·卡洛斯称赞我，还在他身边帮我？但这来自情敌的帮助让我很恼火。您的援手让我更得堂·卡洛斯欢心，却也让不幸的克劳迪娅（大家都这么叫我）更加憎恨您。

彼时，你们的婚期近了，我的希望落了空，木已成舟，我也不再抱希望。这期间，那位爱恋您的意大利伯爵，在您父亲眼中他的财富和地位比他的外表更重要。但他的缺点让您感到厌恶，我呢，看到您身陷囹圄、心慌意乱，我觉得很开心。这些变故让不幸的人重燃希望，疯狂的愿望让我踌躇满志。最后，您父亲更偏好那个您毫不喜欢的外国人，而不是堂·卡洛斯。我看到让我不幸的人也变得不幸，我曾一直厌恶的情敌如今比我更不幸。我从不曾失去什么，那个男人一直都不属于我，但您失去了堂·卡洛斯，失去了曾经完完全全属于您的人，这种失去，想必是很沉痛的。不过比起拥有一个您不喜欢的男人，一个永远的暴君，这不幸可能还更小些。但我的幸福时刻，或者说我的希望，并没持续太久。我从堂·卡洛斯那里得知您决定随他而去，他甚至派我向您传达必要的嘱咐好带您去巴塞罗那，再从那儿前往法国或意大利。至此，所有支撑我承受悲惨命运的力量抛弃了我，狠狠地一把将我抛弃，这般突然地，让我深觉从不曾畏惧过类似的噩运。我因悲

---

① 在西班牙和在法国一样，有些乐器独属于地位低下的人，使用它们在某种程度上有损绅士的名声，比如小提琴就是其中一种，是专门由仆人演奏，甚至他们常常需要演奏给主人听，供其消遣。

伤过度病倒了，只能躺在床上。

一天，我正暗自抱怨自己的悲凉命运，我以为没人听到，可我看到摩尔人阿梅出现在我眼前。他一直在听我自言自语，让我心里着慌，一阵张皇失措后，他对我说：

"克劳迪娅，我认识你，在你没乔装打扮伪造性别来给堂·卡洛斯当侍从之前，我就认识。我不跟人说我认识你，是因为我和你一样自有谋算。我刚刚听到你心灰意冷后的决定，你想让主人发现你是女儿身，跟他说你爱他爱得要命，你不再奢求他的爱，只想在他面前自戕，这样至少能让这个你无法赢得他的爱的人感到遗憾。可怜的姑娘！你要做什么？自杀，让苏菲更好地拥有堂·卡洛斯吗？若你愿意采纳，我倒有个更好的建议，帮你把爱人从情敌手中抢回来。你若信我，这会很简单。纵是要下定决心，你也不必多做什么，只需再继续穿着男装，为了爱情拿自己的荣誉冒个险。"

摩尔人继续道："所以，仔细听我跟你讲，我要跟你说一个从未告诉过任何人的秘密，若你对我的建议不感兴趣，但凭你来决定是否采纳。我来自菲斯，在我们那儿，算是个有身份的人。因遭遇不幸，我成了堂·卡洛斯的奴隶，苏菲的美貌又让我成为她的仆从。我用几句简短的话概括。你觉得你的痛苦无可救药，是因为你的情郎拐走了他的情人，要跟她一起前往巴塞罗那。如果你能抓住这次机会，就能成全你的幸福，也会成全我的。我已经交了赎金，付了钱。一条非洲的帆船在锚地等我，那里离堂·卡洛斯为实施他的计划准备的船很近。他将日期推迟了一天，我们要小心谨慎地赶在他前面。你以你主子的名义去告诉苏菲，今晚她就要准备出发，你去找她的时候就走，到时你把她带到我船上来。我把她带到非洲，你留在瓦伦西亚，独享情郎。如果他知道你爱他，他可能很快就会像爱苏菲一样爱你。"

克劳迪娅重述这些话时，我饱受折磨，十分痛苦，深深地叹息了一声后，我再度昏厥，没有任何生命迹象。克劳迪娅可能后悔令我接二连三地遭遇此等不幸，她大叫起来，叫喊声引来了阿梅和他哥哥。他们来到我在船上的房间里，让我尝尽了各种药，之后我醒了过来，听到克劳迪娅还在指责摩尔人对我们的背叛。她对他说：

"不忠的恶犬，如果你不想把我留在情郎身边，为何建议我把这么美丽的姑娘逼到如此不幸的绝境，你看到她的状态了吗？为什么让我背叛我百般珍视的男人，害我又害他？难道你不是世间最背信弃义、最卑鄙残忍之人吗？又怎敢说你是你们那里出身高贵的人？"

阿梅回复她说："闭嘴，你个疯子。你也用不着指责我，因为你是这一切的同谋。我跟你说过，像你这样背叛主子的人理应遭到背叛，我带着你一起，是为了确保我的性命，可能也是为了确保苏菲的命，倘若她知道最后是你跟堂·卡洛斯在一起了，她随时都可能会痛苦而亡。"

这时，水手们正准备进塞拉港①，闹出很大动静，港口的炮声回应着船上的炮声，打断了阿梅和克劳迪娅之间的互相指责，让我从这两个卑鄙无知之徒的视线中解脱了一会儿。大家下了船，我和克劳迪娅被人用面纱遮住了脸，与背信弃义的阿梅一起在他的一个摩尔人亲戚家中歇宿。待第二天，我们便被人带到一个带

---

① 塞拉（Salé），小港口，面对着拉巴特（Rabat），是摩洛哥著名的柏柏尔人海盗窝。

篷的四轮货车上,朝菲斯去了。若说阿梅兴致盎然地得到了他父亲的接待,我则是这世上最痛苦、最绝望之人的样子。克劳迪娅不久后表态,愿放弃基督教并嫁给扎伊德,也就是不忠的阿梅的哥哥。这个可恶的人并没有放下她的阴谋诡计,她劝我也改宗嫁给阿梅,就像她嫁给扎伊德那样。她成了对我最残忍的暴君,在试图用各种承诺、善举、亲切的示好来争取我却失败后,阿梅和他手下的人想尽一切办法,尽可能粗暴、野蛮地对待我。我每天靠着坚韧与顽强对抗这么些敌人,开始相信克劳迪娅后悔她自己变得这么恶毒,面对种种不幸,我比想象中还更强大。公共场合,表面上她假装比其他人更残忍地迫害我,私下里她时而给我些帮助,让我觉得若她以前接受过德育,她或许会成为品德高尚之人。

一天,家中所有的女人都去了公共浴室。这是你们伊斯兰教徒的习俗。克劳迪娅过来找我,她一脸忧伤之色,对我说了下面的话:

"美丽的苏菲!我曾经是那么恨您,但我的憎恨在我的希望彻底破灭时消失了,他太爱您了,我永远都不可能拥有这个不爱我的人。我总是不断地自责,是我让您这么不幸,我后悔自己出于对男人的恐惧便抛弃了上帝。哪怕这只是小小的懊悔,也足以让我愿意去做——对我的性别来说——这世上最难的事。我无法远离西班牙活着,无法与这些不信仰基督的人一起生活在远离基督的土地上。我很清楚,在这里我不可能得到救赎,我活着的时候不会得到宽宥,死后也不会。您可以通过我跟您吐露的秘密判断我是否真心悔改,掌握了这秘密,您就是我的主子,可以凭此报复我——这个给您造成这么多不幸的人。我笼络了五十来个基督徒奴隶,他们大都是西班牙人,全都是能干一番大事的。我悄悄地给他们塞钱，假如上帝保佑这善意的计划，他们保证会找来艘小船载我们回西班牙。幸与不幸，但凭您来决定，倘若我能自救，便会将您救出。又或者，哪怕您与我一起丧命，也算将您从残忍的敌人手中救出来了，结束了您这般不幸的人生。下决心吧，苏菲，趁眼下没人怀疑我们，不要浪费时间了，我们一起商议这次壮举吧，对我们彼此来说，这都是人生中最重要的一次。"

我跪在克劳迪娅面前，审视她，对她所言之真诚深信不疑。我用尽赞美之言，发自内心地感谢她。我觉得自己感受到她想对我表达的感激。我们定下逃跑之日，打算逃往海岸边的一个地方，她跟我说那儿停靠的一个带篷的小船是为我们准备的，岸边有许多岩石。这一天，我以为无比幸福的日子，到来了。我们开心地出了门，离开这座房子，离开这个城市。我感谢上苍的善意，让我们这么容易就实现了计划，我不断地恳求上帝赐福。但不幸的终结并不像我想的那样离我那么近。克劳迪娅只是听从了卑鄙的阿梅的命令，甚至比他更卑鄙，她是为了趁夜色把我带到荒凉之地，将我丢给粗暴的摩尔人。在他父亲家中，他不敢强行夺去我的贞洁，因为他父亲道德上是个好人。天真无知的我跟着这个要将我毁掉的人，我觉得通过她的手段我很快就能自由了，我从未像现在这样感激过她。我不停地感谢她，在崎岖的道路上快步行走，路旁全是石头。她跟我说她的人在等我，我听到身后有人跟着我，转身却看到阿梅手中拿着弯形大刀。他大喊道：

"下贱的奴隶，你们就是这样躲避主子的吗？"

我还没来得及回答他，克劳迪娅就从后面抓住了我的胳膊，阿梅把他的大刀丢在地上，过来帮这个背教者。他们两人竭尽全力用他们事先准备的绳子把我的双手绑住。我比一般女子更有力量,更敏捷,跟这两个恶人对抗了很久。时间久了,我渐渐虚弱下来,体力不济,几乎只能靠呼喊求救,心想着我的呼救声也许能引起某个在这荒僻之地行走的路人的注意。后来,我已不抱任何希望了。穆莱王子循声而来,出乎我的意料。您已知晓他是怎么英勇地救了我,可以说是他救了我的性命。倘若可恨的阿梅满足了他的粗暴兽性,我定会痛苦而死。

苏菲如是讲完了她的遭遇。亲切和蔼的佐尔阿依德劝她,说王子会慷慨解囊助她回西班牙的。当天佐尔阿依德就把苏菲所言之事全都告诉她丈夫了,她丈夫又将其悉数告知穆莱。听闻美丽的基督教徒的坎坷命途,虽没能助益穆莱对她的热爱,但像他这样品德高尚之人,还是觉得很开心知道她曾在她的国家有过一段真挚的感情,免得幻想着趁人之机做出受人指摘之举。他敬重苏菲的品德,受她感染,他决定尽量让她不再像过去那般不幸。他让佐尔阿依德跟苏菲说,她想回西班牙的时候,他会送她走。自从做了这个决定,穆莱就克制自己不去看她,免得挑战他和这惹人怜的美人的品德。归途困难重重:西班牙路途遥远,商人们不在菲斯做交易①,即便能找到一艘基督教徒的船只,可她这么年轻漂亮,哪怕是和信仰一致的男人们共乘一艘船,到时也会跟她与摩尔人相处时一样恐惧。舰船上没有刚正不阿,慈心善念也不比战争中多哪里去。有些地方,美丽与天真往往是最脆弱的,邪恶的人靠着胆大妄为,往往能轻易实现所有企图。

佐尔阿依德建议苏菲换上男装。苏菲的身形看上去比别的女子更高大,便于乔装。佐尔阿依德跟苏菲说这是穆莱的主意,

① 西班牙人和被逐出西班牙在菲斯避难的摩尔人的后代之间天生有着敌对行为。

他在菲斯找不到能够放心托付的可靠之人。她还跟苏菲说穆莱出于好意特别提醒性别之事，为她找了个信仰一致的女伴，此人也会像她一样乔装打扮，这样她在船上身处士兵和水手之间时便能安心些。穆莱为苏菲找的女伴是这位摩尔王子从一艘私掠船上买来的①：这是奥兰统治者的船，载着一位西班牙绅士的全家老少，出于憎恶，这位统治者要把囚犯们运到西班牙去②。因为穆莱最大的爱好便是狩猎，所以这位年轻的王子知道这个被押解的基督徒是世界上最伟大的猎人之一。王子想猎获他，让他成为自己的奴隶。为了更好地看管他，他并没有将他同妻子、儿女分开。两年后这个猎人在菲斯定居，效忠于穆莱。他教这位王子如何完美地用火枪射击在地上奔跑的、在空中飞着的各色野味，一些猎物甚至是摩尔人从没见过的。是以，他赢得了王子的恩典，射猎时深受王子器重。因王子从未同意他支付赎金离开，又给予他各种恩德，以至于他都快要忘记西班牙了。但不能回归故土的遗憾以及再不能回去的绝望令他忧郁成疾，不久就去世了。他的妻子在丈夫死后也没活多久。穆莱很自责没答应放他们自由，他们不辞劳苦地尽心侍奉，还其自由也是理所应当的。穆莱想尽可能地弥补他的孩子们，觉得这是自己对他们犯下的错。

猎人的女儿叫多萝泰③，年纪与苏菲相仿，很漂亮，头脑也活络。她弟弟不到十五岁，名叫桑什。穆莱选择让他们与苏菲做

---

① 在当时那个时代，柏柏尔人开始贩运白人，这场灾祸迅速蔓延，甚至成为查理五世远征讨伐突尼斯的主要原因之一。

② 当时非洲的奥兰归西班牙所有，还有许多地方［如特莱姆森（Tlemcen）］自16世纪起归西班牙统治。奥兰是由被驱逐出西班牙的摩尔人建造的，后来在1509年被西班牙人占领，1708年又归还摩尔人。

③ 多萝泰（Dorothée），源自希腊语，意思是上帝的礼物。

伴,也借此机会送他们一起回西班牙。此事是秘密进行的。穆莱着人为两位小姐和小桑什准备了西班牙式的衣服。从穆莱赠送苏菲的珠宝数量上可以窥见他的慷慨。他也给了多萝泰许多精美的礼物,加上她父亲从这位慷慨的王子那里得来的全部财物,可以让多萝泰的余生十分富足。

时下,查理五世①发兵非洲,围困突尼斯城。查理五世派了名大使来找穆莱商讨赎回一些在摩洛哥海岸遭遇海难的身份贵重的西班牙人。穆莱以堂·费尔南多之名把苏菲推荐给这位大使,说她是位身份高贵的绅士,不愿以真实姓名示人,多萝泰和她弟弟作为随行人员,一个扮成绅士,另一个扮成侍从。苏菲和佐尔阿依德遗憾地垂泪辞别。佐尔阿依德送给这位美丽的基督徒一串珍珠,此物太过珍贵,若不是这个和蔼可亲的摩尔人与她丈夫祖莱玛对苏菲说,如若拒绝他们的友谊信物,他们会感到不快,苏菲绝不会收下这么贵重的礼物。祖莱玛对苏菲的喜爱不比他妻子的少。佐尔阿依德让苏菲答应自己,在她经过丹吉尔②、奥兰或帝国皇帝在非洲的其他领地时,不时地捎来些消息。基督徒大使在塞拉带着苏菲下了船,从此以后得叫她堂·费尔南多了。

大使与驻扎在突尼斯城的神圣罗马帝国皇帝的军队会合。我们这位乔装的西班牙人自称是安达卢西亚的绅士,曾长期为菲斯王子的奴隶。她没理由不去战场以命相搏,若想成为骑兵,非

---

① 查理五世(1500—1558),即西班牙国王卡洛斯一世(Carlos Ⅰ),1519 年打败法国国王弗朗索瓦一世后,成为神圣罗马帝国皇帝(在位时间 1519—1556 年),是哈布斯堡王朝争霸时代的主角。1534 年,奥斯曼帝国占领突尼斯城,1535 年,查理五世在对抗奥斯曼帝国的战役中取得了关键胜利,史称"征服突尼斯"。1574 年,奥斯曼帝国再次夺回突尼斯城。

② 丹吉尔(Tanger)是摩洛哥北部古城、海港,丹吉尔省省会,全国最大旅游中心,人口约 31 万。

得身经百战才能赢得荣耀,帝国皇帝的军队里的众多骁勇善战之
人皆是如此。苏菲不想错过成名的计划,遂加入志愿军。她功
勋显著,荣耀加身,引起了很大轰动,甚至皇帝都听说了这位冒
牌的堂·费尔南多。在一场激烈的战斗中,局面对基督徒们十
分不利,查理五世被部下舍弃,周身皆是奸佞,他的战马已死,倒
在了他身边,他似乎也要战死沙场了。巧的是,苏菲这时正处皇
帝附近。若不是我们的女骑士凭她不可思议的英勇将帝国皇帝
扛到了自己马上,基督徒们便没时间回过神来解救这位骁勇的
皇帝。

此番壮举自有回报。帝国皇帝将圣雅各地区一块收入丰厚
的骑兵团封地赐给这位不知名的堂·费尔南多,又赏他一个骑兵
团。此骑兵团昔日的西班牙领主在一次战役中被杀害了。另外,
皇帝还赐予了他身份显赫之人一应的车马扈从。自此,整个部队
里再没人比这个英勇的姑娘更受尊敬和器重。她能游刃有余地
让自己的行为举止像个男人一样,俊俏的脸让她更显年轻。虽年
纪轻轻,她却英勇无畏令人钦佩,才思敏捷极富魅力,部队显要或
统帅无不与其相交甚笃。无怪乎人人赞赏她和她的英勇之举,她
很快便赢得了主人的青睐。是时,又有新兵队伍从西班牙来到战
舰上,为军队带来了钱财和弹药。皇帝想视察这些武装战士,便
让几个主将陪同。她觉得自己在新兵里看到了堂·卡洛斯,她没
弄错。这天余下的时间里她都惴惴不安,她差人去新兵营地找
他,但堂·卡洛斯改了名字,寻找无果。她整宿难眠,起得跟太阳
一样早,刚起来就去找这个曾让她洒泪悲啼的爱人。找到他时,
他却丝毫没能认出她来。她长高了,身形也就变了,非洲的太阳
又改变了她的面部肤色。她假称是旧相识,跟他打听一些塞维利

亚的消息，后又打听一个人的消息，人名是她信口说的，最先蹦到她脑海中的。堂·卡洛斯对她说她弄错了，他从未去过塞维利亚，他来自瓦伦西亚。苏菲对他说：

"您看上去跟一个对我来说非常重要的人很像，既是相似，若您不反感做我的朋友，我很想成为您的朋友。"

堂·卡洛斯回答她说："您因似曾相识便将友谊给予我，亦是此故，您已经得到了我的友谊，愿它配得上您的。您跟一个我爱了很久的人极像，一样的音容，唯是性别不一。"他深深叹息道："您定不是她那样的脾气。"

听闻末了这些话，苏菲不禁红了脸。堂·卡洛斯并没留意到，许是他已泪眼婆娑，看不清苏菲面部表情的变化。苏菲深受感动，激动难掩，便请堂·卡洛斯去她的帐篷找她，说会在那儿等他。告知堂·卡洛斯营地位置后，她便离开了。在部队里，大家都叫她"堂·费尔南多团长"。听到此名，堂·卡洛斯担心自己方才对她不够敬重。他晓得皇帝对堂·费尔南多是何等器重。堂·费尔南多与宫廷里的权贵们一样，受皇帝庇护，而他却只是个无名小卒。堂·卡洛斯轻而易举地便找到了苏菲的营地和帐篷，无人不知此处。他被招待得很好，一个低阶骑兵却享受了高级军官的待遇。又见这张名为堂·费尔南多的苏菲的脸，他比先前更惊讶了。更让他吃惊的是，那穿透一切、直抵他心灵深处的嗓音，勾起了他的回忆，他的心坎里重又浮现有关这世间他最爱的那个人的记忆。

苏菲的情人没能认出她来。苏菲让堂·卡洛斯与自己一起进餐，饭后她让用人退下并命令不见任何人。她又让这个骑兵重复，他来自瓦伦西亚，之后让他讲述他们都熟悉的共同经历，直至他计划带她走的那一天。堂·卡洛斯对她说：

"您相信吗？一位名媛接受了我的一片痴心，也向我表明了她的深情，最后竟那么不忠、不知羞，犯下这么大过错后，狡猾地躲着我，之后又瞎了眼似的，倾心于我的一个年轻侍从，那侍从在我决定带她离开的前一天就把她带走了。"

苏菲对他说："您确定事实如此吗？偶然是万物之主，它常以最让人出乎意料的方式混淆理性思考。您的情人可能是出于被迫才与您分开，她也许是不幸的，不该被人怪罪。"

堂·卡洛斯回答道："但愿吧，我怀疑是她的错！因她失去的种种，由她导致的不幸，让我从未如此难受过，甚至我以为，我若相信她对我忠诚依旧，我可能会觉得更不幸。但她跟背信弃义的克劳迪奥一样，亲近可怜的堂·卡洛斯只是为了最终将他舍弃。"

苏菲对他说："听您此言，您一点儿都不爱她，不听解释就指控她，还宣扬说她不仅轻浮，而且恶毒。"

堂·卡洛斯喊道："怕是更甚于此，这个冒失的姑娘，为了不让人怀疑是侍从诱拐了她，她在房中留了封信，就是她自她父亲家中消失的那晚。最后这出戏弄，把我害得那么惨，我无法继续回忆了。我给您读封信，您来评评，这小姑娘得是多虚伪。"

信

您不该将我许配给堂·卡洛斯后又禁止我爱他。像他这样出类拔萃的人，只会带给我更多的爱。年轻人一旦思想开化，唯利是图便无处安身。故而，我与幼时便喜欢的人一起逃走了，您也曾觉得他很好。如若没有他，纵是哪天与一个我不喜欢的陌生人在一起，哪怕他比现在还更富有，我也不可能继续活下去,只会千方百计地寻死。您该谅解我们的过错(如果这是个错误)。若您肯原谅,我们会立即接受您的谅解,这将比逃离您不公正的暴行还更快。

苏菲

　　堂·卡洛斯继续说道:"您可以想象,苏菲的父母读到这封信时承受着多大的痛苦。他们以为我还跟他们女儿在一起,就在瓦伦西亚躲着,或者就在离瓦伦西亚不远的地方。除了他们的亲戚——总督大人,他们对所有人都绝口不提这次秘密失踪。天一刚亮,执法人员便来了我房里,彼时我在睡觉。我尽量把自己对他们此次造访的惊讶控制在合理范围内。有人问我苏菲在哪里,我说我也想问她在哪里,控诉方怒了,非常粗暴地让人把我关进监狱。我被带去讯问,针对苏菲留下的信,我无法为自己做任何辩解。从信中可以看出是我想把她拐走,而我的侍从却和她同时失踪了。苏菲的父母派人去找她,我的朋友也尽可能地查找这个侍从把她带去了哪里。这是唯一能证明我清白的途径,但一直没有任何这对私奔的情人的消息,敌人们指控我害死了这两人。最终,权威之下,不公战胜了被压迫的无辜,我被告知很快要接受审判,将被判处死刑。我不奢望天降神迹,只得像亡命赌徒一样,绝望之下孤注一掷,看看能否被释放。我加入了盗匪团伙,里面都是像我一样的囚犯,所有人都意志坚决。我们强行破了监狱的大门,在朋友的帮助下,我们赶在总督知晓此事前,迅速抵达离瓦伦西亚最近的山里。我们做了很久山野的主人。苏菲的不忠、她父母的迫害、总督对我的种种不公正、后来又丢了钱财,如是万般让我陷入深深的绝望，后来与同伴们一起历险时，我便总拿生命冒险，奋力抵抗，是以赢得了声望，他们想让我当头目。在我的带领下，我们的队伍大获成功，很快在阿拉贡王国和瓦伦西亚王国都令人生畏。"

堂·卡洛斯又道："跟您说句隐秘话，得您垂爱，我深觉光荣，愿视您作此生的主人，故此想向您透露这危险的秘密。"

他接着说道："我厌倦了为非作恶，便悄悄地离开了同伴们，后又取道前往巴塞罗那，成为乘船前往非洲的新兵队伍里的一名低阶骑兵。我对生命无甚眷恋，把生活搞得一团糟后，除了反抗与我信仰不同的敌人、为您服务之外，我不知该如何生活。自那个世上最忘恩负义的姑娘让我成为最可怜的人之后，您的善意便是我唯一的快乐。"

没被认出的苏菲替自己鸣不平，说堂·卡洛斯对苏菲的指控不公正，又说服堂·卡洛斯在弄清苏菲的过失之前不要对她做恶意评判。她对不幸的骑兵说，她对他的厄运十分同情，出于善意，她希望能帮他减轻痛苦。有一种比空口诺言更有效的方式，就是请堂·卡洛斯归她统率。时机成熟时，凭她和朋友们在帝国皇帝面前的声誉，再将他从苏菲父母和瓦伦西亚总督的迫害中解救出来。堂·卡洛斯虽对冒牌的堂·费尔南多替苏菲辩解存有疑虑，但最后仍接受了苏菲的好意，认同了两人共同用餐时苏菲的提议。当天，苏菲——这位忠诚的情人——便对堂·卡洛斯的团长说，这骑兵不错，又是自己亲戚，想让他加入他麾下①，我②想说入

---

① 此处的两个他，前者指的是堂·卡洛斯，后者指的是女扮男装的苏菲。叙述者在后一句中又特意指出，第二个他其实是"她"。为保留作者文风，译文在形式上未做变动。

② 哪怕是在插入的以第三人称叙述的西班牙故事中，全文的叙述者"我"也会突然"冒出来"。

她麾下。是以,不幸的情郎开始效忠于他以为已故的或是他觉得不忠的情人。他发现自从成了她的奴隶,他就得到了主人的全部信赖,他也不解自己因何迅速得到了百般关照,兼任她的总管、秘书、显要侍从和心腹。别的仆人对他的敬意并不比对堂·费尔南多的少。不可否认,得这样一位主子恩宠,让他很快乐,在他眼中她周身一切都讨人喜爱,若不是消失的苏菲、不忠的苏菲,若不是她的身影时时萦绕在脑海里,令他悲伤不已,使得哪怕这般尊贵的主人友善相待,哪怕日后前途似锦,却都无法抹平他的伤痛,若不是如此,某种隐秘的本能或许会促使他爱上这个主人。苏菲虽然给了他些许安慰,但她很高兴看到他那么痛苦,她深信自己就是他痛苦的来源。苏菲常跟他谈起他的情人,她那么激动地为苏菲申辩,有时甚至还带着愠怒和尖刻,堂·卡洛斯则这般激动地控诉苏菲不忠、将名声弃之不顾等等。这个费尔南多,总跟他聊同一个话题,最后他甚至觉得,费尔南多以前许是苏菲的爱慕者,他如今可能还爱着苏菲。

　　非洲的战役按照史书中所写的方式结束了。皇帝又在德国、意大利、佛兰德等地发动战争。这位假称堂·费尔南多的战士几经沙场,凭借着英勇的行动与指挥,骁勇善战之名日盛,而能征善战这一品质,哪怕是对于这么年轻的男性——她乔装成的性别——来说,也是鲜有。帝国皇帝不得不去佛兰德①请求法兰西国王同意让他借道法国。当时法兰西的统治者②——伟大的君主,觉得自己的这位宿敌总那么走运却不能好好把握,自己既没那么好运,便企图在慷慨和坦诚上超越敌人。查理五世在巴黎得

---

①　为了平息不愿向国家纳税的根特人(Gantois)的暴乱。
②　法国当时的统治者为弗朗索瓦一世(François I,1494—1547)。

到了盛情款待,就好像他曾是法兰西国王似的。英俊的堂·费尔南多是为数不多的身份贵重的随行人员之一。若是主子要在这世上最风流的宫廷里耽搁很长一段时日,这位女扮男装的西班牙美人怕是会让许多法国女人爱上她,让最风流俊雅的男子心生嫉妒。

其间,瓦伦西亚的总督在西班牙去世了。堂·费尔南多希望凭他的功绩和主子对他的喜爱,向主子讨取这个要职,他没想到自己竟然得到了。堂·费尔南多让人尽快告诉堂·卡洛斯计划成功了,又让堂·卡洛斯相信,一旦自己成为瓦伦西亚地区的总督,便设法让他与苏菲的父母和解,并帮他求取帝国皇帝对他这个昔日盗匪头目的恩赦,甚至抓住一切机会,帮他重新夺回财产。倘若爱情上遭遇不幸的他还能被宽慰,诸多美好的承诺会让堂·卡洛斯感到慰藉的。皇帝到西班牙后,径直去了马德里,堂·费尔南多前去瓦伦西亚就职。来到瓦伦西亚的第二日,苏菲的父母便来向他状告新任总督身边的管家兼秘书——堂·卡洛斯。总督允诺会替他们伸张正义,也会还堂·卡洛斯清白。如今又有了些新的对堂·卡洛斯不利的消息,只好再次听取证词。后来,苏菲的父母因失了女儿,深感遗憾,情绪被激怒,且二人欲向他们认为的罪人复仇,便急切催促案情的进展,要求五六日内就得审判。他们要求总督将被指控之人关进监狱。总督跟他们承诺堂·卡洛斯不会走出府邸,又明确告知了审判日期。关键日子来临前夕,整个瓦伦西亚城里都处于悬而未决的状态。

堂·卡洛斯请求单独面见总督,总督应允了。他跪将下来,对总督说了下面这些话:

"大人,就在明天了,您要告诉所有人我是无辜的。尽管证人能够洗清所有对我的指控,我还是想在殿下面前起誓,就像在上帝面前立誓那样,我不仅没有拐走苏菲,而且在她被诱拐的前一天,我都没见过她,我没有她的任何消息,自此就一直再没她的消息了。的确,我应该把她拐走的,但我至今都不清楚发生了什么不幸导致她失踪了,或者说是让我失去了她,又或者,她失去了我。"

总督对他说:"够了,堂·卡洛斯,去睡觉歇息吧。我是你的主子,也是你的朋友,我比你以为的更相信你是无辜的。哪怕有所怀疑,我也不会公然声张,你既在我的府邸,是我府里的人,又同我一道来此,我承诺过会保护你的。"

堂·卡洛斯满怀感激地谢过主人刚才的慷慨陈词。他去睡了,只不过想着不久就能被赦罪,心焦焦的他辗转难眠。

天刚放亮,堂·卡洛斯就起床了。他穿戴得很齐整,装扮比平日更精心,正等着主子起床。我弄错了,他是等苏菲穿好衣服才进的主子房间。自打苏菲女扮男装起,只有多萝泰知道她的秘密,多萝泰也乔装成男人,睡在同一间房里,替苏菲收拾料理。若是苏菲想换个人伺候,她意欲隐藏的那些秘密免不得会被人发现。堂·卡洛斯进入总督房间的时候,多萝泰正欲开门。总督刚一瞧见他,就指责他这个被人指控想要证明自身清白的人怎么起这么个大早。苏菲对他说,彻夜未眠会给人造成意识呆滞的印象。堂·卡洛斯回答说,他心慌意乱,被恐惧笼罩,彻夜难眠。想到敌人的诉讼很快会随着殿下伸张正义而结束,他便愈加难眠。总督又对他说:

"您这身打扮不错,风流倜傥,作为今日就要被判决生死的人,您看上去很平静。我不知道自己是否该相信别人对您的指控。每当我们论及苏菲,您的兴致比我还寡淡,冷漠却更胜我一筹。没人指控我是苏菲的爱人,也不是我杀害了她,您想将绑架一事推到年轻的克劳迪奥身上,可克劳迪奥也没被人指控。"

总督又道:"您跟我说您爱她,可您在失去她后却还活着,甚至还设法免予处分并企求心安理得。您本该厌倦生命及一切欢心之事的。啊!不专一的堂·卡洛斯!定是另一个人的爱让您忘记了消失的苏菲。若您真的爱她,当她全身心为您付出、愿为您做任何事的时候,您应该保留对她的爱。"

总督此言一出,堂·卡洛斯整个人显得半死不活,他想回答,但苏菲没给他机会。苏菲一脸严肃地对他道:

"您住嘴吧,仔细着把这雄辩之才留到堂上辩护,我对此并不惊讶,我也不会为了个家奴让帝国皇帝以为我的判决有失公允。"

其间,总督转身朝卫兵队长说道:"看住他,越过狱的人怕不会守信,不能保证他绝不逃跑以躲避制裁。"

此言一出,立即有人缴了堂·卡洛斯的武器。堂·卡洛斯脸色苍白,身子虚弱,强忍着泪水,周身围着卫兵,引得众人见他这副模样全都同情起他来。其间,这可怜的绅士后悔自己没提防这些大人物的喜怒无常。参与审理的法官来到房间,总督坐定后,法官们也都各自坐下了。意大利伯爵还在瓦伦西亚。苏菲的父母亲出现了,他们向被告出示证人。被告对这场诉讼非常绝望,他几乎没有勇气回答。大家让他辨认他之前写给苏菲的信,又让苏菲家的邻居和仆人与他对质,最后出示了苏菲被诱拐之日她在房中留下的那封信。被告人要求听取他仆人的证言,仆人只能证明看见自家主子在家中睡觉,但他主子也可能佯装睡熟后又起身了。堂·卡洛斯发誓没有劫持苏菲,又提醒法官,他不会为了与苏菲分开而劫持她。但他又再次遭到指控，不仅指控他把苏菲杀害了，还说他把他的侍从——见证了他的爱情的心腹——也给杀害了。堂·卡洛斯只是不断地发誓，所有人都众口一词地要求将他判刑。总督指责他，对他说道：

"可怜的堂·卡洛斯！我对你偏爱有加，你要相信，假如我怀疑你是众人指控的罪犯，我便不会把你带回瓦伦西亚。倘若我不想在自己的政治生涯刚起步时便蒙上不公正之名，我便不得不惩罚你。你也看到了，见你这么不幸，悲伤的我双眼浸满泪水。若诉讼方的证词没那么有力，若他们并不那么盼着你死，双方或许还可以努力达成和解。眼下，倘若苏菲最后不出来为你作证，你只能准备赴死了。"

堂·卡洛斯得救无望，跪倒在总督面前，对她道："我的主，您好好回忆下。在非洲的时候，自我有幸效忠于您之日起，我的殿下，每次您让我讲述我那无聊的不幸遭遇时，我总是以同样的方式陈述。殿下，您该相信，无论是在此地还是任何别处，在法官面前否认的事，我也从未在对我宠爱有加的主子面前承认过。我对您一向坦诚，像对待上帝那般从不撒谎，我的殿下，我要跟您说，我喜欢苏菲，我依旧爱她。"

总督打断他："忘恩负义的，你说你爱她！"

所有人都震惊了。堂·卡洛斯对总督方才所言很吃惊，他回道："我爱她。"后又继续说道："我答应了娶她，跟她商量好了要带她去巴塞罗那。若是我拐走了她，若我知道她在哪里，我宁愿被处以最残酷的死刑。我知道终是免不了一死，倘若曾经爱这个不专一的、背信弃义的姑娘爱得胜过了我的生命，便只配去死，我宁愿清清白白地死去。"

　　总督面露狂怒之色，大吼道："这个姑娘和你的侍从如今怎么样了？他们是否入了天堂？是否已被埋入地下？"

　　堂·卡洛斯回答道："侍从风流倜傥，她十分美丽。他是男人，她是女人。"

　　总督对他说："啊！叛徒！你在这里表露你卑鄙的怀疑，对不幸的苏菲没有丁点儿的尊重！诅咒吧，不假思索地相信男人的承诺的女人，因为轻信便被人如此蔑视！苏菲绝不是德行平平的女子。可恶！你的侍从克劳迪娅，她是女扮男装的。苏菲是个忠贞不渝的姑娘，你的侍从是个执迷不悟的女人，这个侍从深爱着你，是她从你身边劫走了苏菲，是她背叛了苏菲，她把苏菲当成了情敌。我就是苏菲，你这个不公的情郎，忘恩负义的薄情人！我就是苏菲，为了个不值得的男人遭受非人的折磨，为了刚刚那般羞辱我的男人。"

　　苏菲再说不出话了。父亲认出了她，把她抱在怀里，母亲在一旁倒下了，堂·卡洛斯倒在另一侧。苏菲从她父亲怀中挣脱，跑向昏迷不醒的两人，正在她犹豫着该先朝谁跑过去的时候，二人恢复了知觉。母亲的泪水浸湿了她的脸，她的眼泪润湿了她母亲的脸。她柔情似水地将她的亲爱的堂·卡洛斯抱在怀里，堂·卡洛斯差点儿又因此昏厥过去。不过这次他撑住了，他不敢用尽全力亲吻苏菲，只是千百次地亲吻她的双手，吻完这只手又换另一只手。这么多拥抱，这么些颂美，苏菲差点儿忙不过来。意大利伯爵也像其他人一样，对她说了些恭维话。因之前苏菲的父母已经将她许配给他了，他此时还想着跟苏菲表白。堂·卡洛斯听到后，松开了正被他贪婪地亲吻着的苏菲的手。堂·卡洛斯接过别人刚递来的剑，展开的架势令所有人都感到害怕，他发誓要让

瓦伦西亚这座城为之震撼。只要苏菲同意,他便要让人明白任何
人类力量都不能将苏菲夺走。但苏菲宣布说,除了亲爱的堂·卡
洛斯以外,她决不会有别的丈夫,她恳求父母能发现堂·卡洛斯
的好。如若不然,不如狠心地把她关进修道院度过余生。父母同
意了由她自己选择她喜欢的丈夫。至于意大利伯爵,当日他就回
了意大利赴任,或者去其他任何他想去的地方了。苏菲讲述了她
的种种险遇,所有人都赞叹不已。堂·卡洛斯迎娶了苏菲后,一
名信使将他们的奇遇告知了帝国皇帝,皇帝将总督一职以及这位
机敏的姑娘以堂·费尔南多的名义立下的所有战功,都留给了
堂·卡洛斯,又赐予了这位幸福的情人封地和爵位,这些封地和
爵位至今仍归他们的子孙后代所有。瓦伦西亚城耗费大量钱财
为他们举办了极尽奢华的婚礼,同时,多萝泰嫁给了堂·卡洛斯
身边一位亲近的骑兵,多萝泰和苏菲皆换上了女儿家的衣裳。

第十五回

拉皮尼尔勒之过
肖像盒终归原主

拉皮尼尔勒走进旅馆时，雷恩议员刚读完他的故事。拉皮尼尔勒冒冒失失地进入一个房间，有人告诉他那是加鲁费耶尔先生的屋子。拉皮尼尔勒眉飞色舞的脸，在看到房间角落的天命和仆人时，发生了明显变化。天命的仆人也这般沮丧，生怕被判为罪犯。加鲁费耶尔从里面关上房间的门，然后问勇敢的拉皮尼尔勒是不是没猜出为什么派人寻他过来。这恶棍笑着答道：

"难不成是因为我打算将一个女演员据为己有？"

加鲁费耶尔对他说："什么，据为己有！严肃些。这是长官说的话吗？你从没让人绞死过跟你一样恶毒的人吗？"

拉皮尼尔勒继续兜圈子，把事情扯到玩笑上来，企图嬉皮笑脸地蒙混过去。但议员一直语气严肃。最后，拉皮尼尔勒承认了自己的险恶用心，跟天命道了歉，却没什么诚意。天命得是极为睿智才没因他这般挑衅而失去理智，这趟滑稽之旅的开头我们就已经看到，天命救了拉皮尼尔勒性命，现在他却反过来挑衅。但天命还有别事要与这个极不公正的行政官吏掰扯明白。这件事对他很重要，他已经告诉了加路费耶尔先生，加路费耶尔答应他，会让这个可恶的拉皮尼尔勒说出原因的。我虽费了些功夫来仔细研究拉皮尼尔勒，却一直未能发现，他对上帝的恶意是否比对人类的少，也不知他对同类的不公是否比他自身的作恶多端少①。我坚信从未有过这样恶贯满盈且位高权重的人。他承认他如此胆大妄为地绑架星星小姐，就像是值得炫耀的完美行动，他厚颜无耻地对议员和演员说，他坚信此番壮举定会成功。拉皮尼尔勒转向天命继续说：

"我收买了您的仆人。您妹妹上当受骗，到听说您受伤的地方来寻您，我便在屋内等她。但在屋子外不到两古里处，当时不知是哪个魔鬼，把她从这个蠢货手中抢走了。我让您的仆人把她带过来，他却把我给他的一匹骏马弄丢了，所以就挨了顿揍。"

天命气得脸色苍白，时而又羞耻得面色通红。这个厚颜无耻之徒，竟敢跟天命谈论他之前想犯的事，就像是在讲一件不足为道的小事。加鲁费耶尔对此也很反感，再没有什么时刻比眼下面对这么个危险人物更让他义愤填膺的了。他对拉皮尼尔勒说："我不明白您怎敢如此直白地告诉我们，这情景对天命先生来说得是多么恶毒，若不是我拦着，他早已殴打您上百次了。但我要警告您，您之前在巴黎行的抢夺之事，若您不归还当时偷的天命先生的一盒钻石首饰，他定会狠狠地揍您。多甘②，您的同谋，曾一直是您的仆人，临死之际他把这些都说出来了。我现在跟您说明，若您说归还一事有困难，您就会是我——您曾经的保护

---

① 斯卡龙常用比较级、否定句式，本书中的对照、对比几乎处处可见。此处是说：拉皮尼尔勒不仅对他人充满恶意，甚至对上帝也是如此；他的罪恶多端有多少，对他人的不公便有多少。

② Doguin 是拉皮尼尔勒长官的仆人，他的名字有"一种矮胖的狗"之意，此处翻译成"多甘"。

者——的危险敌人。"

听闻此言,拉皮尼尔勒惊愕住了,显然这出乎他的意料。每当恶行被揭穿时,他都勇敢地坚决否认,在这会儿正需要勇气的时候,它却不见了。拉皮尼尔勒局促不安,吞吞吐吐地坦白说,盒子在勒芒。他发着毒誓,说哪怕他们不要求,他也一定会归还的。这种毒誓对他来说像是家常便饭。这可能是他此生做过的最为坦率的一件事,却也并不十分坦诚。他的确会像承诺的那样归还盒子,但盒子却不是真的在勒芒,此时此刻盒子正在他身上。他想着倘若星星小姐不愿为了蝇头小利委身于他,他便将这个盒子送给星星小姐作礼物。这是他私下告诉加鲁费耶尔先生的,想借此重新赢得他的恩典。他把这个袖珍肖像盒放到加鲁费耶尔手中,任凭他处置。盒子里有五枚价值连城的钻石,星星小姐的父亲给盒子涂了层珐琅。这位美丽的姑娘的脸庞与这张肖像如此相像,足以让她父亲认出来。加鲁费耶尔把这个盛满钻石的盒子交到天命手中的时候,天命不知该如何致谢。如此一来,天命便也不必强行从拉皮尼尔勒那里把它要回来了。拉皮尼尔勒对盒子已归还天命之事毫不知情。拉皮尼尔勒利用自己的长官身份故意针对可怜的演员,官职品衔在恶毒之人手中就会成为危险的权杖。被人夺去这盒子的时候,天命非常痛苦,况且星星的母亲那么珍视这些珠宝,小心收藏着,视之为丈夫的信物,盒子丢失让她悲伤不已,也让天命愈加沮丧。是以,我们很容易能够想象得出,盒子失而复得时他的欢喜若狂。星星眼下正在镇上神父的姐姐家里,有安热莉克和莱昂德尔陪着,天命找到她,跟她分享了这一消息。他们一起商量回勒芒之事,决定次日动身启程。加鲁费耶尔先生为他们备了辆四轮马车,但他们不想接受。男演员、女演员,跟加路费耶尔先生一众人共进了晚餐。大伙儿在旅馆早早就歇下了。待天刚破晓,天命、莱昂德尔以及马背上他们各自的情人,一齐踏上了回勒芒的路。拉戈旦、纪仇和奥利弗已提前回去了。加鲁费耶尔为天命提供了无数的帮助。牛夫人的病比之前更重了,因不能跟演员道别,她对此心存不满。

第十六回

拉戈旦遭厄运
啼笑皆非窘境

　　两个演员和拉戈旦一起回的勒芒。一路上,这个小个子男人总绕弯子,不走直路。拉戈旦想在乡间一座小房子里招待他们,那个小房子与他的小身子正合适。虽然一位追求忠实与精准的历史学家不得不详细叙述历史上的重要事件,写出事情发生的地点,但我不会明确告诉您拉戈旦要把他"日后的同行"(我这样称呼,是因为拉戈旦尚未加入乡村剧团的漂泊之列)领进去的小屋究竟位于北半球的具体何处。我能告诉您的只是,这房子位于印度恒河①以西。换言之,距离勒芒附近的锡耶勒纪尧姆镇不远。②

　　刚一抵达,拉戈旦就发现房子被一群波希米亚人占着,引得佃农强烈不满。这群人假称他们队长的妻子快临盆了,便在这儿安顿下来。其实,这帮强盗是希望能便易地在路边偏僻田地里找些家禽开荤,还能逍遥法外。先是小个子拉戈旦愤怒不已,拿勒芒官吏威胁这些波希米亚人。他自称是一位长官的姻亲,娶了波

---

① 恒河(Le Gange)是南亚的河流,流经印度,离法国相去甚远。
② 锡耶勒纪尧姆(Sillé-le-Guillaume),法国西北部城市,卢瓦尔河地区大区萨尔特省的一个市镇。此处作者先说房子位于恒河以西,再说离锡耶勒纪尧姆不远,而两地之间实际相隔万里,故而产生幽默效果。

尔塔伊①家族的女子。拉戈旦对此侃侃而谈，是为了让听众们明白波尔塔伊家族和他拉戈旦有着怎样亲厚的关系。但这番高论没能让他的盛怒有所减弱，也没能阻止他气哄哄地咒骂。他还拿拉皮尼尔勒长官来威胁他们，听到大名鼎鼎的拉皮尼尔勒，这些人的膝盖都快要蜷曲下来了。但波希米亚队长总是一副谦谦有礼的样子跟他说话，这让拉戈旦更为恼怒。队长厚着脸皮夸拉戈旦面容俊朗，散发着个正人君子的气质，还说他很懊悔无意之间进入了拉戈旦的城堡（这无赖就是这么称呼这间只有篱笆做的院墙的小屋子的）。他又说他们中有个孕妇不久就要卸货，他们的小队伍向为他们和他们的牲畜提供住处的佃农支付了费用后就会离开。拉戈旦不知道该怎么跟这个嬉皮笑脸且对他尊敬有加的人开口吵架，因此懊恼不已。不过，波希米亚人的沉着冷静最终还是激怒了拉戈旦。

这时，纪仇和波希米亚队长的一个弟兄认出了彼此，他们是昔日的好伙伴。这场相认让拉戈旦平静了许多，他之前太恼怒，正蓄谋什么坏事呢。纪仇请拉戈旦平复下心情，他也很想这么做，若他那骄傲的天性使然，他早就这么做了。正在此时，那名波希米亚妇女生下了个男婴。整个队伍里都洋溢着喜悦。队长让演员们一起用晚饭，拉戈旦已让人杀好了鸡来做烩鸡块。众人落座就餐。波希米亚人备了些猎获的山鹑和野兔，还有偷来的两只火鸡和许多乳猪。之外，他们还有火腿、牛舌。众人把野兔肝酱涂到面包屑上就着一起吃，四五个波希米亚人在桌边侍候。此外，还有

---

① 波尔塔伊是一个姓氏。勒芒省级长官丹尼尔·内沃（Daniel Neveu），即丹尼尔二世的儿子，在1626年迎娶了玛丽·波尔塔伊（Marie Portail）。拉戈旦娶了某个姓氏为波尔塔伊的女子，便觉得自己可以与勒芒长官攀亲戚了。

拉戈旦拿六只鸡烩的肉块。您得承认这些可都不是粝食粗餐。除演员们外,宾客共计九人。他们俱是优秀的舞者,也都是厉害的盗贼。进餐前,先是举杯恭祝国王和王子们身体康泰,后又举杯祝村子里接待诸多小队伍的善良的老爷们身体安康。队长请演员们举杯,以纪念故去的查理·杜多。此人是刚刚分娩的女人的叔叔,在拉罗谢尔围城战①中,遭格拉芙队长的背叛被处以绞刑②。众人边破口痛骂这叛徒队长和一切官吏,边大肆挥霍拉戈旦的酒。拉戈旦是那么高尚,这样大吃大喝地糟蹋他的东西,他都没跟人起口角。满座来宾,甚至连愤世嫉俗的纪仇都包括在内,纷纷向邻座表达深情厚谊,情意绵绵地轻轻亲吻,让泪水润湿了脸颊。当晚宾至如归,拉戈旦大口大口地喝酒。

酒喝了一整宿,众人歇息的时候太阳都升起来了。酒入肚肠,嗜酒之后众人不仅安静了下来,也许我可以说,甚至心里涌起一股离愁别绪。结队而行的人去准备他们的行囊,还顺了几件拉戈旦的佃农的破烂衣裳。英俊的老爷骑上他的公骡,神情跟用饭时一样严肃,俨然踏上前去勒芒之路,根本没管纪仇和奥利弗是否跟随着,就只顾着吸吮一个多小时前就空了的烟斗。走了不到半古里,一直吮吸没有烟草的空烟斗的拉戈旦,在酒精作用下突然头晕眼花。拉戈旦从公骡上摔了下来,骡子明智地转身回了来处,那里有人租种着些田地。拉戈旦的胃负荷太重,翻江倒海了

---

① 拉罗谢尔围城战(Siège de la Rochelle,1627—1628),一场法国王室军队和英格兰-胡格诺联军之间的战役,经过一年多的围城后,王室军队取得胜利。这场战役是天主教徒和新教徒之间的斗争,最终以法国国王路易十三获决定性胜利告终。拉罗谢尔是法国传统军事重镇,历史上曾经发生多次围城。

② 历史上,拉罗谢尔围城战后一年,即 1629 年,一位名为格拉芙的"埃及军官"(波希米亚人)被谋杀。

数次后消停下来，迅速开始运转。

　　拉戈旦在途中睡着了。入睡没多久，他便像管风琴踏板一样打着呼噜。一个赤身裸体的男人——就像我们绘制的人类第一个父亲①的形象一样——走近拉戈旦。此人胡子拉碴，邋里邋遢，满身污垢，朝拉戈旦走过来，开始脱拉戈旦的衣服。野蛮人花了很大力气才把拉戈旦的新靴子脱下来，这靴子还是纪仇在旅馆调包了别人的靴子后霸占的，得来的方式我已经在这个真实故事的前面某处跟您说过了。野人使出浑身解数脱拉戈旦的衣服，倘若拉戈旦不是所谓的醉得半死，他理应已经被吵醒了，然后像一个被五马分尸的人一样大喊大叫。野人一个劲儿地拖拽拉戈旦，走了有七八步，使得拉戈旦的屁股脱了皮。睡梦中的人口袋里掉出了一把刀，这个卑鄙的男人抓住了它，像是要把拉戈旦的皮全都剥去似的，割开拉戈旦的衬衣、靴子以及所有难以从拉戈旦身上脱下来的东西。从被剥了个精光的酒鬼身上拢了一堆破衣裳后，野人像一匹狼带着猎物一样跑开了。

　　我们让他带着掠夺的战利品跑走吧，这正是天命寻找安热莉克小姐时把天命吓了一跳的那个疯子。我们别离开还没睡醒的拉戈旦，他亟待醒来。拉戈旦光溜溜的身子暴露在太阳下，很快被各种苍蝇围绕、被各类蚊子叮咬，可他还是丝毫都没有醒来的迹象。过了些时，却被一队赶着辆双轮马车路过的农民弄醒了。拉戈旦一丝不挂的身体出现在视线里，农民们惊叫道：

　　"看那儿！"

　　他们走近拉戈旦，尽可能地不弄出声响，像是怕吵醒他似的，

———————

① 指亚当。

而后用粗绳子把拉戈旦的手脚都绑起来,绑好后又把他抬到马车里,然后急匆匆地走开了,就像风流的情郎不顾情人和她父母的意愿,匆匆将他的情人绑架了那般。拉戈旦醉得厉害,这么些暴行都没能让他醒来,马车一路的猛烈颠簸也没能吵醒他。这些农民动作如此之快,因太过迅速,一个步子不稳,马车翻倒在积满污水和烂泥的地方。于是,拉戈旦也翻倒了。拉戈旦坠落的地方冰凉凉的,底处有些石头或其他同样坚硬的东西,加上突然跌落,拉戈旦醒了。眼下的惊人处境让他错愕万分。他看到自己的手脚都被绑住,摔倒在泥泞里。醉酒再加上坠地,使得他头昏脑涨,只顾着打量过来扶他的三四个农民以及别的去扶马车的人。目下的遭遇,让他深感惊恐。生就健谈的他,也从不曾论及这等谈资,过了些时,他再想跟谁谈,却不能了。这是因为,农民们一起秘密商讨后,决定只把这矮子的双脚松开,既没告诉他个中原因,也没跟他客套几句,他们皆噤若寒蝉,马车掉头直奔来时方向,返回之速跟来时一样飞快。审慎的读者也许不知这些农民想对拉戈旦做什么,又为何什么也没做。的确,若我不揭晓,读者很难猜测到。我也是颇费了番功夫才知晓的。动用了所有朋友关系后,我都快泄气了,前不久偶然间终于得知,我这就告诉您详情。

下曼恩地区的一位神父,抑郁又疯狂[1]。他来巴黎是为了个官司,眼下正案子宣判。等待之余,他想把他对《启示录》的空泛之言印出来。这是个耽于幻想的人,不喜旧作,对近日新著却甚是偏爱。他让印刷商把同一张纸反复印上二十遍,惹得印刷商很是恼怒。故而,他只得不时地更换印刷商。后来,他找到了负责

---

[1] 古希腊体液学说提出,人体由四种液体组成,四种体液分别对应四种气质——多血质、黏液质、胆汁质、抑郁质,体液比例不同,会形成不同的性格。

印刷本书①的书商。他在这个印刷商这儿，读了几页我跟您讲的这个冒险故事。这位善良的神父对此比我还更了解，他认识那些农民，知道他们因何绑架拉戈旦。我虽知他们是怎么绑架的，却不知其中缘由。这位神父知道故事有何不尽完善之处，并将其告知了印刷商。印刷商很惊讶，他原以为我的小说跟别的一样，不过是供人消遣罢了。没让人久等，神父很快就来找我了。我从这个真正的勒芒人口中得知，捆绑睡熟中的拉戈旦的农民，就是天命在夜里遇见的那个在田野上奔跑的、青天白日里将拉戈旦的衣服扒个精光的可怜疯子的亲戚们。他们想把这疯子关起来，也总试着这么做，但疯子力大无穷，强壮无比，结果他们反而常挨疯子打。村里一些人从远处看到拉戈旦的躯体在太阳下闪闪发光，还以为是疯子睡着了。这些村民怕挨揍，不敢靠近他，便将此事告知了这群农民。您见过的，这些农民是有多么谨慎。他们未加辨认便将拉戈旦带走了。发现弄错了人后，却还绑着拉戈旦的手，免得他发起攻击。

　　神父所陈之事，令我喜出望外。我跟他说，他这么鼎力相助，我却无以回报，只好以朋友的身份建议他，别再刊印他那满纸荒唐的著述了。也许，有人会指责此言累赘无用，有人会向我献上真诚的赞美。让我们说回拉戈旦吧。只见他通身沾满泥浆，身上多处淤青，口干舌燥，头沉脑昏，双手缚在背后。拉戈旦尽力起身，四下望了望，目之所及，杳无人烟。拉戈旦走上那条看似行人最多的路，强打精神，绷紧神经，以便理清所经之事。拉戈旦的双手依旧被绑着，不幸的是，几只不屈不挠的蚊子，总盯着他身上缚

---

① 作者自愿将书商放入作品中，有时是为了取悦他本人的书商。

着的双手够不着的部位,拉戈旦便不得不躺到地上压死或驱走它们。后来,他走上一条坑坑洼洼的路,路边围着树篱,路面上满是积水。这条路一直通往一条小河,他很高兴,摆好架势准备清洗满身污泥的身体。

临近河边时,他看到一辆马车翻倒在地,一个车夫和一个农民,经受人敬仰的教士劝告后,正把五六个浑身湿透的修女从那儿拉出来。这是一座夏季修道院①女院长的马车,她去勒芒办了件要事,回来路上,由于车夫之失,马车翻了。女院长和修女们被扶起来后,看见远处光着身子的拉戈旦径直朝她们走来,让她们气愤不已,修道院的议会②领导吉弗罗神父,则比她们还更愤慨。神父怕发生什么不合矩之事,让嬷嬷③们赶快背过身去,又竭尽全力朝拉戈旦大喊别再靠近了。拉戈旦一路前行,正欲踏上为行人搭的长板。吉弗罗神父来到拉戈旦跟前,身后还跟着马车夫和农民。看到拉戈旦这副鬼样子,神父想着要不要先给他驱魔。后来,神父问他是何人,从哪里来,为什么赤身裸体,又为什么被绑着双手,一连串地问了这许多问题,发音时还配着手势。拉戈旦粗野地回道:

"您想做什么?"

拉戈旦正要跨过木板,却猛地撞倒了受人敬重的吉弗罗神父,害得神父坠入水中。好心的神父拽着车夫,车夫又拽上农民,全都一起下了水。拉戈旦觉得他们落水的方式那么有趣,放声大笑起来。拉戈旦继续朝修女走去,修女们的面纱低了,朝路边树

---

① 这里指的是夏尔尼夏季修道院(l'abbaye d'Estival en Charnie),1109 年由勒芒的子爵拉乌尔二世(Raoul II)建立。

② 修士和修女的全体大会,修道院的高级议会。

③ 嬷嬷(mère)是对修道院修女的尊称。

篱背过身去，目光望向田野。拉戈旦对修女们的脸没兴致，总算脱身了似的，朝别处走去。这让吉弗罗神父出乎意料。神父在农民和车夫的帮助下，跟上拉戈旦。三人中，要数车夫最恼羞成怒，女院长吼了他，他此刻心情很不好。车夫脱离了大部队，追上拉戈旦，欲报复落水之仇。车夫掏出鞭子，将拉戈旦狠狠一顿猛打。拉戈旦没等第二次痛打落下，就连忙逃跑，像条遭人痛打的落水狗一样逃窜了。只打了一顿，车夫还不满足，紧追上去又是一阵毒打，打得拉戈旦皮开肉绽。

吉弗罗神父跑得上气不接下气，仍不遗余力地喊着："打他！打他！"

车夫遂使出全力，愈加猛烈地挥舞鞭子，鞭子密密麻麻落下，一个磨坊出现在这可怜人眼前时，车夫打他打得都感到愉快了。拉戈旦拼了命地奔跑，刽子手在后面紧追不放。拉戈旦看到一个饲养着家禽的院子敞着门，就径自进去了。先是屁股被看门狗好生招待了一番，让拉戈旦发出痛苦的叫喊，之后他迅疾跑进一个敞开的花园。跑得那么急，一下撞翻了花园入口处的六个蜂蜜箱。拉戈旦的不幸在此时达到顶峰。这些带翅膀的小象，长着长喙、备着刺棒，猛追着这条光溜溜的身子，拉戈旦却腾不出手来防卫，整个人被叮咬得狰狞可怖。拉戈旦发出惨烈的叫喊，冲他狂吠的狗因害怕逃走了，也可能是因害怕蜜蜂才逃走的。冷酷无情的车夫，像狗一样恶毒。吉弗罗神父因一时生气忘了仁慈之心，他后悔自己不该报复心那么强，正亲自去催促磨坊主，帮一帮这个在花园里遭到谋杀的人。磨坊主等人慢悠悠地赶来。磨坊主虽因拉戈旦撞倒他的蜂箱恼火，却也对这可怜人怀着同情，最后将拉戈旦从那些会飞的、尖刺中带着毒液的敌人中解救出来了。

磨坊主问拉戈旦，是哪个魔鬼害得他赤身裸体，双手被缚着，还撞上了蜂箱。拉戈旦想作答，无奈疼痛遍布全身，让他说不出话来。拉戈旦被蜜蜂蜇得从头到脚都肿胀起来。就他眼下这副模样，一个新出生的、尚未接受母亲舔舐的小熊崽的熊样也比他此刻的人样更有样。

　　跟其他女人们一样，磨坊主的妻子也是个有同情心的女人。她替拉戈旦铺了张床，让他睡下了。吉弗罗神父、车夫和农民返回夏季修道院，回到修女们身边。修女们回到马车上，吉弗罗神父骑上牝马，在尊敬的神父的护送下，他们继续赶路。巧的是，这间磨坊归里农①的一位皇家军官或他的侄子巴格蒂耶尔所有，我不确定到底是哪个侄子。拉戈旦告诉磨坊主和他妻子，说这位里农军官是他的亲戚，拉戈旦因此被照料得很好。而且，幸运的是，隔壁镇上的外科大夫包扎得当，直至他完全康复。一旦能下地行走了，拉戈旦就回了勒芒。得知纪仇和奥利弗找到了他的骡子并将骡子带到了勒芒，拉戈旦高兴得忘记了坠落马车、遭车夫鞭打、被狗噬咬、挨蜜蜂蜇诸事。

---

① 里农（Rignon），法国奥布省（Aube）里尼拉诺讷纳斯（Rigny-la-Nonneuse）的一个市镇。

第十七回

倒霉矮子拉戈旦
巨人巴格诺迪耶

　　天命和星星，莱昂德尔和安热莉克，这两对良人佳偶来到了曼恩省的省会，一路风平浪静。天命把安热莉克交还给她母亲，又一片好意地，让洞穴看清莱昂德尔的品德、身份以及对她女儿的爱。和蔼的洞穴开始感受到这个年轻小伙儿跟她女儿之间惺惺相惜。她之前对此还百般阻挠。可怜的剧团目前尚未圆满结束勒芒的事务。一位世家子弟非常喜欢看剧，这弥补了勒芒人的吝啬。此人在曼恩地区有许多产业，他在勒芒有一座房子，总有些同为贵族子弟的朋友们光临。无论是风流情郎，还是外省人，皆是他的座上宾，甚至还有几个巴黎才子，这些才子中，有的还是一等一的诗人。总之，这是现代资助①的方式。这位显贵痴迷戏剧，也喜欢所有参与其中的人，是以，此地每年都能吸引这个国家最好的剧团前来演出。我跟您说的这位大人来到勒芒时，恰逢可怜的演员们正欲离开此地之际。他们对勒芒的观众不甚满意。这位大人请演员们再多耽搁两星期，以满足他对戏剧的热爱。为

---

① 原文 Mécénas 指的是文学或艺术事业的资助者。Mécénas 是贺拉斯和维吉尔的保护人。

表感激，他给了他们一百皮斯托尔，又承诺离开时再付一百皮斯托尔。他很高兴让剧团为几位世家子弟演戏，这些人中有男有女，一齐来的勒芒，在他的请求下，会在勒芒逗留些时日。这位大人，我称他为奥尔瑟侯爵①。他酷爱狩猎，让人将他狩猎用的一应工具全都弄到勒芒来了，这些设备俱是全法国最好的。曼恩地区的大片陆地和森林，使其成为最佳的射猎场之一。不过，在法国其余领地，也能找到这种有鹿或野兔的地方。这个时节，勒芒城中满是被这一盛大节日吸引而来的猎手。他们中，大部分人都是跟妻子一起来的。妻子们见到宫里的太太们很高兴，离开勒芒后的日子里，她们可以围着火炉将这些事说上很久。对外省人来说，这是个不小的野心——能够时不时地告诉别人在何时何地，见过宫廷里的人。这些人的名字，他们总能随口就来，比如："我的钱输给了罗克洛尔②"，"克雷基③赢了很多"，"考阿甘④在都兰⑤追赶雄鹿"。若有人让他们发表一场政治或战争演说，不等江郎才尽，他们是不肯住口的（如果我能这么说）。

言归正传，不说题外话了。勒芒地区遍地名流，有肥胖的，也有纤细的。旅馆宾客满盈，大部分肥头大耳的市民们都接待了些乡下来的有头有脸的朋友或名门显贵。这些人很快就弄脏了市民们所有的精致床单和锦缎花纹的日用织物。既是预支酬劳，演

---

① 此处的奥尔瑟(Orsé)侯爵可能指的是柏林伯爵(le comte de Berlin)，是许多诗人与演员的朋友，他常在阿韦尔通(Averton)城堡中招待斯卡龙。

② 罗克洛尔大公(le duc de Roquelaure)是真实存在的人，战功赫赫。

③ 克雷基骑兵马官（le maréchal de Créqui）即后来的莱迪吉耶尔公爵（le duc Lesdiguières, 1543—1626），是法国宗教战争军事首领和政治人物、法国骑士统帅和元帅。

④ 考阿甘(Coatquis)侯爵名气不大，是圣马罗(Saint-malot)的总督，黎塞留的卫兵队队长。

⑤ 都兰(Touraine)，法国地区名，首府是图尔(Tour)，此地有许多城堡。

员们心情大好,启幕演戏。勒芒的市民们等着大戏开场。城里的
和省里的太太们,因着日日能见到宫里的太太们而高兴不已,她
们仿照宫里的太太们穿衣打扮,好歹比之前要好些。裁缝们剪裁
了无数的旧式长裙,因此大赚了一笔。

　　夜夜歌舞笙箫,最蹩脚的舞者在此跳着最糟糕的库兰特舞①,
跳舞的人中有几个是城中的年轻人,他们身上穿的是荷兰呢绒或
于索②呢绒,脚下踩的是打蜡的皮鞋③。演员们屡屡被叫去表演。
星星和安热莉克受到骑士们的热捧,令太太们艳羡。伊内斯拉在
演员们的请求下跳了萨拉班德舞④,赞声不绝。罗克布吕讷差点
儿被满溢的爱意溺死了,他的爱陡然暴涨。拉戈旦对纪仇说,若
不能尽早赢得星星小姐的芳心,整个法国便再没有拉戈旦了。纪
仇向拉戈旦描绘了美好愿景,又跟他吐露自己的深情厚谊,最后
请拉戈旦借给他二十五或者三十法郎。乍闻这无理请求,拉戈旦
脸色发白,后悔方才所言,险些就要放弃他的爱情了。不过最后,
他还是气汹汹地从不同口袋里掏出各式各样的硬币,满脸哀伤地
交给了纪仇。纪仇答应拉戈旦,隔上一日,拉戈旦定会收到他的
信儿。

　　是日,演的是《堂·雅费》⑤。尽管此剧作者没道理开心快乐,
这仍是一出活泼欢快的剧。表演精彩,观者如堵。除了悲惨的拉
戈旦,所有人都满意。拉戈旦来得迟了,此罪的惩罚是,他不得不

①　Courante,17 世纪法国流行的一种舞蹈。
②　于索(Usseau),法国市镇名。
③　按照当时的潮流,无论是荷兰呢绒还是于索呢绒,都不再推荐与打蜡皮鞋搭配。
④　萨拉班德舞跟那个时期的其他舞蹈一样,源自西班牙,所以由西班牙人伊内斯拉表演。
⑤　全称《亚美尼亚的堂·雅费》(Dom Japhet d'Arménie),斯卡龙的喜剧,可能是在投石
　　党之乱时期创作的,发表于 1653 年,取得了巨大成功。斯卡龙是残疾之身,本不该高
　　兴的,可他的作品却是喜剧。

坐在一位外省绅士后面。这人的脊梁骨很大,穿着宽肥的大袖口上衣,让他的身形更显肥大。虽是坐着的,他的个头仍比最高大的人还要高。拉戈旦跟他只隔一排。拉戈旦以为他是站着的,就不停地喊着,让他像其他人一样坐下。他无法相信一个坐着的人的头能有全场所有人的头那般高。

这位绅士名叫巴格诺迪耶①,很久都没理会跟他说话的拉戈旦。最后,拉戈旦喊他戴绿色羽毛的先生。的确,巴格诺迪耶毛发浓密,脏乱不堪,毫无精致可言。巴格诺迪耶转过头,看着这个没有耐心、非常无理地让他坐下的小个子。巴格诺迪耶面不改色,继续看戏,充耳不闻。拉戈旦再次喊他坐下。巴格诺迪耶又转头看着他,凝视他,之后又扭过头看戏。拉戈旦又一次大喊,巴格诺迪耶第三次转过头、第三次凝视这个小个子男人、第三次回过头去看戏。整场演出,拉戈旦一直在不停地用力喊他坐下,巴格诺迪耶则一直无动于衷,这足以让所有人恼怒发狂。

我们若把巴格诺迪耶比作矮胖的看门狗,拉戈旦就是跟在他身后一直无端狂吠的小凶狗。哪怕看门狗去墙角撒尿,这小狗也一直跟着。最后,所有人都盯着看最高的大个子和最矮的小个子之间发生了什么。拉戈旦没了耐心,开始咒骂大个子。巴格诺迪耶仍只是冷眼瞧他。见此状,众人皆大笑起来。这个巴格诺迪耶是世上最高大的人,也是世上最粗鲁无礼的人。巴格诺迪耶冷静地问他身边的两位绅士他们在笑什么,绅士们坦率地跟他说,笑他和拉戈旦。俩绅士原是要奉承他,并不想惹恼他。不过,他们还是惹得巴格诺迪耶不快。巴格诺迪耶沉着脸,一声喝道:

---

① 巴格诺迪耶(Baguenodière),根据一份关键性手稿,巴格诺迪耶的原型可能是勒芒律师皮隆先生(M. Pilon)的儿子。

"愚昧的家伙。"

巴格诺迪耶不合时宜地脱口说了这话。此言一出，二人意识到他们之前的坦白，这下是被往坏里想了，便不得不反击，每人给了巴格诺迪耶一记重重的耳光。手因为抄在外套口袋里，尚且不能活动开，巴格诺迪耶起初只是左右推搡他们。这两个绅士是兄弟俩，性子活跃。二人成功地扇出了六个巴掌，无意之中，每个巴掌间隔得那么均匀，啪啪啪地，让只是听着却看不到的人，还以为是有人以相同的间隔拍了六次手。最后，巴格诺迪耶将双手从沉重的外套下面拿出来。不过，这俩兄弟像狮子一样拿拳头砸他，步步紧逼，使得他的长臂无法自由挥动。巴格诺迪耶想往后退，却倒在了他后面的人身上，把这个人也弄翻了。这个人连同他的椅子，都在不幸的拉戈旦前面，拉戈旦被撞翻在另一个身上，另一个又被下一个撞翻，一个连着一个，直到这一行的椅子，像九柱戏里的小木桩那样，全都倒在地上。倒地声，脚扭伤的女士们出的声，美人受惊的声音，孩子的哭闹声，人的说话声，大笑声，抱怨声，拍掌声，全都混杂在一起，形成一股地狱之声。

之前从没有因这般芝麻小事引起过轩然大波。神奇的是，虽然与事者多达上百人，且大都佩剑，却无人拔剑。更神奇的是，巴格诺迪耶一脸严肃，哪怕挨了打，也无动于衷，仿佛这不过是世间最无足轻重的。此外，有人注意到，他几乎整个下午都没有开口，唯独之前说了可怜巴巴几个字，招来了一通冰雹般的耳光。直到晚上，他都没开口说话。这个大个子男人的沉着冷静和沉默寡言，与他的身高很协调。到处是东倒西歪的人，横七竖八的座椅，全都掺和在一起，形成一阵可怕的喧闹声，经久不息。

在大家开始忙着收拾归置时，最友好的人站在了巴格诺迪耶和他的两个敌人之间。可怖的吼叫声传来,就像是从地狱里发出的。除了拉戈旦,还能是谁呢?真的,当命运开始迫害可怜人,它便会一直对其纠缠不放。可怜的小个子,他的座位恰好在网球场排水沟盖板的正上方。排水沟是用来接收雨水的,位于球场正中间,做标记用的绳子①直直系在上面,排水沟的盖板像瓶盖一样翻起来。岁月摧毁一切,正如用来演戏的网球场的盖板早已腐朽。一个体重颇大的人,用他的身子和椅子把盖板压坏了,盖板在拉戈旦身下断开,拉戈旦整个儿地掉到洞里,这人则一条腿陷进洞内。这个穿着皮靴、套着马刺的人,刺伤了拉戈旦的喉咙。拉戈旦发出恼怒的闷吼。有人向这个男人伸出援手,于是,他陷入洞中的腿变了位置。拉戈旦死死地咬住他的脚,他以为自己被蛇咬了,发出的尖叫声让前来帮他的人浑身打战,吓得松了手。定了定神后,帮忙的人重又伸出手,腿陷洞中的人不再喊叫了,是因为拉戈旦不咬他了。之后,两个人一起把小个子拉出来。此刻的拉戈旦尚未见天日,就抬着头瞪着眼威胁所有人,主要是威胁那些盯着他看、嘲笑他的人。拉戈旦跟着人群往外走,酝酿着对他来说十分荣耀,对巴格诺迪耶却阴森可怖的事情。我不知巴格诺迪耶怎么跟俩兄弟和解的,我甚至不确定他们是否和解了。不过,至少我没听说又起冲突。好了,演员们在勒芒的豪杰才俊们面前上演的第一出剧,便是这么被搅乱的。

---

① 现代网球起源于法国的"掌中游戏"(jeu de paume)。老式网球场的正中间有一根绳子,用作标记绳子下面传错的球,意思是应在绳子上面传球。这里的绳子是用来支球网的。

第十八回

此回无须拟题

　　翌日，演的是高乃依先生的《尼科梅德》。我觉得这出戏很妙。这位杰出的诗人，将自己的全部身心都融入剧本的创作中，剧中人物多样，性格鲜明，无不在彰显作者的才华横溢、丰富多产。许是因拉戈旦不在，演出丝毫没受阻。拉戈旦的荣誉感那么强，却总落不得好，性子有些疯狂，又骄傲自大，哪天不整出点儿事儿，日子是过不去的。要知道，他虽傲慢，可总倒霉，且这霉运从不给他留情面，非得把他逼得没了退路才肯作罢。

　　整个下午，小个子男人都待在伊内斯拉的丈夫——术士费迪南多·费迪南迪的房中。费迪南迪是诺曼底人，但他自称威尼斯人，就像我跟您说过的，职业是外科庸医①。坦白来说，他不仅是伟大的走方郎中，更是伟大的狡诈骗子。先前，纪仇答应拉戈旦会设法让星星小姐爱上他。为了甩掉拉戈旦的纠缠，纪仇坑骗拉戈旦，说这术士是个厉害的魔法师，能让世上最矜持的女人穿着

---

① 外科庸医（médecin spagyrique），此处斯卡龙通过将两个希腊语词缀（span, ageirein）组合创造的词汇，使得没有能力的化学医生（médecin chimique）和草药医生（médecin galénique）结合起来，显得滑稽可笑。

衬衣追着男人跑,但这奇迹,术士只对守口如瓶的密友展示。这是因为,若是向欧洲最伟大的老爷们行此秘术,术士的遭遇只怕会很惨。纪仇建议拉戈旦想尽一切办法,去求术士的恩典,如此一来,他向拉戈旦应下的事儿,也就不成问题。既然医生是个聪明人,那他也必然会喜欢同样聪明的人,而他一旦喜欢某个人,便不会对其有任何保留。

面对一个自命不凡的人,只需加以逢迎或示以尊重,他就会任您排布。但若是面对意志坚定的人,情况就不一样了,这样的人不好操纵。经验告诉我们,谦逊之人懂得自律,哪怕遭人拒绝,依然能够心怀感恩,比那些毫不接受拒绝的人更能成大事。纪仇劝说拉戈旦,按他的想法去做。拉戈旦没有片刻迟疑,当下就去说服术士——这个伟大的魔术师了。我不会告诉您他对拉戈旦说了什么,您只要知道,纪仇事先早跟术士商量好了,术士把他的角色演得很好,他否认自己是魔术师,实际却让人对他是魔术师深信不疑。整整一下午,拉戈旦都与术士一起待着。这术士在火上放了个长颈瓶,假意修炼金术。因为当天无法得出任何定论,弄得心焦气躁的勒芒人整晚都没睡好。

翌晨,拉戈旦来到术士屋里时,术士还在床上躺着。伊内斯拉觉得拉戈旦此举很不当,是因为她早过了玫瑰花瓣般娇嫩的青春年华,每天早上起床后,出现在众人面前之前,她都要特意闭门很久,梳洗打扮一番。此刻,她悄悄溜进一个小隔间里,由一位摩里斯科①女佣侍候着,替她装扮上所有爱情的弹药。其间,拉戈旦又让费迪南迪表演魔术。费迪南迪先生向他展示了更多术法,却

---

① 摩里斯科人(西班牙语 Morisco)是一支改宗基督教的西班牙穆斯林及其后裔。

什么承诺都不肯许。拉戈旦想在这术士面前显露自己的豪爽,他让人好好备下午餐,又邀演员们一起享用。我绝不会告诉您饭菜有何特色,您只要知道,众人兴会淋漓,铆足了劲地吃。

饭后,天命和女演员们请求伊内斯拉跟他们讲讲她每日撰写或翻译的西班牙故事。伊内斯拉的讲述是在神奇的诗人罗克布吕讷的帮助下进行的,诗人向阿波罗和他的九个姐妹①起誓,六个月后,要让伊内斯拉掌握法语的优美与精妙之处。这厢拉戈旦正在奉承魔术师费迪南迪,伊斯内尔没让人多等,立即用魅力十足的嗓音为大家诵读了您在下一回中看到的故事。

---

① 希腊神话中,有九位缪斯女神主司艺术,她们是宙斯和记忆女神的女儿,由太阳神阿波罗主宰。

第十九回

《龙兄虎弟》——故事

　　多萝泰和菲利希亚·德·蒙萨尔维是塞维利亚最惹人爱的两个姑娘。即使不那么惹人爱，她们的财富、地位，也足以让她们为所有骑士所追求，想与她们缔结良缘。眼下，她们的父亲堂·曼努埃尔尚未表现出中意谁。多萝泰是姐姐，理应先于妹妹嫁人。然而，多萝泰矜持有度，哪怕是最自命不凡的追求者，也无法从她的眼神和举止里看得出她是否接受自己的爱。其间，美丽的姑娘们去望弥撒时，身边总团团围绕着追求者。去取圣水时，数只手会一齐伸过来，中有丑的，也有美的，皆不约而同地递过来。她们迷人的眼眸从祈祷书上抬起来时，这些人的目光便找到了着落点，我不知道究竟有多少不适宜的眼神。她们在教堂每走一步，无不引得一群人屈膝行礼。不过，若说这些在公共场合或教堂里的"战绩"让她们疲惫不堪，却也给她们带来了许多趣事——在她们父亲家里的窗子前发生的趣事。有了这些消遣，那些清规戒律似乎也能忍受得住了。在这个国家，她们的性别及风土习俗，都迫使她们要遵规守戒。从没有哪个夜晚，她们不是在悦耳的音乐声里入眠的。她们的窗户朝向一个公共广场，那里常举办戒指赛马跑。

一日，一个外乡人凭着他超越整座城里所有骑士的精湛造诣，赢得了一片赞赏。时人皆以为，他之于美丽的两姐妹，可谓天造地设。他在佛兰德统领过一个骑兵团，几位塞维利亚的绅士跟他结识于此。眼下，他们相约了一起去参加戒指赛马跑。比赛时，他身着士兵模样的衣服。数日后，塞维利亚要举办主教授任仪式。仪式是在教堂举行的。彼时，这个人称堂·桑切·德·西尔瓦的外乡人，正与塞维利亚城中最风流倜傥的人待在一起。美丽的蒙萨尔维姐妹也在那里，身处几位像她们一样盛装打扮的夫人之间。都是塞维利亚时兴的样式，身披宽大的织物斗篷，头戴嵌着羽毛的帽子。堂·桑切无意间走到了两位姐妹身侧。他走上前去跟一位太太攀谈，太太却彬彬有礼地请求他不要跟她说话，还让他把位子腾出来给她正在等着的另一个人。堂·桑切照做了，而后朝多萝泰·德·蒙萨尔维走去，多萝泰比她妹妹离他更近，目睹了堂·桑切与方才那位太太之间发生之事的全过程。

堂·桑切对多萝泰道："作为外乡人，我曾希望方才那位我欲与之交谈的太太不要拒绝我，但她觉得我不该看扁自己，不该认为与她谈话是太过冒昧之举，她就此惩罚了我。"

堂·桑切又道："我恳请您不要像方才那位太太一样严厉。她这么狠心地对待一个外乡人，又让我有理由，就塞维利亚太太们的荣耀，好好称赞一番她们的美德。"

多萝泰答道："您给了我充分的理由，让我可以像方才的女士一样狠心待您。既然您是在遭了拒绝后才来找我，我呢，为了不让您没机会抱怨我们这里的太太们，愿意在整个仪式期间只同您讲话，如此您就能发现我没有约其他任何人来这儿。"

堂·桑切道:"这正是令我惊讶的地方。美人如卿。要么是您太让人心生畏惧,要么是这座城里的情郎们过于腼腆,要么是被我占去了位子的那位情郎缺席了。"

多萝泰道:"您以为情郎不在,一个人迫不及待地来这种场合,会让我多少有些开心吗? 别再这样评价一个您并不了解的人了。"

堂·桑切回驳道:"您很清楚,若您允许我从心所欲地为您效劳,我便能更好地了解您。"

多萝泰对他说:"此番接触,并不适宜继续深入,况且您的提议也难以实现。"

堂·桑切反驳道:"为了能配得上您,我愿意克服一切困难。"

多萝泰答道:"这不是一时的心血来潮,您可能都没考虑,您不过是途经塞维利亚。而且,您可能也不知道,我不喜欢露水情缘。"

堂·桑切说:"只要您答应我,我保证,我的整个余生都会留在塞维利亚度过。"

多萝泰驳道:"您这话就太过风流了。我很震惊,一个这么会说漂亮话的男人,竟还没择好该向哪位太太倾泻他的甜言蜜语。难道不是他觉得她们不值得吗?"

堂·桑切道:"更是因为他不相信自己的本事。"

多萝泰道:"请明确回答我的问题。大胆告诉我,到底是哪位太太把您留在塞维利亚的?"

堂·桑切答道:"我跟您说过的,您若同意,我便为您留下来。"

多萝泰又道:"您从不曾见过我,还是向别的人表白吧。"

堂·桑切道:"那好,既然您要求,我便向您坦白。倘若多萝泰·德·蒙萨尔维也像您这般才华横溢,我觉得能够得她看重、为她所接受的男人会很幸福。"

多萝泰跟他说:"塞维利亚有几位女士可同她媲美,甚至还胜她一筹。"

而后她又道:"您从未听说过,在这些风流才子中,多萝泰更偏爱其中哪一个?"

堂·桑切说:"既是知道自己远配不上她,我也就没怎么花时间打听您说的事。"

多萝泰问:"为什么您配不上她,别人就可以?女人的反复无常有时很奇怪。新结识的人稍加示好,往往比那些经年累月在眼前晃悠的男人们的殷勤更有效。"

堂·桑切说:"您巧妙地摆脱了我后,又鼓励我去爱别人。从这点上,我可以清楚地看出,您丝毫不把新结交的公子哥儿的殷勤放心上。您早已芳心暗许,不会做对不起他的事。"

多萝泰回答道:"别这么想。还不如觉得我不是三言两语就能轻易说服的,就会相信您那刚萌生的倾慕之意,甚至我连倾慕都没见到呢。"

堂·桑切辩道:"若我的这番表白只是差了此意,那我便重新表白,直至您能接受。还请您别再对因您的才情而痴迷的异乡人遮遮掩掩了。"

多萝泰答道:"这么说,您不是中意于我的面貌了。"

堂·桑切驳道:"啊!您必定美丽动人。您这么坦诚地说自己不美,我深信此刻您是想把我甩开,许是我让您厌烦了,抑或是您心里的位置早已被占满了。"

他又说道："这不公平，您之前还愿意接纳我，现在您对我的好感几乎都消磨殆尽了。我不想让您以为我说愿与您共度余生，只是为了消磨时间。"

多萝泰同他说道："为了向您证明，我不想浪费与您交谈的时间，哪怕我都不知您是谁，仍不肯离您而去，还险些就答应您。"

堂·桑切道："如是，可爱的陌生人，请听好，我姓西尔瓦，随的是我母亲的姓氏。我父亲是秘鲁基多地区的总督，是他派我来塞维利亚的。我之前的人生都是在佛兰德度过的，彼时在部队里，我最擅长使用武器，之外，我在圣雅各地区还有一块封地。"

他继续说道："大致情况便是如此。至此，由您来决定，能否找个更僻静的地方，让我告诉您我今生之所求。"

多萝泰对他说："我顶多只能这么做。不过，也不必费力了解我，除非您想冒着再无可能了解我的风险。您只需知道，我的身份贵重，且模样不至恐怖就够了。"

堂·桑切向她深深行了屈膝礼，之后便朝一群无所事事的公子哥儿走去，这些人正聚一处闲聊。有几位可悲的太太，是那种总爱操心别人的行为，对自己的举止却不加约束的人。她们甚至总想要亲自仲裁什么是好，什么是坏。不过，人们可以拿她们的品德做赌注，就像对那些未经证实的不确定之事押注一样。她们以为，突然的严词厉色，几句虚假的客套，便是名声了。然而，她们年轻时的欢愉比她们满布皱纹时的悲哀还更令人羞耻，她们本不是矜持的典范。是以，这些太太们往往肤浅得紧。此刻她们正在谈论多萝泰小姐，先是嫌她太过冒失，怎能这么唐突地与初见之人进展这么快，还接受对方讲情话。她们若是评论哪个姑娘，这姑娘怕是会难存于世。但愿这些无知的女人能知道，一方水土一方习俗。但愿在法国,无论是女子还是小姑娘,都能从心所欲,不会因告白的情话而受到冒犯,或者至少不该被冒犯。但愿在女子们被要求像修女一样足不出户的西班牙,不管谁的示爱,哪怕是最不可能被人爱的男人的表白,也不会让她们觉得冒犯,反而是她们会更主动些:几乎总是太太们先推动爱情的进展,那些日日出现在教堂里、庭院中、阳台前、百叶窗外的情郎,往往是最后才看到她们的,而她们却总是最先被俘获的。

多萝泰跟她妹妹菲利希亚吐露了她与堂·桑切的谈话。她跟菲利希亚坦言说,这个外乡人比塞维利亚的所有骑士都更讨她欢心。菲利希亚对她的自由想法很是认可。两位美丽的姐妹絮絮叨叨了很久,说男人比女人占了太多优势。父母之命只是针对女子,哪怕不合她们意,她们也不得不嫁给父母选择的人。男人们却总能够选择他们喜欢的女人。

多萝泰对她妹妹说:"于我而言,我清楚地知道,爱情决不可违背责任。但我又很清楚地知道,我决不会嫁给无法满足我全部幻想的男人,那些我在数个男人身上见过的品质,要集于他一身。若不能与我心爱的人结婚,我宁愿在修道院里度过一生。"

菲利希亚对她姐姐说她也有这样的决心。经此讨论,两个聪慧的女子在这件事上更坚决了。多萝泰觉得自己恐怕不能遵守对堂·桑切的承诺——让他了解自己了。多萝泰向她妹妹透露了自己的忧虑。好在菲利希亚善于找办法,她让她姐姐回忆起一位远房亲戚,这位太太还曾是她们的密友(并非所有亲戚都是密友)。在这件搅得多萝泰心绪不宁的事情上,此人定会全心全意帮她的。这个最称心的好妹妹对她姐姐道:

"您知道吗,玛丽娜,之前伺候过我们很久的,她嫁给了一位外科大夫,这位外科大夫就是从我们的亲戚那儿租下了座小房子,这房子与太太家的房子毗邻,两座房子之间有扇门通着。这两处房子都处在偏远街区,即便有人发现我们与这位亲戚的往来比之前更频繁了,却也不会有人留意到堂·桑切走进一位外科大夫家里,而且他还可以乔装打扮后,再趁夜色过去。"

其间,在妹妹的帮助下,多萝泰谋划了爱情计谋。亲戚会听她差遣,她又去告知玛丽娜该怎么做。堂·桑切心有挂念,但他不记得多萝泰是否要求自己跟她汇报些近况,借此嘲笑他。他每日都能见到她,要么是在教堂,要么是在阳台,她总是被情郎们爱慕着,而这些风流哥儿,又都与他相识,都是他在塞维利亚的好友,得以见她的面,却不能相识、相交。

一日早晨,堂·桑切正一边穿衣,一边心想着那个令他念念不忘的女子。有人进来跟他说,一个戴着面纱的女子求见。这名女子被领进屋来,他从她那儿得了张短笺,您这就会读到:

短 笺

若我能够办到,我会尽早跟您聊聊近况的。倘若您还想认识我,夜幕降临时,随送信人一道,到信中所言的地方去。我会在那里等您。

您可以想象下堂·桑切的快乐。他激动地拥抱信使,给了她一串金子,信使稍做推辞后就收下了。信使交代了夜幕降临后的具体时辰,又跟他指明是在哪块偏远之地,最后跟他说不要带仆从。叮嘱完毕,信使便向他辞别,独留下这世上最欢心雀跃、最迫不及待的人。夜幕终于来临,他穿戴整齐后又熏了香,来到早晨信使让他等待的地方。信使领着他进了一个外表丑陋的小房子，然后又走进一座富丽堂皇的大房子。那儿有三位太太，每个人脸上都遮着面纱。堂·桑切凭着身形认出了他的陌生女子，便跟她抱怨为何不把面纱摘下。这女子丝毫没有故作姿态，她跟她妹妹都摘下了面纱，幸福的堂·桑切看到了美丽的蒙萨尔维姐妹。多萝泰揭下面纱时，对堂·桑切说：

"您看，我跟您说的都是实话。有时候，一个陌生人在短时间里得到的，比那些日日在眼前晃悠的风流哥儿数年里得到的还多。倘若您不珍重我对您的偏爱，或是对我的不足妄加指摘，您便是世上最忘恩负义的男人。"

堂·桑切激动地说道："我将永远珍视您给予我的一切，像珍视上苍赐予我的那样。您将清楚地看到，我会好好珍藏您所赠之物，若有一天我将它们弄丢了，这将是我的不幸，绝非我的过失。"

> 当爱情成为情理的主人
> 所有爱的话语
> 转瞬吐露而出[①]

菲利希亚熟稔处世之道。她与房子女主人走开了些，与这对情人保持一段合适的距离，好方便他们说话，让他们倾诉彼此的爱——比他们实际拥有的更多的爱。他们可能已经深爱对方，若是可能的话，他们可以定个日子，更进一步互诉衷肠。多萝泰答应堂·桑切会尽量与他多见面。堂·桑切用最机智的方式竭力

---

① 这几行诗许是由斯卡龙所作，如后文中插入的信函一样，都是贴合小说主题的插入成分。

感谢她。另外两位太太不时地加入他们的谈话,玛丽娜提醒他们是时候要分开了。多萝泰难过起来,堂·桑切的脸色都变了,但还是不得不说再会。

翌日,勇敢的骑士就开始给美丽的太太写信,太太的回复也正合他的期待。在此我便不给您看二人的爱情信札了,这些都没落在我手里。他们常在同一个地方相见,约见的方式也跟第一次相同。他们很快就深爱上对方。虽未像皮拉姆和提斯柏一样抛头颅洒热血,但他们的柔情蜜意却也与之相差无几。俗话说,爱情、火、金钱都无法掩藏太久①。多萝泰满脑子都是她的情郎,总不停地称赞他,觉得他比任何塞维利亚的绅士都更高贵。几位跟某些绅士有私情的太太,总听她谈论堂·桑切,又听她把堂·桑切置于她们所爱的人之上,便记在了心上,为此感到生气。菲利希亚时常警告她谈论堂·桑切的时候要谨慎克制,每当看到她沉浸在谈论情郎时的愉悦中难以自拔时,菲利希亚总会在一旁提醒她。

一个喜欢多萝泰的骑士得到了消息,是一位与他相交甚笃的太太告诉他的。他很快便信了多萝泰喜欢堂·桑切,因为他记得自这个外乡人来到塞维利亚,这个美丽姑娘的所有"奴隶"(他则是其中被"奴役"得最厉害的)便再未收到过任何带有哪怕最细微的爱意的眼神。堂·桑切的这个对手十分富有,家境显赫,很招堂·曼努埃尔喜欢,但堂·曼努埃尔却从不催女儿嫁人,因为每次他跟她谈起婚姻的事,多萝泰都恳求他别那么早就把她嫁了。这名骑士(我想起来了,他叫堂·迭戈)想进一步确认他所怀疑之

---

① "爱情、火、金钱都无法掩藏太久",此句为西班牙谚语。

事。堂·迭戈有个仆人,属于那些被称作"勇敢的男孩"①的仆人中的一员。这些"勇敢的男孩"的穿着跟他们的主子一样精美,又或者他们穿的是主子的衣裳,这往往能在其他仆人中掀起潮流、引领时尚,女佣们艳羡且敬重他们。

堂·迭戈的这个仆人名叫古斯曼②,有些天赋,在诗歌上,懂得点儿皮毛,大部分塞维利亚浪漫曲——类似巴黎新桥上的俗曲③——都是他作的。他唱歌时以吉他伴奏,但他的吟唱难以与弹奏时刻保持协调一致,嘴唇和舌头也不能相得益彰。他会跳萨拉班德舞,但没有哪次跳舞不敲打响板。他曾梦想成为演员,在他创作的歌曲中,他还掺入了些许华美乐段。但是,实事求是地跟您说,这华美乐章有点儿弄虚作假④。除了这些才能,因为他总跟着主人,耳濡目染,他便又有了些辩论口才。如此一来,他便免不得成了女佣们的白马王子⑤(如果我敢这么说),那些自认为可爱的女佣们遂对他抱着各种爱的幻想。

伊莎贝尔是伺候两位蒙萨尔维小姐的年轻侍女,堂·迭戈叫他对伊莎贝尔再温柔些,古斯曼听从了主子的要求。伊莎贝尔觉察到了这柔情,她便以为古斯曼爱上了自己,倏然,她便爱上了古

---

① 往往是杀手,或者雇佣的打手、刺客。

② 西班牙著名的流浪汉小说《古斯曼·德·阿尔法拉切》(*Vida y hechos del pícaro Guzmán de Alfarache*,1599—1604)中的主人公的名字便是古斯曼,此处可能是影射。

③ Chansons de Pont-Neuf,指的是一些大众歌曲,多为平头百姓传唱的通俗曲子,没有多少艺术性可言。其中 Pont-Neuf 是巴黎著名的"新桥",连接巴黎的左岸和右岸。流浪艺人常在此地表演,一些流浪歌手会在此处演唱自己的新曲子,这些歌曲被称作"讽刺民歌"(vaudevilles)或"新桥歌"(des ponts-neufs)。

④ 此处原文中使用的是形容词"filoutière",这个词是斯卡龙独创的,相近的名词"filouterie"指的是欺骗、行窃、作弊。我们在莫里哀的《可笑的女才子》或《费加罗的婚礼》中也能发现类似古斯曼这种流浪汉形象。

⑤ 此处法语原文中使用的是 le blanc(白色、白种人、保皇党人、空白)这个词,在此处的含义是目标、对象,指的是古斯曼成为女佣们的爱慕对象。

斯曼，还为此觉得很幸福。原本只是按照主子吩咐接近她的古斯曼这厢也爱上了她，继续对她殷切示好。若说古斯曼唤醒了那些最有野心的女佣们的觊觎之心，伊莎贝尔则是这个品德最为高尚的西班牙仆人的良配。伊莎贝尔很得慷慨大方的主子们喜欢，而她父亲是个诚实的手工艺人，她日后能从父亲那儿继承些财产。所以，做她的丈夫，古斯曼是经过深思熟虑的。之后，她便如是应允了。他们彼此许下婚姻之诺，订了婚。自两人在一起，他们相处起来就跟早已成婚了似的。

伊莎贝尔不喜欢外科大夫的妻子玛丽娜。玛丽娜侍奉多萝泰的时间比伊莎贝尔久，多萝泰和堂·桑切经常秘密地在玛丽娜家约会，在这类事情中玛丽娜一直是主子的心腹，而在这种事儿上主子往往非常慷慨。当她得知堂·桑切给了玛丽娜一串金子以及一些其他礼物时，她便猜着玛丽娜还收到过其他东西。她恨死玛丽娜了（这点让我觉得美丽的女子不太有趣），所以，古斯曼刚让她坦言多萝泰是否真的爱上某个人时，面对这个让她付诸全部身心的男人，她便将主子的秘密告诉了他，对此我们不必过于惊讶。她把她知道的关于这对年轻情侣的私通之事全都告诉古斯曼了，还不住地夸大其词说玛丽娜拥有多少财宝，是堂·桑切让玛丽娜变得富有的，后又咒骂玛丽娜拿走了那么多本属于家中侍女的财物。

古斯曼央求她告诉自己多萝泰跟情郎是在哪天相会。伊莎贝尔跟他说了，古斯曼没忘记把日子告诉他主子，他把从不忠诚的伊莎贝尔那里得知的一切都告诉了他主人。堂·迭戈从仆人那里得知了日期。夜幕时，他穿着穷苦人的衣服站在玛丽娜家的房门附近，他看到他的情敌进去了。不一会儿，一辆马车停在多萝泰的亲戚家门口,美丽的姑娘和她妹妹走下车来。您可以想象得出堂·迭戈此时的愤怒。自那时起,他便谋划怎么摆脱这个可怕的情敌,让他从世上消失。他想买凶杀人。后来他又连续等了堂·桑切几个晚上,最后终于等到了机会。

堂·迭戈找来两个像他一样全副武装的勇士①,一起向堂·桑切发起进攻。堂·桑切这边也处于防御状态,除了剑和匕首,他还在腰间别了两把手枪。堂·桑切先是像狮子那样防守,剑刺过来时,他很清楚敌人想要他的命。堂·迭戈逼他逼得最紧,其他人只是收了钱财替人办事。堂·桑切在敌人面前稍做松懈,随着他的后退,战斗的声音便远离了多萝泰身处的房子。见堂·迭戈步步紧逼,堂·桑切怕自己被杀害,便拿出一把枪朝堂·迭戈射了过去,后者躺在了地上,半死不活的,正大声祈求神父。听到枪响,勇士们都跑不见了。堂·桑切逃回家中,邻居们出门来到街上时,发现了堂·迭戈,认出他来。奄奄一息的堂·迭戈向他们控诉,说堂·桑切要杀他。骑士的朋友们提醒他:即使司法部门不找上堂·桑切,堂·迭戈的父母也不会让堂·迭戈就这样平白无故地死了,他们定会找到堂·桑切,杀了他。于是,堂·桑切躲进了一家修道院,又给多萝泰带送了消息,待处理完事务并将一切安排妥当后,准备离开塞维利亚。司法机关很快便着手寻找堂·桑切,却四下都没找到。

在最初紧锣密鼓的追捕过去后,所有人都以为堂·桑切这下得救了。多萝泰和她妹妹借口去望弥撒。她们在亲戚②的带领下,去了堂·桑切藏身的修道院。经由一位善良的神父的斡旋,

---

① 此处的勇士为贬义,指那些好斗、好战之人。
② 此处的"亲戚"(parente)指的是仆人玛丽娜。

两个情人在一个小教堂里见了面。他们先是许下了矢志不渝的海誓山盟，后又互诉衷肠。分别在即，他们遗憾重重，情深义重，以至于在场的所有人——多萝泰的妹妹、她们的亲戚、善良的教士，全都落下泪来。而且日后每当他们再想起此情此景时，都忍不住落泪。

堂·桑切乔装打扮后离开了塞维利亚，走前他给父亲留了信，交给了邮差。他告诉他父亲他去了秘鲁一带。堂·桑切在这些信里向父亲讲明了自己因何故不得不离开塞维利亚，躲到那不勒斯去。他很幸运地到了那不勒斯，跟在一位总督身边。归在总督麾下让他感到光荣。尽管得到了各种恩宠，一年之后，堂·桑切还是厌倦了那不勒斯，只因他没有任何多萝泰的消息。总督备下了六只帆桨战船派他前去海上行劫①，以对抗土耳其人。堂·桑切的英勇之名不允许他错失这次良好的锻炼机会。战船的指挥者在自己的船上接待了堂·桑切，又给他安排了船尾的房间②。堂·桑切很高兴跟这样一位身份高贵且功勋卓著的人并肩作战。

六艘那不勒斯战船在快能看到墨西拿③的时候，发现了八艘土耳其舰船，便毫不犹豫地袭击了它们。经过一场持久的战斗，基督徒们占领了敌人的三艘战船，并将其中两艘沉入海底。基督徒的旗舰④与土耳其旗舰缠到一起了。土耳其人的这艘旗舰是所有战舰中武装防御最好的，也是最为负隅顽抗的。

① 原文"armer en course"指的是在19世纪中叶之前的私掠船经政府许可后在海上行劫。
② chambre de poupe，船尾的房间是舰船上除了船长的房间外最漂亮的一间。
③ 墨西拿（Messine），意大利城市，西西里岛上的第三大城市，隔墨西拿海峡与意大利本土相望。
④ 旗舰（galère patronne）指挥舰队的所有舰船。

　　大海变得更为波涛汹涌了，暴风雨也愈加急骤了。最后，基督徒和土耳其人只得先设法抵御暴风雨，便没顾上继续互相伤害。大家把钩住战船的铁钩卸下，土耳其的旗舰离基督徒的旗舰远去。说时迟那时快，鲁莽的堂·桑切纵身跳到了土耳其旗舰上，身后没有一个人跟随。当他孤身一人面对敌人的时候，他宁可去死也不愿为奴。他冒着一切风险跳入大海，因为擅长游泳，他希望自己能够泅水回到基督徒的战船上，但恶劣的天气让他看不到船在何方。不过，基督徒将领目睹了堂·桑切之举，以为他定会因此丧生，但心灰意冷的他还是命令船调转方向，朝堂·桑切跳入海中的地方驶去。

　　堂·桑切乘风破浪，使出全身解数摆动臂膀，游了一段时间后，开始向岸边靠近。风和潮汐把他带到岸上，他很幸运地找到一块被大炮打破的土耳其战船的木板，并很好地利用它来自救。这及时雨般的救援物，让他以为是上天派给他的。方才的战斗之地离西西里岛海岸不过一古里半。堂·桑切借助风与潮汐很快上了岸，他自己都没想到能这么快。他在岸边着陆时没有受伤。感谢过上帝将他从这可怕的灾难中解救出来后，他尽量在身体力气允许的情况下朝陆地走去。他爬上一处高地，看到渔民居住的小村庄，他觉得这是世上最善良的村子。他在战斗中消耗了很多力气，出了汗，在海上泅水又费了很多力气。寒意来袭，潮湿的衣服贴在身上，使他发烧厉害，卧床了很久。不过最后，也没什么特殊照料，单靠控制饮食，他便痊愈了。生病期间，他想着若是所有人都以为他肯定死了，也就不用这般战战兢兢地躲避他的敌人——堂·迭戈的父母了，同时还能考验多萝泰的忠贞。

　　他在佛兰德与一位西西里侯爵相交深厚。这位侯爵来自蒙塔尔特①家族,名叫法比奥。堂·桑切差一个渔民去打听侯爵是否还在墨西拿,他知道侯爵以前就住在那儿。得知侯爵还在此地后,他便穿着渔夫的衣服,在一个夜晚来到侯爵家中。侯爵像其他听闻他的死讯悲痛不已的人一样,为他哭泣。法比奥侯爵看到本以为已经去世的朋友又回来了,非常高兴。堂·桑切告诉侯爵自己是怎么得救的,又跟他讲述了在塞维利亚的经历,最后还不忘跟侯爵吐露自己对多萝泰的热烈的爱。西西里侯爵主动提出愿意前去西班牙,甚至说倘若多萝泰同意,他就把她诱拐来,带回西西里。堂·桑切不愿接受他如此冒险的情义之举,但侯爵愿意陪他去西班牙,他十分高兴。

　　堂·桑切的仆人桑切斯,为他主人的死非常痛心。当那不勒斯战船到墨西拿补给生活所需的时候,桑切斯正准备去一家修道院度过余生。法比奥侯爵让桑切斯去求修道院的院长。在西西里爵爷的推荐下,院长接纳了桑切斯,但还没给他穿上教士服。桑切斯得知他亲爱的主人回来了,开心得要命,便不再想着回修道院的事。堂·桑切派他去为回西班牙做准备,又让他打探多萝泰的消息。多萝泰跟其他所有人一样,以为堂·桑切死了。

　　堂·桑切去世的消息传到了秘鲁一带,他父亲抱憾而终,给他另一个儿子留下了四十万埃居的财产。继承遗产的条件是,倘若他弟弟之死是假的,他得将财产分一半给他弟弟。堂·桑切的哥哥自称佩拉尔特的唐璜,冠他父亲的姓氏。哥哥带着所有钱财

---

① 1657 年(《滑稽小说》第二卷首次出版的这一年),法国哲学家帕斯卡尔化名路易斯·德·蒙塔尔特(Louis de Montalte)撰写了《致外省人书》(Les Provinciales)。此处虽可能只是巧合,但帕斯卡尔本人十分欣赏斯卡龙的小说。

在西班牙靠岸。堂·桑切出事一年后,他哥哥来到塞维利亚。他们兄弟二人的名字大相径庭,所以隐藏他们是亲兄弟这件事很容易。哥哥要保守秘密,因为一些事,他不得不在这座他弟弟的敌人所在的城市待上很长一段时间。

哥哥见到多萝泰时,也像弟弟一样爱上了她,但哥哥并不像弟弟那样也为多萝泰所爱。这位悲伤的美人自堂·桑切之后再不能爱上任何人,而这位佩拉尔特的唐璜做的一切想取悦她的事都令她讨厌。每天她都会拒绝父亲为她介绍的塞维利亚最好的对象。其间,桑切斯回到了塞维利亚,他依着主子的命令,打听多萝泰的消息。他从城里人的传言中得知一位非常富有的骑士不久前从秘鲁一带来到塞维利亚,爱上了多萝泰,为她做尽了一个风雅的情人能做的所有献媚之事。桑切斯写信给他主人,过甚其词地回禀,而他主子则凭着自己的想象,又一次将事情放大,大脑里胡乱想着些仆人没有提及的事。

法比奥侯爵和堂·桑切在墨西拿遇到了返航的西班牙战船,巧的是这些舰船途经桑-卢卡尔①。侯爵和堂·桑切登上舰船,后又在桑-卢卡尔搭乘驿站邮车抵至塞维利亚。他们是夜里到的,下榻在桑切斯给他们预定的屋子里,第二天仍待在屋里。晚上,堂·桑切和法比奥侯爵在堂·曼努埃尔家附近的街区溜达,他们听到多萝泰在窗前调乐器的声音,然后是她奏的一支优美的曲子,之后她独自在短双颈鲁特琴的伴奏下歌唱。曲子里是在埋怨残忍的老虎装扮成天使的模样。堂·桑切试图攻击这些在小夜

---

① 桑-卢卡尔(San-Lucar),西班牙安达卢西亚自治区加的斯省(Cadix)的一个市镇,在大航海时代是西班牙的重要港口,也是许多西班牙征服者的航行出发点。葡萄牙探险家费迪南·德·麦哲伦便是从此地出发开始他的环球之旅的。

曲中驻足的男子，但法比奥侯爵阻止了他，劝告他道，假如多萝泰出现在阳台上是为了取悦他的情敌，又或者万一这曲子的唱词并不是不满的情人的哀怨，而是接受爱意后的谢词，他也无可奈何。乐声停了，或许这让人有些不悦。堂·桑切和法比奥侯爵也离开了。

多萝泰对来自秘鲁一带的骑士之爱感到厌烦。她父亲堂·曼努埃尔迫切地希望她结婚。她毫不怀疑，倘若这个富有且家境显赫的佩拉尔特的唐璜愿意成为他女婿，这位唐璜会比其他所有人都更得他父亲垂青。她被父亲催促得厉害，以往都不曾被这般催婚过。法比奥和堂·桑切听到小夜曲之后的第二天，多萝泰对她妹妹说无法忍受秘鲁骑士的殷勤，她觉得在未禀明她父亲之前，他这样公开追求自己很奇怪。菲利希亚对她说：

"我也从未认同过这种方式。若我是您，第一次就会对他冷眼相待，很快他便会对讨好您不再抱有希望。"

菲利希亚又说道："我呢，我对他从未有过好感。宫廷独有的那种翩翩风度，他身上一点儿也没有，他在塞维利亚大肆挥霍，一点儿礼数都没有，且无处不透着怪异。"

接着，她画了一张丑陋无比的佩拉尔特的唐璜的画像。她不记得他刚出现在塞维利亚时，还曾跟她姐姐说自己一点儿也不讨厌他，而且每次谈起他，都夹杂着某种莫名的激动，总赞美他。多萝泰发现与之前相比，她妹妹对这位骑士的感觉变了，或者是假装如此。多萝泰怀疑她妹妹喜欢上他了。妹妹越是说自己一点儿也不喜欢他，越让人清楚地觉得她对这位唐璜的殷勤毫无抵抗力。多萝泰并不憎恶他这个人，相反，她觉得他的脸上透着堂·桑切的样子，后者本是塞维利亚所有骑士中她最中意的。此外，

她很清楚,唐璜家境显赫、十分富有,轻易就能得到她父亲的同意。多萝泰又说道:

"但是,除了堂·桑切,我再不能爱上任何人。既然不能成为堂·桑切的妻子,那我也不会做任何人的妻子,我的余生将在修道院中度过。"

菲利希亚对她说:"您若是没那么决绝地做出这奇怪的决定多好,没什么比跟我说这些更让我痛苦的了。"

多萝泰回道:"我的妹妹,请您相信,您很快会成为塞维利亚最富有的伴侣,这正是我想见唐璜的原因。我会告诉他我绝不会同意嫁给他,让他希望破灭,再说服他把对我的感情转移到您身上。既然我看到您对他这般憎恶,我见他时,便只请他不要继续纠缠我,别再对我献殷勤。"

多萝泰又道:"实际上,让我痛苦的是,在塞维利亚我找不到任何比他更适合跟您结婚的人。"

菲利希亚对多萝泰说:"与其说憎恶他,不如说他对我无所谓。若是我跟您说我讨厌他,更多是出于对您的善意,是客套话,而不是我真的憎恶他。"

多萝泰说:"我亲爱的妹妹,承认吧,您没有对我坦诚交代。当您在我面前表现得对唐璜不那么敬重时,您已不记得自己曾数次在我面前对他大加赞美,或者说,您是怕他太讨我喜欢,而不是您对他没有任何好感。"

听到多萝泰最后这些话,菲利希亚脸颊通红,被驳得哑口无言。她思想一片混乱,对多萝泰说,有太多处理不当的事情她无法过多辩白,但这也并不能证实她姐姐对她的指控。最后,她还是跟多萝泰坦白了自己喜欢唐璜。多萝泰没有反对她的爱情,反而承诺会帮她做任何力所能及的事。

自堂·桑切出事之日起，伊莎贝尔便与古斯曼断了所有来往。伊莎贝尔依照多萝泰的吩咐去找唐璜，先给他一把堂·曼努埃尔家花园的钥匙，再跟他说多萝泰和她妹妹在花园里等他，让他在子夜时分，待她们父亲睡下后，等候传唤。伊莎贝尔收了唐璜的好处，便想尽可能让她主子对唐璜有个好印象，却没有成功。看到主子的态度发生这么大变化，伊莎贝尔非常惊讶，她很高兴地把这个好消息告诉唐璜——这个之前收到的尽是坏消息的人，曾给予她许多礼物的人。伊莎贝尔朝唐璜家中飞奔过去。若不是她将那个决定命运的花园钥匙塞进唐璜手里，骑士很难相信自己会这么好命。

唐璜把香袋①塞到她手里，里面满盛着五十个皮斯托尔。这些皮斯托尔给她带来的快乐，足以与她刚才带给唐璜的快乐相比拟。无巧不成书，在唐璜本要进入多萝泰家花园的那天夜里，堂·桑切和他的侯爵朋友也来到这位美丽的姑娘家附近。他们在四周溜达，以便更好地掌握情敌的图谋。十一点钟的时候，侯爵和堂·桑切来到多萝泰家所在的大街上。这时，四个全副武装的人停在他们跟前。满心嫉妒的堂·桑切以为这就是他的情敌，他向这些人走去，对他们说，他们占的位置正适于实施他的计划，故而请求他们把地方腾出来。这些人回复他道：

"出于礼仪，倘若您想要的位置对我们毫无用处，我们会把它让给您。但我们也有自己的计划，我们会尽快把自己的事情办完，免得耽搁您实施计划。"

---

① senteur，香气、香味。这里指有香气的零钱包。

堂·桑切的怒意达到了最高点,濒临爆发。他拔剑出鞘,双手紧握,攻击这些无礼之人。堂·桑切行云流水般的动作,出乎他们意料,突袭令他们陷入混乱。侯爵也像堂·桑切那样猛烈地攻击他们。猝不及防的这群人很快被逼至街道尽头。堂·桑切胳膊受了轻伤,但他用力刺穿了伤他的人,又花很长时间才把剑从敌人的尸体中拔出来。堂·桑切以为自己把这人杀死了。侯爵对其他人穷追不舍。一看到同伴倒下,其余人立即逃之夭夭。

借着灯光,堂·桑切看到街两头有听闻打斗声朝这边走来的人。堂·桑切害怕他们是法警,而他们也正是法警。堂·桑切迅疾撤回到打斗刚开始时的那条街。他从这条街又到了另一条街,在大街中央迎面碰上一名提着盏灯笼的老骑士。此人手中还握着剑,听到堂·桑切弄出的动静,老骑士朝堂·桑切跑过来。

这位老骑士就是堂·曼努埃尔,他刚从一位邻居家赌博回来,就像他每晚都做的那样。此时他正欲穿过花园门回家,花园离堂·桑切方才所在的地方很近。堂·曼努埃尔朝堂·桑切大喊道:

"是谁在那儿?"

堂·桑切回道:"一个人,您若不阻拦,他得赶紧离开这里了。"

堂·曼努埃尔道:"或许,您摊上了些事儿,需寻个庇护所。我家离这儿不远,可以供您避难。"

堂·桑切说:"的确,我正设法藏身,以躲避法警,他们可能正在找我。既然您这么慷慨地把自己的房子提供给一位陌生人,他便将自己的性命全部托付于您,并向您承诺绝不会忘记您的恩情。"

堂·曼努埃尔拿钥匙开了门,让堂·桑切进入花园,将他安置在月桂林里,又让他在月桂林里等吩咐,待到没人的时候,他再把堂·桑切好好藏进家里。堂·桑切躲进月桂树后不久,看到一个女人走过来,这女子对他说:

"走吧,我的骑士,主人多萝泰正在等您。"

听到这个名字,堂·桑切意识到自己此刻正是在他情人家中,而那位老骑士正是她父亲。他怀疑多萝泰把他的情敌安置在同一个地方。堂·桑切跟在伊莎贝尔身后,饱受嫉妒与(法警带来的)恐惧的折磨。

唐璜按照约定时间到了。他用伊莎贝尔给他的钥匙打开了堂·曼努埃尔家的花园门,藏在了堂·桑切刚从那里出来的同一片月桂林里。少顷,唐璜看到有个男人径直向他走来,他做好进攻架势,却很惊讶地认出这是堂·曼努埃尔。堂·曼努埃尔让唐璜跟在自己后面,又把他安置在无须担心被人发现的地方。唐璜从堂·曼努埃尔的话语中得知,有个正躲避法警处罚的人被他救下后,安置在了花园里。唐璜只能跟着他走,同时还得感谢他的帮助。可以相信,唐璜因面临危险导致的心慌意乱并不比见不到心爱之人时的怒意少。堂·曼努埃尔把唐璜领进一个房间,又去另一间房中铺了张床。

我们暂且把唐璜留在他应得的烦恼中吧,现在来看看他的弟弟堂·桑切·德·西尔瓦。伊莎贝尔把堂·桑切领进一间低矮的卧室。这间卧室朝向花园,多萝泰和菲利希亚正在此等候佩拉尔特的唐璜。二人中,一个是情人之态,希冀着自己能合唐璜心意,另一个是为了向唐璜宣告并不爱他,让他最好还是试着讨她妹妹欢心。

堂·桑切走进这两个漂亮姐妹所在之处，看到他时，她们非常惊讶。多萝泰整个人木住了，没有任何情绪，像个死人一样呆愣着。若不是她妹妹扶住她，让她坐到椅子里，她怕是会直接倒下。堂·桑切一动未动。伊莎贝尔快吓死了，死去的堂·桑切回来复仇了，来报复她对主子犯过的错。菲利希亚看到堂·桑切也十分惊惧，但她更担心她姐姐。最后多萝泰苏醒了，堂·桑切对她说道：

"背信弃义的多萝泰，但愿我丧命的传闻并不能在某种程度上为您的用情不专辩白。您的不专一令我伤心欲绝，怕是没留下多少生命来指责您。我想让别人以为我死了，是为了让我的敌人忘记我，却不是让您忘了我，您答应过只爱我一人，怎么这么快就食言？我可以报复，大声叫喊闹出巨大的动静，让抱怨声惊醒您的父亲，找到您藏在家中的情人。但是，我——这个发了疯的人！直到现在仍唯恐惹您不高兴。更让我痛苦的是，我不能继续爱您了，您心里有了另一个人。享受吧，不忠的美人，享受您亲爱的情人。在新的爱情里，您再也不用担惊受怕。您很快就会摆脱那个冒着生命危险来与您重逢却遭您背叛的人，那个可能会指责您一辈子的人。"

此言既落，堂·桑切便想离开。多萝泰留住了他。多萝泰正欲辩解时，惊恐的伊莎贝尔对她说，堂·曼努埃尔就跟在自己身后。情急之下，堂·桑切只得躲到门后。老人把他女儿训斥一顿，说她现在还不睡。在他转身走向房门时，堂·桑切已从房里出来去了花园，躲进他之前待过的月桂林。他鼓起勇气思索接下来可能遭遇的所有事，等她们来的时候，他要抓住机会出去。

堂·曼努埃尔来女儿们的房间是为了取灯，再去开花园的门,因为这时法警们正在敲花园门,有人向警官告发,说堂·曼努埃尔将一个可能是刚才在街上打斗的人领回了自己家中。堂·曼努埃尔没多磨蹭,他将警官们领进家里让他们自己找,他深信他们不会让他打开他们要找的骑士身处的房间的门。这么多军官四散在花园里,堂·桑切以为自己免不了会被发现,便从月桂林中走出来,朝堂·曼努埃尔走去。堂·曼努埃尔看到他大吃了一惊,堂·桑切附耳对他低语道:

"伟大的骑士会信守诺言,绝不会丢下曾受过他保护的人。"

堂·曼努埃尔请求警官同意堂·桑切能由他庇护。这位警官是他的朋友,碍于他的身份地位,况且伤者的伤势不重,警官很轻易便答应了他。法警们离开了。堂·曼努埃尔发觉,在他刚遇到堂·桑切的时候,堂·桑切也对他说过同样的话,如今又对他说了一遍,因此他判断出眼前这个人就是被他安置在花园里的人,也因此他确定了,另外一个定是她女儿或伊莎贝尔领进花园来的某个风流男子。为了把这一切弄清楚,堂·曼努埃尔让堂·桑切·德·西尔瓦进了一个房间,让他待在那里直到自己来找他。

堂·曼努埃尔又回到安置唐璜的房内,假装成他的仆人,跟他说法警进来,要同他讲话。唐璜很清楚他的仆人病了,身体状况很糟,以仆人现在的状态是不可能过来找他的。此外,仆人知道他去了哪儿,没有他的吩咐,仆人不可能这时来找他。所以,堂·曼努埃尔的这席话让他惊慌失措,不假思索便回答道,他的仆人只会在家中等他。堂·曼努埃尔认出这是那个来自秘鲁一带、在塞维利亚弄出很大动静的年轻绅士,堂·曼努埃尔知晓他的财产状况和他的身份地位,遂决定他若不娶自己的女儿就不让他走出家门。

堂·曼努埃尔跟他交谈了片刻，心头疑云消除了，很是激动。伊莎贝尔从门口路过，看到他们在里面说话，就去跟她主子汇报。堂·曼努埃尔看到了伊莎贝尔，以为伊莎贝尔是替她女儿给唐璜传消息。堂·曼努埃尔辞别唐璜后便紧随其后，其间，照亮房间的火把逐渐熄灭了。而这位老人四下都找不到伊莎贝尔。伊莎贝尔告诉多萝泰和菲利希亚，说堂·桑切就在她们父亲房里，她看到他们正在一起说话。俩姐妹听了她的话赶忙跑过去。多萝泰看到他父亲和堂·桑切在一起，无所畏惧的她，下定决心要告诉父亲自己爱堂·桑切，而且堂·桑切也爱她，此外，她还要跟父亲说明自己叫唐璜来这里的目的。

多萝泰走进房间，房里没点灯，她正撞见唐璜出来，多萝泰把唐璜当成了堂·桑切，便抓住他的胳膊，对他说道："残忍的堂·桑切，你为什么离开我，为什么不听我跟你解释，你对我的那些不公正的指责？我承认，如果我真的像你以为的那样有罪，你也不会对我这般严厉指责。不过你知道，有些错误的事情表面看上去像是真理，真理也是如此，随着时间流逝一切都会被揭晓。给我些时间，让我跟你解释清楚，你的痛苦，我的痛苦，又或者其他什么痛苦，让我们好好理清楚。帮帮我，让我能够辩白，不要在还没说服我之前便不公平地急着给我定罪。你可能听说了有一名骑士爱我，可你听到谁说我也爱他了吗？你在这里能找到他，因为我确实让他来这儿了，但我确信，当你知晓我叫他来的目的后，你会非常后悔之前冒犯我，那时你会发现我一直竭尽所能忠诚于你。这位对我纠缠不休的骑士，偏在你出现的时候来了。通过我跟他的交谈，你就能看出他之前是否有过机会对我表白，我是否打算过读他写给我的信。不幸的是,哪怕见到他让我不舒服,可我还是总能看到他,而在我需要他出现好能够让你明白一切的时候,我又找不见他了。"

唐璜耐着性子听多萝泰把话说完,没打断她,是为了知晓更多她没跟他说过的话。最后,唐璜正欲跟她理论,堂·桑切逐个房间地在找回花园的路,他忘记了怎么走。这时,他听到是多萝泰正在跟唐璜说话,便静悄悄地向她靠近,不过还是被唐璜和俩姐妹听到了。与此同时,堂·曼努埃尔回了房间,几名仆人拿着灯走在前面。

两个情敌见面了。他们刚一看到彼此时,两人的手都去扶剑柄。堂·曼努埃尔站到他们中间,命自己女儿选一个做丈夫,这样他好殴打另一个。唐璜接过话,说眼前这位骑士若有什么愿望,他可以把一切都让给他。堂·桑切也说了同样的话,之后又补充道,既然唐璜是她女儿带进家里的,那唐璜和她女儿或许是彼此相爱,至于他,他宁愿死一千次都不愿怀着丝毫顾虑结婚。

多萝泰跪倒在她父亲面前,恳求他听她解释。她跟父亲说了在杀死堂·迭戈之前,她和堂·桑切·德·西尔瓦之间发生的事,堂·桑切是为了她才那么做的。她说后来佩拉尔特的唐璜爱上她,她是为了让他希望破灭并把他介绍给她妹妹才让他来家里的。多萝泰最后说道,倘若她不能说服不知情的堂·桑切,明天她就进修道院,再也不出来了。

这次多亏了多萝泰,两兄弟相认了。堂·桑切与多萝泰言归于好。堂·桑切请求堂·曼努埃尔同意他的求婚,唐璜也欲求娶菲利希亚。堂·曼努埃尔答应了他们做女婿。堂·曼努埃尔的心满意足,无以言表。

　　天一亮,堂·桑切就派人去寻法比奥侯爵,与侯爵分享了喜悦之情。在堂·曼努埃尔和侯爵共同安排堂·迭戈的表亲与堂·桑切和解之前,事情都是悄然进行的。堂·迭戈的这位表亲,也是堂·迭戈的继承人,堂·曼努埃尔和侯爵设法让这位表亲忘记堂·迭戈的死。调解期间,法比奥侯爵爱上了堂·迭戈的这位表亲的妹妹,便向这位表亲提出婚姻请求。这位骑士开心地接受提议,这对他妹妹是有利的。此外,众人为了堂·桑切向他提出的其他建议,他也都欣然接受了。三场婚礼是在同一天举办的,每一对新人都很幸福,他们的婚姻甚至持续了很久。恳请读者留意最后这点。

第二十回
拉戈旦梦中断
公山羊来捣乱①

　　温婉可人的伊内斯拉读完了自己的故事。令听众遗憾的是，这个故事的篇幅太短了。伊内斯拉朗读时，拉戈旦并没坐下来倾听，而是跑去跟她丈夫交流魔术去了。后来，他在一把低矮的椅子里睡着了。术士也睡着了。拉戈旦的睡意并非出于自愿，方才他若能抵御住飘香四溢的食物的诱惑，不至于吃了太多，他会友好地仔细听伊内斯拉讲故事的。拉戈旦睡得很浅，头时不时地碰到膝盖，时而在半睡半醒之际抬起头，时而又蓦地惊醒，就像聆听令人厌倦而又冗长的布道时那样。

　　旅馆里有头公羊。平日里老在这类院子中四下溜达的闲汉，路过这里时，总习惯性地伸出头，把双手放到额头上（模仿羊角）。公羊见此状，便跑起来拿头去抵他们，我是说公羊拿头去撞这厮的头，这是所有公羊的天性。这畜生老是满院子地闲庭信步，甚至还进到房间里，房里的人常会投喂它。

　　伊内斯拉读故事时，这公羊进了方士房里。它看到了拉戈

---

① 原标题是"拉戈旦的梦是如何被打断的"。

旦，见拉戈旦的帽子从他头上掉下来，我跟您说过的，拉戈旦的头一会儿低垂，一会儿又昂起。公羊以为拉戈旦想与它决斗，此人出现在这里是为了考验它是否勇猛。像起跳一样，公羊先是后退了四五步，而后跟跑马场的马儿一样奋力起跑，再用它长角的羊头去撞拉戈旦秃顶的人头。照公羊的力气，顶碎拉戈旦的头就像打碎陶罐一样容易。幸好拉戈旦有福气，他此时抬起了头，所以最终只是略微擦伤了脸。

公羊之举让目睹这一幕的所有人都无比震惊。众人皆岿然不动，仿佛魂魄早已出窍，可也都没忘记取笑拉戈旦。公羊撞人往往不会只撞一下，众人忙着取笑，也就听任公羊又一次后退起跑。公羊奔跑起来，义无反顾地撞向拉戈旦的膝盖。值此一瞬，拉戈旦被公羊撞得头晕眼花，脸上有好几处脱了皮，鲜血淋淋的。拉戈旦用手捂着双眼，他的眼睛此刻正疼得厉害。拉戈旦的双眼恰巧被公羊的双角直直地戳中，这是因为两只羊角之间的间隔，跟拉戈旦两眼的眼距，刚好一般宽。公羊的再次进攻，好歹算是让拉戈旦睁开了眼。他虽一时尚未辨认出这不幸的始作俑者，却早已怒气冲天。拉戈旦握紧拳头，朝公羊的头给了一记飞拳，结果却被公羊角碰得两手生疼。

拉戈旦恼怒不已，又听得众人笑得那么欢，他便愈加愤怒了。他冲所有人咆哮，随即气汹汹地出了房间，后又走出旅馆，可这时却被旅馆老板截住了，喊着让他结账。这怕是跟刚才遭公羊角袭击一样，真叫人气不打一处来。

（第二卷　完）

附录　保罗·斯卡龙的生平与作品

勒芒博物馆收藏的保罗·斯卡龙肖像画

巴黎第三区（玛黑区）斯卡龙和曼特农夫人曾共同生活过的地方

　　保罗·斯卡龙，法国路易十三与路易十四时期的诗人、小说家、剧作家，太阳王路易十四之妻——曼特农夫人的前夫。1610年7月4日^①，斯卡龙出生于巴黎的一个富裕家庭[穿袍贵族之家

---

①　两个多月前（1610年5月14日），法王亨利四世遭弗朗索瓦·拉瓦莱克（François Ravaillac）刺杀，后者于1610年5月27日在格列夫广场被处以五马分尸。当时的人们普遍同情把法国从废墟中重建起来的亨利四世，故对凶手相当愤慨。斯卡龙的父亲因在国王送葬队列中走在了教士的前面被捕，未能参加儿子出生时的洗礼仪式。

(noblesse de robe)〕,父亲保罗·　斯卡龙①是巴黎议会②议员（即旧制度下的巴黎高等法院法官）,其家族源于意大利的皮埃蒙特（Piémont）,于 15 世纪移民至法国,享有贵族头衔,斯卡龙的先人及同辈族人曾在法国担任要职。斯卡龙是家里的第七个孩子〔八个兄弟姐妹（与斯卡龙同父同母）中只存活了三个〕,3 岁时丧母③,7 岁时父亲再婚,常受继母排挤。儿童时期的斯卡龙长期生活在家族的仇恨之下,父亲不怎么管孩子,继母一心为自己的三个孩子谋划,常直接对斯卡龙大吼大叫,失去身份和财产的斯卡龙以为这是自己被错换了的人生。缺少母爱的斯卡龙,在遇到洞穴太太这样的女演员时,便觉得她像爱自己的儿子一样爱着天命。

　　斯卡龙接受过正统教育,游戏人生的同时,学习了拉丁语、希腊语、西班牙语,以及"世上的年轻绅士应知晓的一切",这种贵族公子哥式的教育,在本书第一卷第十三回中出现的阿尔克男爵的两个儿子身上可以窥见一斑。因其出身及社会地位,斯卡龙经常出入巴黎上流社会或文学圈,结识当红作家或贵族名士,如让-弗朗索瓦·保罗·德·贡迪（小说第一卷便是献给此人的）、乔治·德·斯居戴里、圣阿芒、特里斯当·勒尔米特等人。我们在《滑稽

---

① 作家保罗·斯卡龙与其父亲同名。其父于 1595 年（或 1596 年）前后迎娶了布列塔尼议会（Parlement de Bretagne）议员之女加布里埃尔·戈盖（Gabrielle Goguet）,二人婚后诞下八个孩子,只有三个活了下来,分别是安娜、弗朗索瓦、保罗,后者便是日后的作家保罗·斯卡龙。

② 巴黎议会（Parlement de Paris）,享有司法、行政乃至政治权力的至高权力机构之一,负责记录王室的敕令及诏书,对国王敕令享有一定程度的质疑权。

③ 1613 年 9 月 10 日,斯卡龙的母亲加布里埃尔·戈盖去世,葬礼在斯卡龙出生后进行洗礼仪式的巴黎圣叙尔比斯教堂（Église Saint-Sulpice）举行。1617 年,斯卡龙的父亲与弗朗索瓦兹·德·普莱（Françoise de Plaix）成婚,婚后四年内产下四个孩子,其中有一子夭折。弗朗索瓦兹·德·普莱是个专横的女人,对戈盖留下的孩子很不友好,尤为憎恨年幼的保罗。在斯卡龙的笔下,继母是一个毒妇形象,脾气暴躁、一毛不拔、利欲熏心、争强好斗,对斯卡龙和他的两个姐姐态度恶劣,总想着为自己的孩子谋求家产,希望斯卡龙能走得越远越好。

小说》中也能找到与他相交的某些大人物的身影。让人哭笑不得的是,斯卡龙、斯居戴里、贡迪主教居住过的街道、小城勒芒等,又都出现在了19世纪"通俗小说之王"大仲马的《二十年后》(Vingt ans après)中。

斯卡龙说自己早年间擅长跳舞、绘画、演奏鲁特琴,后又开始作诗,不免流连于小酒馆、集市、勃艮第府剧场等地方,也会偶尔接触些年轻女子。18岁时,斯卡龙在外省[阿登地区(Ardennes)]的亲戚家中度过了一年。按照当时的习俗,19岁时(1629年),刚从学校毕业不久的斯卡龙"穿上教袍"(prendre le petit collet),故此后的很长一段时间里斯卡龙"介入"(engagement)宗教事务。21岁时,斯卡龙的初期诗稿刊印在乔治·德·斯居戴里的《利戈达蒙与利迪阿斯》(Lygdamon et Lidias ou la ressemblance,1631)中。不得继母喜欢的斯卡龙,青年时期(1632—1640)生活在外省小城勒芒①,在那里度过了一段清戒而又相对愉快的生活②(从他与继母的关系来看,这八年"流放生活"何尝不是一种被迫的放逐?)。其间他受到戏剧爱好者贝兰伯爵(comte de Belin)的保护,融入了当地上流社会的生活,参加各种名流聚会,并在贝兰伯爵家中结识了被黎塞留放逐至曼恩地区的路易十四的情人——苏瓦松伯

---

① 斯卡龙的父亲在其堂兄皮埃尔·斯卡龙(Pierre Scarron,格勒诺布尔的主教)的帮助下谋得了勒芒主教侍从(秘书)的职位,故而1633年举家迁至勒芒,远离了巴黎快乐而文艺的生活。不过勒芒主教博马努瓦-拉瓦尔丹(Charles Ⅱ de Beaumamoir-Lavardin)是个文艺爱好者,曾将斯卡龙带至罗马数月,斯卡龙在那里遇到了著名画家尼古拉·普桑(Nicolas Poussin,法国巴洛克时期画家,古典主义画派)。

② 博马努瓦-拉瓦尔丹主教为斯卡龙谋得议事司铎一职,收入颇丰,斯卡龙因此进入勒芒的上层社会,结识了博马努瓦-拉瓦尔丹一家、泰塞伯爵(René de Froulay de Tessé,路易十四摄政时期的外交官)、特雷姆斯伯爵(René Potier de Tresmes)、贝兰伯爵(François de Faudoas d'Averton,极好美文,斯卡龙曾在其家中参演过多场戏剧),以及剧作家让·迈雷、让·罗特鲁、法王路易十三被放逐的红颜知己玛丽·奥特福(Marie de Hautefort)等,奥特福曾资助并庇护过斯卡龙数年。

爵夫人(comtesse de Soissons)。身为外科大夫的好友的夏尔·罗斯托(Charles Rosteau)带他去乡村感受外省小镇老百姓的平凡生活，那里有些集市、小旅馆，巡回演员偶经此地时便会在广场或网球场演出。他还曾在罗马度过了 5 个月时光。28 岁时(1638 年)，斯卡龙因身患疾病(可能是强直性脊柱炎)，他的双腿、脊椎和颈背瘫痪，自此他的身体扭曲、变形、瘫痪，除了手指以外，全身都无法动弹，不能出门、不能去剧院，只能待在"碗底形的坐凳"里，希冀着能有人造访。对于一位剧作家来说，这是致命的，故而他小说中的两位主要人物(天命和拉戈旦)，更像一曲二重奏。

斯卡龙(1610—1660)　曼特农夫人(1635—1719)　路易十四(1638—1715)

　　1651 年 9 月，斯卡龙发表了《滑稽小说》第一卷，获得成功后，着手创作第二卷。1652 年 4 月，42 岁的斯卡龙与年仅 16 岁的弗朗索瓦丝·德·奥比涅(Françoise d'Aubigné)结婚，婚后夫妇二人常在他们位于玛黑区的家中举办沙龙，接待巴黎各类名流，如《克莱芙王妃》的作者拉法耶特夫人、路易十四的情妇蒙特斯潘侯爵夫人(Françoise de Rochechouart de Mortemart, marquise de Montespan)、高级名妓尼农·德·朗克洛(Ninon de Lenclos)、喜欢男扮女装的作家舒瓦西神父（François-Timoléon de Choisy）、阿尔布雷中士（César Phébus d'Albret）、菲利伯特伯爵（Philibert，comte de Gramont）、斯居戴里兄妹等。1657 年 9 月，《滑稽小说》第二卷发表。1659 年 5 月，斯卡龙在写给马里尼（Carpentier de Marigny，17 世纪法国诗人，抨击文章作者）的信中附上了《滑稽小说》第三卷的开篇。1660 年 5 月 24 日，斯卡龙去世，后被埋葬在巴黎第四区塞纳河边的圣热尔韦教堂（Église Saint-Gervais）。9 年后，比他年轻 25 岁的妻子奥比涅开始照管路易十四与情妇蒙特斯潘夫人的私生子。随着特蕾莎王妃（Reine Marie-Thérèse d'Autriche）的去世和蒙特斯潘夫人的失宠，路易十四为斯卡龙的遗孀奥比涅买下一座城堡，1675 年奥比涅被路易十四赐誉为曼特农夫人，并于 1683 年嫁给路易十四，成为他的第二任妻子。看上去十分虔诚且严肃古板的曼特农夫人对逐渐变老的太阳王影响很深，但她并不为皇室、宫廷或百姓所喜，大家将 1685 年路易十四废除《南特敕令》之过归咎于她，甚至怀疑她唆使路易十四筹备对美洲法属殖民地的奴隶极其不公正的《黑色法典》。路易十三的宠臣圣-西蒙公爵（duc de Saint-Simon）在他的《回忆录》（*Mémoires*）中谈及著名剧作家让·拉辛的失宠时提道，因拉辛在路易十四和曼特农夫人面前谈论斯卡龙，拉辛随即失宠，不再得国王召见，不久后去世。圣-西蒙公爵评价斯卡龙时说他是个"十分有趣的小作家"（un petit écrivain fort intéressant）。

斯卡龙的主要作品有《萨拉曼卡①的小学生》（*L'Écolier de Salamanque*，1641）、《滑稽讽刺诗集》（*Recueil de quelques vers*

---

① 萨拉曼卡位于西班牙西部，是卡斯蒂利亚-莱昂自治区萨拉曼卡省的首府。

burlesques,1643)、《台风或神与巨人之战》(*Typhon ou la giganto-machie*,1644)、《若德莱主仆》(*Jodelet maître et valet*,1645)、《男扮女装的维吉尔》(*Le Virgile travesti*,1648—1652)、《可笑的继承人》(1650)①、《滑稽小说》(1651—1657)、《亚美尼亚的堂·雅费》(*Don Japhet d'Arménie*,1653)、《可笑的侯爵》(*Le Marquis ridicule，ou la comtesse faite à la hâte*,1655)、《悲喜故事》(*Les Nouvelles tragi-comiques*，1655)、《假象》(*La Fausse Apparence*,1657)、《海盗王子》(*Le Prince corsaire*,1658)等,其中《男扮女装的维吉尔》与《滑稽小说》对后世的影响最大,而《滑稽小说》更是推动了法国17世纪"滑稽讽刺"写作,斯卡龙因此被誉为"滑稽讽刺王子"。

---

① 1649年出版,莫里哀借用该剧本中的故事情节创作了《可笑的女才子》(*Les Précieuses ridicules*)。

而今长眠于此之人
让人生怜却非艳美
遭尽万般死亡苦痛
生命才算最终逝去

路人，切莫弄出声响
留心别把他吵醒了
这是可怜的斯卡龙
初次得以入眠之夜

——斯卡龙先生墓志铭

图书在版编目(CIP)数据

滑稽小说 / (法)保罗·斯卡龙(Paul Scarron)著;
范盼译. —南京:南京大学出版社,2022.4
　ISBN 978 - 7 - 305 - 25634 - 9

　Ⅰ.①滑… 　Ⅱ.①保… ②范… 　Ⅲ.①长篇小说-法
国-近代 　Ⅳ.①I565.44

中国版本图书馆 CIP 数据核字(2022)第 063421 号

出版发行　南京大学出版社
社　　址　南京市汉口路 22 号　　　　　　邮　编 210093
出 版 人　金鑫荣

书　　名　**滑稽小说**
著　　者　〔法〕保罗·斯卡龙
译　　者　范　盼
责任编辑　甘欢欢
照　　排　南京紫藤制版印务中心
印　　刷　南京玉河印刷厂
开　　本　880×1230　1/32　印张 12　字数 260 千
版　　次　2022 年 4 月第 1 版　2022 年 4 月第 1 次印刷
ISBN　978 - 7 - 305 - 25634 - 9
定　　价　68.00 元

网　　址　http://www.njupco.com
官方微博　http://weibo.com/njupco
官方微信　njupress
销售咨询　025 - 83594756